NSSIBIRIEN-EXPRESS

KOHLE

WASSER

TENDER

TENDER

GEPÄCKWAGEN

LAGER SPEISE-KAMMER LAKEN WÄSCHE

SERVICEWAGEN

SCHLAFWAGEN DER CREW

KANTINE DER CREW

SPEISEWAGEN DRITTE KLASSE

KÜCHE DRITTE KLASSE

SCHLAFWAGEN ERSTE KLASSE

SCHLAFWAGEN ERSTE KLASSE

SSICHTS-TURM

LABOR DES KARTOGRAFEN

AUSSICHTSWAGEN

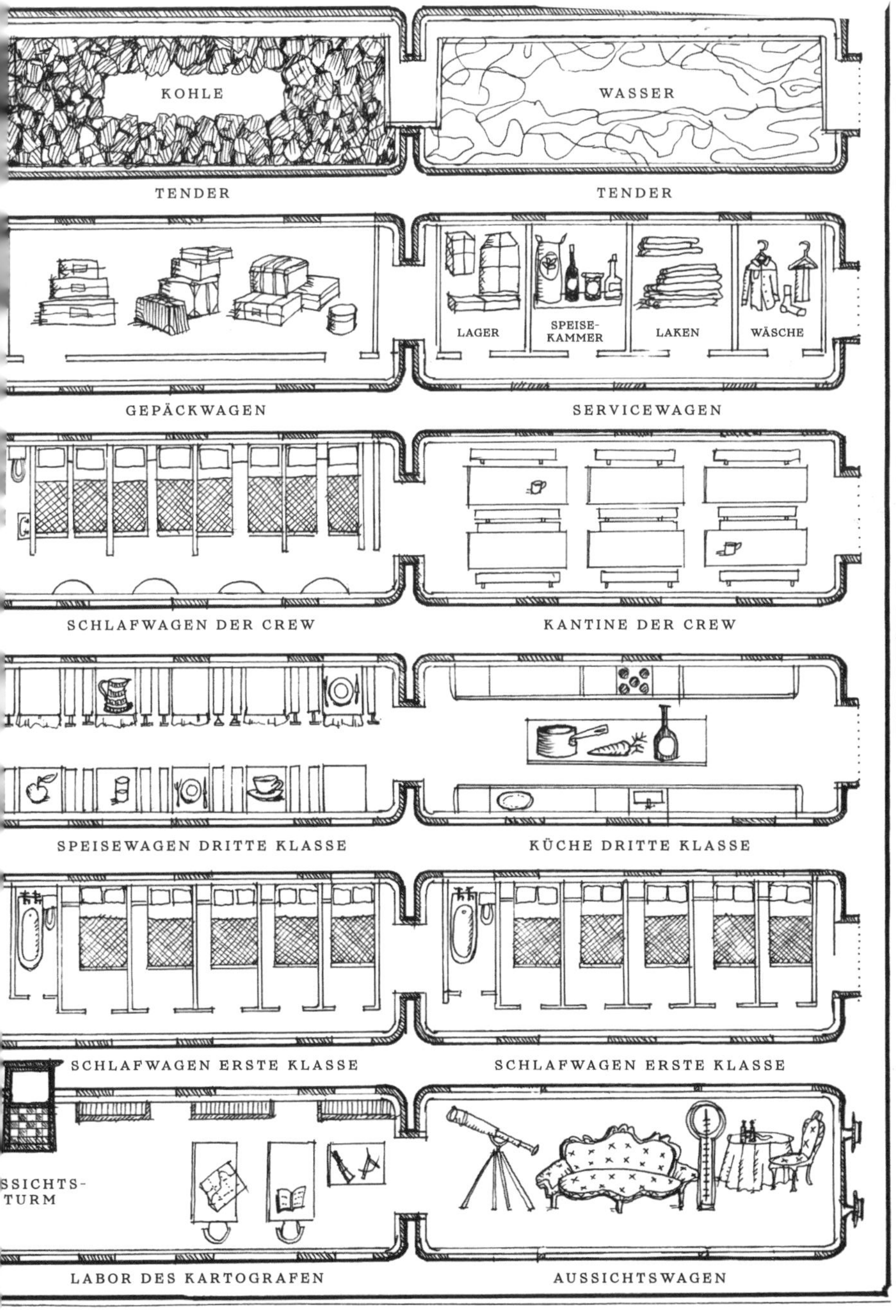

C.Bertelsmann

Sarah Brooks

Handbuch für den vorsichtigen Reisenden durch das Ödland

Roman

Aus dem Englischen
von Claudia Feldmann

C.Bertelsmann

Die Originalausgabe erschien 2024
unter dem Titel
The Cautious Traveller's Guide to the Wastelands
bei Weidenfeld & Nicolson, London.

Penguin Random House Verlagsgruppe FSC® N001967

1. Auflage
Copyright © der Originalausgabe 2024 by Sarah Brooks
Copyright © der deutschsprachigen Ausgabe 2024
Penguin Random House Verlagsgruppe GmbH,
Neumarkter Str. 28, 81673 München
Umschlaggestaltung: Favoritbuero, München
Umschlagabbildungen: © Sofya_Iva/Shutterstock,
© Gaspar Gomes Costa/Shutterstock, © alyaBigJoy/Shutterstock
Illustrationen: © Emily Faccini
Satz: satz-bau Leingärtner, Nabburg
Druck und Bindung: GGP Media GmbH, Pößneck
Printed in Germany
ISBN 978-3-570-10500-9

www.cbertelsmann.de

Für meine Familie

Inhalt

Dritter Teil 157

5. bis 8. Tag

Vierter Teil 221

9. bis 14. Tag

Siebter Teil
21. bis 23. Tag

Der Zug selbst ist ein Wunder seiner Zeit, ein Beweis für den Erfindungsreichtum des Menschen und sein unablässiges Streben nach Herrschaft über die Erde. Zwanzig Wagen lang und so hoch wie das Portal der St.-Andrei-Kathedrale, mit Türmen an beiden Enden; eine gepanzerte Festung, unterwegs auf jener mächtigen Schienenstraße – ihrerseits ein Wunder der Ingenieurskunst –, die es uns wieder ermöglicht, diese fast unvorstellbaren Entfernungen zu durchmessen. Der Transsibirien-Kompanie ist gelungen, woran so viele andere gescheitert sind. Sie hat ein Projekt verwirklicht, das von derart unwägbaren Gefahren bedroht war, dass selbst die größten Ingenieure des Landes schworen, es sei nicht machbar: Land zu durchqueren, das sich seit dem Ende des letzten Jahrhunderts gegen seine Bewohner gewendet hat; es mit einer Fremdartigkeit aufzunehmen, die zu beschreiben uns die Worte fehlen; eine Eisenbahnverbindung zu bauen, die uns sicher durch diese bedrohlichen Weiten bringt.

Der vorsichtige Reisende mag allein bei der Erwähnung des Großsibirischen Ödlands zurückschrecken, eines so weiten, unwirtlichen Gebiets, um das sich zahllose Geschichten ranken, die allem widersprechen, was wir als gut und anständig und menschlich empfinden. Doch der Autor hat es sich in aller Bescheidenheit zum Ziel gesetzt, den Reisenden an die Hand zu nehmen und ihm als treuer Gefährte zur Seite zu stehen. Und wenn ich bisweilen selbst zu zaudern scheine, so deshalb, weil ich von meiner Wesensart ebenfalls vorsichtig bin und weil es während meiner Reise Augenblicke gab, da die Gräuel dort draußen mich zu überwältigen drohten und die Vernunft angesichts des Unbegreiflichen ins Wanken geriet.

Ich war einst ein frommer Mann voller Gewissheiten. Dieses Buch soll ein Zeugnis dessen sein, was ich unterwegs verloren habe, und eine Anleitung für diejenigen, die mir nachfolgen, in der Hoffnung, dass sie die seltsamen Tage ihrer Reise besser durchstehen und in den bangen Nächten ein wenig ruhiger schlafen.

Aus: *Handbuch für den vorsichtigen Reisenden durch das Ödland*
von Valentin Rostow
Mirski Verlag, Moskau 1880, Einleitung, S. 1

Erster Teil

1. und 2. Tag

Ich beschloss, meine Reise in Peking zu beginnen, am ersten Jahrestag der Streckeneröffnung. Bis nach Moskau sind es sechstausend Kilometer. Die Kompanie verspricht, dass die Fahrt nur fünfzehn Tage dauert – eine außerordentlich kurze Zeit im Vergleich zu den vielen Wochen, die man bisher für die Durchquerung der Kontinente benötigte. Der Zug selbst hingegen hat eine lange Entstehungsgeschichte. Die Transsibirien-Kompanie hatte schon 1850 den Bau einer Eisenbahnstrecke angekündigt, ein halbes Jahrhundert nachdem die Veränderungen erstmals gemeldet worden waren, und zwanzig Jahre nach dem Bau der Mauern und der Abriegelung des Ödlands (wie es damals bereits genannt wurde). Man beschloss, sowohl von China wie auch von Russland aus Schienen zu verlegen, und zwar mithilfe von Spezialzügen, damit die Bauarbeiter vor den Gefahren draußen geschützt waren. Viele zweifelten am Erfolg des riskanten Projekts und kritisierten die Hybris eines solchen Unterfangens. Doch obgleich es zwei Jahrzehnte und die Arbeit Hunderter Männer brauchte, gelang es der Transsibirien-Kompanie schließlich, das Ödland zu durchmessen und die beiden Kontinente durch ein eisernes Band zu verbinden.

Handbuch für den vorsichtigen Reisenden durch das Ödland, S. 2

Die Lügnerin

Peking, 1899

Auf dem Bahnsteig steht eine Frau mit geborgtem Namen. Mit Dampf in den Augen und dem Geschmack von Öl auf den Lippen. Das schrille, drängende Pfeifen des Zuges verwandelt sich in das Weinen eines kleinen Mädchens ein Stück weiter und die Rufe der Bauchladenverkäufer, die billige Amulette als Schutz gegen das Ödlandweh anpreisen. Sie zwingt sich, den Kopf zu heben und ihn anzusehen, den Zug, der zischend und brummend vor ihr aufragt, vibrierend vor kaum zu bändigender Kraft. Wie riesig er ist, wie mächtig und massiv, dreimal so breit wie eine Pferdekutsche. Daneben wirkt der Bahnhof wie ein Kinderspielzeug.

Sie konzentriert sich auf ihren Atem, versucht, alle Gedanken aus ihrem Kopf zu verbannen. Ein und wieder aus, ein und wieder aus. Das hat sie die letzten sechs Monate jeden einzelnen langen Tag geübt, während sie zu Hause am Fenster gesessen und den Händlern und Taschendieben unten auf der Straße zugesehen hat; sie hat alles über sich hinwegspülen lassen, bis ihr Geist klar wie Wasser war. Sie hält sich am Bild eines Flusses fest, ruhig fließend und grau, versucht, sich von ihm in Sicherheit tragen zu lassen.

»Maria Petrowna?«

Es dauert einen Moment, bis sie merkt, dass der Porter sie meint, und sie fährt erschrocken zu ihm herum. »Ja! Ja.« Sie versucht, ihre Verwirrung zu kaschieren. Zu fremd ist noch der Klang ihres neuen Namens.

»Ihr Abteil ist bereit, und Ihr Gepäck wurde schon hineingebracht.« Schweiß perlt auf seiner Stirn und hinterlässt einen feuchten, dunklen Rand an seinem Kragen.

»Danke.« Sie ist froh, dass ihre Stimme nicht zittert. Maria Petrowna ist furchtlos. Neu geboren. Sie kann nur vorwärtsgehen, dem Porter folgen, der in einer Dampfwolke verschwindet. Hier und da ist in dem Gewaber grüner Lack zu sehen und ein goldener Schriftzug auf Englisch, Russisch und Chinesisch: *Transsibirien-Express. Peking – Moskau, Moskau – Peking.* Sie müssen die ganzen letzten Monate lackiert und poliert haben. Alles glänzt.

»Da wären wir.« Der Porter wendet sich ihr zu, wischt sich über die Stirn und hinterlässt einen dunklen, öligen Fleck. Sie fühlt sich unbehaglich in ihrer Kleidung, die in der Hitze auf ihrer Haut scheuert. Die schwarze Seide saugt die Sonne förmlich auf. Die Bluse umschlingt ihren Hals, und der Rock schnürt ihr die Taille ein, aber ihr bleibt keine Zeit, sich um ihr Aussehen zu sorgen, denn der Porter reicht ihr steif den Arm, und sie erklimmt die hohen Stufen in den Zug, wo ein anderer uniformierter Mann mit einer Verbeugung ihre Hand nimmt und sie durch den mit einem dicken Teppich ausgelegten Korridor führt. Sie ist im Zug, und nun ist es zu spät zum Umkehren.

Vor ihr beugt sich ein Mann mit Bart, goldener Brille und einer Stimme von der Art, die alle anderen Stimmen beiseitedrängt, aus dem Fenster und ruft auf Englisch: »Wo ist der Stationsvorsteher? Vorsicht mit den Kisten! Oh, ich bitte um Verzeihung.« Er drückt sich an das Fenster und deutet eine Verbeugung an, als Maria sich ihm nähert. Sie beschränkt sich auf ein angedeutetes Lächeln und eine leichte Neigung des Kopfes und überlässt ihn seinem Getöne. Sie hat keine Lust auf den Austausch von Höflichkeiten und auf die neugierigen, taxierenden Blicke der Männer, die bereits ihre Trauerkleidung und die Tatsache, dass sie allein reist, zur Kenntnis nehmen. Sollen sie. Sie will nichts weiter, als die Tür ihres Abteils hinter sich zu schließen, die Vorhänge zuzuziehen und sich in die wohltuende Stille sinken zu lassen.

Doch noch lässt man sie nicht.

»Nun lassen Sie doch das Theater, ich kann sehr gut auf mich selbst aufpassen.« Vom anderen Ende des Wagens kommt eine ältere Dame in einem dunkelblauen Seidenkleid auf sie zu, gefolgt von ihrem Dienstmädchen. »Ist das hier wirklich die Erste Klasse?« Sie sieht erst Maria an, dann die Abteiltür neben ihr. »Es hieß, dieser Zug sei das Beste, was man für Geld kaufen könne, aber ehrlich gesagt habe ich da meine Zweifel …«

Den vertrauten Klang des wohlhabenden Sankt Petersburg zu hören, Tausende Kilometer entfernt von seinen breiten Straßen und prächtigen Häusern, weckt in Maria schmerzliches Heimweh.

»Ihr Abteil, Madam«, sagt der Steward mit einer Verneigung zu Maria, blickt dabei aber nervös zu der älteren Dame, die fragt: »Reisen Sie allein?«, und dabei ihr Mädchen wegscheucht, das ihr einen weiteren Schal um die Schultern legen will.

Maria sieht die Mischung aus Mitleid und Missbilligung in ihrer Miene und errötet.

»Mein Dienstmädchen konnte mich leider nicht begleiten. Es war zu viel für ihre Nerven.«

»Na, gut, dass unsere Nerven robuster sind. Meine hasenfüßigen Neffen haben monatelang versucht, mich mit allerlei Schauergeschichten von dieser Reise abzubringen, aber damit haben sie sich selbst mehr Angst eingejagt als mir.« Sie lächelt unerwartet und tätschelt Marias Hand. »So, wo ist denn nun mein Abteil? Wenn Vera mich nicht umgehend mit einer Tasse Tee in einen Sessel verfrachten kann, verliert sie womöglich die Fassung.«

»Gleich hier, Gräfin.« Der Steward verneigt sich sehr viel tiefer und deutet mit schwungvoller Geste auf das Abteil nebenan. Das Mädchen – Vera – öffnet vorsichtig die Tür, als fürchte sie sich vor dem, was sie darin erwartet.

»Ah! Dann sind wir also Nachbarinnen«, sagt die Gräfin.

Maria macht einen Knicks.

»Oh, lassen Sie nur. Ich heiße Anna Michailowna Sorokina. Und wie darf ich Sie nennen?«

Ein Stolpern in ihrem Atem, ein Gefühl, als hätte sie eine Stufe übersehen, doch die Gräfin scheint es nicht zu bemerken. »Ich heiße Maria Petrowna Markowa«, antwortet sie.

»Nun, Maria Petrowna, ich freue mich darauf, Sie näher kennenzulernen. Wir werden dafür ja reichlich Zeit haben.« Und damit lässt die Gräfin sich von ihrem Mädchen, das Maria verstohlen gemustert hat, in ihr Abteil führen.

»Brauchen Sie noch etwas?« Der Steward leckt sich über die Lippen und schluckt. *Er hat Angst*, denkt Maria, und überraschenderweise gibt ihr das neuen Mut.

»Nein«, erwidert sie mit fester Stimme. »Vielen Dank.«

Ihr Gepäck ist ordentlich auf der Ablage über dem Bett verstaut, das tagsüber zu einem Sofa umgebaut ist, mit üppigen Kissen darauf. Alles sieht neu aus. Die Kompanie muss eine Menge Geld hineingesteckt haben und trägt ihre Zuversicht in den Goldstickereien auf den Kissen, den blank polierten Messingbeschlägen und dem weichen dunkelblauen Teppich unter ihren Füßen zur Schau. Überall ist das Emblem der Transsibirien-Kompanie zu sehen: auf der Blumenvase, den Lampen und dem Teegeschirr auf dem kleinen Tisch am Fenster. Ihr Handkoffer liegt auf dem Sessel daneben. Das Fenster ist von Vorhängen aus blauem Samt umrahmt. Außen vor der Scheibe sind zwei dicke Eisenstäbe angebracht. Sie starrt einen Moment darauf, dann geht sie zu der Wand aus schimmerndem Mahagoni, in die zwei Türen eingelassen sind. Hinter der einen befindet sich ein Schrank, in den bereits jemand ihre Kleider und ihren Schal gehängt hat. Die andere verbirgt eine Nische mit einem kleinen Waschbecken aus weißem Porzellan, glänzenden silbernen Wasserhähnen, einer Ablage mit einer Haarbürste und kleinen Cremetiegeln aus Paris und einem silbergerahmten Spiegel.

Als Kind war sie fasziniert von dem alten vergoldeten Spiegel im Schlafzimmer ihrer Mutter. In der wolkigen Beschichtung sah sie aus wie ein Geist, der aus der Unterwelt oder aus einem See aufgestiegen war. Sie genoss die Vorstellung, für eine Weile jemand anders zu sein, bis ihre Mutter sie zum Tee mit ihrer Großmutter rief oder ihr Vater sie mit Rechenaufgaben piesackte. Sie hatte angenommen, wenn sie älter wäre, würde sie selbstsicherer sein und wissen, was sie wollte. Aber was will diese neue Maria nun?

Sie schließt die Tür, will sich nicht im Spiegel ansehen. Aus ihrem Handkoffer nimmt sie ein zerlesenes Buch; der Einband ist abgewetzt, die Seiten voller Knicke. Sie kennt jedes Wort, könnte jede der Illustrationen aus dem Gedächtnis nachzeichnen, doch es dabeizuhaben, anfassen zu können, hat etwas Tröstliches. Es ist Valentin Rostows *Handbuch für das Ödland*, die Ausgabe ihres Vaters. Früher hat sie oft heimlich darin gelesen, von dem Zug und der Welt vor seinen Fenstern geträumt und sich vorgestellt, sie würde selbst damit reisen. Aber nicht so. Nicht alleine. Mit einem Mal überkommt sie ein schmerzliches Gefühl der Einsamkeit. Der Zug ist noch nicht einmal losgefahren, und sie hat schon gegen Rostows ersten Rat verstoßen: *Vor allem unternehmen Sie diese Reise nicht, wenn Sie nicht über ein ausgeglichenes Gemüt verfügen.*

Draußen auf dem Bahnsteig geleiten Porter und Stewards die letzten Spätankömmlinge an Bord und weisen tränenäugige Verwandte zurück hinter die Schranken. Mechaniker mit ölverschmierten Gesichtern gehen prüfend den Zug ab. Der Stationsvorsteher hält mühsam einen Haufen Männer mit Notizbüchern zurück. Plötzlich blitzt ein helles Licht auf, und sie sieht einen Mann unter dem schwarzen Tuch seiner Fotokamera hervorkommen. Morgen früh wird es in allen Zeitungen stehen; eine Reise, die schon eine Geschichte ist, bevor sie begonnen hat.

Wiederholtes lautes Knallen verrät, dass die Türen geschlossen und die Eisenriegel vorgelegt werden. Sie konzentriert sich auf ihren Atem, ein und wieder aus, ein und wieder aus. *Nichts von draußen kann hereinkommen, nichts von drinnen kann uns etwas anhaben.* Sie beißt sich auf die Lippe und schmeckt Blut. Eisen, um uns zu schützen. Der Bahnsteig ist jetzt leer, bis auf die schmale Gestalt des Stationsvorstehers. Sie sieht, wie er die Fahne hebt und auf die Bahnhofsuhr blickt. Gesichter hinter den Bahnsteigschranken starren auf Gesichter hinter den vergitterten Zugfenstern. Einige weinen. Wieder gehen ihr Rostows Worte durch den Kopf: *Es heißt, jeder Reisende durch das Ödland hat einen Preis zu zahlen. Einen Preis, der über die Kosten für die Zugfahrkarte hinausgeht.*

Rostows Preis war sein Glaube. Manche meinen sogar, sein Leben. Seine *Handbücher für vorsichtige Reisende* hatten ihn in ganz Europa berühmt gemacht. Er führte den Reisenden zu den hygienischsten Restaurants, den beeindruckendsten Museen und den saubersten Stränden und wies ihn auf die schönsten Kirchen hin, zählte ihre Altarbilder und Fresken, ihre Märtyrer und Heiligen auf, denn wo auch immer ein Reisender auf diesem Kontinent unterwegs war, konnte er gewiss sein, dass Gott an seiner Seite wanderte. Doch sein letztes Buch war einem

Land gewidmet, das man nur durch Glas betrachten konnte. Im Großsibirischen Ödland gibt es keine Kirchen mehr, keine Museen oder Springbrunnen oder Denkmäler, die die vertrauten Geschichten erzählen.

Der Moment des Innehaltens auf dem Bahnsteig dauert länger, als er sollte. Dann fällt die Fahne, und in einer langsamen Kakofonie aus Dampfstößen, Quietschen und stampfenden Rädern setzt sich der Transsibirien-Express in Bewegung. Als der Zug schnaufend losfährt, flammt erneut der Blitz des Fotografen auf, und für einen Moment sind die Dampfwolken hell erleuchtet.

Maria weicht blinzelnd zurück, und der Zug rollt aus dem Bahnhof von Peking, auf die ungewissen Weiten zu, die vor ihnen liegen.

Das Zugkind

Es ist besser, in Bewegung zu sein, sagen die Zugleute. Schienen unter sich zu haben, Räder, die einen wiegen, einen fernen Horizont, den es zu erreichen gilt. Gut, dass das Warten ein Ende hat. Und diesmal war das Warten sehr lang. Zehn Monate erzwungener Stillstand; genug, um selbst das ausgeglichenste Gemüt in den Wahnsinn zu treiben. Zhang Weiwei, sechzehn Jahre alt, steht am Fenster des kleinen Vorraums, der zum Arbeitsbereich des Zuges führt. Hier, im vorderen Teil des Zuges – dem Quartier der Crew, dem Gartenwagen, dem Lager – haben Passagiere keinen Zutritt; nur die Porter und Stewards eilen vorbei, zu beschäftigt, um sie zu beachten. Sie sieht zu, wie das solide Steingebäude des Bahnhofs hinter ihnen verschwindet. Die Schienen sind von hohen Mauern umschlossen, auf denen Gruppen kleiner Kinder trittsicher neben dem Zug herlaufen, die Gesichter mit Masken bedeckt, die sie in gelb gehörnte, pausbäckige Ungeheuer verwandeln. Sie tanzen und winken, ein Ritual des Abschieds, der Warnung oder des Übermuts. In den Straßen und Gassen jenseits der Mauern werden jetzt gewiss die Fensterläden zugeschlagen, Wasser, das auf dem Herd vor sich hinköchelt, wird als verdorben weggeschüttet, Sprüche werden aufgesagt, um böse Träume abzuwehren. Die Stadt wird lauschen, und erst wenn sie das Rattern der Räder auf den Schienen und den Pfiff des Zuges nicht mehr hören kann, wird sie ausatmen und wieder ihren Beschäftigungen nachgehen, froh, nicht länger an die Albträume denken zu müssen, die im Norden lauern.

Sie schnuppert. Wie hat sie diese stechenden Gerüche vermisst, die ächzende Mechanik ihres Zuges, die altvertraute Angst und Aufregung, den Lärm – so allgegenwärtig, dass sie ihn erst wahrnimmt, wenn er verstummt. Wie hat sie sich in den vergangenen Monaten nach Bewegung, Geschwindigkeit gesehnt; sie hat sich danach verzehrt, wie die rotäugigen Männer in der Dritten Klasse sich nach Alkohol verzehren, gierig nach der Flasche greifen und voll verzweifelter Wut feststellen, dass sie leer ist.

Doch nun, da sie wieder in Bewegung sind, vibriert die Luft vor Anspannung. Sie hat das Geflüster der Crew gehört. *Zu früh.* Zu früh, um die Fahrt wieder anzutreten. Warum nicht bis zum Winter warten, wenn das Land träge von der Kälte ist und die Gefahr sich nicht zwischen den Bäumen verstecken kann? Im Sommer ist das Land wach, hungrig. Es ist zu früh, um das Risiko einzugehen.

Nicht für sie. Ihr kann es gar nicht früh genug sein. Aber sie liebt das Risiko ja auch zu sehr, wie Alexei immer sagt.

»Wer hier im Zug denn nicht?«, entgegnet sie dann, und er muss die Wahrheit anerkennen: dass sie alle schon halb verrückt vor Ödlandweh sind, einer Mischung aus Sehnsucht und Furcht, die sie kaum in Worte fassen können, die sie aber immer wieder zur Transsibirien-Kompanie zieht. Sie hören das Ödland von der Sicherheit ihrer Städte und Häuser aus, und sie können dem Ruf des großen Zuges nicht widerstehen. Sie gehen zu den Büros der berühmten Kompanie – im Londoner Hauptsitz, in Peking oder in Moskau –, klopfen an die holzverkleideten Türen und stehen vor ernsten, grauhaarigen Männern, die sie streng mustern und von ihnen wissen wollen, warum sie sich für würdig halten. Die meisten werden weggeschickt. Die wenigen Erwählten werden Prüfungen unterzogen, um festzustellen, ob sie imstande sind, einer Landschaft zu widerstehen, die den Geist verwirrt und Männer dazu bringt, sich in dem verzweifelten Verlangen, nach draußen zu gelangen, gegen die Fenster des Zuges zu werfen und sich an den Türen die Finger blutig zu kratzen. Sollten sie diese bestehen, bekommen sie die dunkelblaue Uniform des Transsibirien-Express, einen Vertrag, ein Handbuch und eine Bibel, auf die sie der Königin die Treue schwören müssen. Von dem Moment an sind sie ein Teil der Crew, ein Teil der Kompanie, die sich über den halben Erdball erstreckt.

Weiwei jedoch ist anders. Sie ist das Zugkind. Weder hier noch dort geboren, in keinem Land, unter keines Herrschers Stern, kam sie weinend auf die Welt, als ihre Mutter diese verließ, mitten im Ödland, auf dem Fußboden des Schlafwagens der Dritten Klasse, in einer Nacht, als die Phosphoreszenz die Wesen der Ebenen in Geister verwandelte. Sie wurde in Laken mit dem Emblem der Kompanie gewickelt und zwischen den Portern, den Köchinnen und einer Amme, die sich zufällig unter den Passagieren der Dritten Klasse befand, hin und her gereicht. Als der Zug eine Woche später an der russischen Mauer ankam, schrie sie, denn bis dahin hatte sie nur Lärm und Bewegung gekannt. Die Mitarbeiter der Kompanie in Moskau waren ratlos, was mit ihr geschehen sollte, da sie es noch nie zuvor mit einem unerwarteten Waisenkind zu tun hatten. (Die Mutter hatte ihre Schwangerschaft verborgen und ihren Mitreisenden erzählt, dass sie ganz allein auf der Welt sei.) Doch obwohl die Kompanie solch mütterliche Nachlässigkeit missbilligte, kam sie zu dem Schluss, dass es wohl das Beste sei, das Kind mit dem nächsten Zug zurück nach Peking zu schicken und es den fähigen Händen des chinesischen Staates zu überlassen.

Und so wurde sie von jedem innerhalb der Crew, der gerade

im rechten Augenblick eine Hand frei hatte, getragen und gefüttert und gewaschen. Aber als der Zug Peking erreichte und der Captain kam, um sie den Behörden zu übergeben, sagten die Heizer, sie hätte ihnen Glück gebracht und die Kohlen hätten auf dieser Fahrt heller gebrannt; die Küchenjungen sagten, die Butter sei ihnen so gut gelungen, dass ein Passagier der Ersten Klasse der Köchin seine Komplimente ausrichten ließ, was noch nie zuvor geschehen war; und die Porter sagten, sie hätten ihre Gesellschaft genossen, weil sie sich geduldig ihre unzüchtigen Geschichten angehört und kaum einmal geweint hatte. Und so hatte der Captain (zumindest in den Varianten, die man Weiwei kolportiert hatte) gesagt: »Wenn sie sich ihren Lebensunterhalt verdient, kann sie bleiben. Aber in diesem Zug gibt es keinen überflüssigen Ballast – sie muss sich nützlich machen, wie wir alle.«

Ihre erste Aufgabe war die eines Talismans, eines Glücksbringers. Sie schlief in der warmen Küche oder in einem Nest aus Baumwollsäcken im Gepäckwagen und manchmal sogar im Führerstand der Lok, wo sie, wie die Heizer ihr später erzählten, ernst die glühenden Kohlen betrachtet hatte, als habe sie schon damals verstanden, wie wichtig diese für ihre Sicherheit waren. Später setzte man sie ein, um Nachrichten vom einen Ende des Zuges zum anderen zu bringen, und mit sechs Jahren war sie durch und durch eine Zugratte; jedermanns und niemandes Kind. Sie gehörte nur dem Zug.

»Na, nichts zu tun, Zhang?«

Da kommt er: Alexei, nur ein paar Jahre älter als sie, aber schon zum Ersten Ingenieur befördert. Selbstbewusst und mit dem breitbeinigen Gang eines Zugmanns bewegt er sich durch den Korridor, die Ärmel hochgekrempelt, damit man die Tätowierungen auf seinen Unterarmen sieht – verschlungene Muster, die sich die Ingenieure der Kompanie nach jeder geglückten

Durchquerung stechen lassen. Als Zeichen der Bruderschaft (sie hat noch nie eine Ingenieur*in* gesehen) und zur Erinnerung. Manchmal berühren sie ihre Arme, wenn sie über vergangene Fahrten sprechen, über gebrochene Kurbeln und Hebel, die nur mit Mühe hielten. Achsen und Zahnräder haben sich auf ihrer Haut in abstrakte Bilder verwandelt, in eine Art Souvenir. Sie versucht zu erkennen, ob es ein neues gibt, von der letzten Durchquerung, aber er bemerkt ihren Blick und rollt die Ärmel herunter.

Sie hat ihn in den letzten zwei Wochen kaum zu Gesicht bekommen, obwohl sie alle an Bord untergebracht waren, während sie im Bahnhof standen und alles für die Abfahrt vorbereiteten: die Ingenieure und die Stewards, die Porter und die Köchinnen, die Lokführer und die Heizer, die zahllosen Teile des Uhrwerks, die dafür gesorgt haben, dass der Zug wieder in Gang gekommen ist. Ein wenig rostig, ein wenig langsamer als zuvor; ein eigentümliches Stottern hat sich in die vertrauten Routinen geschlichen, ein neues Zögern, als hätten sie Angst, zu schnell zu fahren, weil etwas kaputtgehen könnte. Die wenigen Male, die sie ihn erspäht hat, war er unablässig in Bewegung, voll rastloser Energie nach den langen Monaten der Untätigkeit.

»Erste Kontrolle?«, fragt sie, um das Schweigen zu überbrücken. Sie blickt auf die Uhr an der Wand. Zwei Minuten vor der vollen Stunde.

»Erste Kontrolle«, erwidert er. Die Tage der Ingenieure sind erfüllt von Kontrollen und Tests, ein unbarmherziger Stundenplan, um jeden Zentimeter der komplexen Mechanik des Zuges zu überprüfen – ein von der Kompanie oft hervorgehobener Teil der Sicherheitsvorkehrungen. »Sie haben sie verdoppelt … Wir werden keine ruhige Minute haben.«

Sie unterhalten sich in Railhua, der Sprache des Zuges –

einer Mischung aus Russisch, Chinesisch und Englisch, die von den Erbauern der Zugstrecke erfunden wurde –, obwohl die Kompanie dies missbilligt und auf dem Gebrauch von Englisch besteht.

»Man könnte meinen, sie vertrauen euch nicht«, sagt sie, ohne nachzudenken, dann merkt sie, wie sich seine Miene verfinstert. »Ich wollte nicht …«

»Schon gut.« Er macht eine wegwerfende Handbewegung, und sie verspürt einen Stich des Bedauerns, weil die Ungezwungenheit zwischen ihnen dahin ist. Noch etwas, das bei der letzten Durchquerung verloren gegangen ist.

»Sei vorsichtig, Zhang.« Er sieht aus, als wollte er noch mehr sagen, doch die Uhr hat zu schlagen begonnen, und er ist zu sehr Zugmann, um es zu ignorieren. »Sei einfach vorsichtig«, wiederholt er, und sie ärgert sich, weil er offenbar denkt, sie wäre es nicht.

Sie geht in die entgegengesetzte Richtung, zum Quartier der Crew, wo die Arbeiter, die gerade nicht Dienst haben, meist zu finden sind. Sie würfeln, liegen auf ihren Betten oder schlingen in der Kantine eine Schale Reissuppe hinunter. Hier geht es genauso hektisch und chaotisch zu wie im Rest des Zuges, aber am hinteren Ende des Wagens befindet sich in einer Wandnische ein kleiner Schrein mit einer Ikone der heiligen Mathilda und einer Statue von Yuan Guan. Eine Heilige und ein Gott, die über die Reisenden wachen – und über die Zugleute, die zwar auf die Mechanik vertrauen, auf Räder und Achsen und Öl, aber dennoch finden, es könne nicht schaden, für alle Fälle auch dem Göttlichen ein wenig Anerkennung zu zollen. Hatten sie schließlich nicht alle in den Weiten des Ödlands Dinge gesehen, die noch unmöglicher waren als die Wunder, die diesen beiden zugeschrieben wurden?

Weiwei sieht, wie einer der Stewards sich verneigt und verstohlen etwas auf den Schrein legt. Er richtet sich langsam wieder auf, blickt sich um, als hätte er Angst, beobachtet zu werden, dann legt er die Hände aneinander und verneigt sich erneut, bevor er davoneilt.

Als er fort ist, schaut sie nach, was er dorthin gelegt hat. Etwas Blaugrünes funkelt im Licht, das durchs Fenster hereinfällt. Es ist eine kleine, makellos runde Glasperle.

Der Naturforscher

Ein Mann steht am hintersten Fenster im Aussichtswagen und beobachtet Vögel. Azurelstern – *Cyanopica cyanus* – fliegen aus den Weiden auf, als der Zug vorbeidonnert, und ihre langen Schwanzfedern schillern im nachmittäglichen Sonnenlicht. Wenn Henry Grey ein Lebewesen betrachtet, sieht er ein System von Gefäßen, die in einem Muster von höchstem Geschick miteinander verbunden sind. Er sehnt sich danach, näher heranzukommen, jedes Beben einer Sehne, jedes Zucken eines Muskels zu berühren, den Puls des Lebens unter seinen Fingern zu spüren. In seiner Vorstellung wandert er durch die Gänge eines riesigen gläsernen Gebäudes, dessen Räume mit Vitrinen voll wundersamer Exponate gefüllt sind, und alle Augen sind auf ihn gerichtet. Sie warten darauf, dass er ihre Geheimnisse lüftet. Er spürt ihr Drängen. Er hat es schon immer gespürt – die Natur wartet auf ihn, fordert ihn heraus. Wenn er den Blick zum Himmel hebt, sieht er, wie die Vögel Worte in das Blau schreiben, die er so gerne verstehen würde. Die Erde unter seinen Füßen ist prall von Versprechen.

Er zuckt zusammen, als ihm ein scharfer Stich in den Magen fährt, und kramt in seiner Tasche nach dem Fläschchen mit Tabletten, das man ihm im Ausländerkrankenhaus mitgegeben hat. Ein Magengeschwür, haben sie ihm gesagt. »Wir raten Ihnen, jegliche körperliche wie geistige Anstrengung zu vermeiden«, hat der Arzt betont, ein kleiner Italiener, der wie alle Ausländer, denen Grey in Peking begegnet ist, zu laut und zu schnell sprach, als wäre er mit seiner Aufmerksamkeit stets anderswo.

Er nimmt eine Tablette und setzt sich auf eines der Sofas, die in der Mitte aufgereiht sind, damit die Passagiere bequem die Aussicht durch die großen Fenster genießen können, die drei Seiten einnehmen, denn der Aussichtswagen ist der letzte des Zuges. Sogar das Dach ist aus Glas, allerdings ist es, wie auch die Fenster, mit einem Eisengitter versehen. Er sieht zu, wie die niedrigen, kunstvoll verzierten Gebäude der Hauptstadt immer kleiner werden, wie Glockentürme und geschwungene Dächer in der Ferne verschwinden. Ihm erschien die Stadt laut und ermüdend, allzu sehr von sich überzeugt und zu erpicht darauf, einem unschuldigen Mann die Taschen zu leeren.

»Fünfzehn Tage«, sagt er zu sich. In fünfzehn Tagen werden sie Moskau und die Große Ausstellung erreichen, und er wird endlich Gelegenheit haben, sich zu rehabilitieren. Sein Magen zwickt erneut, doch diesmal ist es der scharfe, fast genussvolle Schmerz der Erwartung. Es ist der Schmerz, den er verspürt, wenn er kurz vor einer Entdeckung steht, wenn eine Idee zum Greifen nah ist, oder wenn er unter einem Stein oder in einem Bach eine neue, wundersame Kreatur gefunden hat, deren Bedeutung er noch nicht versteht.

Plötzlich unterbricht ein herzhaftes Lachen seine Träumereien, und ein junges Paar, das sich auf Französisch unterhält, betritt den Wagen. Der Mann hinterlässt bei ihm nur den leicht unangenehmen Eindruck von zu viel Haar und zu vielen Zähnen, aber die Frau ist von einer blassen, zarten Schönheit. Er nickt den beiden steif zu und wendet sich wieder zum Fenster. In der Gesellschaft von Mitreisenden fühlt er sich stets unwohl, und er verspürt keinerlei Bedürfnis, neue Bekanntschaften zu schließen. Bei seinen Exkursionen hat er schon viele solcher

Reisenden getroffen, vor allem in jenen Hotels und Restaurants, in denen man europäische Sprachen spricht und das Essen – auch wenn es nur den Anschein nahrhafter Speisen hat – mit vertrautem Besteck serviert wird. Er hat zu viele öde Abende mit ihnen erlebt, fassungslos, wie man so viel reden und so wenig sagen kann. Obwohl sie sich inmitten der eindrucksvollsten Berge oder Städte befinden, reicht ihr Horizont kaum über die Wände ihres eigenen Anwesens hinaus.

Er nimmt noch eine Tablette und mustert das Fläschchen, das sich deutlich leichter anfühlt, als es sollte. Er hätte die Gelegenheit nutzen sollen, sich Nachschub zu besorgen, doch nach der monatelangen Untätigkeit waren die letzten Wochen erfüllt von Forschungen und Vorbereitungen.

Grey hatte China auf einem langen und gefahrvollen Weg erreicht; er war mit dem Schiff um das Kap der Guten Hoffnung gesegelt, mühsam quer durch Indien und dann von Süden in das Land gereist. Nach der Demütigung in London (er sollte besser nicht daran denken, schon bei der geringsten Andeutung lodert der Schmerz in seinem Magen auf) waren die Mittel knapp gewesen, aber er besaß noch die Einnahmen aus dem Verkauf seines Buchs, und wenn er Erfolg hatte – nun, dann würde er sich nie wieder Sorgen um Geld machen müssen. Er war acht Monate lang herumgereist, um die Proben zusammenzutragen, die er benötigte, und dann hatte ihn das Unglück ereilt: Seine ganze Sammlung lebender Proben und ein Großteil seiner persönlichen Dinge waren in Yunnan durch eine Überflutung aufgrund ungewöhnlich starker Regenfälle verloren gegangen. Als er schließlich in Peking angekommen war, hatte er nahezu all seine Mittel aufgebraucht und nichts weiter vorzuweisen gehabt als ein paar Kästen mit aufgespießten Insekten, ein paar getrocknete Gräser und Blumen und seine Skizzen, und dann hatte er obendrein noch erfahren müssen, dass der Transsibirien-Express bis auf Weiteres nicht fahren würde. Er hatte schon fast alle Hoffnung aufgegeben. Doch dann hatte Gott seine Schritte zu dem Mann gelenkt, der ihm zu seiner Wiedergutmachung verhelfen würde. *Das ist der Beweis*, denkt er. Der Beweis, dass Gott etwas mit ihm vorhat.

Erneutes Lachen von dem Franzosen. Es ist unerträglich. Grey erhebt sich zu seiner vollen Größe und dreht sich um, bereit, die beiden unter seinem eisigen Blick erstarren zu lassen, doch der Mann hält die Hand seiner Frau in seiner und zieht sie so kühn an seine Lippen, als wären sie allein. Henry spürt, wie ihm die Röte ins Gesicht schießt, und versucht, sich unauffällig wieder zu setzen, doch es ist zu spät.

»Oh, bitte entschuldigen Sie!«, ruft der Mann auf Englisch mit deutlichem Akzent und verneigt sich in Greys Richtung. »Ich hoffe, es wird einem Mann vergeben, dass er in Gegenwart seiner Frau die guten Manieren vergisst. Guillaume LaFontaine und meine Frau, Madame Sophie LaFontaine.«

Grey ringt sich ein Lächeln ab und deutet eine knappe Verbeugung an. »Dr. Henry Grey«, erwidert er und wartet auf Anzeichen von Spott auf ihren Gesichtern. Mittlerweile kennt er das verräterische Zucken der Lippe, den verstohlenen Seitenblick. Wie diese aufgeblasenen Schwafler von der Royal Scientific Society seine Demütigung in London genossen hatten! Und auch wenn er aus dem Land geflohen war, den Blicken und dem wissenden Lächeln entkam er nicht. Über seinen Sturz war in wissenschaftlichen Zeitschriften überall auf der Welt berichtet worden, und sogar in der Boulevardpresse mit ihren boshaften kleinen Zeichnungen. Doch er sieht in den Mienen der LaFontaines keine Spur des Erkennens und entspannt sich ein wenig.

»Wir werden bestimmt Freunde werden«, fährt LaFontaine

fort. »Schließlich wird es ja genug geben, worüber wir reden können. Meine Frau weiß, dass ich es kaum erwarten kann, unsere Mitreisenden kennenzulernen.«

Vergnügungsreisende, denkt Grey mit leiser Verachtung. Dieser elende Rostow und sein verdammtes Buch! Ohne ihn wäre der Zug den ernsthaften, zielstrebigen Reisenden vorbehalten geblieben, nicht diesen törichten Sensationslustigen, die einen derartigen Überfluss an Geld und Zeit haben, dass sie bewusst die Gefahr suchen müssen. Sie fahren nur mit dem Zug, um eine Erfahrung zu sammeln, wie ein hübsches Souvenir, das sie sich zu Hause an die Wand hängen und mit dem sie gegenüber ihren Freunden prahlen können. Sie werden in ihr komfortables Leben zurückkehren, zu ihren Salons und Kaffeehäusern, kaum berührt von den Wundern, die sie gesehen haben. Er bemitleidet sie und stellt fest, dass es ein angenehmes Gefühl ist.

»Ich reise zu Forschungszwecken, Sir«, sagt er, »und ich fürchte, ich werde wenig Zeit für die Freuden der Konversation haben.«

»Kommen Sie, Dr. Grey«, entgegnet LaFontaine. »In dieser rollenden Festung wird sicher Zeit genug für alles sein, wonach uns der Sinn steht. Wann sonst haben wir so viele Stunden und Tage zur Verfügung, ohne uns noch eine Kunstgalerie, noch ein Museum, noch eine Statue von einem längst verstorbenen Bildhauer ansehen zu müssen, die man auf keinen Fall verpassen darf? Wir sind befreit von der Tyrannei, Entscheidungen treffen zu müssen. In welchem Restaurant sollen wir heute zu Abend essen, Liebling? Ah, ich weiß es bereits! Was für eine Erleichterung!«

Grey lächelt schmal. »Dafür können wir gewiss dankbar sein. Aber wir dürfen nicht vergessen, wo wir uns befinden. Diese Reise sollte man nicht auf die leichte Schulter nehmen.«

Als der Morgen voranschreitet, besuchen noch andere Passagiere den Aussichtswagen, wobei einige beim Anblick der großen Fenster und des Glasdachs sofort wieder kehrtmachen. Ein Geistlicher kommt herein, ein eisernes Kreuz und einen Rosenkranz in den Händen, einen ruhelosen Ausdruck auf dem Gesicht. Er stellt sich ans hintere Fenster, lässt den Rosenkranz durch die Finger gleiten und spricht – lauter als nötig – ein Gebet.

Grey vermutet, dass der Geistliche Russisch spricht, und obwohl er kein Wort davon versteht, ist ihm der Rhythmus des Gebets so vertraut wie der seiner eigenen Liturgie zu Hause, ein Auf und Ab von Versprechen und Bitten, das ihn einhüllt, während sie Peking immer weiter hinter sich lassen. Jetzt rollen sie durch Felder, hier und da von Bauernhäusern durchsetzt. Die Feldarbeiter halten inne und schauen herüber. Einige nehmen den Hut ab und verneigen sich. Andere malen Zeichen in die Luft, geheimnisvolle Symbole, um das Böse abzuwehren.

Mitreisende

Das Zugkind ist schnell und gewitzt. Weiwei ist nicht so groß geworden, wie sie gehofft hat, und so kann sie sich noch immer in die winzigsten Nischen zwängen und in die verborgenen Winkel des Zuges klettern. Sie kennt alle Geheimnisse des Zuges: wie man unbemerkt durch die Küchen huscht und dabei eine heiße Teigtasche stiehlt, wie man den Gartenwagen durchquert, ohne die übel gelaunten Hühner zu stören, wie man an die Drähte und Rohre herankommt, wenn etwas nicht funktioniert (und das kommt häufiger vor, als die Kompanie sich oder ihren Investoren eingestehen will). Sie bewegt sich im Rhythmus des Zuges, läuft in einer Art schlingerndem Slalom durch die schmalen Korridore, an den Passagieren vorbei, die noch unsicher auf den Beinen sind und ihr verwirrt nachschauen, und sie hält nur inne, um sich in die Küche der Dritten Klasse zu schleichen und den schläfrigen Küchenjungen eine Handvoll Trockenfrüchte zu stibitzen.

»Zhang Weiwei, tu nicht so unschuldig, ich weiß, dass du etwas im Schilde führst!« Anja Kascharina, die Köchin der Dritten Klasse, hat sie ertappt. Weiwei dreht sich um, breitet die Hände aus und zuckt mit den Achseln. Anja lacht schallend und gibt einem der Küchenjungen einen Klaps auf den Hinterkopf. »Wer hat Ratten in meine schöne, saubere Küche gelassen, hm? Ihr müsst besser aufpassen!«

Weiwei verdrückt sich, bevor die Küchenjungen sich an ihr rächen können.

Zwischen den Küchen für die Erste und die Dritte Klasse befindet sich ein kleiner Raum, den die Zugleute *die Kluft* nennen, oder manchmal auch sarkastisch *die Zweite Klasse*. Weiwei ist es nie gelungen, eine vernünftige Antwort darauf zu bekommen, warum der Zug eine Erste und eine Dritte Klasse hat, aber keine Zweite. In seinem Buch äußert Rostow die Vermutung, die ursprünglichen Architekten der Kompanie hätten sich übernommen und ihnen sei das Geld ausgegangen, doch viele von der Crew sind der Ansicht, dass sie einfach vergessen wurde. Was auch immer der Grund sein mag, im Transsibirien-Express besteht die Zweite Klasse nur aus diesem Zwischenraum, in den die Köchinnen und ihre Gehilfen aus beiden Küchen kommen, um ein Nickerchen zu halten oder Klatsch über die Passagiere auszutauschen. Das verleiht ihm eine ungewöhnliche Neutralität, jenseits der Klassenunterschiede zwischen den Passagieren, die sich in der Regel auf diejenigen ausdehnen, die sie bedienen. Und obwohl die Köchin der Ersten Klasse behauptet, das Essen in der Dritten sei nicht mal für Straßengesindel genießbar, und Anja Kascharina überzeugt ist, dass von dem Essen in der Ersten nicht mal eine Mücke satt würde, hat man die beiden schon zusammen auf den schmalen Bänken in der Kluft sitzen sehen, mit einer Kanne Tee und einem gemächlichen Kartenspiel.

Dorthin kommen auch die übrigen Mitglieder der Crew, um sich einen Moment von den Passagieren zu erholen, deshalb lauscht Weiwei stets an der Tür, bevor sie hineingeht, um ein wenig von dem Tratsch aufzuschnappen, der die lange Reise versüßt.

»... aber was will sie denn tun? Sie finden, es ist viel zu lange nach ihrem Kopf gegangen.«

»Wenn sie das wirklich glaubte, würde sie doch nicht das Risiko einer Durchquerung eingehen, oder?«

»Du vergisst, dass für sie Risiko nicht dasselbe ist wie für uns. Genau das ist ja auch deren Fehler – sie denken, sie hätte genauso viel Angst wie sie. Aber so tickt sie ja nicht.«

Zwei von den Stewards, beide regelmäßige Gäste der Zweiten Klasse. Sie sprechen vom Captain. Sie sprechen alle so über sie, halb bewundernd, halb ängstlich.

»Aber alle so einer Gefahr auszusetzen, und das nach dem, was beim letzten Mal passiert ist … Das würde sie doch nicht tun …«

»Meinst du?«

Die Stimmen der Stewards sind mal lauter und mal leiser. Weiwei nimmt an, dass sie immer wieder über die Schulter blicken. Es heißt, der Captain weiß, wenn über sie geredet wird. Es heißt, sie ist hinter der Tür, bevor du auch nur Luft holen kannst. Es kursieren so viele Geschichten über sie, dass kaum noch jemand sagen kann, was wirklich stimmt und was zu den Zuglegenden zählt.

Eines jedoch scheint sicher zu sein, nämlich dass ihre Familie aus dem Landstrich stammt, der jetzt direkt hinter der Mauer liegt; dass sie dort ihr Vieh geweidet und ihre Pferde geritten haben, bis die Veränderungen begannen und sie von dort vertrieben wurden. Die Haut ihrer Tiere wurde durchsichtig, Vögel fielen vom Himmel, Sämlinge schossen aus dem Boden, so schnell, dass man seinen Augen nicht traute, und brachten fremdartige Blätter hervor. Und so kehrt der Captain immer wieder in das verlorene Land ihrer Vorfahren zurück, sie treibt den Zug über den verräterischen Boden und fordert das Ödland heraus, sich gegen sie zu erheben.

Doch Weiweis Lieblingsgeschichten über den Captain sind die, als sie noch eine junge Frau war: Wie sie sich die Haare

39

abgeschnitten und als Junge verkleidet bei einer Zugcrew angeheuert hat. Wie sie sich zum Lokführer hochgearbeitet hat, ohne dass je irgendwer etwas von ihrem Geheimnis ahnte. Wie sie eines der ersten Crewmitglieder beim Transsibirien-Express wurde. Und wie sie bei ihrer Ernennung zum Captain den Direktoren der Kompanie eröffnet hat, dass sie eine Frau ist – es heißt, die Herren waren so schockiert, dass sie bereits an Bord des Zuges war, als sie ihre Fassung zurückgewannen, und da hatten Fotografen aus der ganzen Welt sie schon bei ihrem Aufstieg in den Wachturm festgehalten, sodass es zu spät war, um das Ganze rückgängig zu machen.

Nun blickt Weiwei selbst über die Schulter, weil sie halb damit rechnet, dass der Captain urplötzlich hinter ihr auftaucht, als hätte sie ihre Gedanken gelesen – etwas, das sie, als Weiwei klein war, oft getan hat, meistens wenn Weiwei umherschlich und an Türen lauschte. Doch im Korridor ist niemand, und sie verspürt eine leise Enttäuschung. Diesmal hätte sie sich gefreut, den Captain kommen zu sehen.

»Glaub mir«, sagt einer der Stewards, »das ist ein schlechtes Zeichen. Sie hätten uns die Segnung abhalten lassen sollen …«

Schweigen. Lang genug für ein unbehagliches Scharren mit dem Schuh, ein besorgtes Kratzen an der Nase.

»Diese Reise steht unter einem schlechten Stern.« Sie hört, wie einer der Stewards in seine Hand spuckt und an das Eisengitter vor dem Fenster klopft. »Und die von der Kompanie wissen das, genau wie der Captain, obwohl sie nichts sagt. Sie wissen, dass es stimmt.«

Sie wendet sich ab, sie will nichts mehr hören. Die Segnung schickt sie sicher auf die Reise. Jedes Mitglied der Crew sprengt nacheinander mit einem Weidenzweig Wasser auf die Lok und sieht zu, wie es zischend verdampft. Das Wasser stammt aus einem Fass mit Früchten und Blättern der Jahreszeit und Erde vom Boden des Bahnhofs, an dem sie aufbrechen, um den Zug vor dem unfreundlicheren Land unter seinen Rädern zu schützen.

Doch nicht bei dieser Reise. Diesmal ist der Zug ohne Segnung losgefahren.

Die Kompanie hatte schon immer etwas gegen alles, was ihnen abergläubisch oder rückständig erschien, aber bis vor Kurzem herrschte eine Art unbehaglicher Waffenstillstand. Die Zugleute durften ihre kleinen Rituale, ihre Ikonen und Götter behalten, solange sie diskret damit umgingen und solange die Passagiere es charmant fanden. Doch nun, so wurde ihnen gesagt, sei es Zeit für eine Veränderung. Ein neues Jahrhundert nahe, und die Passagiere wollten keinen Mystizismus, sondern Modernismus. Diese Rituale hätten hier keinen Platz mehr, hat die Kompanie verkündet.

Und so murren die Crewmitglieder vor sich hin: Das Verbot der Segnung beweist mal wieder, dass diese verstaubten Büroleute keine Ahnung haben, was der Zug braucht. Und das ausgerechnet bei dieser Durchquerung! Hat es nicht schon genug ungute Vorzeichen gegeben? Wurde nicht am helllichten Tag eine weiße Eule im Tempel von Pinghe gesichtet? Hat man im Fluss nicht eine Schildkröte mit zwei Köpfen gefangen, auf deren Panzer ein Muster in Form eines auffliegenden Vogels war?

Zwei erst kürzlich eingestellte Porter haben sich einen ungefährlicheren Posten bei der Südost-Bahn gesucht. Einer der Stewards der Dritten Klasse hat gerade gestern gekündigt. Er habe ein neugeborenes Kind zu Hause, hat er gesagt, ohne jemandem ins Gesicht zu sehen; er habe mit sich gerungen, aber er könne nicht guten Gewissens wieder in diesen Zug steigen.

Weiwei hat noch nie erlebt, dass die Segnung nicht stattgefunden hat. Es fühlt sich an, als laste ein Gewicht auf ihnen, das sie zurückhält. Wenn sie an ihren Fingernägeln kaut, fehlt der Geschmack nach Erde.

In der Dritten Klasse riecht es nach Schweiß, Angst und halb verdorbenem Essen. Es gibt zwei Schlafwagen mit jeweils dreißig Betten, immer drei übereinander. Beide Wagen sind voll, und schon jetzt ist die Luft stickig. Die Kompanie hat den Preis für die Fahrkarten gesenkt, aus Sorge, dass die Passagiere wegbleiben könnten. Doch es gibt viele, die die Reise trotz ihrer Gefahren unbedingt unternehmen wollen. Als Weiwei hindurchgeht, zupfen sie sie am Ärmel – »Wo ist das Bad, wo gibt es Wasser, wie funktioniert das?« Die Fragen sind ebenso drängend und lästig wie die greifenden Hände, obwohl sie weiß, was die Leute eigentlich beschäftigt: *Sind wir sicher? Haben wir das Richtige getan?«* Doch sie kann ihnen nicht die Antworten geben, die sie hören wollen.

Im ersten der beiden Wagen kauern die Passagiere allein oder zu zweit, ihre Furcht wie einen Mantel um sich gehüllt. Im zweiten hat sich jedoch bereits eine kleine Gemeinschaft gebildet: Eine Frau verteilt leuchtend rote Zuckerpflaumen, zwei Händler spielen Karten und trinken abwechselnd aus einem angelaufenen silbernen Flachmann, und ein junger Priester liest in einer Sprache, die Weiwei nicht kennt, aus einem ledergebundenen Buch vor, eine Kette mit Holzperlen zwischen den Fingern.

Niemand sieht aus dem Fenster.

Niemand außer einem Mann mit wirrem silbrigem Haarschopf, der seine langen Glieder auf einen der schmalen Klappsitze an der Wand gefaltet hat und so konzentriert nach draußen starrt, dass er die anderen Passagiere, die an ihm vorüberdrängen, den Tee, der hinten auf seinen Mantel kleckert, und die Tabletts mit Essen, die dicht an seinem Kopf vorbeigetragen werden, gar nicht wahrzunehmen scheint.

»Professor?«, sagt sie auf Russisch und berührt ihn an der Schulter. Er fährt erschrocken herum, doch als er sie erblickt, verzieht sich sein faltiges Gesicht zu einem Lächeln, und er schließt sie unbeholfen in seine knochigen Arme. Eine Woge der Erleichterung überkommt sie. Nicht alles hat sich verändert. Trotz allem, was geschehen ist, sind ein paar Dinge so geblieben wie immer.

Der Professor ist kein richtiger Professor, obwohl er genauso aussieht, wie sie sich einen vorstellt, und sobald sie alt genug war, hat er sie unter seine Fittiche genommen, entschlossen, ihr eine richtige Ausbildung zukommen zu lassen, »da sich ja sonst niemand hier im Zug dafür zuständig zu fühlen scheint«. Sie hatte ihn darauf hingewiesen, dass die Heizer und die Ingenieure, die Stewards und die Porter und sogar der Captain höchstpersönlich sich bemühten, ihr jeden Zentimeter des Zuges zu zeigen und ihr alles beizubringen, was man darüber wissen musste. »Eine Ausbildung mit *Büchern*«, hatte der Professor darauf erwidert.

Soweit sie weiß, hat er nie genug Geld gehabt, um selbst an einer Universität zu studieren, denn sein Leben lang hat er alles, was er verdiente, für Zugfahrkarten ausgegeben, um die Landschaft dort draußen studieren zu können. Mitglieder der Gesellschaft zur Erforschung der Veränderungen in Großsibirien – beziehungsweise die Ödland-Gesellschaft, wie sie gemeinhin genannt wird – reisen oft mit dem Zug, und die Crew bringt ihnen eine gewisse Sympathie entgegen, weil sie ein gemeinsames Interessengebiet haben. Allerdings schaut sie auch ein wenig auf diese Gelehrten herab, die Großsibirien nur in Büchern erforschen und dann ihrerseits Bücher darüber schreiben, sodass ihr Ödland nur aus Papierwäldern und Tintenflüssen besteht, ebenso substanzlos wie die Gelehrten selbst.

Der Professor jedoch gehört praktisch zur Crew, und im Gegensatz zu einigen Mitgliedern der Ödland-Gesellschaft hat er auch noch andere Interessen. Er hat sich selbst Chinesisch beigebracht, wobei Weiwei ihm manchmal hilft, und er spricht es recht ordentlich, wenn auch unmelodiös und mit einem Akzent, bei dem sie immer an rostige Pfannen denken muss, die aneinanderreiben.

»Wollten Sie hier nicht studieren?«, hat sie ihn einmal gefragt, als sie vor dem großen steinernen Gebäude standen, zu dem er sie während eines Aufenthalts in Moskau geführt hatte. Als er ihr sagte, dass Männer von überallher zu diesem Ort kamen, um etwas über die Welt zu erfahren, war sie verwirrt, denn die Mauern waren so hoch und dick, als sollten sie die Welt eher fernhalten. Sie sahen, wie junge Männer mit Büchern unter dem Arm hineineilten, und sie fragte sich, ob sie bei all dem Stein über ihnen keine Angst hatten, zerquetscht zu werden. Doch der Professor lachte nur. »Wozu brauchen wir diese staubigen Klassenzimmer?« Das sagte er immer, wenn sie im Zug waren. »Wir haben doch all das.« Und er deutete mit ausgebreiteten Armen auf die Landschaft draußen.

»Kind!«, ruft er nun und mustert sie lächelnd. »Ich habe mich schon gefragt, wann du uns mit deiner Gegenwart beehrst. ›Ist sie zu bedeutend für die Dritte Klasse geworden?‹, habe ich mich gefragt. ›Ist das letzte Mal schon so lange her, dass sie ihre alten Freunde vergessen hat?‹«

»Das ist Ihre eigene Schuld«, entgegnet Weiwei. »Ich bin jetzt so gebildet, dass mir kaum eine freie Minute bleibt, weil ich dauernd Fragen beantworten muss. Sogar der Kartograf besteht darauf, mich bei seinen neuen Karten zurate zu ziehen.«

Der Professor seufzt theatralisch. »Ach, wenn es nur so wäre.«

Weiwei wirft ihm einen gespielt finsteren Blick zu. Trotz seiner Bemühungen ist sie nie eine gute Schülerin gewesen – zu rastlos, zu schnell abgelenkt. »Aber ich hatte wirklich viel zu tun«, sagt sie. »Einige von der Crew sind nicht zurückgekommen, und die Kompanie lässt uns alle doppelt so hart arbeiten. Und dann gibt es natürlich ein paar besonders anstrengende Passagiere, die ständig Ärger machen.«

»Ich bin sicher, du wirst dich auf gute und gerechte Weise um sie kümmern. Wenn du allerdings fleißiger lernen würdest, könntest du eine Beförderung erlangen, und dann müsstest du dich nicht mehr mit solchen Leuten herumschlagen.«

Weiwei ignoriert diese Bemerkung und das Zucken in seinen Mundwinkeln. »Und Ihre Arbeit? Geht sie gut voran?«, fragt sie im Plauderton, sieht ihn jedoch aufmerksam an.

Er antwortet nicht sofort, sondern wendet den Blick wieder aus dem Fenster, auf die Wiesen, die draußen vorübergleiten. »Ich denke, ein alter Mann wie ich hat ab und zu eine Ruhepause verdient«, sagt er schließlich. »Nach allem, was passiert ist.«

Er sieht zu ihr hoch, doch als er weitersprechen will, erstarrt er plötzlich. Sie folgt seinem Blick zur Tür, in der zwei Männer stehen und den Wagen mustern. Sie tragen schwarze Anzüge mit langen Rockschößen, die in einem bestimmten Licht aussehen wie Flügel.

»Ah«, sagt der Professor leise. »Unsere höchsteigenen Unheilsvögel.«

Ihre Ankunft wird durch das Klirren ihrer Schuhe angekündigt, glänzend schwarz und im europäischen Stil, mit Schnallen. Es ist ihre einzige Eitelkeit; oberhalb der Füße sind sie mit ihren dunklen Anzügen, den Drahtgestellbrillen und dem humorlosen Lächeln ebenso unscheinbar wie die übrigen Angestellten der Kompanie.

Li Huangjin und Leonid Petrow sind gemäß ihrem offiziellen Titel Berater, doch die Zugleute nennen sie nur die Krähen. Wie alle Berater der Kompanie sind sie stets zu zweit, einer aus

China und einer aus Russland – eine Ausgewogenheit, auf die die Direktoren in London sorgfältig achten. Sie sprechen das dröge, umständliche Englisch der Kompanie so, dass Weiwei den Anfang ihrer Sätze meist schon vergessen hat, bevor sie zum Ende kommen. Die Krähen klappern mit ihren glänzenden Schnallen und hacken unentwegt auf dem Zug und seiner Crew herum. Nicht mal der Captain kann sie von sich fernhalten, obwohl Weiwei mitbekommt, dass es den beiden unangenehm ist, wenn der Captain ihnen mit eisiger Höflichkeit und einem ebenso kalten Blick wie dem ihren begegnet.

Einmal, als Weiwei noch kleiner war, hat sie bei einer Durchquerung so getan, als wäre die giftige Luft des Ödlands in den Zug eingedrungen. Mit angehaltenem Atem rannte sie durch den Korridor eines Wagens und stieß dabei plötzlich mit einer der Krähen zusammen. Sie wäre beinahe hingefallen, aber er hielt sie an der Schulter fest.

»Wo willst du denn so schnell hin?« Er kam ihr riesig vor, und sie konnte seine Augen hinter der Brille nicht sehen, nur sich selbst, in den Gläsern gespiegelt. Sie hatte sich stets bemüht, den Krähen aus dem Weg zu gehen. Ihre Doppelheit machte ihr Angst, obwohl sie nicht wusste, warum. Doch diesmal war nur einer von ihnen da, und sie rechnete förmlich damit, dass er den anderen aus seiner Seite ausfahren würde wie ein zusätzliches Körperteil.

Er beugte sich hinunter, stützte die Hände auf die Knie und lächelte sie an, was ihr einen größeren Schrecken einjagte als der Jähzorn der Stewards. »Man könnte meinen, du wärst ein Ödlandkind, so wild, wie du herumtobst. Du bist ein Mitglied der Kompanie und musst dich auch so benehmen.«

Sie starrte ihn nur stumm an.

»Was passiert mit denen, die sich nicht an unsere Vorgaben halten?« Er führte sie zur nächsten Übergangstür, hinter der ein kleiner Raum lag, mit einer weiteren Tür, die nach draußen führte. Er nahm einen großen Schlüsselbund heraus und schloss die innere Tür auf. Der Raum dahinter war gerade groß genug, dass zwei Leute darin stehen und die erste Tür hinter sich schließen konnten, bevor sie die zweite öffneten. Seine Hand lag in ihrem Nacken. Durch das kleine Fenster konnte sie die Tundra vorübergleiten sehen, und zwischen dem Gras blitzten weiße Knochen auf. Er schob sie weiter nach vorn, drückte über ihr die Klinke der Außentür herunter, und sie stieß einen panischen Schrei aus.

Er trat ein Stück zurück, hielt sie aber weiter im Nacken fest und zwang sie, aus dem Fenster zu sehen. »Wir lassen sie da draußen zurück, wo sie hingehören.«

Manchmal spürt sie noch diesen Klammergriff der Angst, wenn sie an den Türen vorbeigeht, und sie ist jedes Mal erleichtert, wenn die Krähen in Moskau oder Peking bleiben. Doch in den letzten Jahren, seit der Zug auf Drängen der Kompanie häufiger fährt, sind sie fast bei jeder Durchquerung dabei. Dennoch bewegen sie sich, wie ihr aufgefallen ist, nach wie vor unbeholfen, schaffen es nicht, ihre Schritte den Bewegungen des Zuges anzupassen. Man muss sich dem Holpern und Wiegen anpassen, statt dagegen anzukämpfen, wie jede Zugratte weiß.

Jetzt gehen die beiden lächelnd an den Bettreihen entlang und nicken den Passagieren zu. Mr. Petrow (sie bestehen auf dem *Mr.*, als wäre ihr Name zu schwach, um allein stehen zu können) beugt sich sogar hinunter, um einem kleinen Jungen, der ihn mit unbewegter Miene ansieht, durchs Haar zu strubbeln. Weiwei verdreht die Augen. Aber sie werden nicht lange hierbleiben, sondern in die Erste Klasse weitergehen, um sich unter die Passagiere zu mischen, die die Kompanie bevorzugt, die ihrem Bild von sich eher entsprechen.

»Versuch, sie nicht allzu böse anzustarren«, sagt der Professor leise.

Doch sie schafft es nicht, die Maske aufzusetzen, die die Kompanie gerne hätte.

Als die beiden die Mitte des Wagens erreicht haben, strafft sie die Schultern und spürt, wie auch der Professor sich anspannt. Die Krähen nicken ihr knapp zu. »Wir freuen uns, unseren treuesten Reisenden wieder an Bord begrüßen zu dürfen«, sagt Mr. Li zu dem Professor. »Uns ist zu Ohren gekommen, dass es in letzter Zeit Differenzen innerhalb der Gesellschaft gab. Wir hoffen, die sind inzwischen beigelegt?«

Der Professor lächelt nur milde und mustert die beiden kurzsichtig durch seine Brille – der Inbegriff des harmlosen Gelehrten. »Oh, aber Differenzen sind doch das Lebensblut jedes wissenschaftlichen Diskurses, nicht wahr?«

»Ganz recht, Professor, ganz recht.« Die Krähen lächeln ebenfalls.

»Was hat er mit Differenzen gemeint?«, fragt Weiwei, als sie fort sind, doch der Professor schüttelt nur den Kopf.

»Nicht jetzt«, sagt er leise und blickt den Wagen hinunter, als rechne er damit, dass die Krähen erneut angeflogen kommen.

Weiwei wartet auf eine Erklärung, aber der Professor scheint sich nicht weiter äußern zu wollen.

Eine Krähe ist ein Zeichen des Bösen, sagen die Zugleute. Als die Veränderungen begannen, waren die Krähen die einzigen Vögel, die über die Mauer flogen, Aas aus dem veränderten Land fraßen und mit glitzerndem Tand oder funkelnden Steinen in den Klauen zurückkehrten. Deshalb werfen die Menschen im Norden Chinas mit Steinen nach ihnen; sie sind verdorben.

Als sie klein war, hat sie gedacht, die beiden Männer der Kompanie könnten fliegen. Sie dachte, im schwarzen Stoff ihrer

Gehröcke wären Flügel verborgen, mit denen sie sich in die Luft schwangen wie die Schattenvögel im Ödland. Sie dachte, sie würden den Mund weit öffnen und einander etwas in scharfem, verschachteltem Englisch zurufen, und sie hielten all das Böse des Zuges in ihren Klauen wie Steine, so hart und glänzend, dass es wehtat, sie anzusehen.

Die Mauer

Im Salon ist es heiß und stickig vor lauter Menschen. Parfüm hängt in der Luft und kratzt Maria im Hals. Hier ist zu viel Stoff, zu viel Samt und Seide. Sie erstickt darin.

Die Passagiere der Ersten Klasse haben sich versammelt, um auf das Herannahen der Mauer anzustoßen, wie es Brauch ist. An klaren Tagen kann man sie schon etwa siebzig Kilometer hinter der Hauptstadt erspähen.

Sie hat gehört, dass diesmal trotz der vergünstigten Fahrkarten weit weniger Passagiere in der Ersten Klasse mitreisen als sonst, aber dennoch herrscht Gedränge. Die Damen wedeln sich mit ihren Fächern Luft zu, die Gesichter der Herren in ihren gestärkten Hemden mit steifem Kragen sind gerötet von der Hitze und dem hochprozentigen Alkohol, den die Stewards auf silbernen Tabletts anbieten. Maria kostet einen Schluck und verzieht das Gesicht.

»Es heißt, in Peking ist schon seit Monaten nicht an echten russischen Wodka heranzukommen«, sagt die Gräfin, die auf einem Berg von Kissen thront wie ein kleiner, aufbrausender Monarch am Hof eines winzigen Staates. »Deshalb müssen wir uns wohl mit diesem Gebräu abfinden.« Sie schüttelt den Kopf. »Ich fürchte, wir haben eine schwierige Reise vor uns. Zufällig konnte ich einen Blick auf die Abendkarte werfen, und es war *nicht* ermutigend. Die arme Vera sagt, ihr

Verdauungssystem verträgt einfach nicht noch mehr *sonderbares* Gemüse.«

Vera schürzt die Lippen und nickt schweigend.

Maria sucht nach einer passenden Erwiderung, doch ihr fällt nichts ein. Es ist zu lange her, dass sie unter so vielen Fremden war. Zum ersten Mal fällt ihr auf, wie trist ihr Kleid neben dem bunten Gefieder dieser Männer und Frauen wirken muss. Sie kann sich des Gefühls nicht erwehren, dass ihr der Betrug anzusehen ist, dass diese andere Maria von ihr abfallen wird wie ein schlecht sitzendes Gewand.

Doch Anna Michailowna ist vollauf damit beschäftigt, ihren Hofstaat kritisch zu mustern, und ihr steter Strom an Kommentaren ist geradezu beruhigend, da es genügt, wenn Maria zuhört und hin und wieder etwas Zustimmendes murmelt. Ihr verstorbener Gatte war Diplomat, sagt die Gräfin gerade. »Obwohl es vor allem der Wunsch seines Vaters war. Wenn es nach ihm gegangen wäre, hätten wir unser Leben in den Petersburger Sümpfen verbracht. Erst jetzt, nach seinem Tod, kann ich zum Vergnügen reisen.« Maria fällt auf, dass sie sich viele essenzielle Qualitäten des Botschafterlebens bewahrt hat, unter anderem einen zynischen Blick auf ihre Mitmenschen.

»Und *der* Herr dort drüben mit der Zeitung ist ein Seidenhändler, schwerreich, natürlich dank dieses Zuges. Wie er heißt, weiß ich nicht mehr, diese chinesischen Namen sind so eigenartig. Und wie ich gehört habe, trägt der andere Herr den wunderbaren Namen Oresto Daud und stammt aus *Sansibar*, was ich, ehrlich gestanden, für eine Erfindung gehalten hätte, wenn Vera mir nicht versichert hätte, dass es das wirklich gibt. Ah, und der Dicke mit dem roten Kopf ist Herr Schenk, ein Bankier oder so etwas. Ich habe ihn in der Botschaft in Kalkutta kennengelernt.«

»Delhi«, korrigiert Vera.

»Richtig. Ein überaus langweiliger Mann. So wenig erinnernswert, dass ich gleich die ganze Stadt vergessen habe. Bitte täuschen Sie einen Ohnmachtsanfall vor, falls er herkommt, Vera.«

Vera nickt.

Wie ruhig sie alle sind, denkt Maria, *diese Geschäftsleute und Aristokraten.* Sie blicken nicht aus dem Fenster, auf die herannahende Mauer, sondern nur aufeinander oder gelegentlich in den goldgerahmten Spiegel über der Bar.

»Aber für ihn spricht, dass Herr Schenk eben auch sehr reich ist«, fügt Anna Michailowna nachdenklich hinzu.

Natürlich, wie sollte er sich sonst diese Reise leisten können? *Die wirklich Reichen kaufen sich nicht nur Anwesen und hübsche Dinge,* denkt Maria, *sondern auch Sicherheit.* Sie kaufen sich die Überzeugung, dass diese Reise für sie keine Gefahr birgt. Sie beneidet sie um ihr Vertrauen.

»Nun, wenn er sehr reich ist, braucht er nicht interessant zu sein«, erwidert sie mit aufgesetzter Leichtigkeit. »Außerdem habe ich gehört, dass eine allzu rege Fantasie auf dieser Reise gefährlich sein kann.«

»In der Tat«, sagt die Gräfin. »Und Sie, meine Liebe? Ganz allein zu reisen, so jung, wie Sie sind …« Sie fixiert Maria mit einem forschenden Blick.

»Ich kehre nach Sankt Petersburg zurück. Mein Mann und meine Eltern sind gestorben … eine Cholera-Epidemie …« Sie sieht zu Boden, niedergedrückt von ihren Lügen.

»Oje, das tut mir leid. Sie Arme!« Die Gräfin beugt sich vor und tätschelt ihr die Hand. Sie erinnert Maria an die Freundinnen ihrer Großmutter in Sankt Petersburg, jene schwarz gekleideten Witwen, die sich vom Unglück nährten, es einsogen wie die frische Seeluft, die Verjüngung versprach. »Sie brauchen nicht darüber zu sprechen, wenn es Sie zu sehr aufwühlt.«

Doch die Gräfin ist offensichtlich begierig darauf, Näheres zu erfahren, deshalb fragt Maria rasch: »Und der Herr dort?« Sie deutet auf den Mann, der bei der Abreise die Porter beschimpft hatte. Er unterhält sich mit einem attraktiven jungen Paar; beziehungsweise die beiden Männer unterhalten sich, während die junge Frau, das Kinn in die Hand gestützt, aus dem Fenster sieht.

»Ah, das ist der berüchtigte Dr. Henry Grey«, antwortet die Gräfin mit gedämpfter, aber durchaus genüsslicher Stimme. »Der arme Mann kann einem wirklich leidtun. Diese Wissenschaftler nehmen es so schwer, wenn ihr Ruf Schaden erleidet.«

Die Geschichte sei mit einer gewissen Häme durch die Presse gegangen, erklärt die Gräfin. Dr. Grey hatte im Innern eines toten Seehunds an einem Strand in England ein Fossil entdeckt, das die exakte Abbildung eines Kindes im Mutterleib zeigte und damit seiner Überzeugung nach bewies, dass Tiere den Bauplan für ihre künftige Entwicklung hin zur vollkommensten Form, nämlich der menschlichen, in sich trugen. Doch all das hatte sich als falsch herausgestellt. Was er für ein menschliches Kind hielt, war in Wirklichkeit ein urzeitliches Meereslebewesen, das im Kalkstein der Klippen gefangen und dann versehentlich von dem ahnungslosen Seehund verschluckt worden war. Dr. Greys Theorien waren mit großem Gepolter und in aller Öffentlichkeit in sich zusammengestürzt. Der Franzose Girard, so stolz auf seine Theorie der Formenevolution, hatte ihn im Pariser Institut auf offener Bühne verspottet: »Wer kann denn eine Krabbe für ein Kind halten? Nur ein Engländer!«

Maria verspürt eine gewisse Verwandtschaft mit dem Mann – sie weiß, was es heißt, seinen Ruf und damit seinen Lebensunterhalt zu verlieren.

»Soweit ich weiß, ist er auf dem Weg zur Ausstellung«, fährt die Gräfin fort. »Man darf gespannt sein, was er dort zeigen will. Vielleicht eine Meerjungfrau, als Beweis dafür, dass wir früher unter Wasser atmen konnten?« Amüsiert über ihren eigenen Scherz klopft sie mit dem Fächer auf Veras Arm. Vera lächelt pflichtbewusst. »Werden Sie sie auch besuchen?«, fragt die Gräfin Maria.

»Wen?«

»Die *Moskauer Ausstellung*, meine Liebe.« Nun bekommt Maria einen Klopfer mit dem Fächer. »Ein ganzes Gebäude, ein *Palast* aus Glas – mir erscheint das etwas frivol, aber man weiß ja nie, was die Leute sich als Nächstes einfallen lassen, und vermutlich gibt es schlechtere Wege, um zu zeigen, wie klug die Menschheit ist.«

Maria beißt sich auf die Lippe. »Ja, ich freue mich schon darauf.« Sie ist froh, als die Gräfin ihre Aufmerksamkeit auf etwas anderes richtet.

Die Mauer ragt jetzt vor ihnen am Horizont auf, und mit ihren Zinnen sieht sie aus, als würde dahinter ein Riese hausen, dessen Burg ein ganzes Königreich umspannt. Die Wachtürme sind sogar noch höher und gaukeln dem Betrachter vor, die Mauer sei näher, als sie tatsächlich ist. Die Passagiere erheben ihre Gläser.

»Was für ein Wunderwerk!«, ruft die Gräfin aus.

Es gibt kein anderes Wort dafür. Und noch wundersamer sind die Tausende von Kilometern, über die sie sich erstreckt, und die sechshundert Türme, die sie bewachen, allzeit auf der Hut, allzeit bereit. Maria verschränkt die Hände, damit sie aufhören zu zittern. Ihr kommt der Gedanke, dass es aussieht, als würde sie beten, und sie muss beinahe lachen. Vera neben ihr betet tatsächlich, ihre Lippen bewegen sich in verzweifeltem Flehen um Schutz. Die Gräfin schaut einfach nur gebannt auf die näher kommende Mauer, ein geradezu kindliches Staunen im Gesicht.

»Ist sie nicht prachtvoll? Hätten Sie gedacht, dass Sie sie einmal sehen würden?« Die Gräfin sieht zu ihr hoch, und sie denkt: *Nein. Jedenfalls nicht so.*

Sie verfallen in ehrfürchtiges Schweigen, als der Zug seine Fahrt verlangsamt. Der Turm ragt über ihnen auf, und die Mauer wirkt mit jeder Sekunde mächtiger. Das Licht der tief stehenden Sonne fällt auf den grauen, pockennarbigen Stein.

Maria ist mit den Geschichten über den Kaiser, der den Bau vor über tausend Jahren befohlen hat, und über die Männer, deren Gebeine unter den Steinen begraben liegen, aufgewachsen. Und natürlich mit den Geschichten über Song Tianfeng, den Baumeister, der den zweiten Mauerbau geleitet hat, als das Ödland das chinesische Reich bedrohte; darüber, wie er die Mauer einhundertfünfzig Kilometer nach Norden versetzen ließ, wie er Tausende von Steinen aus den Steinbrüchen im Norden herbeitransportieren und sie mit Eisen verstärken ließ, wie er die endlosen Weiten durchquerte, um dem russischen Reich die Nachricht zu überbringen und den Baumeistern dort zu zeigen, wie sie eine ebensolche Mauer errichten konnten.

Maria denkt an all die Männer, die für den Bau der Mauern ihr Leben gelassen haben. Hätten sie sich nicht geopfert, wäre dann die Gefahr bis nach Moskau und Peking und sogar noch weiter vorgedrungen? Würden jetzt Gräuel durch das Land streifen und sich nachts in die Städte schleichen?

Sie werden immer langsamer und halten schließlich direkt unter dem Turm, dessen Fuß als mächtiger steinerner Bogen über ihnen aufragt. Weiter oben stehen die Wachen auf ihrem Posten – zehn nach China gewandt, zehn in Richtung Ödland. Sie weiß, dass sie Eisenhelme tragen, und darunter Masken mit Drachen- und Löwengesichtern, um allem, das sich nähert, zu zeigen: *Auch wir haben hier Raubtiere.*

Draußen beziehen weitere Wachleute Position. Wie viele andere Kompanien besitzen eine private Armee? Andererseits: Wie viele andere Kompanien haben es so weit gebracht? Sie kennt ihre Geschichte gut – wer nicht? Die Ursprünge der Kompanie reichen viel weiter zurück als die Eisenbahn, bis in die Mitte des 17. Jahrhunderts. Damals war sie eine reine Handelskompanie, gegründet von englischen Kaufleuten, die nach den Reichtümern der Seidenroute und den mineralienreichen Landstrichen Sibiriens strebten. Die Kompanie mit ihrem Sitz in London wuchs und wuchs, und ebenso das Vermögen ihrer Mitglieder, die sich damit Einfluss und Sitze im Parlament erkauften und Häuser auf dem Land. Als die Veränderungen begannen, dachten viele, das bedeute das Ende für die Kompanie. Doch was als Katastrophe hätte enden können, erwies sich als Gelegenheit, denn die Kompanie verfügte über genug Geld und Entschlossenheit, um die Eisenbahnlinie zu bauen, die die beiden Kontinente seither verbindet.

Und doch wirken die Wachen der Kompanie vom Zug aus klein, obwohl sie die Brust nach Kräften herausstrecken, um ihre Uniformjacken auszufüllen. Mit ihren Masken, den starren Augen und Atemschläuchen sehen sie aus wie eine Verhöhnung des Menschlichen.

»Die armen Kerle haben bestimmt gedacht, es käme nie wieder ein Zug, den sie begrüßen können«, sagt die Gräfin. »Was für eine Strafe, hierher entsandt zu werden.«

»Den Soldaten wird gesagt, es sei eine Ehre.« Der chinesische Seidenhändler gesellt sich zu ihnen ans Fenster und stellt sich mit einer kleinen Verbeugung als Wu Jinlu vor. »Sie beschützen die Nation.«

Aber Maria hat gehört, dass die Soldaten, die von der Mauer zu den Garnisonen in der Stadt zurückkehren, von Visionen und Albträumen berichten, von Stimmen in der Nacht und unerklärlichem Fieber.

»Es heißt, in den Baracken der Mauer soll es spuken«, sagt die Gräfin.

»Ah, der Garnisonsgeist.« Der Händler lächelt. »Die Geschichten habe ich auch gehört.«

Er spricht fließend Russisch, fällt Maria auf, aber gefärbt von der Derbheit der Moskauer Stoffmärkte.

»Das wird der Transsibirien-Kompanie nicht gefallen«, fährt er fort. »Ein Geist ist ihnen sicher nicht modern genug, außerdem zahlt er bestimmt keine Miete.« Er hält inne und deutet dann mit dem Kopf zum anderen Ende des Wagens. »Wenn man vom Teufel spricht …«

Maria folgt seinem Blick und sieht zwei Männer in dunklen Anzügen, die gerade hereingekommen sind, ein Europäer und ein Chinese. Sie begrüßen die Herren mit Handschlag und verneigen sich steif vor den Damen. Einer von ihnen wendet ihr den Kopf zu, sodass sich das Licht in seinen Brillengläsern spiegelt, und sie hat plötzlich ein Rauschen in den Ohren.

»Ich nehme an, die beiden Herren gehören zur Kompanie?« Die Gräfin gibt sich keine Mühe, ihre Stimme zu senken.

»Ja, wir dürfen uns geehrt fühlen«, erwidert Wu Jinlu. »Das sind Petrow und Li, Händler der Wahrscheinlichkeit«, fügt er mit einem leisen Lächeln hinzu.

Die Gräfin hebt die Augenbrauen. »Und was meinen Sie damit?«

»Ich glaube, ihre offizielle Bezeichnung lautet Berater, aber sie sind fürs Geld zuständig, beraten die Kompanie, wann sie kaufen oder verkaufen soll, fädeln Handel ein und dergleichen. Sie beobachten aufmerksam, womit die Damen in Peking sich die Lippen anmalen und was die Herren in den Pariser Salons trinken. Sie handeln mit der Zukunft, die der Zug ihrer Meinung nach ins Leben rufen wird.«

»Wie faszinierend«, sagt die Gräfin. »Und ich dachte, wir Passagiere wären die kostbarste Ware an Bord.«

»Das werden sie uns bestimmt auch sehr überzeugend

vorgaukeln. Obwohl normalerweise der Captain die Begrüßung und Warnung übernimmt. Es ist eigenartig, dass sie sich noch nicht hat blicken lassen.« Er sieht sich um, als rechne er damit, dass die Erwähnung ihres Namens sie erscheinen lässt. »Allerdings ist diese Durchquerung auch« – er zögert kurz – »besonders.«

Maria nimmt sich noch ein Glas Wodka von einem der Stewards und leert es zu schnell. Sie versucht, sich nichts anmerken zu lassen, doch sie spürt, wie die Gräfin sie beobachtet. Die clevere alte Frau scheint ihren rasenden Puls, ihre brennende Haut spüren zu können. Bestimmt reibt sie sich innerlich die Hände, weil sie Geheimnisse ahnt, nach denen sie angeln kann.

»Meine Damen und Herren«, beginnen die Vertreter der Kompanie auf Englisch, »wenn Sie uns bitte einen Moment Ihre Aufmerksamkeit schenken würden. Es ist uns eine Ehre, Sie im Namen der Transsibirien-Kompanie an Bord zu begrüßen, und wir wünschen Ihnen eine komfortable und angenehme Reise mit diesem außergewöhnlichsten aller Züge. Diese Reise ist insofern etwas Besonderes, als sie – für diejenigen, die uns bis dorthin begleiten möchten – bei der Moskauer Ausstellung endet, wo dieser Zug das Hauptexponat unserer Kompanie darstellen wird, als Ehrung unserer Arbeit und Symbol unseres Vertrauens am Übergang in das neue Jahrhundert.«

Maria hört, wie die Gräfin leise schnaubt. »Man fragt sich, ob solche Prahlerei angemessen ist.«

Die Lippen des Seidenhändlers zucken. Mit einem verschwörerischen Lächeln sagt er leise: »Wissen Sie, wie die Mannschaft die beiden nennt? Die Krähen. Sehr passend, finde ich.«

Krähen. Unheilsvögel. Ihr Vater war von jener letzten Durchquerung mit einem Zittern in den Händen zurückgekommen. Er hatte sich in seinem Arbeitszimmer eingesperrt und sich geweigert, etwas zu essen. Nachrichten vom Unglück des Zuges verbreiteten sich in der Stadt, Gerüchte wirbelten und wucherten, auf den Straßen wurde über nichts anderes gesprochen, sagte ihre Haushälterin, doch über die Lippen ihres Vaters kam kein Wort.

Wenige Tage nach seiner Rückkehr standen die beiden Männer von der Kompanie vor der Tür. In ihren dunklen Anzügen sahen sie aus wie Leichenbestatter. Im Türrahmen versteckt beobachtete sie, wie ihre Mutter ihren Vater aus dem Arbeitszimmer holte und wie die beiden Männer leise mit ihm sprachen. Doch sie verstand nur ein paar Satzfetzen: »ein Missgeschick ... ein Fehler ... überarbeitet ...«

Nachdem sie gegangen waren, zog sich ihr Vater wieder in sein Arbeitszimmer zurück, aber ihre Mutter blieb lange am Feuer sitzen. Als Maria schließlich zu ihr ging, sagte diese, ohne sie anzusehen: »Die Unachtsamkeit deines Vaters war der Grund für das Unglück.«

Wie erstarrt stand Maria da, während ihre Mutter fortfuhr. »Sie sagen, es lag am Glas. Das Glas war ... fehlerhaft. Nach all der Zeit, die er darauf verwendet hat, war es fehlerhaft. Es ist zerbrochen.« Sie wandte sich zu ihrer Tochter. »Es sollte sie schützen. Stattdessen hat es das Böse hereingelassen.«

Ihre Mutter umklammerte ihre ledergebundene Bibel. Sie hatte auf der spröden Haut ihrer Lippen herumgekaut, und nun hatte sie einen Blutfleck am Mund.

»Er ist niemals unachtsam«, sagte Maria. »Diese Männer irren sich.« In ihr wallte ein Zorn auf, wie sie ihn noch nie verspürt hatte, so überwältigend, dass sie am liebsten mit der Faust auf den Glastisch gedonnert und den Spiegel an der Wand zerschlagen hätte, der die angespannten Züge ihrer Mutter und ihr eigenes bleiches Gesicht reflektierte.

»Ich habe ihm gesagt, es gibt keinen Schutz vor diesem Ort«, fuhr ihre Mutter mit müder Stimme fort. »Aber er wollte nicht auf mich hören. Er wollte nicht sehen, dass Gott dieses Land aufgegeben hat und dass es keine Rettung für die Seelen gibt, die dorthin gehen. All diese Seelen sind verloren, verdammt. Und er selbst wird noch verdammter sein als sie.«

Wie immer behielt sie recht. Kaum eine Woche später fand Maria ihn zusammengesunken über dem Schreibtisch in seinem Arbeitszimmer. Ein Herzinfarkt, sagte der Arzt, er hatte zu hart gearbeitet und nicht gut auf sich geachtet, und dann noch der Schock des Unglücks – es war einfach zu viel gewesen, und es gab nichts, was sie hätten tun können. Übelkeit steigt in ihr hoch. Sie bringt es nicht über sich, die Szene genauer zu betrachten. Nicht hier, nicht jetzt.

»… Und obgleich wir Ihnen versichern können, dass die Transsibirien-Kompanie die höchsten Sicherheitsstandards wahrt, müssen wir Sie an die offizielle Erklärung erinnern, die Sie alle unterschrieben haben und derzufolge Ihnen die Risiken dieser langen und herausfordernden Durchquerung bewusst sind.«

Die Passagiere rutschen unruhig auf ihren Stühlen hin und her. Es ist eine Sache, ein Papier zu unterschreiben, wenn man sicher im Warteraum der Ersten Klasse steht, aber eine ganz andere, daran zu denken, wenn man sich tatsächlich im Zug befindet. *Der Passagier ist sich der Risiken der Reise bewusst. Es ist seine Pflicht, den Zugarzt zu informieren, falls er sich zu irgendeinem Zeitpunkt unwohl fühlt. Die Transsibirien-Kompanie übernimmt keinerlei Verantwortung für Krankheit, Verletzungen oder den Verlust des Lebens während des Aufenthalts im Zug.*

Keinerlei Verantwortung, denkt sie. *Klarer geht es nicht.*

Das zweite Mal kamen die beiden Männer von der Kompanie einige Tage nach dem Tod ihres Vaters zu ihnen nach Hause, als sie zusammengekauert in ihrem Zimmer auf dem Bett lag und ihre Mutter in schwarzen Seidenkrepp gehüllt im Salon auf Trauergäste wartete, die nicht eintreffen würden. Die Haushälterin flehte Maria an, nach unten zu kommen: »Da sind zwei Herren, die in das Arbeitszimmer Ihres armen Vaters wollen«, sagte sie. »Ihre liebe Mutter ist zu sehr von Trauer niedergedrückt, um sie aufzuhalten. Seine ganze Arbeit – sie sagen, es gehört alles ihnen.«

Doch Marias Kopf war zu schwer, um ihn vom Kissen zu heben, zu vernebelt, um darüber nachzudenken oder sich darum zu scheren, was sie den Fremden sagen sollte. Sie schloss die Augen, während die Männer von der Kompanie alles mitnahmen, was von der Arbeit und dem Ruf ihres Vaters übrig war – und das wird sie sich niemals verzeihen.

Nun stellen diese Männer, diese *Krähen*, ihnen den Zugarzt vor, und er spricht von einer Krankheit namens Ödlandweh, von ihren Symptomen und Anzeichen. Maria kennt sie bereits aus Rostows Buch: Meist beginnt es mit einem Gefühl von Kraftlosigkeit und Trägheit, dann kommen Halluzinationen hinzu. *Der Patient ist möglicherweise überzeugt, dass er verfolgt wird und umgehend den Zug verlassen muss. Es kann sein, dass er vergisst, wer er ist, wie er heißt und warum er sich überhaupt in dem Zug befindet. Bei umgehender Behandlung kann er wieder zu sich gebracht werden, aber es gelingt nicht bei jedem.* Es gibt keinerlei körperliche Anzeichen der Krankheit; sie ist heimtückisch – ein Entgleiten des Verstandes, wie Rostow es nennt.

»Und was sollen wir tun, wenn wir eines dieser Symptome bei jemand anderem bemerken?«, fragt eine kleine Frau, die mit der einen Hand die ihres Mannes umklammert und mit der anderen an ihrer Perlenkette herumspielt.

»Dann ist es Ihre Pflicht, mich ebenfalls zu informieren, um die Sicherheit des Zuges zu gewährleisten«, antwortet der Arzt ernst, woraufhin die Frau die Hand ihres Mannes noch fester umklammert.

»Und nun überlassen wir Sie Ihren Getränken und der Möglichkeit, einander besser kennenzulernen. Wir sind sicher, dass Sie alle im Laufe unserer Reise gute Freunde werden.« Die Männer von der Kompanie verbeugen sich mit einem Lächeln, gefolgt von höflichem Beifall.

»Nicht sehr überzeugend, diese letzte Äußerung«, bemerkt die Gräfin. »Obwohl ich verstehe, warum.« Sie wirft der Frau mit der Perlenkette einen scharfen Blick zu. Dann kommen plötzlich die Krähen auf sie zu, bevor Maria sich darauf einstellen kann, und verneigen sich unterwürfig vor der Gräfin.

»Ich hoffe doch, dass Sie sich mittlerweile von dem Zwischenfall erholt haben«, sagt die Gräfin ohne Umschweife. »Das Ganze war höchst ärgerlich. Ich hatte schon Sorge, dass ich mich, wenn es noch länger dauern würde, in Peking begraben lassen müsste und meine verbliebenen Verwandten um die Kosten für die Beerdigung herumkämen.«

Die beiden Männer wirken etwas verdattert, doch die Gräfin spricht einfach weiter. »Ich weiß, es gab Unkenrufe, aber ich nehme an, die Kompanie setzt am Ende immer ihren Willen durch, oder etwa nicht? Wie auch immer, Maria Petrowna und ich werden darauf hoffen, dass die Zweifler sich geirrt haben.« Sie schenkt den beiden ein bezauberndes Lächeln, aber Maria gelingt es nicht, ihre Gesichtszüge in die gewünschte Form zu zwingen. Sie wusste, dass dieser Moment kommen würde, aber nun, da es so weit ist, fühlt sie sich dem Test nicht gewachsen. Was ist, wenn sie sie bei ihrem ersten Besuch in ihrem Versteck im Türrahmen gesehen haben? Wenn sie sich an ihr Gesicht erinnern? Dann werden ihr falscher Name und die gefälschten Dokumente sie nicht schützen. Sie hat Mühe, zu atmen. Doch die beiden Männer streifen sie nur mit einem höflichen Blick, versichern ihr, dass ihr im Zug nichts passieren kann und dass sie vollkommen auf den erfolgreichen Ablauf der Reise vertrauen, dann wenden sie sich wieder der Gräfin zu. Ihre Mienen verraten keine Neugier, keinen Verdacht; sie ist nur eine junge Witwe, die nach Russland zurückkehrt, um dort zu verdorren. Nein, sie haben sie an jenem Abend nicht gesehen, sie sind nicht auf den Gedanken gekommen, etwas über die Tochter des Mannes, den sie vernichtet haben, in Erfahrung zu bringen, ihren Zorn, ihre Trauer zu fürchten. Sie haben überhaupt nicht an sie gedacht.

Ein Beben durchläuft den Wagen, und als sie sich alle umwenden und nach draußen blicken, erwachen die maskierten Soldaten zum Leben. Gleichzeitig treten sie zurück, wie aufgezogene Spielzeugmännchen, und salutieren. Dann verschwinden sie in den Dampfwolken. Mit einem Ruck setzt sich der Zug wieder in Bewegung, und sie rollen langsam durch ein großes eisernes Tor in einen befestigten Bereich, der von hohen Laternen beleuchtet ist. Auf der einen Seite befindet sich eine riesige Wasseruhr.

Dies ist der Wachhof. Die Frau mit der Perlenkette stößt ein ängstliches Quieken aus und wedelt hektisch mit ihrem Fächer. Andere Passagiere wenden sich ab.

Maria zwingt sich hinzusehen.

»Würden sie es wirklich tun?« Die Stimme der Gräfin hallt laut durch das Schweigen. »Den Zug versiegeln, meine ich.«

Veras Lippen sind nahezu weiß. Jemand lässt ein Glas fallen.

Die Männer von der Kompanie haben die Wache in ihrer Ansprache nicht erwähnt, fällt Maria auf. Vielleicht finden sie, dass manche Dinge besser ungesagt bleiben. Außerdem stand es klar und deutlich in der Erklärung, die sie unterschreiben mussten. Bestimmt denken jetzt alle Passagiere an den Tag und die Nacht, die sie an der russischen Mauer verbringen müssen, bevor ihre Reise sicher beendet ist, oder an Rostows Worte, schlicht und unmissverständlich: *Wenn nach dieser Zeit festgestellt wird, dass nichts wächst, weder im Innern des Zuges noch an der Außenseite, darf er das Tor passieren. Und wenn eine Spur ödländischen Lebens gefunden wird? Dann wird der Zug versiegelt. Alle darin müssen sich zum Wohle des Reiches opfern.*

»Es ist noch nie vorgekommen«, sagt Mr. Petrow steif. Von seiner vorherigen Unterwürfigkeit ist nichts mehr übrig. »Und wir sorgen dafür, dass es auch so bleibt.«

Aber es könnte passieren, denkt Maria. Dass es noch nie vorgekommen ist, bedeutet ja nicht, dass es nie vorkommen wird. Die Kompanie würde es tun; ihnen würde gar nichts anderes übrig bleiben. Sie könnten nicht riskieren, dass der Zug die Mauer passiert und die Keime des Ödlands mitbringt. Dass er alles damit infiziert.

»Aber bei der letzten Durchquerung –«, setzt der Seidenhändler an.

»Die letzte Durchquerung beweist die Effizienz der Schutzmaßnahmen innerhalb des Zuges«, unterbricht ihn der Russe. »Wie Sie wissen, wurde auch bei dieser Reise die Wache ohne Beanstandung absolviert.«

Allerdings erst nach dem Tod von mindestens drei Passagieren, wie in den Zeitungen stand. Und ihr Vater … Sie bremst sich erneut. Es wird eine Zeit kommen, in der ihr keine andere Wahl bleibt, als genauer hinzusehen. Aber noch nicht jetzt.

Der Zug rollt aus dem Wachhof und durch ein weiteres großes Eisentor. In der Fensterscheibe sieht sie ihr Spiegelbild, das Gesicht angespannt und geisterhaft. Jetzt wird es keinen Halt mehr geben, bis zu der russischen Mauer am anderen Ende des Ödlands. Und der Wache, die dort auf sie wartet.

Die erste Nacht

In der Dritten Klasse hilft Weiwei den Stewards, die Passagiere in den Speisewagen und wieder zurück zu schleusen, und versucht, die persönlichen Gegenstände, die sich bereits im Wagen auszubreiten beginnen, in eine gewisse Ordnung zu bringen. Es sind die üblichen Abläufe und Handgriffe, aber sie fühlt sich seltsam distanziert und unbeholfen, als hätte sie die Schritte eines Tanzes vergessen, den sie einst im Schlaf beherrschte. Sie hat ihren Rhythmus verloren.

Sie legt die Finger an die Fensterscheibe. Es beruhigt sie: der eifrige, hungrige Vorwärtsdrang der Lokomotive, das Rattern der Räder, als wäre das Glas mit Energie aufgeladen, die unter ihrer Haut prickelt. Und es überlagert das Klirren von den Schnallenschuhen der Krähen, die zerbrochenen, zersplitterten Erinnerungen an die letzte Durchquerung.

Aber es war wegen des Glases, sagt die Kompanie. Das Glas hatte Fehler, Risse. Deshalb konnte das Ödland eindringen.

Abrupt zieht sie die Hand weg. Die Kompanie hat die Scheiben austauschen lassen, hat einen anderen Glasmacher gefunden, der die Fertigung übernimmt, einen besseren, behaupten sie, obwohl sie keinen Unterschied wahrnehmen kann. (»Einen billigeren«, sagt Alexei.)

Sie denkt an Anton Iwanowitsch Fjodorow, hinter seiner Schutzmaske in der Glasfabrik des Betriebswerks, über seine

Linsen im Laborwagen gebeugt, allein in der Kantine der Crew, immer unzufrieden, als könne er nie den hohen Anforderungen gerecht werden, die er an sich selbst stellt. Sie denkt an die vielen Male, als sie gesehen hat, wie er die Scheiben überprüfte. Ein Mann, dessen Aufmerksamkeit mehr den Details galt als den Menschen um ihn herum. Er war nicht beliebt; er war wie sein Glas, sagten die Zugleute. Hart. Unnachgiebig. Er hat nur selten das Wort an sie gerichtet, aber sie erinnert sich, wie er einmal hier gestanden und plötzlich gesagt hat: »Es gibt einen bestimmten Punkt, eine bestimmte Frequenz, da atmen alle gemeinsam – das Eisen und das Holz und das Glas.« Sie versucht es wahrzunehmen, aber sie weiß nicht, worauf sie achten soll.

»Was ist das?«

Sie fährt herum, als die panische Frauenstimme ihre Gedanken durchbricht. *Was ist das?* Ein Refrain, der bei jeder Durchquerung erklingt. Die Zugleute haben gelernt, nicht zu reagieren. Ein Krabbler, ein Geist, irgendeine vertraute Seltsamkeit. Sie sind an das Unvorhersehbare gewöhnt, daran, dass die Gefahren sich von Reise zu Reise verändern, wie bei der Durchquerung vor ein paar Jahren, als es draußen mit einem Mal ein Gelb gab, das beim Betrachter heftige Übelkeit auslöste. Es tauchte auf, wo man es am wenigsten erwartete, in den Zweigen eines Baums oder im klaren Wasser eines Flusses; eine Farbe, die *falsch* war, die da war, wo sie nicht hingehörte, und die Crew musste sich einen Großteil der Fahrt um diejenigen kümmern, die es versehentlich erblickt hatten.

Weiwei folgt dem Blick der Frau und sieht draußen einen Schatten – einen Umriss, der sich auf sie zubewegt, und sie zuckt zurück. Doch dann stößt die Frau ein zittriges Lachen aus, und Weiwei erkennt, dass sie selbst sich in der Scheibe spiegelt, unheimlich verfremdet durch die Uniformkappe.

»Zieh die Vorhänge zu, Herrgott noch mal«, sagt ein Steward

der Dritten Klasse, der die Szene mitbekommen hat. »Die Leute erschrecken schon vor ihrem eigenen Spiegelbild.«

Sie hat die erste Nacht schon immer gehasst. Die Passagiere sind streitsüchtig oder anhänglich oder betrunken und oft sogar alles zusammen. Auf dieser Reise ist der ganze Zug noch unruhiger und angespannter als sonst. Niemand will die Augen zumachen, aus Angst, was ihn dann erwartet – die dünnen Finger der Albträume, die sich unter ihre Lider schlängeln, die Geschichten, die Gerüchte und nun die Gewissheit, dass sie sich jenseits aller Sicherheit befinden, dass die Dunkelheit draußen nicht von freundlichen Lichtern, offenen Türen und wärmenden Feuern unterbrochen wird, dass sie unvorstellbare Entfernungen zu überwinden haben.

Ein Passagier spielt auf einer ramponierten Geige melancholische Lieder. »Spiel uns etwas Fröhliches, Himmel noch mal!«, ruft jemand.

»Ah, aber alle russischen Lieder sind traurig«, sagt der Professor.

Er sitzt an seinem üblichen Platz am Fenster, aber ihr fällt auf, dass er stiller ist als sonst.

»Warum haben die Krähen die Kompanie erwähnt?«, will sie wissen.

»Oh, ich verstehe nichts von Politik«, erwidert der Professor.

Sie musterte ihn streng. »Das stimmt nicht«, sagt sie und sieht erleichtert, dass seine Mundwinkel zucken. Aber sie weiß, dass es keinen Sinn hat nachzubohren, und so fragt sie stattdessen: »Haben Sie dasselbe Bett wie immer?«

Es ist das mittlere Bett, genau in der Mitte des Wagens. Von dort kann der Professor alles beobachten, was vor sich geht, und zugleich Abstand halten. Die unteren Betten werden tagsüber als allgemeine Sitzgelegenheiten genutzt, und die oberen sind zu nah an der Decke. Das mittlere ist das beste. Sie zieht ihn gerne mit seiner Vorhersehbarkeit und seiner Ordnungsliebe auf.

»Ja, dasselbe wie immer«, sagt er und steht unvermittelt auf. Doch sie hat bereits gesehen, was anders ist als sonst. Für gewöhnlich reist er mit leichtem Gepäck, lässt eine Grundausstattung an Kleidern und persönlichen Dingen in den Pensionen in Moskau und Peking, wo er zwischen den Durchquerungen wohnt. Diesmal jedoch liegen auf seinem Bett Bündel und Taschen und ein offener Koffer mit Dutzenden von Büchern.

»Ich hätte schon eher mit dir sprechen sollen«, setzt er an.

»Sie wollen doch nicht …« Sie stockt.

»Ich werde alt, mein Kind. Früher oder später muss ich mit dem Reisen aufhören.«

»Aber Sie haben doch noch jede Menge Durchquerungen vor sich«, wendet sie ein, bemüht, das Zittern in ihrer Stimme zu unterdrücken.

Der Professor lächelt. »Da bin ich nicht so sicher. Ich glaube, es ist Zeit, nach Hause zurückzukehren und meinen alten Knochen ein wenig Ruhe zu gönnen. Aber keine Angst, wir werden uns trotzdem weiter sehen. Ich werde jedes Mal da sein, wenn der Zug ankommt.«

»Nach Hause? Ihr Zuhause ist hier.« Es ist vorwurfsvoller herausgekommen, als sie beabsichtigt hat. »Und was ist mit Ihrer Arbeit, Ihrem Schreiben? Die Leute verlassen sich auf Sie …«

»Meine Arbeit …«, beginnt er, und sie sieht die Müdigkeit auf seinem Gesicht. Er wirkt plötzlich gealtert. »Während der vergangenen Monate habe ich versucht zu begreifen, was geschehen ist, aber es gelingt mir nicht, so sehr ich mich auch bemühe. Was sollte ich da schreiben? Was nützt es, zu dozieren und zu theoretisieren, wenn nichts weiter da ist als Leere?«

»Aber hat die Ödland-Gesellschaft das nicht auch immer gemacht?«

Er lacht schallend. »Wie wenig du von uns hältst! Habe ich dir nicht immer gesagt, du sollst die Beiträge aufmerksamer lesen?«

»Nein, so habe ich das nicht gemeint …«

»Ich weiß, wie du es gemeint hast, mein Kind, und ich nehme es dir nicht übel.« Er wischt sich über die Augen. »Aber du siehst doch, was sich verändert hat, oder nicht?«

Sie denkt an das Durcheinander von Erinnerungen an die letzte Reise – Erinnerungen, die sie in keine Reihenfolge bringen kann. *Ein Mann weint. Jemand kratzt an einer Fensterscheibe, immer wieder, bis Blut über das Glas rinnt. Jemand ruft ihren Namen.*

»Nichts hat sich verändert«, flüstert sie. Alles, was sie braucht, ist in diesem Zug. Alles, was ihr etwas bedeutet. Nichts hat sich verändert.

Er schüttelt den Kopf. »Wenn es nur so wäre.«

Der Geräuschpegel im Wagen steigt. Der Geiger spielt jetzt einen Jig, und ein gut aussehender blonder Mann beginnt mit seiner Frau zu tanzen. Ein zweites Paar tut es ihnen gleich, und die anderen Passagiere klatschen und feuern sie an, sogar der Priester. So ist es am ersten Abend immer. Sie glauben, dass die Musik und der Trubel und das Lachen die Schatten draußen fernhalten.

Doch Weiwei spürt, wie sie herandrängen. Sie muss fort von dem Lärm und dem nervösen Geplapper der Passagiere, fort vom traurigen Lächeln des Professors. »Nichts hat sich verändert«, hat sie zu ihm gesagt, doch das war gelogen. Zum ersten Mal in ihrem Leben hat sie das Gefühl, dass die starken Mauern um sie herum nicht ausreichen könnten.

Weiwei kennt alle Verstecke im Zug. Aus einigen ist sie herausgewachsen. Andere muss sie sich mit den Küchenjungen teilen, die ein ruhiges Plätzchen suchen, um sich ein wenig aufs Ohr zu legen, fern vom Gezeter der Köchinnen, oder mit dem Hausmeister des Zuges, der immer nach Tabak riecht und die Tiere im Gartenwagen verrückt macht, wenn er sich dort zum Rauchen niederlässt. Manchmal ist es schwer, einen Rückzugsort zu finden, selbst im größten Zug der Welt. Doch Weiwei ist das Zugkind, und sie kennt ein Versteck, das ihr ganz allein gehört.

Im Lagerwagen werden die Fässer mit Reis, Mehl und Hülsenfrüchten aufbewahrt. Er ist kühl und fensterlos, und die eine Seite besteht aus Reihen von kleinen Holzschubladen, jede mit einem Etikett versehen, auf dem auf Russisch und Chinesisch die Namen von Kräutern, Gewürzen und Tees stehen, und alle warten nur darauf, von einem neugierigen Mädchen geöffnet und beschnuppert und gekostet zu werden; manche davon machen ihre Zunge taub, andere brennen wie Feuer. Hier lagern auch Waren, mit denen gehandelt wird, wie der Tee aus Südchina, der in den Salons von Moskau und Paris sehr gefragt ist. Im trüben Licht der Petroleumlampe wirkt das Innere des Wagens wie eine Berglandschaft, wie geschaffen zum Klettern, unwiderstehlich für ein Kind. Und während einer dieser Expeditionen hat Weiwei die Falltür in der Decke erspäht.

Sie war nahezu unsichtbar, übermalt, damit sie so unschuldig wie der Rest des Wagens wirkte. Nur jemand, der auf die Kisten darunter stieg, konnte sie bemerken. Anfangs hatte die Falltür sie verwirrt, dann war ihr aufgefallen, dass die Decke hier niedriger war als in den anderen Wagen. Vorsichtig öffnete sie die Klappe, blickte in den Raum, der sich über ihr auftat, und erst als ihre Augen sich an die Dunkelheit gewöhnt hatten, begriff sie. In diesem Versteck zwischen der falschen Decke und der echten, das gerade hoch genug war, dass ein Erwachsener darin knien konnte, befanden sich noch mehr Sachen – Fässer und Säcke und Kisten, Bündel aus Seide und Fellen.

Schmuggelware.

Die Freude über diese Entdeckung hatte wie eine Flamme in ihr gebrannt. Sie hatte gewartet und beobachtet und schließlich gesehen, wie Nikolai Belew und Yang Feng, zwei der Porter, die Waren bei der Ankunft in Moskau heimlich durch eine Öffnung im Dach des Zuges, die noch besser verborgen war als die Falltür, hinausgeschafft hatten. Sie hatte diese Information zu den anderen Fundstücken über ihr Zuhause gesteckt, die sie für den Fall aufbewahrte, dass sie sie einmal brauchen könnte, als Tauschwährung oder Belohnung. Vor allem jedoch war ihr klar geworden, dass während der Reise niemand in dieses Lager kam, die einen, weil sie nichts davon wussten, die anderen, weil sie nicht wollten, dass jemand davon erfuhr. Und so wurde es zu ihrem Versteck, wo sie es sich zwischen den Fellen gemütlich machen und Alexeis Abenteuergeschichten lesen und wo sie im warmen Schein ihrer Lampe allein sein konnte.

Doch auf dieser Reise ist das Schmuggellager leer. Belew und Yang sind zwei von den Crewmitgliedern, die nicht zurückgekommen sind, und offenbar haben sie ihr Geheimnis für sich behalten. Von ihrem verbotenen Handel sind lediglich ein paar leere Fässer und Säcke übrig geblieben, und eine Handvoll Pfefferkörner, die unter ihren Knien knacken. Nun, da er leer ist, wirkt der Raum weniger einladend und seltsamerweise beengter. Die Decke scheint plötzlich sehr nah über ihrem Kopf zu sein, und das Licht gelangt nicht bis in die hinteren Bereiche, sodass die Dunkelheit dort etwas Lauerndes hat. Aber es ist ein so wunderbares Versteck, und sie hat noch keinen anderen Ort gefunden, wo sie so für sich ist und so gut nachdenken kann, wenn das Denken schwierig wird.

Sie kriecht zu der Stelle, wo sie ihre Schatzkiste hingeschoben hat, geschützt vor den neugierigen Blicken der Stewards und Küchenjungen. Darin liegt eine Ausgabe von *Ein Handbuch für den vorsichtigen Reisenden durch das Ödland*, ein Geschenk vom Professor, als sie sieben Jahre alt war und noch viel zu jung dafür. Auf die erste Seite hat er eine Notiz geschrieben: *Aber nicht zu vorsichtig.* Sie streicht mit den Fingern über die verblichenen Buchstaben und lächelt. Dies ist das erste Buch, das sie je besessen hat. Als sie es aus dem braunen Papier wickelte, in das es eingepackt war, hatte sie zu ihm gesagt, sie brauche keinen Reiseführer. Er hatte ihr in die Augen geblickt und erwidert, das Buch sei nur für Notfälle gedacht, für den Fall, dass er einmal nicht da sei. Sie klappt es wieder zu und schluckt. Blinzelt ein paarmal. In der Kiste liegen außerdem vergilbte Zeitungsartikel, Zeichnungen von ihr als Baby, Fotografien von ihrem fünften Geburtstag, dann von ihrem zehnten. *Das Zugkind, unter dem wachen Blick ihrer Beschützerin* lautet die Bildunterschrift unter einer davon, und darauf sieht man sie, wie sie in einer winzigen Uniform im Führerhaus der Lok steht und die Arme nach einem Hebel ausstreckt. Der Captain steht neben ihr, ohne zu lächeln. Ja, das ist das perfekte Bild vom Captain als ihrer Beschützerin – sie hilft ihr nicht, an den Hebel heranzukommen, sondern sieht einfach zu, wie sie versucht, es selbst zu schaffen. So ist der Captain stets gewesen: zurückhaltend, fordernd, aber immer da. Bereit, sie aufzufangen, falls sie fällt.

Aber wo ist sie jetzt?

Es war ein langsames, fast unmerkliches Verschwinden. In jenen ersten schwierigen Wochen, nachdem der Zug in Peking angekommen war, hatten sich viele von der Crew in ihre eigenen Quartiere in der Nähe des Bahnhofs oder in die Musikschenken und Wirtshäuser zurückgezogen. Ihre Disziplin hatte nachgelassen, die Verbindung untereinander hatte sich gelockert. Das geschmeidige Uhrwerk war ins Stottern geraten und stehen geblieben. Als die Nachricht kam, dass der Zug wieder fahren würde, war Weiwei überzeugt gewesen, dass der Captain alles wieder in

Gang bringen würde. Doch sie hatte sich seit der Ankündigung kaum blicken lassen, und selbst jetzt, da sie an Bord sind, ist sie nur eine körperlose Stimme aus den Lautsprechern.

Mit einem leisen Schniefen legt Weiwei die Sachen zurück, schließt die Kiste wieder und greift stattdessen nach einem der Groschenromane, die Alexei in Moskau auf dem Flohmarkt erstanden hat, um sich in der Geschichte von der Piratenkönigin und den Meeresungeheuern zu verlieren. Doch als sie die Lampe ein Stück näher rückt, zuckt sie zusammen – ihr war, als hätten sich die Schatten ganz hinten in dem Dachraum bewegt. »Fang nicht an zu fantasieren«, murmelt sie. *Fantasie ist gefährlich,* wird ihnen im Zug eingebläut. Trotzdem dreht sie den Docht der Lampe höher, um die Dunkelheit zurückzudrängen.

Und die Dunkelheit bewegt sich, leise wie ein Flüstern.

Weiwei erstarrt. Die Sekunden vergehen. Vielleicht hat sie es sich nur eingebildet. So etwas kann die erste Nacht mit einem machen; sie verstört den Geist und entfesselt seine schlimmsten Ängste. In der ersten Nacht kann man sich selbst nicht trauen. Es ist dann nicht gut, allein zu sein. Langsam lässt sie die Anspannung los.

Und die Dunkelheit bewegt sich erneut und verwandelt sich in ein Gesicht, blass und umrahmt von einer noch tieferen Dunkelheit. Zwei tintenschwarze Augen starren sie unverwandt an.

»Wer ist da?«, ruft sie, obwohl sie sich töricht vorkommt. Wahrscheinlich springt gleich ein Küchenjunge kreischend vor Lachen auf sie zu, bevor er zu den anderen zurückrennt und sich damit brüstet, dass er das Zugkind erschreckt hat. Sie hat so etwas selbst oft genug gemacht, und sie weiß, dass man unter den jüngeren Crewmitgliedern an seiner Nervenstärke gemessen wird, an der Fähigkeit, einem plötzlich auftauchenden, schaurig maskierten Gesicht mit einem ungerührten »Guten Abend« zu begegnen und nicht aufzuschreien, wenn die nackten Füße im

Bett etwas Feuchtes, Krabbelndes berühren. Und so rührt sie sich nicht und starrt zurück.

Die Zeit dehnt sich, scheint stehen zu bleiben. Ihr Atem klingt unnatürlich laut, und in ihren Ohren ist ein Sirren.

Und dann sind die Augen verschwunden. Da ist kein Gesicht in der Dunkelheit, kein anderer Atem, keine Bewegung.

Sie lässt sich gegen die Seitenwand sinken, dann klettert sie hastig aus ihrem Versteck. Da ist nichts, nur Erste-Nacht-Gespenster, nur ihre Fantasie, die panische Kapriolen schlägt.

Als sie schließlich unter ihre Decke kriecht, schläft sie schlecht, schreckt immer wieder aus unruhigen Träumen auf.

Am nächsten Morgen

Maria wird von einem diskreten Klopfen an der Tür geweckt, und ein Steward bringt ein Tablett mit einer silbernen Kaffeekanne und einem Teller mit warmen Brötchen herein. Er stellt das Tablett auf dem Tisch neben ihrem Bett ab, öffnet die Vorhänge und zieht sich wieder zurück. Sie schließt die Augen. Der Kaffeeduft erinnert sie an die Morgen zu Hause in Sankt Petersburg – draußen die Schreie der Möwen, das blasse Licht des Nordens, das sich im Wasser spiegelt. Ihr Vater wäre bereits in der Werkstatt, das Gesicht gerötet von der Hitze der Schmelzöfen. Ihre Mutter würde erst in etwa einer Stunde aufstehen. Wenn sie aufmerksam lauschte, würde sie die Dienstmädchen hören, die ihren unauffälligen Tätigkeiten nachgingen, und das Rascheln der Mäuse unter den Dielen.

Jetzt hört sie das Rattern der Räder auf den Schienen, Schritte auf dem Korridor, die herrische Stimme der Gräfin nebenan. Es ist seltsam, die Bewegung zu spüren; im Bett zu liegen und zu wissen, dass unter ihr die Kilometer dahingleiten.

Plötzlich kommt ihr der Gedanke, dass sie in einer anderen Wirklichkeit jetzt mit ihren Eltern nach Hause fahren würde. Das war die Bedingung, die ihre Mutter gestellt hatte, als die Kompanie ihren Vater bat, eine Filiale der Glasmanufaktur Fjodorow in Peking zu eröffnen. Da der Zug immer öfter fuhr, mussten die vielen Fenster häufiger ausgetauscht werden, und zwar mit dem härtesten Glas, das sich herstellen ließ. »Es ist eine Ehre für unsere Familie«, hatte ihr Vater gesagt, und ihre Mutter hatte erwidert, dass sie ihm fünf Jahre geben würde. In fünf Jahren würde Maria volljährig, und dann musste sie in der Sankt Petersburger Gesellschaft eingeführt werden. Die Jahre in der Ausländerenklave, in der sie auf nachdrücklichen Wunsch ihrer Mutter gewohnt hatten, weit entfernt vom Klang des Zuges, hatten sich hingezogen. Sie waren über die lange, südliche Route nach China gereist (die auf ihre Weise fast genauso gefährlich war, aber dort waren die Gefahren menschlichen Ursprungs und damit akzeptabler), und so konnte sie den Zug und das gottlose Ödland vollkommen ignorieren. Aus Sicht ihrer Mutter war diese Absprache verbindlich, aber Maria hatte sich oft gefragt, ob ihr Vater es auch so sah. Er wich stets aus, wenn ihre Mutter ihn auf ihre Rückkehr ansprach. Manchmal fragte er sie, ob sie hier, in dieser weltläufigen Gesellschaft, nicht glücklich war. Doch sie schürzte nur die Lippen und wies das Dienstmädchen an, die Fensterläden zu schließen. »Unsere Tochter ist so blass und dünn«, sagte sie dann. »Die Luft hier verdirbt ihren Teint.« Woraufhin ihr Vater mit hochgezogenen Brauen zu Maria sah und einen Hustenanfall vortäuschte, um sein Schmunzeln zu verbergen.

Obwohl ihre Mutter ihr verbot, in die Nähe des Betriebswerks zu gehen, fand Maria immer wieder Gelegenheiten, sich davonzuschleichen und das eiserne Ungeheuer zu bestaunen, wenn es von einer Durchquerung zurückkam, pockennarbig und zerkratzt, als hätten riesige Wesen ihre Krallen in die Wagen gehauen und unsichtbare Hände Muster und Spiralen in das Glas gefräst. Sie sah zu, wie ihr Vater ausstieg und die Fenster musterte, um den Schaden zu begutachten. Und sie sah auch, wie sein Gesichtsausdruck sich veränderte, wenn er sie entdeckte, als würde ein Vorhang vor seine Sorge und Erschöpfung gezogen.

Aber sie wusste, dass sie da waren und im Lauf der Jahre immer stärker wurden, und er verbrachte immer mehr Zeit im Betriebswerk und fuhr immer öfter mit dem Zug.

Nun treibt der Hunger sie aus dem Bett, und sie fällt mit mehr Begeisterung als Manieren über die Brötchen und die Butter her. Sie verkneift sich gerade noch, mit dem Handrücken über den Mund zu wischen, dann merkt sie – es ist egal. Zum ersten Mal in ihrem Leben frühstückt sie allein. Keine Familie um sie herum, keine Anstandsdame, kein Dienstmädchen neben der Tür. Nach dem Tod ihrer Eltern hat sie zwar die wenigen Bediensteten zunächst behalten, aber gestern hat sie sich von ihnen verabschiedet. Die Haushälterin weinte und fragte, wie eine junge Frau nur auf die Idee kommen könne, ganz allein eine so weite und gefährliche Reise zu unternehmen, und was sie denn bei ihrer Ankunft in Moskau tun wolle, und was ihre armen Eltern wohl davon halten würden, wenn sie sie so sähen? Sie greift nach ihrer Tasse. Es stimmt, sie wird nicht mehr das Leben führen, das sie gewohnt war, und auch das Erbe, das sie hätte bekommen sollen, hat sich in Luft aufgelöst. Die Glasmanufaktur Fjodorow ist in Konkurs gegangen, nachdem ihr Vater von der Kompanie entlassen wurde, ihr Ruf ruiniert. Doch nachdem alle Schulden beglichen waren, ist ihr noch eine bescheidene Summe geblieben. Die jetzt, nach dem Kauf der Erste-Klasse-Fahrkarte noch bescheidener ist. Bald wird sie einen Weg finden müssen, ihren Lebensunterhalt zu verdienen. Sie nimmt einen zu großen Schluck Kaffee, verbrüht sich den Mund und stellt die Tasse klirrend zurück auf die Untertasse. Diese Gedanken werden warten müssen. Sie braucht niemanden, nicht für die Aufgabe, die vor ihr liegt. Es ist besser, allein zu sein, mit Rostow, der auf seinen Reisen ebenso einzelgängerisch war wie sie, als einziger Begleitung.

Draußen zieht sich das endlose Grasland unter einem blassblauen Himmel bis zum unscharfen, ungewissen Horizont. Es sieht unschuldig aus, frei von allem, sogar von Schatten. *Seien Sie auf der Hut*, warnt Rostow den vorsichtigen Reisenden. *Keine Landschaft ist unschuldig. Wenn Ihre Gedanken zu wandern beginnen, wenden Sie sich vom Fenster ab.*

Doch letzten Endes waren auch seine Gedanken gewandert. Er war zu einer Peinlichkeit geworden, zu einem Mann, der im Zwielicht lebte. Seine Angehörigen hatten versucht, das Buch vom Markt nehmen zu lassen, aber das hatte seine Beliebtheit nur noch gesteigert. Armer Valentin Pawlowitsch, wo bist du geendet? In der Newa ertrunken, heißt es in manchen Geschichten, oder im Armenhaus, oder betrunken im Rinnstein, in Gedanken noch immer im Ödland unterwegs.

»Verzeihen Sie, Madam …« Jemand berührt sie an der Schulter. Sie zuckt zusammen und blickt verwirrt auf. Ein junger Chinese in Uniform steht neben ihr; sein Haar ist ein wenig zu lang und schaut unordentlich unter seiner Kappe hervor. »Ich habe geklopft«, sagt er auf Russisch, »aber es kam keine Antwort, und dann habe ich gesehen, dass Sie dabei waren zu verschwinden.«

Nein, es ist kein Mann, sondern eine junge Frau, ein Mädchen. Sie tritt einen Schritt zurück und reibt sich die Nase, und Maria fragt sich, ob sie eingeschlafen und in einen dieser Träume gerutscht ist, bei denen sich die Bedeutungen auflösen. »Zu verschwinden?«

»So nennen wir es, wenn jemand aussieht, als würden seine Gedanken wandern. Dann müssen wir ihn zurückholen.« Der Tonfall der jungen Frau klingt schroff, was aber auch an ihrem Russisch liegen kann, das derb und nicht zu verorten und viel älter ist als sie, und als Maria sich sammelt, begreift sie, wer das sein muss: das Mädchen, über das sie gelesen hat, das berühmte

Kind, das im Zug auf die Welt gekommen ist. Jetzt ist sie kein Kind mehr, obwohl sie kaum älter als sechzehn sein kann. Zhang Weiwei.

»Ich habe nur vor mich hingeträumt«, sagt Maria, aber sie kann sich nicht erinnern, wovon sie geträumt hat, oder auch nur dass sie geträumt hat, und ihre Gedanken sind ganz langsam und zäh. Sie sieht auf die Uhr an der Wand und merkt erschrocken, dass zwei Stunden vergangen sind.

Das Mädchen folgt ihrem Blick. »Genau das meine ich«, sagt sie. »Es ist, als würde man einschlafen, aber man ist wach. Deshalb müssen wir aufpassen. Die Leute denken, ihnen würde das nicht passieren. Sie sollten nicht zu lange allein in Ihrem Abteil bleiben. Es ist besser, wenn man in Gesellschaft ist.«

Die Art, wie sie sie mustert, macht Maria nervös. »Ich habe die Reiseführer gelesen«, erwidert sie und ärgert sich, dass sie das Bedürfnis verspürt, sich zu verteidigen.

Das Mädchen zuckt die Achseln. »Die bereiten Sie nicht darauf vor, wie es wirklich ist. Nicht mal Rostow, obwohl er in vielen Dingen ziemlich gut ist. Die anderen sind Scharlatane. Es ist gefährlicher, wenn Sie deren Bücher gelesen haben, als wenn Sie es nicht getan haben.«

Maria muss lachen. Das Mädchen sieht sie immer noch mit einer gewissen Besorgnis an, aber da ist auch noch etwas anderes, als hätte sie das Erkennen in Marias Augen gesehen und würde sich fragen, woher es kommt.

»Danke für Ihre Hilfe«, sagt Maria, um eine neutrale Miene bemüht. »Von jetzt an werde ich vorsichtiger sein.« Obwohl die alte Maria natürlich längst verschwunden ist. Sorgsam und mit Absicht. Aber vielleicht wird es der neuen Maria allzu leichtfallen, ebenfalls zu verschwinden, solange sie noch jung und unfertig ist. Und losgelöst von der Gegenwart.

»Es gibt da einen Trick«, sagt das Mädchen ein wenig zögernd.

»Falls es Sie interessiert. Er ist besser als das, was in den Reiseführern steht.«

»Ja, bitte«, erwidert Maria. »Dafür wäre ich Ihnen sehr dankbar.«

»Sie sollten immer etwas Glänzendes bei sich haben«, sagt Weiwei. »Etwas Glänzendes und Hartes, in dem sich das Licht fängt, zum Beispiel ein Stück Glas.« Falls sie mitbekommt, wie Maria zusammenzuckt, lässt sie sich nichts anmerken. Sie nimmt eine kleine Murmel aus ihrer Tasche und hält sie ans Fenster. Das Sonnenlicht fällt auf einen Wirbel aus blauem Glas, der darin gefangen ist. »Das Wichtigste ist das Glänzen. Es heißt oft, man soll etwas Spitzes dabeihaben und sich damit stechen, aber ich glaube, besser ist etwas, das ins Auge sticht.« Sie bewegt die Murmel, dass das Licht darin tanzt, und Maria schnürt es das Herz zusammen. Dieser Anblick, so schmerzlich vertraut.

»Es holt einen zurück«, sagt das Mädchen. »Ich weiß nicht, warum.«

»Glas ist fest gewordene Alchemie. Es ist Sand und Hitze und Geduld«, hatte ihr Vater in einer seltenen poetischen Anwandlung gesagt. *»Glas kann das Licht fangen, es nutzen und es brechen.«*

»Doch viele Leute sind da anderer Meinung.« Weiwei schürzt die Lippen. »Sie sagen, Eisen ist besser, aber das ist sicher nur Aberglaube.« Sie sieht Maria herausfordernd an, als rechne sie mit Widerspruch.

»Die Leute wissen nicht, wie hart Glas sein kann«, erwidert Maria.

Weiwei hält ihr die Murmel hin. »Die können Sie behalten, wenn Sie wollen. Ich habe noch mehr.«

Sie zögert, dann streckt sie die Hand aus. Die Murmel ist bestimmt ein Werk ihres Vaters, obwohl sie keine mehr gesehen hat, seit sie als Kind auf dem Boden damit gespielt hat. Er hat eine besondere Technik verwendet, damit der Farbwirbel im

Innern aussieht, als wäre er immer in Bewegung. »Danke«, sagt sie, und vielleicht ist es nur Einbildung, aber als sie die Finger darum schließt, hat sie das Gefühl, dass ihr Geist sich klärt.

Das Mädchen wird unruhig. »Man hat mich geschickt, um zu fragen, ob Sie irgendetwas brauchen, weil Sie ohne Dienstmädchen reisen.«

Maria versucht, sich nichts anmerken zu lassen. Ihr ist klar gewesen, dass es auffallen würde, wenn eine Frau wie sie unbegleitet auf Reisen ging, aber sie hat nicht damit gerechnet, dass sie so offen darauf angesprochen werden würde. Sie denkt an die wachen Augen der Gräfin, an das Getuschel der Stewards untereinander. Bemitleiden sie sie, oder verbirgt sich mehr dahinter – Misstrauen, Zweifel?

»Wie nett«, sagt sie vorsichtig. »Sind die beiden Männer von der Kompanie auf diesen Gedanken gekommen?«

»Das tun wir immer, wenn ein Passagier allein reist.« Sie kratzt sich am Bein, reibt sich die Nase. »Brauchen Sie etwas, Madam?«

Maria entspannt sich ein wenig. Mit leiser Erheiterung denkt sie bei sich, dass diese Weiwei mit ihrer zerknitterten Uniform und dem rebellischen Haar, das unter der Kappe herausschaut, vermutlich kein besonders gutes Dienstmädchen abgäbe. »Danke, aber …« Sie will schon ablehnen, als ihr in den Sinn kommt, dass es vermutlich kaum etwas gibt, das diesem Mädchen, dem Zugkind, entgeht. Vielleicht kann sie ihr noch nützlich sein. »Im Moment brauche ich nichts. Aber vielleicht kann ich später auf Ihr Angebot zurückkommen?«

»Sagen Sie einfach Bescheid, Madam«, erwidert das Mädchen ohne große Begeisterung und wendet sich zum Gehen.

»Kann ich Sie etwas fragen?«, sagt Maria unvermittelt. Weiwei dreht sich wieder um, aber vielleicht hat etwas in Marias Tonfall ihren Argwohn geweckt, denn sie meint, ein Erschrecken in ihren Augen gesehen zu haben. Sie bemüht sich, beiläufig zu klingen. »Waren Sie bei der letzten Durchquerung dabei? Man hört ja so viele Geschichten, wissen Sie, und da ist es schwer, nicht neugierig zu sein … Können Sie sich wirklich an nichts erinnern?« Obwohl sie lächelt, ist die Angst in Weiweis Blick nicht zu übersehen.

»Wenn Sie dazu Fragen haben, wenden Sie sich bitte an die Vertreter der Kompanie, die Ihnen gerne antworten werden«, sagt das Mädchen, als hätte sie den Satz auswendig gelernt.

»Natürlich«, sagt Maria. »Ich verstehe.«

Das Mädchen wendet sich erneut zum Gehen, zögert dann jedoch. »Es tut mir leid«, sagt sie, und diesmal klingt sie wie sie selbst. »Ich … Ich kann mich einfach nicht erinnern.«

Als sie fort ist, stützt Maria seufzend die Ellbogen auf den Tisch. Sie muss vorsichtiger mit ihren Fragen sein. Sie muss listig und wachsam sein, all das, was ihre Mutter ihr austreiben wollte. *»Starr nicht so, Kind, sonst fallen dir noch die Augen aus dem Kopf … Eine Dame lauscht nicht an Schlüssellöchern … Eine Dame stellt nicht so viele Fragen.«* Aber Maria hat schon immer aufmerksam hingeschaut und gelauscht. Sie holt ihr Tagebuch heraus. Als junges Mädchen hat sie die Seiten mit Beobachtungen der Menschen um sie herum gefüllt: unbedachte Worte ihrer Familie, witzige Bemerkungen ihrer Großmutter, Blicke zwischen den Erwachsenen. Und sie begann zu begreifen, dass das, was die Leute sagten, und das, was sie meinten, nicht immer dasselbe war. In den letzten Jahren hat sie vor allem über die neue Stadt geschrieben, ihre Eigenheiten und Fremdheiten, den Rhythmus des Alltags. Während ihre Mutter sie sicher in ihrem Zimmer wähnte oder bei anderen jungen Damen im Ausländerviertel, ist sie durch die Straßen gewandert, um die Orte zu finden, die Rostow in seinen Handbüchern keiner Erwähnung für würdig befunden hatte. Nun wird sie diese Beobachtungsgabe für sich nutzen.

Sie schlägt das Tagebuch an der Stelle auf, wo ein Bogen Briefpapier zwischen den Seiten liegt. Das Blatt ist leer, abgesehen von ihrer Pekinger Adresse und den Worten *Liebe Artemis*, in der Handschrift ihres Vaters. Zum tausendsten Mal streicht sie es glatt. Artemis, die griechische Göttin der Jagd – und der Name der anonymen Autorin, deren Kolumne in der Zeitschrift der Ödland-Gesellschaft so berühmt geworden ist. Die Zeitschrift bringt Artikel und Leserbriefe zu allen möglichen Themen rund um das Ödland – Geschichte, Geografie, Flora und Fauna –, aber vor allem wegen dieser Kolumne wartet sie, wie so viele andere, begierig auf die nächste Ausgabe, denn darin gibt es Klatsch und Tratsch über berühmte Passagiere, Beschreibungen haarsträubender Sichtungen und Gerüchte über die Transsibirien-Kompanie zu lesen. Es heißt, dass die Kompanie verzweifelt versucht herauszubekommen, wer sich hinter dem Decknamen Artemis verbirgt, dass die von ihr – oder ihm – geäußerten Bemerkungen imstande sind, die Aktien der Kompanie steigen oder fallen zu lassen, und dass selbst im englischen Parlament über die Kolumnen debattiert worden ist.

Was also wollte ihr Vater dieser mysteriösen Artemis schreiben?

Sie fährt mit dem Finger über die Schrift ihres Vaters. Das ist alles, was sie noch von ihm hat. Sie hat das Blatt hinter seinem Schreibtisch gefunden; offenbar haben die Männer von der Kompanie es übersehen, als sie alles mitgenommen haben. Wieder steigt die vertraute Mischung aus Scham und Wut auf sich selbst in ihr hoch. Sie hat das ganze Haus durchsucht, aber es war nichts mehr da, keiner der Berichte, die er in langen Nächten verfasst hatte, keine von den vielen Notizen, die er sich trotz der Missbilligung ihrer Mutter gemacht hatte, wenn ihm beim Essen plötzlich eine Idee kam. Sie hat ihn im Stich gelassen. Hat es nicht geschafft, sein Vermächtnis zu schützen.

Er wollte Artemis die Wahrheit schildern, davon ist sie überzeugt. Oder hatte er ihr schon geschrieben? Am liebsten würde sie ihn anschreien, oder vielmehr diesen Fetzen von ihm. *»Warum konntest du es stattdessen nicht mir erzählen? Was hast du verheimlicht?«* Die Antworten müssen irgendwo hier im Zug sein.

Sie wird tun, was sie immer getan hat: Sie wird beobachten, lauschen, notieren. Artemis ist ein Geist, und vielleicht ist er endgültig verschwunden. Aber womöglich findet sie hier im Zug noch Spuren von ihm und von dem, was bei der letzten Durchquerung wirklich geschehen ist.

Immer wieder rollt sie die Murmel zwischen den Fingern hin und her. Sie wird nicht zerbrechen, selbst wenn man sie aus großer Höhe fallen lässt. Sie ist stärker, als sie aussieht.

Sie steht so schnell auf, dass das ungewohnte Schaukeln des Zuges sie fast ins Straucheln gebracht hätte. *Sie ist stärker, als sie aussieht. Stärker, als sie sich fühlt.* Sie erinnert sich an die Schmelzöfen in der Glasmanufaktur und daran, wie ihr Vater das Glas in ihr brennendes Herz geworfen hat. Ja, genau das braucht sie: das Brennen in ihrer Brust, den Schmelzofen, den sie in sich trägt. Sie muss die Hand nah an seine Flammen halten, um die Kraft zu spüren, die sie dazu gebracht hat, ihr altes Leben abzuschütteln, und sie zu diesem Zug geführt hat.

Formen und Klassifizierungen

Henry Grey hat schlecht geschlafen; er ist mitten in der Nacht mit Magenschmerzen aufgewacht. Das Frühstück mit den lauwarmen Bücklingen und dem faden Tee hat seine Laune auch nicht gerade verbessert. Aber die Atmosphäre im Bibliothekswagen hat etwas Beruhigendes – der Geruch der Bücher, der dicke grüne Teppich, der das unablässige Rattern der Räder dämpft, die bequemen, tiefen Sessel. Außer ihm ist nur noch ein älterer Steward anwesend, der unter einem großformatigen Stich der Zugroute sitzt. Grey mustert die Regale. Zufrieden registriert er die Auswahl von Titeln zur Naturgeschichte, größtenteils auf Englisch und Französisch, und wie jedes Mal, wenn er eine Buchhandlung oder Bibliothek betritt, sucht er nach dem Band, der seinen Namen trägt. Ja, da ist er, auf einem der unteren Regale: *Formen und Klassifizierungen der Mimikry in der Welt der Natur*. Er nimmt ihn in die Hand, um seine Solidität zu spüren, das Gewicht all der Stunden, in denen er reglos im Gras gelegen hat, um die Bienen in seinem Garten zu beobachten und erstmalig zu beweisen, dass einige von ihnen gar keine Bienen sind, sondern *syrphidae*, Schwebfliegen – die Schwachen, die sich das Aussehen der Starken aneignen, die Nachahmung einer vollkommeneren Form. Diese Mimikry verleiht ihnen Vorteile gegenüber Fressfeinden, und sie ist seiner Ansicht nach der Beweis dafür, dass alle Wesen danach streben, sich zu verbessern, sich nach und nach Gottes Ebenbild anzunähern. Er ist dafür gelobt und gefeiert worden, eingeladen, sein kleines Haus in Yorkshire zu verlassen und in London und Cambridge Vorlesungen zu halten. Er schließt die Augen und ruft sich das Gefühl dieser Räume ins Gedächtnis, die erwartungsvolle Stille, die wache Aufmerksamkeit, alle Augen auf ihn gerichtet. Dann schlägt er die Titelei des Buches auf, mit seinem Namen, und sieht, dass jemand sie mit Gekritzel entweiht hat – *Selbstgefälliger Trottel*.

Er knallt das Buch zu. Als er Girards Abhandlung über Anpassung und Veränderung erblickt, zerrt er sie von ihrem prominenten Platz und packt sie in die dunkelste Ecke des Wagens. Der Steward beobachtet ihn schweigend.

Nach einer Weile geht die Tür auf, und Alexei Stepanowitsch kommt herein. Mit seinem bartlosen Gesicht sieht der Ingenieur aus wie ein Schuljunge, als sollte er in einem Klassenraum sitzen und von Lokomotiven träumen, anstatt die Verantwortung für die Sicherheit des Zuges auf den Schultern zu tragen. Grey verspürt ein leises Unbehagen und wendet sich rasch ab. Er hört, wie der Ingenieur in dieser seltsamen Mischsprache, die sie hier im Zug offenbar sprechen, etwas zu dem Steward sagt, und dann das Klappern eines Werkzeugkastens.

Grey sucht die Regale ab, bis er das Buch findet, das er sucht: *Eine Geschichte der europäischen Eisenbahnbrücken.* Vorsichtig nimmt er einen Umschlag aus seiner Jackentasche und legt ihn zwischen die ersten Seiten. Niemand leiht sich diesen Band je aus, hat der Ingenieur zu ihm gesagt, es ist der perfekte Ort. Grey klappt das Buch zu und spürt, wie viel dicker es sich mit dem Umschlag darin anfühlt. Das ist fast sein letztes Geld.

Gott hatte Henry Grey zu dem jungen Ingenieur geführt. Fünf Monate zuvor war Grey gebrochen und erschöpft an das wenig einladende Ufer des Pekinger Büros der Transsibirien-Kompanie gespült worden und dort durch die Gänge geirrt, auf der verzweifelten Suche nach jemandem mit Entscheidungsgewalt, nach jemandem, der bereit war, seinem Anliegen Gehör zu schenken, dass der Zug endlich wieder fahren musste, dass Reisende wie er doch unmöglich ihrem Schicksal überlassen werden konnten, ohne jede Möglichkeit, innerhalb vertretbarer Zeit nach Europa zurückzukehren. Doch das Gebäude war mit allerlei Gesindel gefüllt, das hierhin schob und dorthin drängte, und eine Tür nach der anderen wurde ihm vor der Nase zugeschlagen. Lediglich ein niederer Beamter ließ sich zu einem kurzen Gespräch herab und fragte ihn, ob er nicht einfach auf dieselbe Weise zurückkehren könne, wie er hierhergekommen sei. »Sie sind doch gewiss ein wohlhabender Mann«, sagte er, »wenn Sie den ganzen weiten Weg zu Ihrem Vergnügen zurückgelegt haben.«

Grey hätte am liebsten geweint oder den Mann am Kragen gepackt und geschüttelt, doch ihn quälte ein Schmerz in seinem Magen, der von Tag zu Tag schlimmer wurde, und er war kaum aus dem armseligen Büro gewankt, da brach er auf dem Marmorboden zusammen.

Als er die Augen wieder öffnete, kniete ein junger Mann in der Uniform der Transsibirien-Kompanie mit besorgter Miene und einem Glas Wasser neben ihm. Während sich ein Strom von Menschen gleichgültig an ihnen vorbeischob, bestand der junge Mann darauf, ihn ins Ausländerkrankenhaus zu bringen, wo er in einen langen, unruhigen Schlaf sank.

In seinen halb wachen Träumen trug ihn der Zug tief ins Ödland hinein und hielt dann inmitten eines Ozeans aus sanft wiegendem Gras. Da war eine Tür, die sich bei seiner Berührung öffnete, und er trat hinaus in eine Stille und einen Frieden, die nur ein Geschenk Gottes sein konnten. Insekten summten in komplexen Harmonien, am Himmel kreisten langsam majestätische

Vögel, und er war umgeben von tausend schlagenden Flügeln. *Der Garten Eden*, dachte er. Und die Überfülle an Formen war der Schlüssel zu den Wundern der Schöpfung.

Als sein Fieber nachließ und er sich im Bett aufsetzen konnte, erklärten ihm die Ärzte, er müsse besser auf sich achten. Er stimmte ihnen bereitwillig zu, versprach ihnen, seinen Körper und seinen Geist mit Sorgfalt zu behandeln, denn wie er nun wusste, waren auch sie ein Geschenk Gottes. Außerdem brannte in ihm eine neue Gewissheit: Das Ödland war nicht einfach nur ein Mittel zum Zweck, nicht nur eine Gefahr, die man überstehen musste, sondern eine *Chance*.

In den folgenden Wochen, während er sich von dem Zusammenbruch erholte, vergrub er sich in der gesamten Literatur über das Ödland, die er finden konnte. Vieles davon stammte natürlich aus den Reihen der Gesellschaft, deren amateurhafte Methoden nur allzu offensichtlich waren; größtenteils handelte es sich um Spekulationen, kaum mit Fakten untermauerte Artikel und Briefe von Landpfarrern. Aber wissenschaftlich korrekte Informationen gab es einfach nicht. Selbstverständlich hatte es zu Beginn der Veränderungen Expeditionen ins Innere des Ödlands gegeben. Schließlich entsprach er der menschlichen Natur, dieser Drang, alles Fremde zu erforschen, zu sammeln, zu verstehen. Doch keiner der Männer war je zurückgekommen, und bald darauf wurden alle Expeditionen eingestellt. Von da an hatte nur noch die Kompanie über ihren sogenannten Kartografen einen Zugang zum Ödland, und sie behielt alle ihre Erkenntnisse eifersüchtig für sich, veröffentlichte nur hier und da ein paar armselige Schnipsel in einer akademischen Zeitschrift, die ihr selbst gehörte. *Welche Entdeckungen entgehen uns?*, fragte er sich. *Welche Chancen, zu lernen und zu begreifen? Was nützt diese Geheimniskrämerei dem wissenschaftlichen Fortschritt?*

In seinem Kopf nahm ein Plan Gestalt an. Gleichzeitig spürte er seinen Retter auf, der, wie sich herausstellte, Ingenieur im Transsibirien-Express war, und gewann mit einigen Flaschen Sherry und Gesprächen über die Mechanik des Zuges sein Vertrauen.

Er sei mittlerweile fest überzeugt, erklärte Grey Alexei, dass er im Ödland Beweise für seine Theorie der Mimikry finden würde, die besagte, dass alle Wesen nach einer vollkommeneren Form strebten. Und dieses Streben war der Grund für die Veränderungen. Das Ödland, sagte er, um eine einfache Sprache bemüht, damit der Ingenieur ihn verstand, könne nur eines sein: eine riesige Leinwand zur Illustration von Gottes Lehren. Ein neuer Garten Eden.

Es hatte natürlich gedauert, den Ingenieur von seiner Sichtweise zu überzeugen, und noch länger, ihn zu der Einsicht zu bringen, was getan werden musste. Wie treu ergeben der junge Mann dieser Kompanie war, die in ihm nichts weiter sah als ein Rädchen in ihrem Getriebe, die sein Talent für selbstverständlich nahm – gab es nicht noch viel mehr, was er tun konnte? Erkannte er nicht, welchen Beitrag er leisten konnte? Dass sie beide zusammen das Verständnis der Welt verändern konnten? »Unsere Namen werden in die Geschichte eingehen«, hatte er zu dem Ingenieur gesagt. War es nicht das, was alle sich wünschten? Nicht vergessen zu werden. Mehr zu sein als eine Zeile in einem Hauptbuch, die Summe des Lebens kaum mehr als die Kraft, die man darauf verschwendet hatte, andere Männer reich zu machen.

Da hatte Grey ihn am Haken gehabt; er hatte den Funken in seinen Augen aufblitzen sehen. Am nächsten Tag war Alexei ganz aufgeregt zu dem Haus gekommen, in dem Grey wohnte, und hatte gesagt, er wisse jetzt, wie es klappen könnte – wie er den Zug gerade lange genug zum Halten bringen würde, damit

Grey hinausschlüpfen und die Proben sammeln konnte, die er brauchte. Und am gleichen Tag hatte die Kompanie verkündet, der Zug werde wieder fahren und rechtzeitig zur Ausstellung in Moskau eintreffen. Ein weiterer Beweis dafür, dass ihr Plan Gottes Segen hatte.

Grey stellt das Buch zurück ins Regal und schlendert zu einem der Tische, sorgsam darauf bedacht, nicht aufzublicken, als er hört, wie der Ingenieur seinen Werkzeugkasten abstellt und zum Bücherregal geht, als wollte er ebenfalls darin stöbern. Dann fällt eine Tür leise ins Schloss. Als Grey schließlich hinübersieht, ist *Eine Geschichte der europäischen Eisenbahnbrücken* verschwunden. Ein warmes, triumphierendes Glühen breitet sich in ihm aus. *Es ist vollbracht.* Ja, ihm stehen Herausforderungen bevor, aber damit wird er sich befassen, wenn es so weit ist. Gott wird ihn führen. Darauf vertraut er. Er überlegt, wie er seine Theorie nennen soll. *Greys Naturphilosophie* … Nein, zu eitel. *Eden – eine neue Sichtweise* … Ja, vielleicht …

Grey taucht aus seinen Gedanken auf und sieht, dass die junge Witwe – Maria? – in die Bibliothek gekommen ist und mit dem Steward spricht, der eilig aufgesprungen ist.

»… aber wie können Sie *sicher* sein, dass nichts passiert?«, fragt sie ihn. »Sind die Türen wirklich so solide? Und das Glas – wird es standhalten, was auch immer da draußen ist?« Sie wedelt hektisch mit ihrem Fächer, und der Steward stellt sich noch aufrechter hin. Grey schüttelt den Kopf.

»Nichts kommt durch diese Türen, Ma'am«, erwidert der Steward, »darauf können Sie sich verlassen, weder das stärkste Wesen der Welt noch der geschickteste Einbrecher. Dieser Zug ist besser gesichert als jeder Banktresor …«

Nichts geht hinein oder hinaus ohne zwei Schlüssel und eine Zahlenkombination, die bei jeder Durchquerung geändert wird, hat der Ingenieur gesagt. *Aber ich habe vielleicht eine Idee, wie ich daran komme ... Früher wäre das unmöglich gewesen. Aber jetzt gibt es, glaube ich, eine Möglichkeit.*

Aus dem Zug herauszukommen, ist natürlich nur der Anfang.

»... und ich verspreche Ihnen, dass dieses Glas nicht mal bei einem Erdbeben kaputtgehen würde, Ma'am.«

»Aber gab es beim letzten Mal nicht einen Zwischenfall?«

»Wird nicht wieder passieren, Ma'am. Sie haben herausgefunden, wer Schuld daran hatte, traurige Geschichte, es ging ihm nicht gut. Jetzt gibt es neue Vorschriften –«

Grey räuspert sich vernehmlich. Schließlich ist das hier eine Bibliothek.

»Oh, ich bitte um Verzeihung«, sagt die junge Witwe, und Grey hebt begütigend die Hand. Er ist geneigt, großzügig zu sein, nun, da seine Zukunft ihm zuwinkt, auf ihn wartet. Er legt die Fingerspitzen aneinander und blickt durch das Fenster hinaus auf das Grasland. Wie vielversprechend es da unter dem weiten blauen Himmel liegt. Er kann förmlich die Erde unter seinen Füßen spüren, den Wind in seinen Haaren und all die Wunder, die nur darauf warten, von ihm entdeckt zu werden. Er nimmt sein Notizbuch aus der Jackentasche und blättert durch die Seiten mit den Karten, sorgfältig von den Originalen abgezeichnet, die ihm der Ingenieur zur Verfügung gestellt hat. Alle sind mit Markierungen und Anmerkungen versehen, aber nur eine trägt einen Stern und einen roten Kreis. Hier. Von all den endlosen Kilometern hat er nach sorgfältiger Überlegung diese Stelle ausgewählt.

»Da! Was ist das?«, ruft die junge Frau, die am Fenster gegenüber steht. Grey stößt einen gereizten Seufzer aus, aber natürlich schaut er unwillkürlich hin. Eine blassrosa Felszunge, denkt er zuerst, direkt neben dem Gleis, aber sie bewegt sich – nein, ihre Oberfläche bewegt sich, als wimmelte es darauf von ... Abrupt steht er auf und geht zu dem Fenster. Die junge Witwe presst die Hände an die Scheibe.

91

»Es ist ein Zug«, flüstert sie.

Nein, denkt Grey, *es* war *ein Zug.* Der Umriss der Lokomotive und der Wagen sind noch zu erkennen, obwohl sie umgestürzt und halb verrottet sind. Doch die gesamte Oberfläche ist bedeckt von einer bleichen, krabbelnden Masse krebsartiger Wesen, die übereinanderklettern, sodass es aussieht, als wäre das Wrack lebendig.

»Sie sollten besser nicht hinsehen«, sagt der Steward. »Oder wenn Sie es nicht vermeiden können, halten Sie sich dabei an etwas fest.«

»Was ist mit dem Zug passiert?« Grey schließt die Finger um das eiserne Kruzifix, das er immer in seiner Brusttasche trägt, direkt am Herzen. Je länger er auf das Wrack starrt, desto mehr scheint es ihm, als folgten die Bewegungen der Wesen einem bestimmten Muster, wie ein Bienenschwarm, der um seine Königin kreist.

»Die ersten Durchquerungen waren nicht immer erfolgreich. Es gab Unfälle, Entgleisungen … Sie mussten die Züge natürlich dort zurücklassen, und jetzt, nun ja …«

»Wie halten Sie das aus?« Die Stimme der Witwe klingt brüchig. »Hier zu arbeiten, das immer wieder zu sehen?«

Der Steward kratzt sich am Kinn, blickt jedoch nicht nach draußen. »Man gewöhnt sich daran«, antwortet er wenig überzeugend.

»Es ist eigenartig«, sagt die Witwe. »Obwohl ich so viel über das Ödland gelesen habe, hatte ich nicht damit gerechnet, dass … Diese Spuren des Menschlichen, unserer selbst …« Sie verstummt.

Erinnern uns daran, was schiefgehen kann, vollendet Grey in Gedanken den Satz.

Schatten

Weiweis Tag vergeht in einem Wirbel aus Pflichten und gebrüllten Befehlen. Es gibt immer noch etwas zu tun: einen Boden wischen, Messing polieren, verlorene Gegenstände wiederfinden, Passagiere aus ihren Träumereien reißen. Im Gegensatz zu den Stewards und Portern, den Heizern, Lokführern und Wachen ist ihre Rolle im Zug nie genau definiert worden, was lästig sein kann, wenn die Aufgaben niemals enden, aber auch nützlich, denn es erlaubt ihr, sich in jedem Winkel des Zuges aufzuhalten und stets behaupten zu können, sie sei dorthin geschickt worden. Ihre Gedanken wandern. *Was hat sie letzte Nacht gesehen?* Nichts. Eine Täuschung des Lichts. Sie hat sich von der Nervosität der Passagiere anstecken lassen. *Oder hat ihr Verstand ihr einen Streich gespielt?* Sie muss weiter Tabletts in die Erste Klasse tragen, weiter schmutziges Geschirr säubern. *Augen in der Dunkelheit.* Im Speisewagen stößt sie mit einem Steward zusammen, sie bekleckert ihre Uniform mit Tee und vergisst, die saubere Tischwäsche aus dem Servicewagen zu holen. Die Stewards fluchen, und sogar Anja Kascharina schilt sie wegen ihrer Unachtsamkeit und scheucht sie mit der Suppenkelle aus der Küche.

Im Quartier der Crew hängt ein großes Plakat mit einem fröhlichen jungen Mann in der Uniform der Kompanie, der sagt: *»Fühlen Sie sich seltsam? Haben Sie Schwierigkeiten, sich zu erinnern? Gehen Sie zum Arzt!«* Weiwei eilt mit gesenktem Kopf daran vorbei. »Ach, sei still!«, murmelt sie vor sich hin. Aber immer wieder muss sie an Maria Petrownas Frage denken: *»Können Sie sich wirklich an nichts erinnern?«*

Es hat noch andere Durchquerungen gegeben, bei denen ihre Erinnerungen wirr und unzuverlässig waren. Einmal überkam den ganzen Zug eine Schlafkrankheit. Passagiere ließen den Kopf auf ihre Teller sinken, Crewmitglieder nickten auf ihren Posten ein. Mehrere Tage lang blieben nur die Heizer wach, die unablässig Kohle in die Brennkammer schaufelten. Der Arzt vertrat gegenüber dem Captain die These, die Hitze habe sie vor dem geschützt, was den Rest des Zuges befallen hatte. Doch unter den Zugleuten flüsterte man sich zu, dass das Ödland wusste, was es tat. Es hatte die Heizer wachgehalten, weil sie den Zug fütterten, und der Zug war ebenso hungrig wie das Ödland. Gleich und Gleich erkennt sich. »Seelenverwandtschaft, das ist es«, erklärte Anja Kascharina, die eine Neigung zum Mystischen hat – obwohl sie das in Hörweite der Krähen niemals zugeben würde. Die Schlafenden auf dieser Reise hatten alle dasselbe geträumt. Sie waren durch den Schnee gelaufen, ohne Spuren zu hinterlassen. Augen hatten sie in der Dunkelheit beobachtet. Bei einer anderen Durchquerung hatten die Passagiere plötzlich wie unter Zwang seltsame Dinge getan, hatten fremdartige Wesen an die Wände gemalt, obwohl sie schworen, dass sie sie noch nie gesehen hatten. Die Kompanie hatte unter großen Mühen dafür gesorgt, dass diese Geschichten nicht bekannt wurden. Mit Crewmitgliedern, die den Mund nicht halten konnten, wurde kurzer Prozess gemacht.

Aber diese letzte Durchquerung war anders gewesen. *Können Sie sich wirklich an nichts erinnern?*

Da war nur Leere, wo Erinnerungen sein sollten. Dann war sie wie aus einem tiefen, traumlosen Schlaf erwacht und hatte festgestellt, dass sie bei der Mauer angekommen waren und im Wachhof standen. Alle Spiegel im Zug waren zerbrochen, und das polierte Holz an den Wänden war von tiefen Kratzern durchzogen. Sie reibt über die Narbe auf ihrer rechten Handfläche. Einige der Passagiere hatten sich nie davon erholt; ihr Verstand war zu Scherben zerfallen wie in dem Kaleidoskop, das der Glasmacher einst für sie angefertigt hatte, die unablässig sich verändernden Muster unmöglich zu merken. Bei ihrer Ankunft in Peking waren drei der Passagiere aus der Dritten Klasse tot.

Sie macht kehrt und starrt den lächelnden Uniformierten auf dem Plakat grimmig an. Nein. Sie bildet sich das nicht ein. Da war etwas im Lagerwagen, etwas, das nicht dahin gehörte. *Jemand.*

Bei anderen Durchquerungen wäre sie in so einer Situation zum Professor gegangen, denn sie wusste, dass er selbst spät in der Nacht noch wach war, beim Licht einer einsamen Lampe über seine Bücher gebeugt. Dass er ihr seine volle Aufmerksamkeit schenken und zuhören würde, ohne sie zu unterbrechen, zu seufzen oder auf die Uhr zu sehen, und während sie sprach, würde sich das, was ihr Sorgen bereitete, in Luft auflösen. Er würde ihr sicherlich nicht sagen, dass da nichts im Schmuggelversteck war, sondern er würde ihr vorschlagen, zusammen hinzugehen und nachzuschauen.

Doch diesmal geht sie nicht zu ihm. Wenn er sie verlässt, dann muss sie sich daran gewöhnen, lernen, ohne ihn zurechtzukommen.

Sie schiebt den Gedanken beiseite, holt sich eine leere Flasche aus der Crewküche und füllt sie mit Wasser. *Nur für den Fall.* Sie schnappt sich das Stück Brot, das auf einem der Tische liegen geblieben ist, und steckt es in ihre Jackentasche. In dem Moment spürt sie einen leichten Druck an ihrem Bein, und als sie hinunterblickt, sieht sie Dima, der mit seinen großen Bernsteinaugen hoffnungsvoll zu ihr hochschaut.

»Katzen mögen kein Brot«, sagt sie zu ihm, obwohl sie weiß, dass er es zumindest probieren würde. Sie geht in die Hocke, streicht über sein dichtes graues Fell und spürt das leise Vibrieren seines Schnurrens unter ihrer Hand. *Unser blinder Passagier*, denkt sie. Fünf Jahre zuvor haben sie ihn hier in der Kantine der Crew gefunden, kurz nach der Abfahrt aus Moskau. Er war nur noch Haut und Knochen und schlang gierig alles hinunter, was man ihm hinstellte. Es war eine schwierige Durchquerung gewesen, mit Stürmen und Schatten am Horizont, aber der Kater war seelenruhig durch den Zug getapst, als fühlte er sich dort zu Hause. Und obwohl der Captain zunächst nicht erfreut gewesen war, dass sich das Tier in den Zug geschlichen hatte, schien selbst sie ihn und seine Angewohnheit, den Lichtern in den Korridoren hinterherzujagen, ins Herz geschlossen zu haben. Eine der Köchinnen hatte ihn Dimitri – Dima – genannt, nach ihrem Großonkel, weil der gierige Blick des Katers sie an ihn erinnerte.

»Willst du dich nützlich machen?«, fragt Weiwei ihn, und er reibt seine Wange an ihren Fingerknöcheln.

Der Captain – zumindest der, den sie bisher gekannt haben – ist sehr vorsichtig, was blinde Passagiere angeht. Früher hat es einige gegeben, die verzweifelt genug waren, das Risiko trotz der schweren Strafen einzugehen. Einmal, als Weiwei fünf oder sechs gewesen war, hatte sie zu Beginn der Reise, bevor der Zug die Mauer erreichte, im Gepäckwagen gespielt. Es war im Winter gewesen, die Gleise schneebedeckt, die Fenster von Eisblumen überzogen.

Da war ein Mann im Gepäckwagen, zusammengekauert unter einem Haufen Planen. Er roch nach Schnaps und Schweiß, und deshalb fand sie ihn auch. Sie wühlte zwischen den Stofflagen, suchte nach dem, was anders war, was da nicht hingehörte. Sie erinnert sich an seine Finger, die ihr Handgelenk packten, an den Gestank seines Atems. *»Ich bin nicht hier«*, flüsterte er. *»Verstehst du? Ich bin nicht hier.«* Dann öffnete er seine Jacke, und sie sah eine Klinge aufblitzen.

Sie rannte sofort zum Professor. Sie war zwar noch klein, aber sie wusste, wann jemand da war und wann nicht. Und sie wusste, dass ein Messer einen Mann nicht unsichtbar machen konnte. Der Professor nahm sie hoch, stürmte zum Quartier des Captains und verlangte zu erfahren, warum ein Kind so in Gefahr gebracht wurde.

Danach scharte sich die ganze Crew um sie. Die Stewards sagten ihr, wie mutig sie gewesen war, und die Köchinnen gaben ihr eine Extraportion Pudding. Anja Kascharina schloss sie in die Arme und ermahnte sie, sie müsse lernen, keine Risiken einzugehen.

Sie erzählten ihr nicht, was danach geschah. Er war ein böser Mann, sagten sie. Sich im Zug zu verstecken, ohne Fahrkarte, war im Grunde dasselbe wie Diebstahl. Er war nichts weiter als ein Dieb.

Erst viel später erfuhr sie die Wahrheit. Sie hatten nicht gewartet, bis sie zur Mauer kamen, sondern den Mann in den Schnee hinausgestoßen. Es waren Belew und Yang, die Schmuggler, die es ihr eines Abends zwischen zwei Durchquerungen erzählten, den Bauch voll Schnaps, in Erinnerungen schwelgend, um das Warten zu verkürzen. Sie schilderten ihr, wie sie die Wagentür aufgemacht hatten, nur um ihm Angst einzujagen, eine Lektion zu erteilen. Im Winter ist der Zug langsamer, weil er im Fahren den Schnee wegschieben muss.

»Aber wie habt ihr denn die Tür aufgekriegt?« Sie wusste nie, wie viel von ihren Geschichten sie glauben sollte. »Es kommt doch niemand an die Schlüssel heran.«

Belew lachte. »Schwesterchen, du weißt doch besser als jeder andere, dass man im Zug alles kriegen kann, was man will. Wenn du einen Schlüssel willst, gibt es Mittel und Wege, daranzukommen.«

Sie sah vom einen zum anderen. »Was ist passiert?«

»Wir haben der Kompanie Zeit und Mühe erspart und Zugjustiz ausgeübt«, sagte Yang und wischte sich über den Mund. Belew grunzte. »Der Captain wusste Bescheid.«

Und damit war die Sache erledigt. Die Zugjustiz hatte den Mann mit dem Messer nachts hinaus in den Schnee befördert, mitten im Nirgendwo. Und die Zugjustiz hatte ihn aus den Logbüchern und Berichten verschwinden lassen, so gründlich, als hätte er den Zug nie betreten. Ein Schauer überläuft sie, wenn sie an ihn denkt, da draußen in der Kälte, nur mit seiner abgewetzten Jacke. Seither hat sie bei jeder Durchquerung an ihn gedacht.

Normalerweise darf Dima nicht in den Lagerwagen, deshalb dauert es ein paar Minuten, bis sie ihn von all den neuen Gerüchen und Verstecken weglocken kann, und schließlich greift sie ihn sich und trägt ihn mühsam die improvisierte Leiter zu dem Raum unter dem Dach hoch. Dort angekommen, stellt sie ihre Lampe ab und wartet. Trotz der Hitze fühlt sich die Luft feucht an. Statt der gewohnten Stille empfängt sie das Gefühl, dass die Bewegung innegehalten hat, dass bald etwas passieren wird. Ihre Muskeln spannen sich an. Sie merkt, wie Dima sich versteift und die Krallen durch die Uniform in ihre Haut gräbt. Seine Ohren drehen sich nach hinten, und seine Nase zuckt. Und dann beginnt er zu knurren, ein tiefes, drohendes Geräusch, das aus seinem Bauch zu kommen scheint.

Langsam setzt sie den Kater ab. »Was ist da?«, flüstert sie ihm zu. »Was riechst du?« Er macht einen Buckel, das Fell auf seinem Rücken sträubt sich, und seine Ohren liegen flach auf dem Kopf. Er hat ebenso wenig Lust, tiefer in die Dunkelheit hineinzugehen, wie sie.

Sie ist das Zugkind – sie hat keine Angst, vor nichts und niemandem. Sie braucht nicht zum Professor zu laufen, wie sie es getan hat, als sie klein war. Wenn da ein Bandit lauert, wird sie ihn stellen. Ein blinder Passagier ist nicht besser als ein Dieb. Ein blinder Passagier muss der Zugjustiz übergeben werden. Langsam kriecht sie vorwärts, die Lampe in der Hand, und sieht zu, wie der Lichtkreis wandert.

Da ist tatsächlich etwas, ganz hinten im Wagen, wo noch ein paar alte Fässer stehen. Da ist ein dunklerer Schatten, in angespannter Haltung, wie ein in die Enge getriebenes Tier.

»Sie können herauskommen«, sagt sie auf Chinesisch. »Ich ... habe Brot und Wasser. Wenn Sie hungrig sind ... Ich kann Ihnen helfen ...«

Schweigen. Sie wiederholt die Worte auf Russisch.

»Es ist Saatenbrot ... gestern frisch gebacken.«

Die Schatten rühren sich nicht, sie sind nichts anderes als Schatten. Weiwei stößt einen erleichterten Seufzer aus. Sie ist froh, dass sie Alexei nichts davon gesagt hat. Er würde sie bis in alle Ewigkeit damit aufziehen. Sie will sich gerade umdrehen – – da bewegen sich die Schatten. Ein gleitendes Geräusch, ein Geruch nach Feuchtigkeit und Moder, und das Bild in ihrem Kopf von einem Banditen, einem Messer in der Dunkelheit, zerspringt, aber sie kann die Scherben nicht wieder so zusammensetzen, dass sie einen Sinn ergeben, kann ihre Beine nicht davon überzeugen, sich zu bewegen, obwohl Dima jetzt einen hohen, klagenden Ton ausstößt, wie sie ihn noch nie von ihm gehört hat; sie kann sich nur hilflos zusammenkauern, als das Wesen sich zum Sprung bereit macht; ihr Atem stockt und kommt als Wimmern heraus –

– da formen sich die Schatten zu Armen und Beinen, darüber ein blasses Gesicht mit hohen Wangenknochen und wachsamen Augen, und das gleitende Geräusch entpuppt sich als das Rascheln von Seide.

Kein Bandit und kein wildes Tier, sondern ein Mädchen. In einem blauen Seidenkleid, das lange Haar offen und zerzaust. Ein so unerwarteter Anblick, so weit von allem entfernt, was Weiwei sich ausgemalt hat, dass sie zurückweicht und zu Boden fällt.

Fauchend verschwindet Dima durch die Falltür. Weiwei und die blinde Passagierin starren sich an. Das Kleid lässt die Fremde älter erscheinen, aber bei genauerem Hinsehen schätzt Weiwei, dass sie genauso alt ist wie sie selbst, obwohl es schwer zu sagen ist. Sie versucht, das Gesicht eingehender zu betrachten, doch das ist überraschend schwer – bei dem Blick, mit dem das Mädchen sie ansieht, fängt die Haut unter ihrem Kragen an zu jucken. Sie ist solche Aufmerksamkeit nicht gewöhnt; sie ist daran gewöhnt zu beobachten, nicht beobachtet zu werden.

Auf Russisch fragt die blinde Passagierin: »Läufst du jetzt auch weg?«

Weiwei entgegnet abwehrender als beabsichtigt: »Warum sollte ich weglaufen? Ich gehöre hierhin. Du bist in meinem Zug.«

Das Mädchen nickt ernst und berührt mit der flachen Hand den Boden, wie zum Beweis, dass sie Weiweis Besitzrecht anerkennt. »Du hast Wasser mitgebracht«, sagt sie. Es ist eine Feststellung, keine Frage. Als hätte sie nichts anderes erwartet.

Weiwei reicht ihr die Flasche, und sie ergreift sie mit beiden Händen und trinkt geräuschvoll. »Daran hättest du denken sollen, bevor du dich hier versteckt hast«, sagt Weiwei nach einer Weile.

Das Mädchen sieht sie an, ohne zu blinzeln, und Weiwei ist

unwillkürlich beeindruckt – noch nie hat jemand sie beim Starren übertroffen. Schließlich holt sie das Stück Brot heraus, und das Mädchen schnappt es ihr aus der Hand und kriecht hastig zurück nach hinten. Als Weiwei die Lampe hochhält, sieht sie eine Art Nest.

»Bist du allein?« Die Frage ist die erste, die ihr einfällt. All die anderen wollen sich nicht in Worte fassen lassen.

Die blinde Passagierin nickt mit undurchdringlicher Miene.

»Bist du …« Sie verstummt. Das ist alles zu weit von dem weg, was sie erwartet hat, um irgendeinen Sinn zu ergeben. Ein Mann mit einem Messer, das kann sie verstehen. Gefahr in Form einer Klinge und drohender Worte, dagegen kann sie ankämpfen. Aber das hier, ein Mädchen, ganz allein, das ist eine andere Art von Gefahr. Da ist eine Grenze, die sie nicht übertreten darf.

»Wie bist du in den Zug gekommen?«, fragt sie stattdessen. »Wieso hat dich niemand gesehen?«

Das Mädchen zögert. »Weil ich vorsichtig und still und leise bin«, antwortet sie schließlich. »Weil ich nicht das bin, wonach sie gesucht haben.«

Irgendetwas an ihrem Russisch ist seltsam. Es klingt ein wenig steif und altmodisch, als suche sie nach Worten, die schwer zu erreichen sind. »Aber du brauchst etwas zu essen und zu trinken«, sagt Weiwei. »Das musst du irgendwie auftreiben. Du weißt doch sicher, wie lang die Reise ist. Hast du nicht an die Gefahr gedacht? Was ist, wenn dich jemand entdeckt?«

Das Mädchen zuckt die Achseln, eine Geste, die Weiwei beunruhigend findet, obwohl sie nicht weiß, warum. »Du kannst mir helfen.«

Weiwei verschränkt die Arme. »Und wenn ich das nicht tue?«

Die blinde Passagierin lächelt überraschend. »Ich glaube, du willst helfen. Ich glaube, du kannst gut lügen, und klug bist du auch, weil du die Katze mitgebracht hast, um herauszufinden, was ich bin. Auf die Idee würden diese Männer nicht kommen.«

»Diese Männer …« Weiwei hält inne. Die blinde Passagierin hat alles beobachtet, sie ist nicht so unvorbereitet, wie sie scheint. Sie lässt Weiwei nicht aus den Augen.

Das ist Wahnsinn. Sie sollte sofort zum Captain laufen. Sie sollte nicht mal darüber nachdenken. Sie kennen alle die Regeln, sie wissen, welche Strafe ihnen droht, wenn jemand von der Crew dabei erwischt wird, wie er einem blinden Passagier hilft: Arrest und fristlose Entlassung, wenn sie ihr Ziel erreichen. Absolute Loyalität gegenüber dem Zug und der Kompanie, das verlangen die Regeln. *Aber wo ist die Loyalität des Captains gegenüber dem Zug geblieben?* Warum sollte Weiwei zu ihr laufen, wenn sie ihre Tür vor der Crew verschlossen hat? Wenn sie verschwindet, sich nicht mehr blicken lässt?

»Ich kann dir mehr Wasser bringen«, sagt Weiwei langsam. »Und mehr zu essen, aber ich muss aufpassen, dass es nicht zu viel wird, sonst fällt es auf. Und du musst hierbleiben, in dem Versteck. Das musst du mir versprechen.«

Die blinde Passagierin neigt den Kopf zur Seite, als überlege sie. »Ich werde hierbleiben.«

Weiwei nickt, während all die anderen Fragen in ihrem Kopf herumwirbeln. Sie wählt die einfachste. »Verrätst du mir deinen Namen?«

Die blinde Passagierin antwortet nicht.

»Es muss nicht dein richtiger Name sein, wenn du nicht willst. Ich heiße Weiwei.« Sie legt sich die Hand auf die Brust, wie sie es bei Erwachsenen gesehen hat, wenn sie mit Kindern sprechen, wie sie es ihr gegenüber viele Male getan haben.

Das Mädchen wendet den Blick ab. »Elena«, sagt sie schließlich, und Weiwei denkt: *Das ist gelogen.*

Sie lässt die Lampe dort, als sie durch die Falltür nach unten klettert. »Ich komme bald wieder«, sagt sie, und das Mädchen nickt und sieht ihr nach, die Arme um die Knie geschlungen.

Weiwei läuft rasch zurück zum Quartier der Crew, überzeugt, dass ihr das schlechte Gewissen ins Gesicht geschrieben steht. Die blinde Passagierin ist nicht gefährlich, sagt sie sich, sie ist nur ein Mädchen. Sie hat Angst und ist allein. Und bestimmt würde sie nicht das Risiko eingehen, sich im Zug zu verstecken, wenn es nicht irgendwelche schrecklichen Umstände gäbe, die sie dazu zwingen. Nein, sie verhält sich nicht illoyal – so, wie sie selbst vom Zug beschützt worden ist, wird sie ihrerseits helfen. Sie wird dem Mädchen Zeit geben, ihre Geschichte zu erzählen, zu enthüllen, wovor oder wohin sie flüchtet.

Sie ist so in Gedanken versunken, dass sie, als plötzlich etwas gegen die Fensterscheibe neben ihr schlägt, zusammenzuckt und einen Satz zur Seite macht, wobei sie mit einem vorbeieilenden Küchenjungen zusammenstößt.

»Krabbler!«, ruft er aus und zeigt auf das Fenster, wo sich ein Wesen von der Größe eines Speisetellers an das Eisengitter klammert und mit den Beinen wild gegen die Scheibe pocht. Oben ist der Körper von einem Panzer geschützt, aber die blassrosa Unterseite besteht aus lauter Mündern, die sich in unregelmäßigen Abständen öffnen und schließen. Der Küchenjunge klammert sich an Weiweis Arm, als noch einer auf das Gitter fällt, und dann noch einer und noch einer, bis das ganze Fenster mit pochenden Beinen und gierigen Mündern bedeckt ist.

»Sie müssen auf dem Dach sein …« Obwohl sie normalerweise nur auf den Wracks sind, nie auf dem fahrenden Zug.

»Ich hole den Bordschützen!«, sagt er grinsend und läuft zur Sprechanlage.

Weiwei tritt einen Schritt näher, aber mittlerweile sind es so viele Krabbler, dass sie den Halt am Gitter verlieren und hinunterfallen, die Beine unter den Panzer gezogen. Kurz darauf hört sie Schüsse, und noch mehr blasse Körper fallen vom Dach und schlagen klappernd gegen die Scheibe. Als sie im Schlafwagen der Crew ankommt, wetten die Stewards lärmend, wie viele von den Krabblern von jedem der Fenster gefallen sind.

»Willst du auch mitmachen, Zhang?«, ruft ihr einer zu, doch sie schüttelt den Kopf und klettert in ihr Bett. Es ist das Bild dieser Wesen am Fenster, das sie unruhig macht, sagt sie sich, nicht die blinde Passagierin in ihrem Versteck unter dem Dach. Aber immer wieder muss sie an Rostows Worte denken: *Was ist sonst noch unseren Blicken verborgen?* Sie ist bereits ein Risiko eingegangen, aber sie nimmt es nur beiläufig wahr, wie einen Wetterwechsel, dessen Bedeutung einem erst später klar wird.

Zweiter Teil

3. und 4. Tag

Drei Tagesreisen von Peking entfernt erscheint eines der größten Naturwunder am Horizont, flirrend wie eine Fata Morgana in den letzten Strahlen der Abendsonne: der Baikalsee, siebenhundert Kilometer lang und – so heißt es – fast anderthalbtausend Meter tief. Der älteste See der Welt. Über Stunden hinweg fährt der Zug daran entlang. Wenn der Mond aufgeht, verwandelt sich das Wasser in Silber. Es fällt schwer, nicht an die Dunkelheit darunter zu denken und daran, was wohl in den Tiefen, in die das Licht niemals vordringt, leben mag. Ich rate dem vorsichtigen Reisenden, ihn nicht allzu lange zu betrachten.

Auf dem großen See gab es einst ehrgeizige Ingenieurprojekte, um mithilfe der Wasserkraft Minen zu betreiben. Als das Gold Ende des 17. Jahrhunderts zu schwinden begann, sprachen die Arbeiter von Veränderungen im Wasser, von Schatten unter der Oberfläche. Doch niemand glaubte ihnen, ebenso wenig wie jenen an anderen Orten, die ein seltsames Verhalten bei ihren Tieren bemerkten und einen merkwürdigen Geruch in der Luft. Es gab Berichte von Insektenschwärmen, von Vögeln, die näher an die Häuser herankamen, von einer eigentümlichen Helligkeit, wenn die Sonne sich im Wasser spiegelte.

Es heißt, dem Land sei so viel genommen worden, dass es stets hungrig ist. Es hat sich vom Blut genährt, das die Reiche vergossen haben, und von den Knochen der Tiere und Menschen, die zurückgelassen wurden. Es hat Geschmack am Tod gefunden.

Handbuch für den vorsichtigen Reisenden durch das Ödland, S. 23

Der See

Es gibt ein Gedicht von John Morland, an das Henry Grey sich zu erinnern versucht. Es geht ungefähr so: *So zeigen Luft und Wasser ihn / Die ganze Pracht seines Geistes liegt darin*. Nein, das ist es nicht, da war noch etwas mit einer Reflexion, der Himmel, der sich im Wasser spiegelt … Er konnte das Gedicht mal auswendig, es hat ihn oft bei seinen Spaziergängen im Moor begleitet. *Der Abglanz seines Geistes liegt darin*. Nein, es stimmt immer noch nicht. Aber fürs Erste genügt es so, denn der Himmel ist wie eine Schale aus hellem Blau, und vor ihnen liegt der große See, der in der Ferne in einem flirrenden Dunst verschwimmt. Grey saugt den Anblick förmlich in sich auf und wünschte, er könnte näher herankommen. Er bemerkt einen Schwarm geflügelter Insekten, die direkt vor dem Fenster Kreise bilden und träge in der Runde fliegen. Eine Jagdformation? Er holt sein Notizbuch heraus, um die Frage aufzuschreiben, und blättert durch die Seiten mit bereits notierten Fragen. Zeichnungen drängen sich um die Worte, als hätte er nie Zeit genug, eine neue Seite aufzuschlagen. Er nimmt sein Fernglas, um die Birken am Ufer zu betrachten, und die augenförmigen Lentizellen in der hellen Rinde scheinen ihn anzustarren. Ihm ist, als hätte eine geblinzelt, doch als er erneut hinsieht, sind alle Augen weit geöffnet und reglos. Kopfschüttelnd notiert er in seinem Buch: *Beobachten sie uns?*

Er hat gehofft, allein zu sein, wenn sie sich dem See nähern, doch schräg gegenüber haben sich ein paar Herren mit ihren Zigarren in den Sesseln niedergelassen, und der Rauch vernebelt die Aussicht. Sie diskutieren laut und ohne jede Sachkenntnis über die Länge und Tiefe des Sees. Grey rückt seinen Sessel von ihnen weg, aber es nützt nichts.

»Dr. Grey, Sie sehen aus, als wären Sie ganz in Gedanken versunken. Kommen Sie und teilen Sie ein paar davon mit uns, denn wir haben traurigerweise keine eigenen!« Es ist der junge Franzose, Guillaume LaFontaine, und er macht bereits Platz für ihn zwischen den Rauchern. »Ich habe diesen Herren gerade erklärt, dass wir einen Mann der Wissenschaft und der Lehre unter den Mitreisenden haben, und nun sind Sie da. Vielleicht können Sie uns mit Ihrer Weisheit helfen. Uns beschäftigt nämlich gerade ein … wie sagt man … ein metaphysisches Paradox.«

»Wie vor allem die Russen sie lieben«, bemerkt ein massiger chinesischer Herr mit Bart in einem überraschend wohlklingenden Englisch.

»Wir diskutieren darüber, ob etwas weniger schön ist, wenn man weiß, dass es auch gefährlich ist. Dieser See zum Beispiel.« LaFontaine deutet aus dem Fenster, ohne hinzusehen. »Er wäre unserer größten Maler würdig, und doch ist er auch giftig, infiziert …«

»Wir wissen nicht, ob er wirklich giftig ist«, wendet ein anderer Herr ein.

»Ist nicht alles da draußen giftig?«

»Nun, das hängt von der Definition ab, und solange wir nicht davon ausgehen können, dass die Kompanie jemanden dorthin geschickt hat, um Proben zu nehmen, können wir nicht mit Sicherheit sagen –«

»Dann eben die Landschaft«, unterbricht LaFontaine ihn.

»Wir sind uns gewiss einig, dass die Landschaft als solche für uns bedrohlich ist. Und doch kann sie auch von großer Schönheit sein.« Er breitet die Arme aus, und die anderen Herren murmeln etwas Zustimmendes. Nur der Geistliche, der, wie Grey inzwischen erfahren hat, Juri Petrowitsch heißt, sitzt schweigend und zusammengesunken in seinem Sessel.

»Aber verringert diese Bedrohlichkeit ihre Schönheit? Ist der Schwan bezaubernder als der Adler, der friedliche Wal prächtiger als der kriegerische Hai?«

Ein Paradox, das des Namens kaum wert ist, denkt Grey, dennoch legt er die Fingerspitzen aneinander und gibt vor, über diese Plattitüden nachzudenken.

»Schönheit ist natürlich etwas Subjektives«, beginnt er. »Aber alles in Gottes Schöpfung muss als schön angesehen werden, von der bescheidensten, alltäglichsten Kreatur bis zur außergewöhnlichsten. Als Wissenschaftler und Mann Gottes sage ich, dass weder Vertrautheit noch Gefährlichkeit das Wunder ihres Seins schmälern sollten. Dieser See« – er blickt aus dem Fenster und sieht ein silbernes Aufblitzen und davor den Umriss eines Baums – »dieser See mag für uns Menschen tödlich sein, aber wer weiß, ob es nicht Wesen gibt, die unbeschadet in seinen Wassern schwimmen?« *Ein Abglanz* seines *Himmels* – war es das? Die Zeile liegt ihm auf der Zunge.

»Aber welchem Zweck kann denn dieses Chaos dienen? Dieses Fehlen von Ordnung und Bedeutung?«

»Genau das ist der Punkt.« Eifrig beugt Grey sich vor. Er verspürt wieder dieses Kribbeln am unteren Ende seiner Wirbelsäule, wie immer, wenn er zugleich zweifelnd und sicher ist, denn dann weiß er, dass er Gott näherkommt. »Bedeutung. Warum denken wir stets, dass das Fehlen von Ordnung gleichbedeutend ist mit dem Fehlen von Bedeutung? Ist es nicht Bedeutung genug, dass wir uns die Frage stellen? Ist es nicht genau das, was Gott von uns verlangt?« Er spürt, wie seine Stimme lauter, kraftvoller wird. »Es ist kein Fehlen von Bedeutung, das uns umgibt – es ist ein Überschuss! Junger Mann, Sie fragen, ob Schönheit und Gefahr einander ausschließen? Warum sollten sie? Sie schenken uns Bedeutung über Bedeutung, die wir betrachten, studieren, *bestaunen* können.« Er bemerkt, dass einige der Herren zwar gedankenvoll nicken, andere jedoch eher amüsiert wirken. »Es gibt da ein Gedicht«, fährt Grey fort. »Von John Morland, vielleicht kennen Sie ihn?« Die Herren sehen ihn ratlos an. »Macht nichts. Er schreibt –«

»*So offenbaren Luft und Wasser ihn / Das Fenster seines Aug's, des Himmels Abglanz sind darin*«, zitiert Juri Petrowitsch mit tiefer Stimme, ohne sich zu ihnen umzudrehen.

»Genau«, sagt Grey etwas verdutzt. »Wie ich sehe, sind Sie vertraut mit –«

»Großsibirien«, unterbricht ihn der Geistliche scharf, »offenbart gar nichts, außer der Abwesenheit von Gottes Auge. Sie können es nicht *studieren*, und es ist sinnlos, in einem Gräuel nach *Bedeutung* zu suchen.«

Im Wagen ist es still geworden. Juri Petrowitsch starrt mit krummem Rücken nach draußen. Diesen Typus hat Grey schon öfter gesehen, diese Kirchenmänner, die von der Bürde ihres Glaubens niedergedrückt werden und ihn dennoch immer fester umklammern, die anderen zeigen wollen, wie sie leiden, damit diese auch leiden.

»Und dennoch haben Sie beschlossen, durch dieses Gräuel, wie Sie es nennen, zu reisen«, wendet LaFontaine lässig ein und lehnt sich in seinem Sessel zurück.

»Mein Vater liegt im Sterben«, erwidert der Russe mit unbewegter Miene. »Die südliche Route würde zu lange dauern.«

»Das tut mir leid«, sagt Grey in das Schweigen hinein.

»Das braucht es nicht. Er wird bald bei Gott sein und nicht

länger geplagt vom Verfall dieser Welt. Bewahren Sie Ihr Mitgefühl besser für sich selbst.«

Die anderen Herren wechseln Blicke. Zigarren werden wieder angezündet, und man wendet sich von Juri Petrowitsch ab. »Trotzdem reist er in der Ersten Klasse«, murmelt jemand.

Grey sagt: »Alle Wesen auf dieser Erde sind Gottes Schöpfung, wie seltsam manche von ihnen auch scheinen mögen. Für jedes gibt es einen Platz.«

Der Geistliche lächelt spöttisch. »Hier wandelt nur der Teufel, und wo er geht, hinterlässt er Zerstörung.«

»Na, dann ist es ja gut, dass wir vor der Abreise noch bei der Beichte waren«, bemerkt LaFontaine zur allgemeinen Erheiterung.

Obwohl es Grey zutiefst widerstrebt, nicht das letzte Wort gehabt zu haben, veranlasst ihn etwas im Verhalten des Geistlichen, sich wieder seinen Beobachtungen und seinem Notizbuch zuzuwenden. Dennoch fühlt er sich von der Herausforderung energetisiert. Der Teufel? Nein, da irrt dieser Mann, und er, Henry Grey, wird es beweisen. Er schreibt sich die Zeilen aus Morlands Gedicht auf. Aber sie wären ihm schon noch selbst eingefallen.

Als Grey später am Nachmittag in sein Abteil zurückkehrt und den Schrank öffnet, um sich für das Abendessen umzuziehen, stellt er fest, dass seine Kleider beiseitegeschoben worden sind, um Platz für einen Anzug, einen Helm, dicke Handschuhe und Stiefel zu machen. Der Ingenieur hat begonnen, seinen Teil des Handels zu erfüllen. Grey berührt das dicke braune Leder des Anzugs, das harte Glas an der Vorderseite des Helms, und ihn überläuft ein erwartungsvoller Schauer.

Im Quartier des Captains

In ihrem Abteil findet Maria eine Karte auf dem Tisch. In gestochener Handschrift wird ihr mitgeteilt, dass der Captain sie an diesem Abend zu einer Soirée erwartet.

20 Uhr
Abendkleidung
RSVP an den Ersten Steward.

Obwohl dies eine kostbare Gelegenheit ist, dem innersten Kern des Zuges näherzukommen, zieht sich ihr Magen vor Nervosität zusammen. Gerade der Captain muss hinreichend Erfahrung mit der Vorspiegelung falscher Tatsachen haben – wird sie bei einer persönlichen Begegnung Marias Maskerade durchschauen, den Schatten ihres Vaters in ihren Gesichtszügen erkennen? Vielleicht ist es noch zu früh, sich einem derart wachsamen Blick auszusetzen.

Nein. Genau deshalb bist du hier, sagt sie sich entschlossen, obwohl die Karte in ihrer Hand zittert. *Genau das wolltest du doch.* Den Namen ihres Vaters von den Anschuldigungen befreien, und ihren eigenen auch, denn was für eine Zukunft bliebe ihr sonst? Vielleicht ein Leben als Gouvernante, ein Schattendasein in den Häusern der Reichen, kaum mehr als ein Dienstmädchen, während sie einst als Gleichgestellte an ihren Tischen gesessen hätte. Kurz quält sie ein schlechtes Gewissen, weil ihre Beweggründe nicht selbstloser sind, aber diese Dinge sind entscheidend, nun, da sie selbst ihren Lebensunterhalt verdienen muss. Es gibt keine Möglichkeit, das Vermögen – das Leben –, das sie verloren hat, zurückzubekommen, doch wenn es ihr gelingt, den guten Namen ihrer Familie wiederherzustellen, kann sie es wenigstens erhobenen Hauptes tun. Davon abgesehen würde sie nur die Aufmerksamkeit auf sich lenken, wenn sie die Einladung des Captains absagt; man würde es als Brüskierung wahrnehmen. Hier im Zug, wo man schlecht andere Verabredungen als Vorwand anführen kann, ist es schwierig, eine glaubwürdige Entschuldigung zu finden, und es wird Fragen geben. Hält sie sich etwa für zu gut? Was hat sie zu verbergen? Sie hat bereits verstanden, dass Tratsch die Währung des Zuges ist, dass die Passagiere angesichts der drohenden Gefahren draußen ihre Aufmerksamkeit nach drinnen gerichtet haben, weg von den unerbittlichen Hügeln, den unheimlichen Bewegungen im Gras. Sie plaudern miteinander, wenden die Köpfe hierhin und dorthin, und die Geschichten sprießen, wachsen, entwickeln ein Eigenleben. Das weiß sie, weil sie es bei der Gräfin beobachtet hat; sie schwelgt in Spekulationen, beobachtet ihre Mitreisenden und erfindet für jeden von ihnen eine Vergangenheit. Die Gräfin hat einen Blick für das Absurde und amüsiert sich königlich über die Schwächen anderer, während Vera nur missbilligend schnaubt. Maria fragt sich mit leisem Unbehagen, was die Gräfin wohl über sie sagt. Sie nimmt die Einladung an.

Schließlich möchte sie den Captain unbedingt kennenlernen, diese Frau in der Rolle eines Mannes. Maria hat die atemlosen Artikel gelesen – »Die Schienenlady der Transsibirien-Kompanie« hat ein Journalist sie genannt, und ein anderer fragte skeptisch, ob sie denn wirklich eine Frau sei. Durch alle Artikel zog sich eine Mischung aus Empörung und Faszination. *Obwohl man sich fragen muss, ob es vertretbar ist, dass eine Frau den tapferen Männern des Zuges Befehle erteilt, lässt sich nicht bestreiten, dass die Transsibirien-Kompanie schon immer eigene Wege gegangen ist.* Trotz all der Geschichten ist diese Frau in ihrer Position so außergewöhnlich, dass es Maria schwerfällt, sie sich vorzustellen.

Und ihr hervorstechendstes Merkmal ist ihre Abwesenheit, obwohl sie zugleich überall ist. »Das würde dem Captain nicht gefallen«; »Der Captain sagt immer …«; »Das versteht der Captain sicher«. Ihr Titel ist ständig auf den Lippen der Crew und auf denen jener Passagiere, die die Strecke bereits gefahren sind. Sie sprechen von ihr wie von einer wohlwollenden, aber mächtigen Gottheit, doch sie selbst lässt sich nie blicken, verschanzt sich in ihrem Quartier. »Sie hat zu tun«, sagen die Stewards beschwichtigend. *Sie versteckt sich,* denkt Maria, und ihre Entschlossenheit wächst.

Ihr Vater hat den Captain bewundert, davon ist sie überzeugt, obwohl er so gut wie nie über seine Arbeit gesprochen hat. »Sie hat Eisen in den Knochen«, hat er einmal gesagt, das größte Lob, das sie aus seinem Mund je gehört hat. Aber sich in ihrem Quartier zu verschanzen, sich vom Leben an Bord des Zuges zurückzuziehen, passt nicht zu dem Bild, das ihr Vater vom Captain entworfen hat.

Sie zieht ihr bestes Seidenkleid an, ein ursprünglich hellblaues Abendkleid, das ihrem Witwenstatus entsprechend schwarz eingefärbt worden ist, und legt ihre Perlenkette an. Mit dem starken Kontrast von Schwarz und Weiß kommt sie sich vor wie die Heldin in einem melodramatischen Roman. Sie tritt an den Tisch und nimmt die Glasmurmel aus einer kleinen Schachtel. Sie schimmert sanft im Abendlicht. Sie steckt die Murmel in ihren Ausschnitt, das Glas kühl auf ihrer Haut. Was hatte das Zugkind noch gesagt? Sie bringt einen zurück. Heute Abend darf sie nicht vergessen, wer sie ist. Und warum sie hier ist.

Ebenfalls eingeladen sind der Naturforscher Henry Grey und die Gräfin. Es werden auch einige Mitglieder der Crew anwesend sein, entnimmt sie der Einladung, aber die Soirée wird im kleinen Kreis stattfinden.

Sie werden von zwei Stewards dorthin begleitet. Als sie das letzte Abteil in der Ersten Klasse passieren, geht die Tür auf, und die Krähen erscheinen. Sie verneigen sich steif, und hinter ihnen erspäht Maria dicht mit Kartons und Ordnern bepackte Regale. Der Wagen des Captains befindet sich im vorderen Bereich des Zuges, und sie müssen die Dritte Klasse und das Quartier der Crew durchqueren, bevor sie in einen Empfangssalon geführt werden. Im Gegensatz zu denen in der Ersten Klasse, die mit opulenten Stoffen und Farben ausgestattet sind, ist dieser Raum überraschend schlicht. An den holzvertäfelten Wänden hängen gerahmte Landkarten und Bilder des Zuges aus den letzten dreißig Jahren. Der Boden ist mit Parkett ausgelegt, und es gibt ein paar geschwungene Holzstühle und einen Getränkeschrank. Das allgegenwärtige Emblem der Kompanie fehlt hier, bemerkt sie, und ebenso all die anderen Schnörkel und Verzierungen. Der Raum strahlt eine unkomplizierte Ruhe aus. Auf einem Grammophon in der Ecke spielt Musik – ein geisterhaftes Streicherquartett, das einen unpassenden Diskant zum rhythmischen Bass der Schienen bildet.

»Der ganze Stolz des Captains«, sagt ein Mann hinter ihr und deutet auf das Grammophon. »Das hat sie aus Paris kommen lassen.« Er ist schlank, mit dunklem, glattem Haar und einem sorgfältig getrimmten Bart, und er trägt einen europäisch geschnittenen Anzug und eine Brille mit Drahtgestell. Ihr ist sofort klar, wer das sein muss – Suzuki Kenji, der Kartograf des Zuges. Ein Mann, den ihr Vater mochte, einer der wenigen, deren Namen er erwähnt hat.

»Ob die Musiker sich wohl jemals vorgestellt haben, dass ihre Musik so weit weg gehört wird?«, sagt Maria. »Hier, wo es im Umkreis von Tausenden Kilometern keinen Konzertsaal gibt?«

»Ein ungewöhnliches Publikum, aber eines, das die Musik zu würdigen weiß«, erwidert der Mann lächelnd. »Darf ich mich vorstellen? Suzuki Kenji, Kartograf.«

»Sehr erfreut, Sie kennenzulernen«, sagt sie und räuspert sich. »Ich habe schon viel über Sie und Ihre Arbeit gelesen.« Sein Name ist in den Artikeln über die Entdeckungen der Kompanie viele Male genannt worden. Sie hat Reproduktionen seiner Karten in Wohnzimmern hängen sehen, und Fotografien von ihm sind in allen möglichen Zeitungen abgebildet worden. Ihr Vater hat ihn sogar als seinen Freund bezeichnet. Sie weiß, dass er einen ganzen Wagen mit Wachturm für sich allein hat. Ihr Vater muss auch öfter dort gewesen sein, denn er hat stolz erzählt, dass er spezielle Linsen für das Teleskop des Kartografen angefertigt hat, damit dieser die Landschaft draußen noch besser beobachten kann.

»Möchten Sie ein Glas Wein?« Suzukis Stimme reißt sie aus ihren Gedanken.

Eigentlich wollte sie keinen Alkohol trinken, aus Angst, dass er ihre Gedanken trübt, doch nun beschließt sie, dass sie etwas braucht, um ihre Nerven zu beruhigen.

Während Suzuki ihr einschenkt, betrachtet sie ihn aufmerksam. Er ist anders als die übrigen Crewmitglieder, die ihr bisher begegnet sind. Unabhängiger, mehr sein eigener Herr. Sie fragt sich, wie viel er weiß. Es ist seine Aufgabe, Ausschau zu halten, zu beobachten, zu notieren – er muss wissen, was bei der letzten Durchquerung passiert ist; er muss wissen, ob das, was die Kompanie über ihren Vater behauptet, wahr ist. Es sei denn, sein Blick war zu sehr nach außen gerichtet, um mitzubekommen, was sich im Innern des Zuges abgespielt hat.

Er bemerkt, dass sie ihn ansieht, und sie senkt mit glühenden Wangen den Blick.

Die Gräfin steuert auf sie zu und besteht darauf, dass Suzuki ihr eine von seinen wunderbaren Karten zeigt, über die sie schon so viel gehört hat.

»Aber gern – hier hängt gleich eine an der Wand«, erwidert er, indem er ihr seinen Arm anbietet, und lächelt Maria über den Kopf der Gräfin hinweg zu.

Das andere Crewmitglied ist der Erste Ingenieur, Alexei Stepanowitsch. Er ist viel jünger, als sie erwartet hätte, doch seine Haltung strahlt demonstratives Selbstbewusstsein aus. Dennoch scheint er sich unbehaglich zu fühlen; sein Blick huscht unruhig durch den Raum.

»Kommt der Captain nicht?«, fragt sie ihn, denn es erscheint ihr seltsam, dass sie hierher eingeladen worden sind, nur um dann sich selbst überlassen zu bleiben.

»O doch, bestimmt. Es ist nur …« Er stockt und sieht zu der verschlossenen Tür. »Am Anfang einer Durchquerung gibt es immer so viel zu tun.«

»Ja, ich habe gehört, dass sie sehr beschäftigt ist.«

Der Ingenieur beugt sich über das Grammophon und hebt den Arm mit der Nadel an.

»Und die traurigen Vorfälle bei der letzten Reise haben sie sicher auch ziemlich mitgenommen.«

Seine Finger zucken, und die Nadel kratzt über die Schallplatte. »Der Zug und die Crew sind stärker denn je«, sagt er, und es klingt ebenso einstudiert wie zuvor bei Weiwei. *Wie gut sie alle abgerichtet sind*, denkt sie. Aber sie weiß nicht, ob sie über das, was passiert ist, nicht reden wollen oder ob sie es nicht können. Sie hat immer angenommen, dass ihr Vater sich entschieden hatte, nichts zu sagen, dass er absichtlich schwieg. Doch nun ist sie sich da nicht mehr so sicher.

Gerade als sie noch einmal nachhaken will, richtet er sich plötzlich auf und nimmt Haltung an. Alle im Raum verstummen, als hätte jemand einen Schalter umgelegt.

»Guten Abend«, begrüßt sie der Captain auf Englisch.

Das, denkt Maria – das ist der Captain, über den sie so viele Geschichten gehört hat? Eine kleine Frau von etwa sechzig Jahren, das graue Haar zu Zöpfen geflochten und um den Kopf gelegt. Sie trägt die Uniform der Transsibirien-Kompanie, und nichts unterscheidet sie vom Rest der Crew, außer den goldenen Streifen an den Ärmeln. Und natürlich der Tatsache, dass sie eine Frau ist. Maria meint, eine leise Enttäuschung bei der Gräfin neben ihr wahrzunehmen. *Was haben wir denn erwartet?*, denkt sie. Eine Kriegerin, eine Figur aus einer Abenteuergeschichte, groß und stark und stolz? Ja, genau das.

Ein Steward schiebt einen Servierwagen herein, gefolgt von Küchenjungen mit großen Platten. Der Captain tritt zur Seite, um sie vorbeizulassen, und bedeutet den Gästen, ins Speisezimmer hinüberzugehen.

Marias Platz ist zwischen dem Kartografen und dem Ingenieur und gegenüber dem englischen Naturforscher. Der Captain sitzt am Kopfende des Tisches und sagt nicht mehr als unbedingt notwendig. Die Gräfin macht das jedoch mehr als wett und spricht mit der Geläufigkeit eines Menschen, der es gewohnt ist, dass man ihm zuhört.

Als Vorspeise gibt es eine Mousse von Räucherfisch, serviert in einer Silberschale in Form eines kleinen Fisches, gefolgt von einer Auswahl von kaltem Braten und eingelegtem Gemüse, dann Hühnchen mit einer Soße aus in Öl eingelegten scharfen Peperoni. Die Gräfin mustert das Essen mit skeptischer Miene, während der Kartograf jedes Mal, wenn er sich nachnimmt, auch etwas auf Marias Teller füllt.

»Sie müssen essen«, sagt er, »sonst kommt nachher die Köchin zu mir und fragt, was mit den Speisen nicht in Ordnung war, und sie wird mir keine Ruhe lassen, bis ich auch den letzten Krümel verputzt habe.«

»Ich muss gestehen, das Essen ist viel besser, als ich erwartet hatte«, erwidert Maria. »Obwohl ich nur Rostow als Informationsquelle hatte.«

»Ah, unser kulinarisches Angebot hat sich sehr verbessert, seit sein Handbuch erschienen ist. Die Köchin verflucht ihn regelmäßig wegen des Makels, den er unserem Ruf verpasst hat.«

»Vieles in seinem Handbuch ist sicher übertrieben.«

»Nein, das ist es nicht. Er war ein guter Zeichner und hat die Landschaft besser festgehalten als die meisten professionellen Künstler, die es versucht haben. Ich glaube, die Geschichten über ihn selbst und darüber, was mit ihm geschehen ist, haben seine Arbeit überlagert und verzerrt.«

»Da haben Sie vermutlich recht.« Seltsamerweise freut sie dieses Lob, und es gibt ihr den Mut, Suzuki Fragen nach seiner eigenen Arbeit zu stellen. Er hört sie sich aufmerksam an und antwortet ausführlich. Überrascht stellt sie fest, dass sie den Abend beinahe genießt.

»Verzeihen Sie mir«, sagt sie schließlich. »Es muss ermüdend für Sie sein, den Passagieren immer wieder zu erklären, was Sie tun.«

»Nein, gar nicht. Tatsächlich werde ich kaum danach gefragt.«

»Oh! Wie eigenartig.«

Er lächelt. »Vielleicht auch nicht. Die Antworten, die ich geben muss, gefallen nicht jedem.«

Da verbirgt sich etwas hinter seinen Worten, denkt sie, und was auch immer es sein mag, sie spürt, dass es nicht für sie bestimmt ist. Der Captain beobachtet sie beide, und da sieht sie zum ersten Mal eine stählerne Intensität, eine kalte, harte Intelligenz aufblitzen. Sie spürt, wie das Vertrauen, das sie aufgebaut hat, zu bröckeln beginnt. Sie hat eine Geschichte vorbereitet, über ihren verstorbenen Mann und sein Interesse an der Gesellschaft und ihren Mitgliedern, aber sie kann sich nicht dazu durchringen, eine so aufwendige Lüge zu erzählen.

Stattdessen sagt sie, bevor sie vollends den Mut verliert: »Wie ich gehört habe, veröffentlicht die Ödland-Gesellschaft auch großartige Arbeiten.«

Die Gespräche am Tisch verstummen.

Henry Grey schnaubt verächtlich. »Für Hausfrauen und Geistliche im Ruhestand vielleicht.« Sie sieht, wie der Ingenieur ihm einen kurzen Blick zuwirft und sich dann wieder über seinen Teller beugt.

»Ich fand die Mitglieder immer bewundernswert«, sagt die Gräfin. »Sie tun so viel mit so wenig Mitteln. Letztens habe ich einen faszinierenden Artikel über *Phosphoreszenz* gelesen. Ist das das richtige Wort? Von einem Herrn, der während der Reise regelrecht zur Nachteule geworden sein muss, so viel wie er beobachtet hat. Ein großartiger Beitrag zum wissenschaftlichen Verständnis, finde ich.«

In den Monaten seit dem Tod ihres Vaters hat Maria alles über die Gesellschaft gelesen, was sie finden konnte, in der Hoffnung, dass irgendetwas sie zu Artemis führen würde. Natürlich wusste sie bereits, wie sie entstanden war, wie die Amateur-Naturwissenschaftler, frustriert darüber, dass sie von den Konferenzen und Vorträgen in den großen Universitäten Europas und Asiens ausgeschlossen waren, ihre eigenen Diskussionsrunden über die Veränderungen in Großsibirien abhielten, in Speisezimmern und Gemeindesälen und Gaststätten. Aus diesen Diskussionsrunden bildete sich eine Gesellschaft, die jedermann offenstand, für die man keine Einladung und keinen akademischen Titel brauchte, und die von Anfang an lange und polemische Artikel veröffentlichte, in denen auf die Gefahren der von der

Kompanie geplanten Zugverbindung hingewiesen wurde und auf den Schaden, den sie dem Land zufügen würde.

»Und doch gibt es vielleicht Dinge, die nicht verstanden werden können. Die nicht sein sollten.«

Alle am Tisch wenden sich um, als die Stimme des Captains erklingt.

»Sie suchen in der Landschaft nach Bedeutung, nach Sinn«, fährt sie fort. »Aber wer sagt, dass es dort überhaupt Sinn gibt?«

»In jedem Fall doch wohl Gottes Sinn«, sagt Henry Grey. Der Captain erwidert nichts darauf.

»Was ist mit Artemis?«, fragt Maria und trinkt einen Schluck Wein, weil ihr Mund ganz trocken ist. »Wer auch immer das ist. Versteht er – oder sie natürlich – den Zug wirklich, oder ist er nur ein Scharlatan, der mit Tratsch hausieren geht? Das hat mich schon immer interessiert.«

Angespannte Stille breitet sich aus.

»Ein Scharlatan«, sagt der Captain schließlich, ohne zu lächeln.

»Es heißt, es hätte in letzter Zeit Meinungsverschiedenheiten innerhalb der Gesellschaft gegeben«, bemerkt die Gräfin. »Sogar eine regelrechte Spaltung. Und zwar seit den unglücklichen Vorfällen während der letzten Durchquerung.« Sie sagt es leichthin, als wäre es nicht weiter von Bedeutung, aber Maria sieht das wache Funkeln in den Augen der alten Dame. Die weiß ganz genau, was sie tut. Und Maria hat auch die Karikaturen in den Zeitungen gesehen – erst neulich gab es eine, in der die Mitglieder der Gesellschaft als Fliegen mit Priesterkragen oder Damenhüten dargestellt waren, die sich mit Schreibfedern bekämpften, während eine riesige, groteske Spinne mit Zylinder grinsend in der Mitte eines Netzes hockte, das sich quer über die Kontinente erstreckte. *Unterhaltung vor dem Abendessen* stand darunter. Ja, die Kompanie freut sich bestimmt über diese Spaltung.

»Es hat innerhalb der Gesellschaft schon immer unterschiedliche Vorstellungen über das Ödland gegeben«, sagt Suzuki. »Man braucht nur ihre Zeitschrift zu lesen, um das zu erkennen. Und es ist verständlich, dass die Ereignisse der letzten Zeit einige Mitglieder zu der Ansicht gebracht haben, dass es nicht länger möglich und auch nicht *richtig* ist, das Ödland zu erforschen.« Maria fällt auf, dass er sorgsam dem Blick des Captains ausweicht. »Und es ist natürlich nur gesund, dass die Arbeit der Kompanie hinterfragt und überprüft wird.«

»Dann sollten Sie vielleicht Ihre eigenen Forschungen einem größeren Publikum zur Verfügung stellen, damit diese ›gesunde Überprüfung‹, wie Sie es nennen, auch erfolgen kann«, kontert Henry Grey.

Suzuki neigt den Kopf. »Das, fürchte ich, müssen Sie mit der Kompanie klären.«

»Es ist doch recht auffällig, dass sich dieser mysteriöse Artemis in den vergangenen Monaten nicht geäußert hat«, fährt die Gräfin fort, als hätte der Wortwechsel gar nicht stattgefunden. »Ich vermisse ihn.« Und, nach einer kurzen Pause: »Ich hatte die Hoffnung, eines Tages selbst zur Zielscheibe seiner Feder zu werden.«

»Seit der letzten Durchquerung hat es keine Kolumne mehr gegeben«, sagt Maria. Bedeutete das etwa, fragte sie sich, dass er einer von denen war, die glaubten, dass das Ödland nicht länger erforscht werden sollte?

Während die Stewards die Teller abräumen und Schüsseln mit Götterspeise und Obstsalat hereinbringen, wendet sich das Gespräch wieder anderen Themen zu. Die Jalousien vor den Fenstern sind heruntergelassen und die Kerzen angezündet worden. Sie könnten sich in einem beliebigen Salon in einer beliebigen Stadt befinden, eine kleine Gesellschaft, die sich die Zeit vertreibt – wäre da nicht die unablässige Bewegung des Zuges.

Und die merkwürdige Spannung zwischen dem Captain, dem Ingenieur und dem Kartografen, ihr allzu deutliches Bemühen, sich nichts anmerken zu lassen.

Es ist spät, als die Runde sich auflöst. Henry Grey bietet der Gräfin seinen Arm, um sie zur Ersten Klasse zurückzugeleiten, doch Maria bemerkt, dass er dabei zum Captain hinübersieht, die tief ins Gespräch mit dem Ingenieur versunken ist. Seine Stirn ist gerunzelt, und sie fragt sich, was in seinem Kopf vorgeht und ob er auch einen Grund hat, dem Captain gegenüber misstrauisch zu sein. Aber natürlich ist es nicht ungewöhnlich, dass ein Wissenschaftler beobachtet.

»Darf ich Sie zurückbegleiten?«, fragt der Kartograf Maria.

»Vielen Dank«, sagt sie. Er bietet ihr nicht seinen Arm, sondern geht nur neben ihr her, die Hände hinter dem Rücken verschränkt. Sie vermutet, dass es in Japan so üblich ist, und zermartert sich das Hirn, was sie über dieses Land weiß, aber ihr fällt partout nichts ein, weil sein Geruch sie ablenkt. Er riecht nach Metallpolitur, als wäre er ebenso sauber und glänzend wie die Instrumente seiner Zunft. Sein Alter ist schwer zu schätzen, aber sie vermutet, dass er nicht viel älter als dreißig sein kann. Er ist schlank und nur ein kleines Stück größer als sie. Aus irgendeinem Grund ist sie froh, dass er Abstand wahrt.

»Maria Petrowna, haben Sie −« Er bricht ab. »Verzeihen Sie, ich wollte Sie fragen −« Wieder hält er inne. »Ich dachte, wir wären uns vielleicht schon einmal irgendwo begegnet … Sie kommen mir irgendwie bekannt vor.«

Sie versucht, sich nichts anmerken zu lassen, obwohl sie sicher ist, dass er in ihrem Gesicht lesen kann wie in einem Buch. »Es tut mir leid, aber ich kann mich nicht erinnern −«

»Mein Fehler, bitte entschuldigen Sie«, sagt er rasch. »Die

letzte Reise ist zu lange her, und ich habe verlernt, mich zivilisiert zu benehmen.«

»Ganz und gar nicht, Sie waren den ganzen Abend über sehr höflich und haben kein einziges Mal gegähnt, trotz meiner unablässigen Fragerei.« Sie sollte sich verabschieden. Je mehr sie redet, desto größer ist die Wahrscheinlichkeit, dass ihm einfällt, warum sie ihm bekannt vorkommt. Doch sie will nicht, dass das Gespräch endet. Es ist lange her, dass sie sich mit jemandem so frei und unbeschwert unterhalten hat.

»Ich glaube, Sie haben sich zu lange auf Ihren Freund Rostow verlassen müssen. Bei all seinen bewundernswerten Qualitäten sind seine Kenntnisse doch begrenzt«, sagt Suzuki mit einem Lächeln.

»In der Tat! Ich liebe seine Bücher, aber ich wünschte, er würde nicht immerzu davon sprechen, wie gefährlich es ist, zu viel zu wissen. Es ist doch bestimmt besser, *alles* über einen Ort zu wissen, den man besucht, und nicht nur die Dinge, die für geziemend und zumutbar angesehen werden. Ich hege ja den geheimen Wunsch, selbst Reiseführer zu schreiben und all die Fakten und Orte hinzuzufügen, die dem armen vorsichtigen Reisenden vorenthalten worden sind.« Sie hält inne, spürt, wie sie errötet. Warum erzählt sie ihm das, obwohl sie bisher mit niemandem darüber gesprochen hat? Aus Furcht vor Gelächter, Herablassung, Missbilligung. Nur ihr Vater wusste davon und hat sie auf seine stille Art ermutigt.

Doch Suzuki nickt. »Ich hoffe, Sie werden sie schreiben. Wer reist, sollte wissen, wohin er geht, oder zumindest die Möglichkeit haben, die Orte selbst zu erforschen.« Sie hört den Ernst in seiner Stimme, aber auch noch etwas anderes; ein schwaches Echo von Ungesagtem. »Vielleicht wollte Rostow letzten Endes ja genau das.«

Sie weiß nicht, was sie darauf erwidern soll, und einen Moment herrscht verlegenes Schweigen. »Ich hoffe, es war nicht unpassend von mir, dass ich Artemis erwähnt habe«, sagt sie schließlich. »Ich weiß, er – oder sie – hat die Arbeit der Kompanie oft kritisiert. Ich meinte damit nicht, dass ich allem zustimme, was in den Kolumnen steht, und ich wollte den Captain ganz gewiss nicht verärgern.«

»Es gibt unter uns im Zug so einige, die die Artikel des geheimnisvollen Artemis mit Vergnügen lesen«, bemerkt Suzuki leise. »Aber wir dürfen uns dabei natürlich nicht erwischen lassen.«

»Ihr Geheimnis ist bei mir gut aufgehoben«, erwidert Maria. Dann kommt ihr ein Gedanke, und sie mustert den Kartografen nachdenklich. Doch nein, wenn er Artemis wäre, hätte ihr Vater das bestimmt gewusst.

Vor ihrer Abteiltür verneigt er sich höflich. »Danke für diesen erfüllenden Abend. Ich habe unser Gespräch sehr genossen.«

»Ich auch«, sagt sie wahrheitsgemäß. Sie sieht ihm nach und denkt, dass sie diesem Mann gerne vertrauen würde. Ihr gefällt seine ruhige Art, zu sprechen. Und dass er ihr zuhört. Aber sie fragt sich, was er verbirgt.

Nächtliche Wanderungen

Die Zugregeln sind unmissverständlich. Crewmitglieder, die dabei erwischt werden, dass sie einem blinden Passagier helfen, werden ebenfalls der Zugjustiz unterworfen. »Da draußen gibt es keine Ordnung«, sagt der Captain jedes Mal bei der kurzen, sachlichen Ansprache vor dem Fahrtantritt, und sie sieht dabei nacheinander jedem Crewmitglied in die Augen, damit sich alle angesprochen fühlen. »Deshalb wahren wir hier drinnen unsere Ordnung. Deshalb gibt es Regeln. Wenn wir die Regeln befolgen und die Ordnung des Zuges wahren, kann uns nichts passieren.«

Die blinde Passagierin hat einen Riss in die Ordnung des Zuges gemacht. *Zu viele Risse, und sie wird zerbrechen.* Sie ist zu anfällig, haben sie das nicht mittlerweile alle begriffen? *Lass das,* ermahnt sich Weiwei. *Hör auf damit.* Wer sollte denn etwas bemerken, wenn die blinde Passagierin in ihrem Versteck bleibt? Könnte ein einziges Mädchen wirklich eine Gefahr für den Zug sein? Aber was, wenn jemand sie entdeckt oder wenn sie krank wird – was dann? Der Gedanke gefällt Weiwei gar nicht. Wenn sie es dem Captain jetzt sagt, hilft sie Elena. Ja, ganz recht, sie hilft ihr – sie sorgt dafür, dass die Zugleute das Gesetz nicht in die eigenen Hände nehmen. Wobei sie das bestimmt nicht tun würden, nicht bei einem jungen Mädchen, das kaum älter ist als Weiwei selbst. Sie würden ihr etwas zu essen geben und sich um sie kümmern. Und die Ordnung wäre wiederhergestellt.

Am Abend hat sie ihren Entschluss getroffen. Sie macht sich auf den Weg, durch den Speisewagen der Dritten Klasse, vor dem etliche Passagiere anstehen, um hineinzukommen, zu sechst an den Tischen zu sitzen, sich dem Lärmen anzuschließen und die Köchinnen zu verfluchen; durch die Schlafwagen, wo die Leute sich in kleinen Männergrüppchen und Frauengrüppchen zusammengefunden haben und ein kleines Kind zwischen ihnen hin und her läuft wie ein Ball, der von einem zum anderen geschossen wird; durch das Quartier der Crew, wo diejenigen, die gerade freihaben, sich über Schalen mit dampfender Nudelsuppe beugen; den ganzen Weg bis nach vorne zum Quartier des Captains, hebt die Hand und klopft energisch an die Tür.

Zu ihrer Überraschung öffnet ein Steward die Tür, und sie hört Stimmen und Musik und riecht den süßen Duft eines Desserts. Auf dem Grammophon spielt ein Orchester, ein kratziger, geisterhafter Klang.

»Ja? Was gibt's, Zhang? Ich muss wieder rein, sie wollen sicher gleich ihren Kaffee.«

»Ich …« Sie stockt. »Hat sie … Gäste?«

Er beugt sich vor. »Sofern es nicht dringend ist, sprich: solange es nicht brennt, komm später wieder. Nein, komm morgen wieder, und zwar zu einer vernünftigen Zeit.«

»Aber … Ich verstehe nicht …« Am Steward vorbei erhascht sie einen Blick in das Speisezimmer des Captains. Dort sitzt der Kartograf und neben ihm die Passagierin, der sie die Glasmurmel geschenkt hat, Maria Petrowna; sie lächelt über etwas, das jemand gesagt hat. Wahrscheinlich der Captain, der sich außerhalb ihrer Sichtweite befindet. Der Captain, der die ganze Zeit verschwunden war, der sie alle sich selbst überlassen hat, sitzt hier, als wäre nichts, und trinkt Wein mit Leuten aus der Ersten Klasse.

»Komm morgen wieder, Zhang«, sagt der Steward mit Nachdruck und schließt die Tür, bevor sie etwas erwidern kann. Durch den letzten Spalt sieht sie noch, wie Maria Petrowna zu ihr hinüberschaut, ohne sie jedoch zu erkennen. Nur ein weiterer Bediensteter in Uniform.

Weiwei steht im Korridor und starrt auf die Tür, als könnte ihr Blick Löcher hineinbohren, so wie sie früher als Kind überzeugt war, wenn sie etwas nur stark genug wollte, würde die Welt sich ihrem Willen beugen.

Sie hat gedacht, sie würde einfach so lange klopfen, bis dem Captain nichts anderes übrig blieb, als sie hineinzulassen, und dann würde sie ihr das mit der blinden Passagierin erzählen und ihr Gewissen von der Bürde befreien. Sie würde ein gutes, treu ergebenes Mitglied der Kompanie sein. Und jetzt das. Sie könnte natürlich bis zum nächsten Morgen warten und es erneut versuchen, aber in ihrem Kopf ist eine kleine, trotzige Stimme, die sagt: *Warum? Wenn der Captain es sich gut gehen lässt und den Zug der Gnade der Krähen überlässt?* Warum sollte sie sich dann an die Regeln halten?

Einmal hat sie den Captain gefragt, warum sie es erlaubt hat, dass ein Waisenbaby im Zug bleiben durfte. »Habe ich nicht die Ordnung gestört?«, fragte sie, denn sie wusste schon damals, wie wichtig Ordnung für den Zug war – jeder musste seine Rolle haben, alles musste an seinem Platz sein.

Der Captain überlegte einen Moment. »Manche sagten«, antwortete sie dann, »ich hätte es nur deshalb erlaubt, weil ich eine Frau bin. Ich glaube, sie waren froh über diesen ›Beweis‹, dass ich doch genauso war, wie sie es sich vorgestellt hatten. Deshalb hätte ich meinen Entschluss beinahe noch geändert.«

»Und warum haben Sie es dann doch nicht getan?«

Der Captain klopfte mit den Fingern auf das Eisengeländer,

das rund um den Wachturm läuft. »Es war wohl der Gedanke, dass menschliches Leben sogar hier triumphieren kann, inmitten dieser Wildnis. Du warst ein Symbol unseres Erfolgs, ein Akt des Widerstands gegen das Ödland.«

Ein Akt des Widerstands, denkt Weiwei jetzt. *Genau.* Sie macht sich wieder auf den Rückweg. In diesem Teil des Zuges sind die Korridore leer; alle von der Crew haben ihre abendlichen Aufgaben zu erledigen, und sie braucht die Ausreden nicht, die sie sich zurechtgelegt hat. In ihr steigt ein unwiderstehlicher Drang auf, sie spürt schon die Befreiung, die Erleichterung des Nachgebens, wie wenn man das kostbare Objekt, um das man immer solche Angst gehabt hat, schließlich fallen lässt.

Sie läuft in den Lagerwagen, klettert an den Kisten hoch, drückt die Falltür in der Decke auf und späht in die Dunkelheit. »Hallo?«, flüstert sie. Doch mit einem Mal ist ihr bei der Vorstellung, in die Schwärze hineinzukriechen, wo die blinde Passagierin wartet, gar nicht wohl. »Hallo? Elena?«

Doch die Dunkelheit antwortet nicht. Sie steigt in das Versteck, tastet auf dem Boden nach der Lampe, die sie dort zurückgelassen hat. Derselbe modrige Geruch, aber der Schein der Lampe fällt auf einen leeren Raum. Die blinde Passagierin ist fort.

Panisch stolpert sie durch den Dachraum, um sich zu vergewissern, dass sie sich nicht irrt. Warum ist Elena fort? Wo ist sie hin? Am liebsten würde sie schreien: *Warum gehst du so ein Risiko ein?* Sie, Weiwei, kann sich im Zug vielleicht unbemerkt bewegen, aber sie ist schließlich das Zugkind und kennt seinen Rhythmus und seine Abläufe, hat sie im Kopf wie ein komplexes mechanisches Puzzle – wann Schichtwechsel ist, wann einer der Porter sich gern in die Küche schleicht, um einen Schluck Wein zu stibitzen, wo die Stewards ihr Nickerchen halten und wann die Passagiere der Ersten Klasse sich für das Abendessen umzichen. Das Zugkind kann überall hindurchschlüpfen wie ein Geist, aber eine Fremde wird auffallen, jemand wird Alarm schlagen. Und was wird sie sagen, die blinde Passagierin, wenn man sie erwischt und verhört? Wenn man sie fragt, ob jemand ihr geholfen hat?

Wieder hinunter in den Wagen, dort ist sie auch nicht, dann hinaus in den Korridor, wo sie den Geruch wahrnimmt, die feuchten Flecken auf dem Teppich sieht, Fußabdrücke, als wäre jemand gerade barfuß durch eine matschige Pfütze getapst. Wohin mag dieser Jemand gegangen sein? Die Abdrücke sind zu schwach, um ihnen folgen zu können, aber immer wieder entdeckt sie einen, immer wieder streift diese modrige Feuchtigkeit in der Luft ihre Nase, während sie die Ohren spitzt und jeden Moment damit rechnet, aufgeregte Rufe zu hören – ein Fremder an Bord, ein Eindringling, ein Dieb von Raum und Vorräten. Doch alles ist still. Der Zug bei Nacht ist anders als der bei Tag. Irgendwie spürt man seine Bewegung stärker, wenn die Korridore leer sind, wenn das Rattern der Räder sich über die Stille legt und einem bis in die Knochen kriecht. Der Zug bei Nacht knarzt und flüstert. Er wird größer, nun, da sich alles zur Ruhe begeben hat.

Sie öffnet die Tür des Gartenwagens. Hier drin fühlt sich die Luft leichter an, sauberer. Salate und Kräuter wachsen in dafür vorgesehenen Wannen, und in einem abgetrennten Bereich laufen Hühner herum. Es gibt Schränke, deren Dunkelheit Pilze beherbergt. Weiwei kommt manchmal hierher, wenn sie das Gefühl hat, dass die Wände des Zuges ihr immer näher rücken. »Elena?«, ruft sie leise. Doch die Hühner sehen sie nur fragend an, und es gibt hier keine Möglichkeit, sich zu verstecken.

Weiter also, zu den Schlafwagen der Dritten Klasse. Um elf wird das Licht gelöscht, deshalb ist es dunkel, bis auf eine kleine Lampe über der Tür, die die ganze Nacht brennt. Man hört hier und da leises Gemurmel, aber nichts, was auf Unruhe hinweist. Die blinde Passagierin muss also unbemerkt hindurchgegangen sein, was Weiwei widerstrebende Bewunderung abringt. Sie geht weiter zu den Speisewagen, überzeugt, dass das Mädchen etwas zu essen sucht. Doch die Schlösser in der Küche der Dritten Klasse sind unberührt, und in der Ersten Klasse bäckt eine Küchengehilfin Brot für den nächsten Tag. Weiwei wirft vorsichtig einen Blick hinein; der Duft erinnert sie daran, dass sie an diesem Abend noch nichts gegessen hat, und es braucht ihre ganze Selbstbeherrschung, sich nicht hineinzuschleichen und ein Brötchen zu stehlen. Luca, einer der Küchenjungen, lehnt schläfrig am Ofen, ein paar Utensilien in der Hand, damit sie ihn mit ihrem Geklapper aufwecken, falls er einschlafen sollte. Doch keine Spur von der blinden Passagierin. Wo könnte sie sonst sein, wenn nicht auf der Suche nach etwas zu essen?

Und dann denkt sie – *Wasser*.

Sie huscht weiter, durch den leeren Speisewagen und die Schlafwagen der Ersten Klasse, bis sie zu den Bädern kommt.

Die Abteile der Ersten Klasse verfügen alle über ein Waschbecken und eine Toilette, und als der Zug gebaut wurde, hatten sie sogar ein eigenes Bad. Doch das nahm zu viel Platz weg und gestaltete einen der wichtigsten Aspekte bei der Konstruktion eines Zuges – die Wasserversorgung – noch schwieriger, deshalb wurden separate Badezimmer eingebaut, die die Passagiere sich teilen mussten.

Bei jedem dampfbetriebenen Zug ist Wasser eine unabdingbare Notwendigkeit. Beim Transsibirien-Express ist es eine Obsession. Der Zug ist immer durstig. Er verschlingt es mit einer maßlosen, niemals endenden Gier. Er trinkt und trinkt, und selbst die größten Tender könnten nicht genug davon bereithalten, um damit die Weiten des Ödlands zu durchqueren. Deshalb haben die Techniker und Wissenschaftler und Ingenieure der Kompanie ein Labyrinth aus Leitungen, Pumpen und Tanks entwickelt, um das Wasser wiederzuverwenden und es immer wieder durch den Zug zu leiten: Rohre, an denen die Ingenieure lauschen und die sie zurechtruckeln können, Auffangbehälter, die die Lokführer und Heizer beobachten, bemessen und bewachen können, und Wasserhähne, die Weiwei polieren und bestaunen kann. Sie ärgert sich stets darüber, dass die Passagiere die glänzenden Rohre offenbar gar nicht bemerken, die an den Korridoren entlang und in die Abteile und Küchen und Bäder laufen (außer wenn sie nachts knacken und rauschen und die Leute sich beschweren, dass man bei dem Lärm ja kein Auge zubekommt). Sie scheinen es nicht als Wunder anzusehen, dass man nur den Hahn aufdrehen muss, und es kommt Wasser heraus, oder dass sie in einem fahrenden Zug, fernab der Zivilisation, ein Bad nehmen können.

Aus einem der Bäder rinnt Wasser und färbt den roten Teppich vor der Tür dunkler. Sie zögert kurz, dann öffnet sie die Tür einen Spalt und schlüpft hinein.

Eine Dampfwolke umfängt sie. Im Dampf kann man sich nicht schnell bewegen, er bremst alles ab und klebt einem im Haar und auf der Haut. Sie sieht nichts außer einem gelblichen Schimmer über dem Spiegel, wo eine einzelne Lampe brennt, und hört nichts außer dem Rauschen der Wasserhähne. Wasser sammelt sich um ihre Füße, durchtränkt ihre Schuhe, rinnt über den Rand der weißen Porzellanwanne. Irgendwo draußen auf dem Korridor schlägt eine Uhr. Mitternacht.

»Hallo?« Langsam geht sie durch die Pfütze auf dem schwarzweißen Fliesenboden zur Wanne und wedelt die Dampfwolken beiseite.

Unter der Wasseroberfläche liegt ein ertrunkenes Mädchen. Das Haar umgibt ihren Kopf wie Algen, ihre Haut ist fast durchscheinend, der Mund leicht geöffnet.

Dann öffnet sie die Augen.

Ohne nachzudenken, schiebt Weiwei ihren Ärmel hoch und greift nach der Hand der blinden Passagierin. Sie spürt, wie kräftige Finger sich um ihre schließen und Elena sie nach unten zieht, zum Wasser, und Weiwei denkt – es gibt Geschichten wie diese, Geschichten, die die Passagiere ihr an ruhigen Abenden erzählen, von Gesichtern in der Tiefe und von den Orten an der Grenze, die man meiden sollte. Sie hat Zeit, all das zu denken, und sogar noch: *Wie seltsam, so schnell so viele Dinge zu denken …* Und dann ist sie nah genug beim Wasser, um die Wärme auf ihrer Haut zu spüren, und es ist, als wäre die Zeit stehen geblieben, als wären sie und die blinde Passagierin zu Spiegelbildern geworden, eines unter Wasser und eines darüber. Wenn sie sich hineinziehen lässt, denkt sie, wird sie nicht wieder herauskommen, oder sie wird verändert sein, wie die Leute in den Geschichten, die nicht in ihr altes Leben zurückkehren können. Und so stemmt sie sich mit der anderen Hand gegen den Wannenrand und zieht ihrerseits mit aller Kraft, bis das Mädchen mit einem Schwall aus dem Wasser auftaucht und Weiwei rückwärts taumelt.

Das Haar klebt Elena am Kopf, und ihre Augen sind tintenblau. Nur ihr Kopf und ihre Schultern ragen aus dem Wasser. Sie sieht aus wie ein Kind, wütend, weil es aus seinem Spiel gerissen worden ist.

»Was *machst* du denn? Warum um alles in der Welt …« Weiwei weiß nicht, was sie sagen soll; ein ungewohnter Zustand für sie. Aufgebracht deutet sie auf die Tür. »Was, wenn jemand reingekommen wäre? Wenn dich jemand gesehen hätte? Du bist nicht … Du hast nicht mal was Vernünftiges …« Sie blickt sich um und sieht das blaue Seidenkleid in einem feuchten Haufen auf dem Boden liegen. »Was hast du dir bloß dabei gedacht?«

Elena neigt den Kopf zur Seite, wie Weiwei es bei Vögeln gesehen hat, wenn sie eine leckere Mahlzeit beäugen und Entfernung,

Geschwindigkeit und Wahrscheinlichkeit abwägen. »Ich wollte Wasser«, antwortet sie, als verstünde sie die ganze Aufregung nicht.

»Wir müssen verschwinden«, sagt Weiwei. Wie lange sind sie schon hier? Der Dampf löst sich auf, und damit auch alles Weiche, Traumartige um sie herum. Die harten Kanten werden wieder sichtbar, die Wirklichkeit erobert ihren Platz zurück. Jetzt sind sie nur noch zwei Mädchen an einem Ort, an dem sie nichts zu suchen haben, und sie lauscht auf Schritte im Korridor, auf überraschte Ausrufe, weil der Teppich draußen nass ist.

»Hier.« Sie hebt das blaue Kleid auf, das vom Wasser dunkler geworden ist.

Elena steht auf und nimmt es ohne jeden Versuch, ihre Nacktheit zu kaschieren. Peinlich berührt wendet Weiwei den Blick ab.

Sie hört es platschen, als das Mädchen aus der Wanne steigt, und runzelt die Stirn. Warum läuft das Wasser nicht ab? Weiwei hockt sich hin und untersucht den Abfluss in der Ecke des Raums, der zu einem Auffangbehälter unter dem Boden führt, von wo das Wasser in den riesigen Tender gepumpt wird, um die Lokomotive damit zu versorgen. Er ist mit etwas Schlammartigem verstopft, das so faulig riecht, dass sie sich die Nase zuhält und zu der blinden Passagierin umdreht, die sich in ihr nasses Kleid kämpft.

»Ich muss was anderes zum Anziehen für dich auftreiben«, sagt Weiwei, während sie im Ausfluss herumstochert.

»Warum?« Elena zieht die kurzen Ärmel über ihre Schultern, doch sie rutschen sofort wieder hinunter.

»Warum? Weil du dich verbotenerweise in den Zug geschmuggelt hast und dann nicht noch nachts hier herumlaufen solltest wie eine —«

»Wie eine was?«

Weiwei zögert. »Wie eine … Ach, ich weiß auch nicht, aber

wenn du schon so was Gefährliches machst, musst du *vorsichtig* sein.« Sie spürt, wie Zorn in ihr aufwallt – so ein verdammter Leichtsinn! Obwohl sie nicht sicher ist, ob sie damit das Mädchen oder sich selbst meint.

Wieder neigt Elena den Kopf zur Seite. »Es tut mir leid«, sagt sie, und es klingt so unglaubwürdig, dass Weiwei unwillkürlich lachen muss.

»Weißt du, die meisten Leute würden sich einfach ein Bad einlassen, nicht den ganzen Raum unter Wasser setzen.« Sie stellt sich Alexeis Gesicht vor, wenn er das hier sehen könnte, und muss noch mehr lachen. Es ist lange her, dass sie sich so befreit gefühlt hat – trotz der absurden Situation, trotz des Captains, der sich nicht blicken lässt, trotz des Ödlands und der Krähen und ihrer bruchstückhaften Erinnerungen. Es ist, als würden Mauern einstürzen.

Sie haben Glück, die Korridore sind verlassen. Obwohl einige Crewmitglieder Wache halten sollten, ist niemand zu sehen. Der Teil von ihr, der gut und loyal ist, verspürt leises Unbehagen. Der Teil, der versucht, eine blinde Passagierin zu schützen, stößt einen Seufzer der Erleichterung aus.

Elena geht leise neben ihr her. Während sie durch die abgedunkelten Schlafwagen schleichen, stellt Weiwei sich vor, wie die Passagiere aufwachen, zwei zierliche Gestalten vorbeihuschen sehen und denken, es wären Gespenster.

Als sie im Vorraum des Lagerwagens ankommen, bleibt Elena plötzlich stehen.

»Sieh mal«, flüstert sie und deutet auf das Fenster.

Weiwei schaut, aber da es draußen stockfinster ist, sieht sie nur ihre geisterhaften Spiegelbilder.

»Nicht draußen, drinnen.« Wieder zeigt Elena auf etwas, und dann sieht Weiwei, was sie meint – auf der Scheibe sitzt ein

Falter, halb so groß wie ihre Hand, die zusammengelegten Flügel schwarz-grau gemustert.

Als sie sich vorbeugt, öffnet der Falter seine Flügel, und darauf kommen zwei schwarz-gelbe Augen zum Vorschein, wie die eines Nachtvogels. Überrascht weicht Weiwei zurück, doch Elena lacht und fängt den Falter mit einer schnellen Bewegung in den aneinandergelegten Händen. Sie öffnet sie einen Spalt, und Weiwei sieht den Falter ganz ruhig darin sitzen. An seinem Kopf sitzen zwei dünne, farnartige Fühler, die sich sanft bewegen.

»Noch ein blinder Passagier«, sagt Weiwei. Er muss schon seit Peking mit ihnen reisen, sorgsam in einem Winkel versteckt. »Er ist hübsch.« Obwohl sie die Augen auf seinen Flügeln, die sie anstarren, etwas unheimlich findet.

Wortlos hebt Elena die Hände und setzt den Falter seitlich auf ihr Haar, wie eine Spange. Dann dreht sie sich hin und her und bewundert ihr Spiegelbild.

»Alle Damen werden auch so einen haben wollen«, sagt Weiwei. »Du wird das Stadtgespräch von Moskau sein. Allerdings wirst du wohl ein neues Kleid brauchen.«

Elena blickt hinunter auf die nasse blaue Seide, streicht mit den Händen darüber und neigt den Kopf – *wie die elegante Französin in der Ersten Klasse*, denkt Weiwei.

»Ich habe noch nie etwas gehabt, das neu war«, erwidert sie. »Das würde mir gefallen.«

Der Falter breitet seine Flügel aus und macht es sich auf ihrem Haar bequem, und mit einem Mal überkommt Weiwei ein Verlangen. Sie will ihn haben. Nicht um sich damit zu schmücken, sondern um ihn zu hegen und zu bewahren, um etwas nur um seiner selbst willen zu besitzen. Wegen seines ausgefallenen Musters, seiner großen, hell umrandeten Augen. Fast alles, was sie besitzt, gehört dem Zug. Die einzige Kleidung, die sie hat, ist

die Uniform, und sonst hat sie nur ein paar Bücher und Fotografien, die sie vor neugierigen Blicken versteckt. Sie will etwas
Schönes, etwas, das nur ihr gehört.

»Hier – ich schenke ihn dir.« Als hätte sie ihre Gedanken
gelesen, nimmt Elena den Falter herunter und lässt ihn über
ihre Finger krabbeln. Die farnartigen Fühler bewegen sich auf
und nieder, als wollte er die Feuchtigkeit auf ihrer Haut kosten.
Weiwei streckt die Hand aus, und der Falter krabbelt darauf, so
leicht, dass sie seine Füße, die Berührung seiner Flügel kaum
spürt. Als er über ihre Hand wandert, hinterlässt er eine Spur
aus etwas, das wie Schuppen aussieht, silbrig und trocken.

Die Gezeiten

Nachdem sie den See passiert haben, kommen sie in eine feuchte, sumpfige Gegend. Immer wieder zieht es Marias Blick zu der schimmernden Oberfläche der Pfützen, die zäh und ölig wirkt und je nach Lichteinfall die Farbe wechselt. Die anderen Passagiere in der Ersten Klasse verbergen ihr Unbehagen hinter oberflächlicher Konversation und spöttischen Bemerkungen, als würden sie die Pariser *demi-monde* in den Parks beim Lustwandeln beobachten.

»Eigentlich ganz beruhigend. Das könnte ich mir den ganzen Tag ansehen«, bemerkt Guillaume LaFontaine. Er und seine Frau haben die besten Plätze im Salonwagen, direkt in der Mitte, sodass sie alles im Blick haben. Innerhalb der Ersten Klasse beginnt sich eine Hierarchie zu entwickeln, und die LaFontaines sind an der Spitze. Sie tragen ihren Glamour so selbstverständlich zur Schau, als wäre er ihnen gar nicht bewusst, aber ihr Tisch ist beim Abendessen stets der lauteste und lebendigste, und anschließend im Salonwagen wenden sich die anderen Passagiere ihnen zu wie Blumen der Sonne. Wobei es Guillaume ist, dessen Lachen ertönt und der sich im Sessel zurücklehnt, um eine weitere Geschichte zu erzählen, während Sophie LaFontaine den Kopf über ihre Stickerei gebeugt hält. Guillaume und sein kleiner Hofstaat scheinen es nicht zu bemerken oder sich nicht daran zu stören. *Sie sieht traurig aus*, denkt Maria, obwohl sie reich und schön ist und geliebt wird. Sie leuchtet mit ihren eleganten Kleidern und dem goldenen Haar, aber es ist ein spröder, zerbrechlicher Glanz, als traue sie ihm selbst nicht.

Direkt unterhalb der LaFontaines folgt die Gräfin, aufgrund ihres Alters, ihres Reichtums und ihres lebhaften Gesprächsstils, der allgemein als charmant gilt, auch wenn Vera mit den Augen rollt. Dann der Seidenhändler Wu Jinlu, der unglaubliche Geschichten erzählt, hemmungslos flirtet und es sogar geschafft hat, Vera zum Lächeln zu bringen, und Oresto Daud, ein Kaufmann aus Sansibar, der mit Gewürzhandel reich geworden ist. Für die Bewohner der Ersten Klasse, die alle aus Asien oder Europa kommen, ist er ein interessanter Exot, und daher genießt er einen hohen Rang, obwohl er ein stiller, unauffälliger Mann ist.

Im mittleren Bereich der Hierarchie befinden sich die Leskows, ein Paar aus Moskau, das von einem diplomatischen Posten zurückkehrt. Galina Iwanowna spricht sehr viel und ihr Mann sehr wenig, und aus Marias Sicht scheinen sie mit dieser Aufteilung sehr zufrieden zu sein, allerdings reagieren sie äußerst nervös auf jede noch so kleine Besonderheit draußen vor dem Fenster. Und dann sind da noch die gelehrten Bartträger, wie Maria sie im Stillen nennt: Henry Grey, Herr Schenk, den die Gräfin so ermüdend fand, und ein ernster Chinese. Diesen Herren wird aufgrund ihrer Stellung und ihres Wissens Respekt entgegengebracht, aber man ermutigt sie nicht, Letzteres allzu sehr zur Schau zu stellen.

Ihr eigener Status ist unklar. Da die Gräfin sie unter ihre Fittiche genommen hat, ist er höher, als er es sonst wäre, aber ihr Witwendasein trennt sie von den anderen. Bisweilen fällt ihr auf, dass alle etwas Abstand halten, als wäre ihre Trauer ansteckend. Doch das ist ihr ganz recht.

Ganz unten ist Juri Petrowitsch, der Geistliche. Er wird nicht

zu den kleinen Kreisen eingeladen, die sich abends im Salon-
wagen bilden, und bei den Mahlzeiten sitzt er allein an einem
Zweiertisch. Die Gräfin findet das amüsant und versucht, Juri
Petrowitsch aus der Reserve zu locken, doch bisher haben ihre
Bemühungen lediglich zu diversen Sermonen über weibliche
Unmoral und den Verfall der Aristokratie geführt.

»Er hat mir gesagt, es sei noch nicht zu spät, meiner Dekadenz
abzuschwören, aber ich fürchte, er unterschätzt mein fortgeschrit-
tenes Alter«, verrät die Gräfin Maria bei einer Kanne Tee. Doch
Maria fühlt sich in seiner Gegenwart unwohl. Vielleicht, denkt
sie, weil er im Gegensatz zu den übrigen Passagieren der Ersten Klasse nicht so tut, als ließe ihn die Landschaft draußen unberührt, sondern mit finsterer Miene auf die toten Bäume starrt,
die aus den Sümpfen aufragen, als könnte er die Veränderungen
allein durch die Macht seiner Missbilligung aufhalten.

Mittlerweile hat sich in der Ersten Klasse ein fester Tagesablauf
etabliert. Den Morgen verbringt man im Aussichtswagen oder
in der Bibliothek mit Kartenspiel oder Konversation. Alle scheinen die Gesellschaft dem Alleinsein vorzuziehen, fällt Maria auf.
Nach dem Mittagessen gibt es im Salonwagen eine kleine Dar-
bietung von dem mürrischen Musiker auf der Geige oder am
Klavier oder einen Vortrag von einem der Crewmitglieder über
die Geschichte des Zuges. An diesem Tag spricht der Zweite
Ingenieur, ein Mr. Gao, über die ersten Eisenbahnbauer. Das
ist eine gute Gelegenheit, beschließt sie. Sie wird Kopfweh vor-
schieben und sich in die Dritte Klasse schleichen, in der Hoffnung, dort Mitglieder der Ödland-Gesellschaft zu finden. Hier
kann ihr erfundener Ehemann sich endlich einmal als nützlich
erweisen, denn einer jungen Witwe, die nach Bekannten ihres
verstorbenen Mannes sucht, wird man sicher diesen Verstoß
gegen die gesellschaftlichen Regeln verzeihen.

Doch als die Tür aufgeht, kommt nicht der Ingenieur herein, sondern Suzuki mit einem großen Projektor.

»Mr. Suzuki! Wir wussten nicht, dass Sie heute unseren Horizont erweitern würden«, sagt die Gräfin.

Der Kartograf stellt den Projektor hin und verneigt sich vor ihr. »Mr. Gao ist leider verhindert. Ich hoffe, meine Anwesenheit ist keine allzu große Enttäuschung für Sie.«

»Ganz und gar nicht«, erwidert die Gräfin und wirft Maria einen bedeutungsvollen Blick zu, den diese zu ignorieren versucht. Aber vielleicht wird sie doch hierbleiben, um etwas über die Arbeit des Kartografen zu erfahren und ihn eingehender beobachten zu können.

Suzuki hat seinen Projektor und eine Leinwand aufgebaut, und die Sessel sind entsprechend umgedreht worden. Sein Thema ist »Die Kartografie unmöglicher Landschaften«. Er hat die Vorhänge zugezogen und die Lampen gelöscht, und nun erscheinen klackend sepiafarbene Bilder auf der Leinwand, die dieselbe Landschaft zeigen, durch die sie gerade fahren, jedes davon unten in der Ecke mit einem Datum versehen. Zu Beginn seines Vortrags gab es Fragen und unbeschwertes Geplauder, als hätte sich durch die Abschottung vom Außen die Stimmung gehoben, doch nun ist es still, als sie die Bilder an sich vorüberziehen sehen, Jahr um Jahr, Durchquerung um Durchquerung. Maria merkt, dass sie die Sessellehne umklammert. Da ist eine Trauerweide, deren Zweige ins Wasser hängen, eine Aufnahme von vor drei Jahren. Und da ist sie noch einmal, aber die Zweige haben sich zu skelettartigen Formen verzogen. Und dann noch einmal, diesmal fehlt die Hälfte, als hätte die Luft sie verschlungen. Und noch einmal, einige Monate später, die verbliebenen Zweige starr nach außen gerichtet, wie im Moment der Explosion.

Als sie hört, wie die Tür geöffnet wird, dreht sie sich um. Die beiden Männer von der Kompanie sind hereingekommen. Sie wartet darauf, dass sie sich Stühle heranziehen, doch sie bleiben neben der Tür stehen, den Mund zu einem schmalen Strich zusammengepresst.

»Wie Sie sehen können«, sagt der Kartograf mit einem kurzen Blick zu den Krähen, »entsteht durch die Aufnahme von fotografischem Beweismaterial an festgelegten Orten entlang der Route eine Art visuelle Landkarte, die uns wertvolle Erkenntnisse über das Tempo der Veränderungen liefert.« Seine Stimme klingt jetzt anders, förmlicher, als läse er von einem sorgfältig vorbereiteten Skript ab. Und gleichzeitig schwingt noch etwas anderes mit. Als sagte er zwei verschiedene Dinge zu zwei verschiedenen Zuhörerschaften. »Von Anfang an waren die Veränderungen unvorhersehbar. Wachstum und Verfall, erneutes Wachstum und Mutation – ein Zyklus, der viel schneller abläuft als jeder andere, den wir aus der Natur kennen. Ich hoffe, dass diese Fotografien aus den letzten drei Jahren Teil der Präsentation der Kompanie bei der Moskauer Ausstellung sein und somit zeigen werden, welchen Beitrag die Kompanie zum wissenschaftlichen Verständnis des Ödlands leistet.«

Erneut sieht sie zu den Krähen hinüber. Sie fixieren Suzuki mit einem derart brennenden Blick, dass Marias Haut zu kribbeln beginnt, doch den Kartografen scheint es nicht aus der Ruhe zu bringen. Sie wollen nicht, dass jemand diese Fotos sieht, begreift sie. Nicht die Massen, die sicherlich die Ausstellung besuchen werden, und ebenso wenig die Passagiere hier in diesem Wagen. Sie beginnen zu klatschen, obwohl Suzuki noch nicht fertig ist. Die Passagiere drehen sich verwirrt um und beginnen dann ebenfalls zu klatschen. Mr. Li zieht die Vorhänge auf, während Mr. Petrow dem Kartografen für seinen faszinierenden Vortrag dankt. Suzuki verneigt sich mit unergründlicher Miene.

Maria würde gerne mit ihm sprechen, um herauszufinden, ob ihr Verdacht zutrifft, aber die Krähen führen ihn bereits hinaus. Die Passagiere drehen ihre Sessel wieder zueinander, um sich zu unterhalten oder Karten zu spielen. *Die Krähen hätten sich keine Sorgen machen müssen*, denkt Maria – diese Passagiere wollen die Landschaft gar nicht sehen, über die Suzuki gesprochen hat, sie wollen nicht über die Veränderungen nachdenken. Nur Sophie LaFontaine blickt abwechselnd hinaus und auf ihren Zeichenblock, doch als Maria schauen will, was sie malt, dreht sie den Block weg.

Der Wechsel von der Ersten zur Dritten Klasse macht sich bemerkbar in der billigen Holzverkleidung an den Wänden, den nackten Dielen und den Kochdünsten, die in der Luft hängen. Die Tische im Speisewagen sind voll besetzt, aber niemand beachtet sie. Die Passagiere sehen entweder aus dem Fenster oder rufen nach den überforderten Stewards. An der Tür, die zu den Schlafwagen führt, zögert sie. Sie ist schon einmal hier durchgegangen, auf dem Weg zum Quartier des Captains, aber da war sie in Begleitung der anderen Erste-Klasse-Passagiere und der Stewards. Was werden die Leute von ihr denken, wenn sie sich ganz allein in die Dritte Klasse begibt? Wie albern, dass solche Dinge hier noch von Bedeutung sein sollen, wo doch die Landschaft selbst die menschliche Ordnung verhöhnt. Außerdem gibt es keine Regel, die besagt, dass Passagiere der Ersten Klasse nicht gehen können, wohin sie wollen. Sie strafft die Schultern und öffnet die Tür. Doch in dem Gewusel von Menschen, das dort haust, ist sie sich sofort unangenehm ihres feinen, elegant geschnittenen schwarzen Seidenkleids bewusst, und ihr ist klar, wie obszön es – gerade hier – wirken muss, selbst in der Trauer noch der neuesten Mode zu folgen, sich mit Luxus zu umgeben. Alle starren sie an.

»He, Süße, wo willst du denn so schnell hin?«, ruft jemand von einem der oberen Betten. »Komm rauf zu mir, und ich geb dir was, um deinen Kummer zu vergessen.«

»Du gibst ihr bloß neuen Kummer, du Nichtsnutz«, spottet ein anderer.

»Kümmern Sie sich gar nicht um die«, ruft ihr eine ältere Frau zu. »Die haben genauso wenig im Kopf, wie sie Manieren haben.«

Maria geht mit gesenktem Kopf und glühenden Wangen weiter. Sie hatte sich für stärker gehalten, nach allem, was sie in den vergangenen Monaten getan hat. Schließlich war sie bei diesem Mann in der winzigen Werkstatt, versteckt in einer hässlichen Seitengasse, der ihr – für eine entsprechende Summe – die Dokumente besorgt hat, die nötig waren, um jemand anders zu werden. Sie ist sich wie eine Betrügerin vorgekommen, wie eine Figur aus einer Geschichte. Es war, als wäre sie aus einer Welt in eine andere gefallen, wo es Männer gab, die dunklen Tätigkeiten nachgingen, Menschen, deren Namen nicht ihre richtigen Namen waren, Orte, wo Ratten umherliefen, zwischen spielenden Kindern, die den Schmutz und die Dunkelheit gar nicht zu bemerken schienen. Diese Welt war immer da gewesen, sie hatte sie nur nicht wahrgenommen, und sie hatte sich für besser gehalten, weil sie sie nun kannte, weil sie über die Grenzen ihres privilegierten Lebens hinausgeblickt hatte. Doch jetzt kommt sie sich töricht und bloßgestellt vor. Und wofür? An den meisten Fenstern sind die Vorhänge zugezogen. Niemand sieht hinaus. Keine Spur von einem möglichen Mitglied der Gesellschaft.

Aber sie bringt es nicht über sich, unter diesen amüsierten, taxierenden Blicken direkt wieder kehrtzumachen. Sie zwingt sich, zum zweiten Schlafwagen weiterzugehen, und stößt einen erleichterten Seufzer aus, als sie die Tür erreicht und den Vorraum dahinter betritt.

»Suchen Sie auch nach ein bisschen Ruhe und Frieden?«, fragt eine Stimme.

Sie zuckt zusammen. Der Vorraum ist nur schwach beleuchtet und mit allerlei Schränken und Kisten vollgestellt, die so angeordnet sind, dass neben dem einen Fenster eine Nische entsteht, in der man fast unbemerkt sitzen kann. Ein hochgewachsener alter Mann mit einem Wust grauer Haare erhebt sich von dort. »Ich wollte Sie nicht erschrecken.«

»O nein, nein, das haben Sie nicht, ich habe nur nicht damit gerechnet, dass hier jemand ist«, erwidert sie und hofft, dass man ihr nicht ansieht, wie durcheinander sie ist. Doch der Mann scheint sich nicht über ihr plötzliches Auftauchen zu wundern.

»Das hier ist mein Versteck«, sagt er verschwörerisch. »Die anderen Passagiere kommen nicht hierher, und die Crew lässt mich in Ruhe. Aber natürlich teile ich es sehr gerne mit Ihnen«, fügt er hinzu.

»Ich möchte Sie nicht stören«, beginnt sie, doch dann bemerkt sie das Fernglas in seiner Hand.

»Ah. Ich weiß, davon wird dringend abgeraten. Aber ich schaue immer.« Er deutet mit dem Kopf auf das Fenster, dann blickt er auf das Fernglas, dreht es hin und her. »Ich schaue immer«, wiederholt er, und sie meint, ein verräterisches Glänzen in seinen Augen zu sehen.

»Beobachten Sie etwas Bestimmtes?«, fragt sie und wendet sich ebenfalls zum Fenster, doch noch bevor sie die Worte ausgesprochen hat, weiß sie, was er betrachtet. Sie kann es kaum fassen, dass sie nicht bemerkt hat, wo sie sind, obwohl sie Rostows Beschreibungen dieser Landschaft so oft gelesen hat. »Oh«, entfährt es ihr.

»Sie halten mich gewiss für einen törichten alten Mann«, sagt er lächelnd.

»Nein, ganz und gar nicht.«

Es ist eine der berühmtesten Passagen in seinem Handbuch: *Ein Wasserfall durchschneidet den Fels … Und an dieser Stelle sah ich eine Gestalt aus dem Teich darunter auftauchen, mit dunklen Augen, das Haar umrahmte ihr Gesicht wie Algen. Ein Kind, obgleich der Blick, mit dem sie mich ansah, nichts Kindliches hatte. Ein Mädchen, aber so ungeformt und wild wie das Wasser um sie herum. Ein Beinahe-Mädchen.* Seine Worte waren immer wieder Gegenstand von Studien und Debatten gewesen. Maria hatte in Zeitschriften Illustrationen davon gesehen; manche zeigten ein unschuldig wirkendes Kind, manche eine junge Wilde, andere – und das erschien ihr am verstörendsten – eine verführerische Frau. Doch niemand hatte seither etwas Ähnliches gesehen, und man war allgemein der Ansicht, dass es eine optische Täuschung gewesen sein musste, oder ein Beweis für Rostows beginnende Geistesverwirrung.

»Ich weiß, was man sagt«, bemerkt der Mann. »Dennoch hatte ich immer die Hoffnung … Und ich dachte, vielleicht bei diesem letzten Mal …« Sein Lächeln wird ein wenig traurig.

»Haben Sie schon viele Durchquerungen gemacht?«, fragt Maria mit leiser Erregung.

»O ja. Sehr viele. Aber es ist an der Zeit, meinen alten Knochen Ruhe zu gönnen.«

»Waren Sie auch bei der letzten dabei?«

Wieder dreht er das Fernglas hin und her. »Ja.«

Es ist klar, dass er nicht darüber sprechen will, ebenso wenig wie die Mitglieder der Crew, aber Maria bohrt trotzdem weiter, obwohl sie weiß, dass die Worte sie beide schmerzen werden. »Die Kompanie sagt, es lag am Glas, es sei fehlerhaft gewesen, aber ich habe gehört, dass nicht alle dieser Ansicht sind.« Sie versucht, es leichthin zu sagen, zu klingen wie die alten Damen, die in ihren Salons den neuesten Tratsch austauschen. »Es heißt, die Ödland-Gesellschaft glaubt, dass da mehr dran ist. Zu schade, dass Artemis nicht mehr schreibt …«

Kurz flackert Beunruhigung im Gesicht des Mannes auf, dann ist er wieder ganz höfliche Unverbindlichkeit. »Ach, meine Liebe, ich bin zu alt für diese Dinge. Ist es nicht normal, dass die Gesellschaft und die Kompanie einander widersprechen?« *Er weiß etwas*, denkt Maria. »Ja, natürlich, Sie haben recht. Es ist bestimmt nur ein boshaftes Gerücht.« Sie setzt ein, wie sie hofft, dümmliches Lächeln auf, aber die Aufmerksamkeit des Mannes hat sich nach draußen gewendet. Er runzelt die Stirn, und als sie seinem Blick folgt, sieht sie, wie das Schilf sich bewegt, als würde eine große Welle darüberrollen, und dann noch eine und noch eine. Der Wind kann es nicht sein, denn in der Ferne steht ein einzelner Baum, und seine Zweige und Blätter sind vollkommen reglos.

»Was ist das?«, fragt sie, frustriert über die Unterbrechung, aber unfähig, die Augen von den Wellen abzuwenden.

»Das sind die Gezeiten.« Und dann, mehr zu sich selbst: »Aber dafür ist es doch noch zu früh.« Er tastet seine Jackentaschen ab, zieht ein abgewetztes Notizbuch heraus und blättert darin.

Plötzlich durchfährt ein Beben den Zug, und ihr Magen krampft sich zusammen. Ihr Vater hat einmal von den Gezeiten erzählt, eigentümlichen Wellen, die den Zug zu necken scheinen und keinem Muster und keinen Regeln folgen. »*An diesem Tisch wird nicht über so gottlose Dinge geredet*«, hat ihre Mutter daraufhin gesagt.

Sie hält sich am Handlauf fest, um nicht das Gleichgewicht zu verlieren. Laut ihrem Vater haben die Gezeiten in den letzten paar Jahren begonnen. Niemand weiß, warum. Der Zug muss sie abfangen, überlisten. Wieder ein Beben, stärker diesmal, und sie packt den Arm des alten Mannes. Seine Handgelenke sind so dünn, dass die Knochen hervorstehen wie die knorrigen Wurzeln eines Baums.

»Wir sollten besser wieder in den Wagen gehen«, sagt sie und führt ihn durch die Tür.

Aus der anderen Richtung sieht sie Weiwei herbeikommen. »Es gibt keinen Grund zur Sorge«, ruft das Zugmädchen, aber der Zug erbebt erneut, und Panik breitet sich aus, als Sachen von den Betten rollen und polternd zu Boden fallen.

»Verraten Sie mir Ihren Namen?«, fragt Maria den Mann, doch als er zu einer Antwort ansetzt, trifft sie eine Welle.

Was geschieht, ist schwer zu beschreiben. Es ist, als würde sich die Luft überschlagen, als würde der Zug seitlich von unvorstellbar starken Händen gestoßen, und in einer einzigen, scheinbar endlos gedehnten Sekunde stellt Maria sich vor, wie die riesigen Räder sich vom Gleis lösen, der Zug umkippt und hilflos auf der Seite liegen bleibt. Alles klirrt und bebt und rappelt. Mehrere Holzpaneele lösen sich von den Wänden und krachen zu Boden, und Decken und Pakete fallen heraus, als bestünden die Innereien des Zuges aus Stoff und braunem Packpapier. *Schmuggelware*, denkt Maria wie betäubt.

Dann ist es vorbei, und der Zug rollt weiter, einige Passagiere schluchzen, und der Mann sackt auf dem Boden zusammen wie eine Marionette, deren Fäden durchgeschnitten worden sind.

Taumelnd verlässt sie die Dritte Klasse, als der Arzt kommt und die Leute, die um den alten Mann herumstehen, zurückscheucht. Zurück in ihrem Abteil versucht sie, ihren Atem zu beruhigen, aber die üblichen Tricks funktionieren nicht, und es fühlt sich an, als würden ihre Lungenflügel zusammengedrückt, als könnte ihr Herz seinen Rhythmus nicht mehr finden.

Ihr Vater, auf dem Schreibtisch zusammengesunken. Der Arzt, den Hut in der Hand. »*Ein Herzinfarkt. Nichts, was man hätte tun können.*«

Aber es gab Dinge, die der Arzt nicht gesehen hatte. Hatte *sie* sie denn wirklich gesehen? Überreizte Nerven, hatte der Arzt erklärt und ihr ein Schlafmittel verabreicht. Verständlich in so einer Situation. Und als sie aufgewacht war, als der Leichnam abgeholt worden war und die bürokratischen Rituale des Todes begonnen hatten … Konnte sie wirklich sicher sein, dass ihre Erinnerungen sie nicht trogen? *Eine Pfütze unter dem Gesicht ihres Vaters, Sandkörner auf seiner Wange. Woher kommen die? Schnell alles wegwischen, bevor sie den Rest des Haushalts informiert, bevor sie anfängt, darüber nachzudenken, was sie da tut. Die Augen ihres Vaters schließen, damit niemand die Muster darin sieht, wie Kristall, so farblos und leer wie die Fenster, die er gemacht hat.*

Das Beinahe-Mädchen

Die Mitglieder der Crew räumen auf, wie immer. Sie räumen auf und bemühen sich, die Passagiere zu beruhigen, während der Zug sich durch die Gezeiten kämpft. Weiwei sieht Alexei und einen anderen Ingenieur vorbeilaufen, blass, die Lippen zusammengepresst. Der Zug ist auch früher schon von Wellen getroffen worden, aber noch nie von einer so starken.

Der Zug ist der stärkste, der je gebaut worden ist.
Er ist sicher. Uns kann nichts passieren.

Aber zum ersten Mal beginnt sie zu zweifeln. Schon vor der letzten Durchquerung war allen klar, dass der Zug zu stark strapaziert wird. Aber sie haben stets ihrer eigenen Prahlerei geglaubt; ihrem Mythos vom unbesiegbaren gepanzerten Zug. Sie waren so sicher, dass er in alle Ewigkeit fahren würde.

»Wie geht es dem Professor?« Anja Kascharina richtet sich mühsam auf, als Weiwei hereinkommt. Die Küchen und die Speisewagen sind ein Durcheinander aus zerbrochenem Geschirr, verschütteter Suppe, umgekippten Salzfässchen. Unter Weiweis Füßen knirschen Glasscherben.

»Der Arzt ist bei ihm«, sagt Weiwei.

»Ist er —«

»Er ist nicht verletzt, aber der Arzt meint, die Gezeiten wären ihm auf die Nerven geschlagen.« Niemand spricht das Wort *Ödlandweh* laut aus. Und am besten denkt man auch nicht allzu viel darüber nach, obwohl alle Stewards Beruhigungspfeile bei sich tragen, für den Fall, dass jemand von den Passagieren oder von der Crew einen Anfall erleidet.

Die Köchin wischt sich die Hände an ihrer Schürze ab. Sie hat den Professor gern, gibt ihm immer Extraportionen und ermahnt ihn, seinen Teller leer zu essen, damit er was auf die Rippen bekommt. »Kein Wunder«, sagt sie ein wenig zu munter, »wo er doch ständig die Nase in einem Buch hat. Überarbeitet ist er, wenn du mich fragst.«

Plötzlich bremst der Zug ab, und als Weiwei aus dem Fenster blickt, sieht sie wieder eine Welle anrollen: ein Flirren in der Luft, und das platt gedrückte Gras. Anja berührt die kleine eiserne Ikone der heiligen Mathilda, die sie um ihren Hals trägt.

»Davon wird uns noch die Butter ranzig«, grummelt sie. Die Gezeiten bringen das empfindliche Gleichgewicht des Zuges durcheinander. Der Wein wird sauer, und die Küchenjungen stellen sich ungeschickt an. Sie halten die Crew vom Schlafen ab und sorgen dafür, dass selbst die ausgeglichensten Stewards die Beherrschung verlieren.

Als in den Speisewagen zumindest oberflächlich die Ordnung wiederhergestellt ist, drückt die Köchin Weiwei ein in Nesselstoff gewickeltes Stück Kümmelkuchen in die Hand. »Für den Professor«, sagt sie. »Seine Nerven werden nicht besser, wenn er sich nicht zuerst um seinen Magen kümmert.«

Doch Weiwei läuft zuerst zum Lagerwagen. Danach wird sie zum Professor gehen. Wahrscheinlich lässt der Arzt sie ohnehin nicht zu ihm, außerdem braucht der Professor seinen Schlaf, da ist es ja Unsinn, ihn ohne Not zu stören. Sie schiebt ihr schlechtes Gewissen beiseite und versucht, das Gewicht des Kuchens in ihrer Jackentasche zu ignorieren. Er braucht jetzt Ruhe, Zeit, um sich daran zu erinnern, was der Zug ihm bedeutet. *Nichts hat sich verändert,* sagt sie sich energisch. Sie werden weiter zusammen fahren, für immer.

Als sie sich dem Quartier des Captains nähert, verlangsamt sie ihren Schritt, wie sie es bei dieser Durchquerung schon so oft getan hat. Wenn sie langsam genug geht und wenn sie den richtigen Moment erwischt, geht vielleicht die Tür auf. Vielleicht kommt der Captain heraus. *Nein, sie ist bestimmt im Wachturm,* denkt Weiwei. Sie und der Kartograf werden die Spuren der Gezeiten beobachten und Befehle an den Lokführer durchgeben, wann er abbremsen soll, wann anhalten und wann weiterfahren.

Gerade als Weiwei an der Tür vorbei ist, hört sie, wie sie geöffnet wird, und fährt herum. Doch es ist Alexei, mit klatschnassem Haar und ölverschmierten Armen. Enttäuscht will sie sich wieder umdrehen, doch sein Gesichtsausdruck lässt sie innehalten. »Was ist?«, fragt sie. »Ist etwas kaputtgegangen? Du hast es doch sicher repariert, oder?«

»Herrgott, Zhang …« Er blickt den Korridor hinunter, dann bedeutet er ihr, ihm zu folgen. Als sie bei der Tür zum Vorraum ankommen, eilen drei Mechaniker an ihnen vorbei und nicken Alexei kurz zu. Sie wirken angespannt, und sie haben Werkzeug dabei, das sie noch nie gesehen hat.

Sie sieht ihnen nach. »Wohin wollen die? Was ist passiert?«

Er zieht sie in eine Ecke des Vorraums. »Du darfst es niemandem erzählen«, sagt er leise. »Wir wollen nicht, dass Panik ausbricht.«

»Mache ich nicht.« Sie schluckt.

»Durch den Aufprall der Welle hat sich eine der Wasserleitungen, die zum Tender führen, gelöst, aber das ist nicht weiter schlimm, das lässt sich reparieren. Das Problem ist, dass das ganze System einen Schlag abbekommen hat, und es gibt Lecks.«

Das ist die größte Angst der Crew, die jede Durchquerung begleitet: dass sich trotz aller Sorgfalt und Pflege irgendetwas tief in den Eingeweiden des Zuges losrappelt, was dann wiederum etwas anderes losrappelt, und dass ein winziger Schaden etwas auslöst, das sich nicht mehr eindämmen lässt.

»Lecks? Aber … wie viel Wasser haben wir denn verloren?« Er antwortet nicht, aber sie sieht die Antwort in seinem nassen Haar, im Stoff seiner Hose, der unten dunkler ist. »Ein Stück weiter kommen wir an einer Quelle vorbei«, sagt er schließlich. »Dort können wir zumindest einen Teil davon wieder auffüllen, aber bis dahin müssen wir sparsam sein.«

»Aber sind es bis dahin nicht noch mehrere Tage?« Nach ihrer Erinnerung mussten sie bisher erst ein- oder zweimal an einer Quelle auftanken. Der Zug muss seine Fahrt so stark verlangsamen, um Wasser aufnehmen zu können, dass sie das Risiko nur im absoluten Notfall eingehen.

»Ja«, sagt er unglücklich, »und obendrein müssen wir Tempo rausnehmen, damit wir mit dem noch vorhandenen Wasser auskommen.«

Ihr läuft ein Schauer der Angst über den Rücken. »Also dauert es noch länger bis zur Quelle.«

»Uns bleibt nichts anderes übrig. Wir können nur hoffen, dass es ausreicht, wenn wir das Wasser rationieren. Und zu sämtlichen Göttern der Eisenbahn beten, dass es regnet.«

Sie weiß nicht, warum sie als Erstes an die blinde Passagierin denkt. Warum das Bild von kostbarem Wasser, das aus den Leitungen rinnt, ihr solche Angst macht – nicht wegen des immer durstigen Zuges, sondern wegen eines Mädchens, das sie kaum kennt. Sie sieht sie vor sich, wie sie auf den mondbeschienenen See hinausblickt. Wie sie sich im Bad aus dem Wasser aufrichtet, ein ertrunkenes Mädchen, das wieder lebendig wird. Mit unsicherem Schritt geht sie zum Lagerwagen. Der Zug fährt bereits langsamer, aber das Rattern der Räder auf den Schienen erscheint ihr dennoch lauter, nachdrücklicher, als wollte es sie voller Hohn daran erinnern, wie weit es noch bis zur Quelle und ihrem lebensrettenden Wasser ist.

Die blinde Passagierin ist ein weiterer hungriger und durstiger Mund, und sie hat sich bereits genommen, was ihr nicht zusteht; nun, da nicht mehr genug vorhanden ist, da jeder Tropfen gezählt werden muss, wird sie zu einer Bürde, die der Zug nicht tragen kann. Weiwei wird flau. Sie beschleunigt ihre Schritte, als sie zum Servicewagen kommt; Porter eilen an ihr vorbei, zu beschäftigt, um zu fragen, wohin sie will. Andere räumen noch auf, was aus den Schränken gefallen ist. Durch den Gartenwagen, wo sie statt der üppig grünen Gemüsereihen bereits die vertrockneten Stängel vor sich sieht, und in den Lagerwagen. Hoffentlich ist Elena in ihrem Versteck geblieben. Hoffentlich hat sie sich von den ruckartigen Bewegungen des Zuges nicht aufscheuchen lassen.

Doch die blinde Passagierin ist nicht im Dachraum. Sie steht mitten im Korridor am Fenster, den Blick so gebannt auf die Landschaft gerichtet, dass sie Weiwei nicht bemerkt. Weiwei sieht nur ihr Spiegelbild in der Scheibe – die Lippen halb geöffnet, das Gesicht vom Haar umrahmt, die Augen groß und dunkel –, das schimmernd, geisterhaft vor dem Hintergrund der Birken zu schweben scheint. Das Mädchen presst die Fingerspitzen auf das Glas, als wollte sie sich mit ihrer Doppelgängerin verbinden. Dann sieht die Elena auf der Scheibe sie an, und einen Moment lang ist es, als würde sie von draußen hereinschauen, bevor sie fast unmerklich ihre Haltung verändert und wieder zu der Elena wird, die Weiwei kennt. Aber es ist zu spät – Weiwei hat sie zum ersten Mal so gesehen, wie sie wirklich ist, nicht, wie sie vorgibt zu sein. Und hat sie es nicht die ganze Zeit gewusst, wollte es nur nicht wahrhaben? Elena ist keine verängstigte, schutzbedürftige blinde Passagierin, sondern ein Wesen des Ödlands, ein Beinahe-Mädchen.

Dritter Teil

5. bis 8. Tag

Als die Veränderungen in Großsibirien begannen, gab es Menschen, die es in die Wälder und Sümpfe zog, die immer länger von zu Hause fortblieben. Manche kehrten nie zurück. Wir können natürlich nur Vermutungen anstellen, was diese Väter und Mütter, diese Söhne und Töchter dazu brachte, ihre Familie und ihr Leben aufzugeben. Vielleicht wollten sie dem Wasser und dem Boden näher sein. Dem vorsichtigen Reisenden, der es gewohnt ist, sich nur mit sorgfältiger Anleitung durch fremde Städte und Länder zu bewegen, mag dies unverständlich erscheinen. Aber ich gestehe, dass die Begegnung mit der geheimnisvollen Ödland-Kreatur mich neugierig machte, und ich begann zu vermuten, dass sie möglicherweise eine Verbindung zu den verschwundenen Männern und Frauen bildete. Denn wer weiß, vielleicht gibt es ja noch mehr wie sie, die uns aus dem Schutz ihrer Wildnis beobachten?

Handbuch für den vorsichtigen Reisenden durch das Ödland, S. 35–36

Elena

Sie stehen reglos da, Elena noch immer vor dem Fenster, sodass ihre Gesichtszüge halb mit der Landschaft draußen verschwimmen. Aber ihre Augen fixieren Weiwei, und mit einem Mal scheint die Zeit stillzustehen, und das Rattern der Räder rückt in den Hintergrund. Da lässt Elena ihre Maske fallen, sie legt die Rolle ab, die sie gespielt hat, einfach indem sie ihre Haltung auf eine Weise verändert, die ihren Körper kräftiger, eckiger wirken lässt, ihren Blick vorsichtiger und stechender. Alles an ihr ist zur Flucht bereit, und wenn Weiwei sich bewegt oder spricht, wird der Bann gebrochen, und was noch zwischen ihnen ist, wird verloren sein. Sie rührt sich nicht. Kein Verstecken mehr. Kein Verstellen. Draußen sind jetzt wogende Wälder aus Farn zu sehen, durch deren Wedel aalähnliche Wesen gleiten, die silbrige Spuren hinterlassen. Elenas Blick löst sich von Weiwei und folgt ihnen, und jetzt ist sie nicht mehr nur eine neugierige Reisende – da ist ein Erkennen, sie betrachtet keine fremde Landschaft, sondern ihr Zuhause. Bei dieser Feststellung schnappt Weiwei unwillkürlich nach Luft, und Elenas kraftvolle Aufmerksamkeit schlägt ihr wieder entgegen.

Doch Weiwei rührt sich noch immer nicht.

»Ich dachte, du würdest Angst haben«, sagt Elena.

Weiwei hält ihrem Blick stand. »Wirst du mir etwas antun?«

»Nein.«

»Dann habe ich keine Angst.« Das stimmt nicht, und das weiß Elena vermutlich auch, aber sie sind beide gut darin, sich zu verstellen.

Zum ersten Mal, seit sie sich kennen, wirkt Elena unsicher. Sie legt die eine Hand auf den Handlauf hinter ihr und die andere flach auf die hölzerne Wandverkleidung, als wollte sie sich am Zug festhalten.

»Das fühlt sich für dich bestimmt seltsam an«, sagt Weiwei und deutet mit dem Kopf zur Wand.

»Lebendig und auch wieder nicht«, erwidert Elena.

Ja, das ist eine gute Beschreibung des Zuges, die würde auch Alexei gefallen, denkt sie. Sie hat schon öfter mitbekommen, wie er und die anderen Ingenieure mit dem Zug sprechen, mit ihm schimpfen oder versuchen, ihm gut zuzureden, als wüssten sie, dass er auf eine Weise lebendig ist, die über mechanisches Genie hinausgeht.

»Wolltest du deshalb mitfahren?« Es gibt so viele Fragen, die sie ihr stellen möchte: Was bist du? Warum bist du hier? Aber ihr ist unangenehm bewusst, wie steif sie klingt, als hätte man sie gezwungen, mit jemandem, den sie kaum kennt, höfliche Konversation zu betreiben.

Doch Elena scheint sich ein wenig zu entspannen, ihre Haltung wird weicher. *Sie wird nicht fliehen*, denkt Weiwei. *Noch nicht.* Aber in ihrer Miene liegt eine neue Vorsicht. Sie muss das Gespräch in Gang halten.

»Ich wollte wissen, was das ist«, sagt Elena. »Warum es den Boden zum Beben bringt und der Luft so einen seltsamen Geschmack verleiht. Ich wollte wissen, wohin es geht und warum es immer wieder zurückkommt, warum sein Atem eine dunkelgraue Wolke ist und wozu es so viele Augen braucht.«

»Augen?« Dann begreift sie – die Fenster. Die Augen des Zuges. »Und was hast du dann getan?«

»Ich bin der eisernen Straße gefolgt, bis zu der Stelle, wo eine Mauer, die höher ist als ein Wald, sie verschluckt. Dann habe ich mich im Schilf am Ufer eines Teichs versteckt. Ich habe die Männer beobachtet, die aus der Mauer kamen, habe gehört, wie sie von dem Zug sprachen. Sie sagten, dass sie ihn fürchten und verehren. Und dass sie nicht damit fahren wollen, weil sie Angst haben. Aber ich wollte wissen, wie es sich anfühlt, so schnell über die Erde getragen zu werden. Ich wollte wissen, wohin er fährt. Und dann habe ich herausgefunden, wie man in den Zug kommt – heimlich.«

»Du hast die Schmuggler gesehen, wie sie durch das Dach geklettert sind.«

»Sie waren sehr schlau und sehr schnell. Man konnte sie nur sehen, wenn man ganz genau hinschaute. Ein Soldat war auf dem Dach und klopfte hier und da und sagte, ja, alles in Ordnung, und als keiner hinsah, öffnete er mit seinem Stock eine Klappe, und dann kamen Pakete raus und Säcke, die klirrten, rein.«

»Deshalb hatten sie also immer so viel Geld«, murmelt Weiwei.

»Ich dachte, so komme ich da rein, so kann ich mich von dem Zug tragen lassen. Aber ich hatte Angst –«

»Du?«, ruft Weiwei überrascht aus.

Elena macht eine wegwerfende Handbewegung, genau wie einer der Stewards in der Dritten Klasse, und Weiwei muss sich das Lachen verkneifen.

»*Zuerst* hatte ich Angst, aber ich habe beobachtet, und ich habe gelernt, und ich wusste, dass ich bereit war. Aber dann kam der Zug nicht mehr, und die Soldaten sagten, dass sie gehen wollten, dass der Zug nie mehr kommen würde.«

Sie verstummt, und Weiwei hat das Gefühl, dass es da noch etwas gibt, das sie verschweigt. »Aber dann ist er doch wieder gekommen«, sagt sie. »Und jetzt bist du hier.«

»Jetzt bin ich hier«, bestätigt Elena.

»Und ist es …« Weiwei überlegt, wie sie es formulieren soll. »Ist es so, wie du es dir vorgestellt hast?«

Elena schürzt die Lippen. »Ich hatte es mir nicht so laut vorgestellt, als hätte man den Zug im Kopf.«

»Stimmt«, sagt Weiwei. »Mir fällt es meist erst auf, wenn wir anhalten.« Und dann fehlt ihr das Geräusch, sie fühlt sich leer und nackt, als hätte sie nicht genug Kleider an. »Und da draußen?«, fragt sie, obwohl es sie ganz kribbelig und nervös macht. »Wie ist es da?«

Elena überlegt einen Moment, dann nimmt sie Weiweis Hand und legt sie auf die Fensterscheibe, ihre eigene Hand obendrauf. »So«, sagt sie, und Weiwei spürt das vertraute Summen der Schienen, das durch ihren ganzen Körper vibriert, den Rhythmus des Zuges unter ihren Füßen, und dann fallen ihr die Worte des Glasmachers wieder ein: *»Es gibt einen bestimmten Punkt, da atmen sie alle gemeinsam – das Eisen und das Holz und das Glas.«* Nach diesem Punkt hatte er stets gesucht, denn er wusste, dann würde das Glas halten. Damals verstand sie nicht, was er meinte. Aber jetzt glaubt sie, es fühlen zu können.

»Es ist wie ein Herzschlag«, sagt Elena. »Aber es ist nicht nur ein Ding, sondern viele. Alles zusammen.«

»Alles ist verbunden.« Weiwei nickt. Und sie spürt es: Der Zug und die Schienen und Elena und sie selbst sind wie ein vielstimmiger Herzschlag.

In dem Moment schlägt die Uhr an der Wand die volle Stunde, und Elena zieht abrupt ihre Hand weg. »Du musst arbeiten«, sagt sie. »Du solltest im Speisewagen sein.«

Weiwei will sie schon fragen, woher sie das weiß, doch dann lässt sie es. *Ich habe beobachtet, und ich habe gelernt.*

»Und du solltest im Versteck sein«, erwidert sie stattdessen.

Die Zeit verflüssigt sich. Obwohl sie sämtliche Uhren im ganzen Zug aufzieht, wird Weiwei das Gefühl nicht los, dass die Minuten und Stunden sich ausdehnen und zusammenziehen, und sie vertraut nicht mehr darauf, dass die Schienen sie am Boden verankern. In jedem Fenster, an dem sie vorbeigeht, meint sie aus dem Augenwinkel die blinde Passagierin zu sehen. Sie bildet sich ein, in den Gesichtern der anderen Crewmitglieder Misstrauen und Angst zu lesen – *du*, scheinen sie mit gerunzelter Stirn zu sagen, *du hast etwas Fremdes an dir, etwas von draußen. Was hast du jetzt wieder angestellt?*

Ja, was hat sie nur angestellt? Sie hat Elena gegenüber behauptet, sie hätte keine Angst, aber das stimmt nicht. Sie hat ganz schreckliche Angst.

Sie wird in die Dritte Klasse geschickt, um den Stewards beim Rationieren des Wassers zu helfen. Sie sagen den Passagieren, dass die langsamere Geschwindigkeit des Zuges nichts zu bedeuten hat, dass die Rationierung nur eine Vorsichtsmaßnahme ist. Die meisten sind ängstlich genug, um ihnen glauben zu wollen, und sie akzeptieren ohne Murren die bescheiden gefüllten Becher und die Tatsache, dass sie die Waschschüsseln jetzt zu mehreren benutzen müssen, trotz des Schmutzes, der bald auf der Oberfläche schwimmt.

Je öfter sie den Passagieren sagt, dass es keinen Grund zur Sorge gibt, desto trockener wird ihre eigene Kehle. Und während sie arbeitet und redet und beruhigt, denkt sie die ganze Zeit an Elena und überlegt, wie sie die Frage stellen kann: *Was bist du?*

Manche Fragen lassen sich leichter im Dunkeln stellen.

»Was ich bin?«

Es ist nach Mitternacht, und sie liegen im Dachraum; die Laterne haben sie ausgemacht. Weiwei meint zu hören, wie Elena die Worte im Kopf hin und her bewegt. »Was ich *war*«, sagt sie,

»gehörte den Sümpfen und dem Schilf, dem Wasser und der Erde. Aber bevor ich etwas war, gab es Menschen, die es zum Wasser zog. Als das Land sich zu rühren begann, hörten sie seinen Ruf. Sie veränderten sich. Sie fingen an, in Schnalz- und Keuchlauten zu sprechen. Ihre Haut wurde silbrig, und sie bekamen Kiemen am Hals. Sie waren glücklich.«

Sie schweigt so lange, dass Weiwei sich fragt, ob sie eingeschlafen ist, doch dann sagt sie ganz leise: »Sie hatten alles, was sie wollten. Aber ich wollte mehr.«

»Mehr als das Ödland? Aber das ist doch so groß.« Weiwei versucht sich vorzustellen, wie es wohl da draußen ist, in dieser Weite, unter dem mächtigen Himmel.

Sie hört, wie Elena sich zu ihr dreht. »Warum nennt ihr es so?«

»Was?«

»Unser Land. Als wäre da draußen nichts. Als wäre es leer und verlassen, dabei ist es voll lebender, denkender Wesen.«

»Na ja, weil …« Weiwei stockt. Darüber hat sie noch nie nachgedacht.

»Alles da draußen ist lebendig«, sagt Elena. »Alles ist hungrig, alles wächst und verändert sich. Wir spüren es – so.« Sie tastet erneut nach Weiweis Hand und legt sie flach auf den Boden, sodass der Rhythmus der Schienen durch sie beide fährt.

Weiwei liegt mit offenen Augen in der Dunkelheit, denkt über Elenas Worte nach und spürt den Herzschlag des Zuges, langsamer, vorsichtiger seit dem Angriff der Gezeiten. »Aber was bist du *jetzt*?«, fragt sie.

Ein Achselzucken. »Ich weiß es nicht«, antwortet die blinde Passagierin.

Hindernisse

Henry Grey erwacht, unausgeruht. Die ganze Nacht hat der Zug gebremst und geruckelt und ihn immer wieder aus seinen Träumen gerissen. Die Wellen waren nicht mehr sehr stark, aber sein Körper hat sich jedes Mal in unruhiger Erwartung verkrampft.

Im Speisewagen herrscht eine angespannte Atmosphäre. Einige der Passagiere sind in ihren Abteilen geblieben; die anwesenden haben müde Augen und sagen kaum ein Wort, und die Stewards sind ungeschickter und langsamer denn je. Das Frühstück ist alles andere als befriedigend. Auf dem Teller mit den geräucherten Bücklingen sind Flecken, und seine Bitte um eine weitere Tasse Tee wird kategorisch abgewiesen.

Die Gräfin, die am Nebentisch sitzt, verlangt nach mehr Kaffee. »Da ist ja kaum ein Tropfen drin – ist der Kaffee über Nacht teurer geworden?«

Der Steward knetet seine Hände. »Es ist eine vorübergehende Maßnahme, Madam. Bitte gedulden Sie sich ein wenig.«

Grey klopft sich innerlich auf die Schulter, weil er keiner von diesen Passagieren ist, die sich bei der kleinsten Unannehmlichkeit beschweren.

»Wir müssen wohl alle Nachsicht walten lassen, Madam«, kann er sich nicht verkneifen zu sagen.

»So, müssen wir das?«, entgegnet sie mit unnötigem Sarkasmus.

Sie und ihre farblose Begleiterin mustern ihn kühl. Auch die anderen Gäste im Speisewagen scheinen ihre Ansicht zu teilen. Maria, die junge Witwe, ist schweigsam und blass. Ihm fällt auf, dass ihr Haar nicht frisiert ist, und an ihren Fingern sind Tintenflecke. Er bestreicht sich eine weitere Scheibe Toast mit Butter. Angehörige anderer Nationalitäten, denkt er bei sich, haben die bedauerliche Neigung, bei der leisesten Provokation die Fassung zu verlieren.

Nach dem Frühstück begibt er sich in die Bibliothek, wo er Alexei zu treffen hofft. Sie nähern sich dem roten Kreis auf der Karte; eigentlich sollten sie ihn am achten Tag der Reise erreichen, aber der Zug kommt nur noch zögerlich voran. Jeder Muskel, jede Sehne in ihm drängt vorwärts, als könne er damit die Fahrt beschleunigen. Er ist so nah dran. Jeden Abend hat er in seinem Abteil gesessen und sich Notizen zu den Aufzeichnungen des Kartografen gemacht, die der junge Ingenieur ihm gegeben hat, und zu anderen Artikeln und Büchern aus seiner Sammlung. Er hat geübt, den klobigen Anzug und Helm, den er von Alexei bekommen hat, an- und wieder auszuziehen und seine Glasbehälter mit den dicken Handschuhen auf- und zuzumachen. Er ist bereit.

Doch auch nach einer Stunde ist der Ingenieur nicht aufgetaucht, was in Anbetracht der Summe, die er dem Kerl bezahlt, eine Frechheit ist. Ärger staut sich in ihm an, und sein Magengeschwür macht sich wieder schmerzhaft bemerkbar. Es ist diese Abhängigkeit von anderen, die ihn so frustriert, diese Hilflosigkeit gegenüber Unfähigkeit und Faulheit. Aber das sind keine guten, christlichen Gedanken. Sollte er nicht Nachsicht walten lassen? Das ist eine Prüfung, weiter nichts.

Nachdem die Wanduhr eine weitere halbe Stunde geschlagen hat, beschließt er, die Dinge selbst in die Hand zu nehmen, was bedeutet, dass er mit einem Taschentuch über der Nase durch die Wagen der Dritten Klasse gehen muss. Nussschalen knacken unter seinen Füßen, und der Boden fühlt sich klebrig an. So viele Menschen hier drinnen, auf so engem Raum. Die Passagiere mustern ihn stumm, als er an ihnen vorbeigeht, und niemand scheint ihn zu erkennen. Die Luft ist wie aufgeladen, als könnte ein einziger Funke alles in Brand setzen.

Über der Tür zum nächsten Wagen hängt ein Schild, auf dem in mehreren Sprachen darauf hingewiesen wird, dass Passagieren der Zutritt nicht gestattet ist, aber er ignoriert es und betritt die Kantine der Crew. Die Tische sind mit schlichten weißen Tüchern bedeckt und an den Seiten des Wagens angeordnet, jeweils mit einfachen Bänken davor und dahinter. Ein paar Crewmitglieder sitzen dort und schaufeln Essen in sich hinein. Niemand blickt auf, und so geht er weiter durch die nächsten Wagen, vorbei an einer Reihe von geschlossenen Türen, bis er den Ingenieur schließlich in einer Art Servicewagen entdeckt. Der junge Mann balanciert auf einer Leiter und springt herunter, als er Grey bemerkt.

»Ich habe Sie gesucht«, sagt Grey, als er bei ihm ankommt. Er blickt sich um, um sicherzugehen, dass niemand in Hörweite ist. »Hatten wir nicht verabredet, dass wir uns heute treffen wollten?«

»Was machen Sie hier? Wer hat Sie hereingelassen?«, flüstert der Ingenieur hastig und wischt sich mit einem schmutzigen Tuch die Hände ab. »Passagiere haben hier keinen Zutritt.«

»Nun, es hat mich niemand daran gehindert, und da ich keine andere Möglichkeit sah, Sie zu erreichen –«

Bevor er den Satz beenden kann, schiebt der Ingenieur ihn in einen Nebenraum und schließt die Tür hinter ihnen. Um sie herum verlaufen gluckernde und pfeifende Metallrohre, an denen Feuchtigkeit kondensiert. »Hören Sie, ich kann das nicht tun.«

Grey starrt ihn an. »Aber wir haben eine Abmachung, und Sie haben Geld von mir bekommen. Sie wissen, wie wichtig mir das ist.«

»Das Geld gebe ich Ihnen zurück, aber wir müssen das abblasen, es ist zu gefährlich, vor allem jetzt, wo –«

»Jetzt wo was?«

Der Ingenieur reibt sich über die Stirn, was eine ölige Spur hinterlässt. »Es hat einen … Zwischenfall gegeben. Während der Gezeiten.«

»Ja, ich weiß, da ist etwas kaputtgegangen, aber was hat das mit unserem Plan zu tun? Wir haben doch schon darüber gesprochen, es ist ganz normal, am Beginn eines großen Projekts nervös zu sein, Ehrgeiz macht es einem nie leicht –«

»Dr. Grey, ich verstehe Ihre Enttäuschung, aber ich habe diesem Plan nur zugestimmt, weil ich sicher war, dass dem Zug keine Gefahr drohte.«

»Und das wird auch nicht passieren – Sie wissen, dass ich niemals das Leben anderer Menschen aufs Spiel setzen würde.«

»Darum geht es nicht.«

Und dann erklärt ihm der Ingenieur umständlich und mit vielen technischen Einzelheiten, denen er nicht folgen kann, dass es ein Problem mit der Wasserversorgung gibt.

»Aber Sie können es reparieren.«

»Schon, aber –«

»Und wir werden neues Wasser aufnehmen, also braucht uns das doch nicht davon abzuhalten –«

»Dr. Grey, Sie hören mir nicht zu. Wir werden sehr wenig Wasser haben, bis wir zur nächsten Quelle kommen, und das dauert mindestens noch drei Tage. Und selbst danach, wenn wir das Problem fürs Erste gelöst haben, ist das System angeschlagen, und das bleibt so, bis wir uns in Moskau richtig darum kümmern können.«

Grey versucht, die Frustration im Zaum zu halten, die in ihm aufsteigt. Es ist dieselbe wie in jenen schrecklichen Wochen in Peking, als er erfolglos durch die Flure der Transsibirien-Kompanie gelaufen ist und das Gefühl hatte, dass ihm alles zwischen den Fingern zerrann. Der Schmerz in seinem Magen sticht wieder zu, und er hat einen bitteren Geschmack auf der Zunge. Er darf sich nicht von seinen Gefühlen überwältigen lassen; davor hat ihn der Arzt im Ausländerkrankenhaus ausdrücklich gewarnt. *»Mäßigung in jeder Hinsicht, das ist der Schlüssel zu Ihrer Gesundheit – Mäßigung beim Essen, beim Verhalten und bei den Gefühlen.«*

»Aber bei Ihrem Erfindungsreichtum gibt es doch sicher etwas, das man tun kann, oder? Der ist mir sofort aufgefallen, obwohl wir erst ein paar Tage unterwegs sind. Wirklich bemerkenswert.« Zufrieden sieht er, wie auf dem Gesicht des Ingenieurs Stolz aufblitzt. »Doch mir scheint«, fährt er wohlüberlegt fort, »dass Ihre Arbeit von den Vertretern der Kompanie nicht immer hinreichend geschätzt wird.«

Alexeis Miene verdüstert sich. »Und ich will nicht so werden wie sie. Sie haben kein Verständnis für den Zug, für das Feingefühl, das nötig ist, um seine Sicherheit zu gewährleisten. Sie denken, man kann immer weiter Druck machen, ohne dass es Folgen hat.« Er bricht ab und reißt sich zusammen. »Tut mir leid«, sagt er. »Ich kann nichts tun. Wir müssen unsere Abmachung beenden.«

Grey sieht ihm nach, als er davongeht, und der Schmerz in seinem Magen wird so stark, dass ihm schwindelig wird und er sich am Handlauf festhalten muss. *Nein. Nichts wird beendet*, denkt er. Nicht, wenn er schon so weit gekommen ist.

Das Spiel

Es ist der Morgen nach den Gezeiten, und Elena hat Durst.

»Wir kommen bald zu der Quelle«, sagt Weiwei, als sie in den Lagerwagen zurückkehrt. Ihr tut der Rücken weh, weil sie die ganze Zeit Eimer und Flaschen hin und her geschleppt hat. »Dann wird die Rationierung wieder aufgehoben. Bis dahin kannst du nur kein nächtliches Bad mehr nehmen.« Sie versucht, sorglos zu klingen, und zwingt sich, Elenas Blick standzuhalten, obwohl sie zu nah ist, ihre Aufmerksamkeit zu bohrend. Der Dachraum wirkt plötzlich klein und beengt. Ob sie es bedauert, dass sie die Freiheit ihres Zuhauses aufgegeben hat? Was wird sie tun, ohne das Wasser, das sie braucht? Die Fragen liegen Weiwei auf der Zunge, aber sie kann sich nicht dazu durchringen, sie zu stellen. Elena leckt sich über die Lippen. »Wie lange hin ist bald?«

»Drei Tage«, antwortet Weiwei. »Nur noch drei Tage.«

Wenn der Zug durchhält. Wenn sie noch genug Wasser haben, um bis zur Quelle zu kommen.

»Es gibt da ein Spiel«, sagt Weiwei nach einer Weile. Ein Spiel des Schweigens und Schleichens, des Wachens und Wartens. »Darin bist du bestimmt gut, nach allem, was du erzählt hast. Aber ich muss dich warnen, ich bin darin auch ziemlich gut.«

Es ist ein Spiel der Ablenkung, weil sie nicht weiß, was sie sonst tun soll.

Es gibt nur eine Regel: *Nicht gesehen werden*. Weiwei hat es gespielt, seit sie alt genug war, um den Zug allein zu erforschen. Und selbst davor ist sie, wenn man den Erzählungen der älteren Stewards glauben darf, immer wieder ausgebüxt, hat einen Moment der Unaufmerksamkeit ausgenutzt, um davonzukrabbeln, und wurde schließlich zusammengerollt unter einem Bett in der Dritten Klasse oder in einem Nest aus Decken im Servicewagen gefunden. Später, als Alexei als Lehrling zur Zugcrew kam, entwickelte sich das Spiel zu einem komplizierten Punktesystem, einem Wettbewerb, wer von ihnen der Schnellste war, am geschicktesten darin, den Stewards auszuweichen oder die Passagiere dazu zu bringen, anderswo hinzusehen, oder wer die ausgefallensten Verstecke fand. Doch als Alexei zum Ingenieur befördert wurde, hatte er ihr klargemacht, dass solche Spiele nun unter seiner Würde waren.

»Nur weil ich öfter gewinne«, hatte Weiwei gesagt.

Alexei hatte mit den Achseln gezuckt. »Ich habe dich gewinnen lassen. Du warst ja noch ein Kind.«

Von da an hatte Weiwei allein gespielt.

Aus der Kiste mit Fundsachen sucht sie Elena etwas zum Anziehen heraus, ein einfaches blaues Kleid und eine Schürze, wie einige der jüngeren Frauen aus der Dritten Klasse sie tragen. Elena mustert beides ohne große Begeisterung, und Weiwei muss über ihren Gesichtsausdruck lachen. »Wenn du nicht auffallen willst, kannst du tagsüber nicht im Seidenkleid herumlaufen. Woher hast du das überhaupt?«

»Manchmal kamen Frauen in die Garnison, die aussahen wie Sommerblumen. Ich wollte sie anfassen, also habe ich ihre Kleider vom Boden aufgehoben. Sie sagten, ich wäre ein Geist, aber die Soldaten glaubten ihnen nicht, deshalb habe ich die Medaillen der Soldaten versteckt und ihre Stiefel ins Wasser geworfen, und dann haben sie sich noch mehr gefürchtet als die Frauen.

Sie haben Kerzen angezündet und mir süßen Reis und Pfirsiche hingestellt, und danach habe ich sie in Ruhe gelassen.«

Der Garnisonsgeist, denkt Weiwei. Ob die Soldaten sich wohl noch mehr gefürchtet hätten, wenn sie gewusst hätten, dass es kein Geist war, der sie heimsuchte, sondern ein Wesen des Ödlands? »Du hast ihnen Angst eingejagt«, sagt sie. »Sie erzählen Geschichten über dich.«

Das scheint Elena zu gefallen. »Aber nicht so viel wie der Zug. Sie haben jedes Mal Panik bekommen, wenn er aus dem *Ödland* kam, wie du es nennst. Sie hielten ihn gefangen und beobachteten ihn, als wäre er ein wildes, hungriges Ungeheuer, das sie zerfleischen wollte. Wenn er fort war, wuschen sie sich immer wieder und sagten: ›*Bestimmt werde ich nie wieder sauber.*‹«

Sie fangen mit dem Quartier der Crew an, schleichen sich in den Gartenwagen und flüchten wieder, als die Hühner anfangen zu gackern, schlüpfen in den Vorratsraum und den Wäscheschrank. Wie Weiwei vermutet hat, sind die meisten anderen Crewmitglieder bei den Passagieren, und den wenigen, die durch die Korridore eilen, können sie leicht ausweichen. Dennoch ist es leichtsinnig, ja geradezu wahnsinnig, ein solches Risiko einzugehen. Trotz der Hitze zittert sie, als sie und Elena es gerade noch rechtzeitig schaffen, sich vor zwei entgegenkommenden Trägern hinter einer losen Wandverkleidung zu verstecken – einer von den vielen, die zu Schmuggelzwecken genutzt wurden. Elena ist hellwach, jeder Muskel angespannt. *Als wäre sie auf der Jagd*, denkt Weiwei, vorsichtig, geduldig und sprungbereit.

Dennoch kann sie nicht leugnen, dass sie die Aufregung genießt und sich freut, jemanden zu haben, mit dem sie die Geheimnisse des Zuges teilen kann. Sie fühlt sich so wach und lebendig wie seit der letzten Durchquerung nicht mehr, trotz der

Gefahr, trotz der Sorge wegen des Wasserverlusts, trotz all der Regeln, gegen die sie verstößt. Sie ist stolz auf die Kraft des Zuges, auf seine geniale Konstruktion, und sie entdeckt ihn neu, während sie sich bemüht, Elenas viele Fragen zu beantworten. Sie hört, wie Elena leise vor sich hin summt, und ihr scheint, als wäre es gar keine Melodie, sondern der Versuch, die Schwingungen des Zuges aufzugreifen, ein Teil davon zu werden. Doch manchmal sieht Weiwei, wie sie die Stirn runzelt, als könne sie den richtigen Ton nicht finden, und dann zeigt sie ihr rasch ein weiteres Wunder, um sie zurückzuholen.

»Der Kessel«, sagt sie und zupft Elena am Ärmel. »Du wolltest doch den Kessel sehen.«

Sie schleichen sich so nah heran, wie es geht. Elena will unbedingt sehen, wie sich der feurige Mund des Zuges öffnet und Kohle verschlingt. Sie versteht immer noch nicht, wie es möglich ist, dass etwas so Großes wie dieser Zug sich von allein bewegt, und hat Weiwei wissen lassen, dass ihre Erklärungen nicht ausreichend sind. Doch dieser Teil des Zuges ist rund um die Uhr besetzt, und so kann Weiwei sie nur bis zum letzten Wagen vor dem Führerstand bringen – einem der beiden Tender – und sie durch das kleine Fenster in der Tür schauen lassen, obwohl es schwierig ist, durch die dicke Scheibe etwas in der rötlichen Dunkelheit dahinter zu erkennen, wo die Heizer mit ihren Schutzbrillen und -anzügen unablässig Kohlen in den glühenden Schlund schaufeln.

In den Passagierwagen ist das Spiel schwieriger, andererseits sind in der Dritten Klasse so viele Leute, dass einer mehr auch nicht mehr auffällt.

»Es ist unmöglich, gar nicht gesehen zu werden«, erklärt Weiwei. »Deshalb lautet die Regel: Wenn dich jemand anspricht, verlierst du einen Punkt.«

Elena nickt, doch es ist Weiwei, die einen Punkt nach dem

anderen verliert, obwohl sie geübt darin ist, sich an Gruppen von Passagieren vorbeizuschleichen, während diese mit Essen oder Debattieren beschäftigt sind.

»Dich scheint überhaupt niemand zu bemerken«, grummelt sie, als sie sich in einer Ecke des Küchenwagens der Dritten Klasse verstecken.

»Gehen wir jetzt in die Erste Klasse?«

Weiwei schüttelt den Kopf. »Die Passagiere würden merken, dass du keine von ihnen bist, und die Stewards passen da besser auf, weil sie keine Beschwerden bekommen wollen.«

»Aber ich will das sehen. Und mich bemerkt doch niemand. Also wird sich auch niemand beschweren.«

»Du weißt nicht, wie die sind, die beschweren sich über alles.«

»Nicht über mich.« Elena packt Weiwei an der Hand und zieht sie aus dem Versteck in den Durchgang zur Ersten Klasse.

»Heiliges Kesselrohr!«, flucht Weiwei. »Elena, nicht!« Doch trotz ihres zierlichen Körperbaus ist die blinde Passagierin geradezu unnatürlich stark, und sie zieht sie mit sich, durch den Küchenwagen in den Speisewagen, der zum Glück leer ist, und weiter in den Schlafwagen, wo sie direkt in Maria Petrowna hineinlaufen, die gerade ihre Abteiltür öffnet.

Die junge Witwe wirkt fahrig, und ihr Haar ist zerzaust. »Weiwei!«, ruft sie aus. »Was für ein Glück, zu Ihnen wollte ich gerade.«

Weiwei erstarrt, voller Angst wegen Elena, die sich an die Wand drückt.

»Wie heißt der arme ältere Herr, der gestern krank geworden ist?«, fragt die Witwe. »Ich wollte ihm baldige Genesung wünschen.«

»Er heißt Grigori Danilowitsch Belinski«, antwortet Weiwei zögernd. »Aber die meisten nennen ihn einfach den Professor.«

Maria Petrowna scheint in Elenas Richtung zu blicken, doch

dann reibt sie sich über die Stirn, als hätte sie Kopfschmerzen. »Danke«, sagt sie. »Ich … Ich werde ihm Grüße ausrichten lassen.« Und damit zieht sie ihre Tür zu und geht zum Salon.

Weiwei starrt ihr verdutzt hinterher. »Sie hat dich nicht gesehen. Obwohl sie genau zu dir hingeschaut hat.«

Elena lächelt ein wenig selbstzufrieden. »Hab ich dir doch gesagt.«

Weiwei ist zwischen Neid und Aufregung hin- und hergerissen. Das Spiel verändert sich. Es ist nicht so, dass Elena einfach unsichtbar wäre, nein, sie schafft es irgendwie, das Auge so zu täuschen, dass es sie nicht sieht.

»Wie geht das? Veränderst du etwas an dir? Oder am Hintergrund? Warum kann ich dich immer noch sehen?« Nun ist Weiwei diejenige, die Fragen stellt, und Elena lässt es geduldig und ein wenig stolz über sich ergehen.

»Wie ich schon sagte, ich bin gut darin, still zu sein und mich nicht zu rühren.«

»Aber ich konnte dich doch sehen!«

»Du weißt, dass ich da bin. Dich kann ich nicht täuschen.«

»Aber wie *geht* das?«

Sie machen den Versuch im Salon, obwohl Weiwei fast vor Nervosität zerspringt. Die schöne Französin hebt abrupt den Kopf, als Elena an ihr vorbeihuscht, doch dann erstarrt die blinde Passagierin, und es ist, als würde sie mit dem Hintergrund verschmelzen. Die Französin runzelt die Stirn, wendet sich jedoch wieder ihrer Lektüre zu. Weiwei atmet erleichtert aus.

Der Ehemann bekommt natürlich nichts mit. *Ein typischer Vergnügungsreisender*, denkt sie; zu sehr damit beschäftigt, wie er vor seinen Freunden zu Hause angeben kann.

»Geht es Ihnen gut, Kindchen?«

Weiwei merkt, dass die Gräfin sie fragend ansieht.

»Ah, vielleicht kann sie uns sagen, wann wir wieder baden dürfen?«, meldet sich der Franzose zu Wort. »Es ist doch etwas viel verlangt, unsere Gesundheit so zu vernachlässigen.«

»Mein lieber LaFontaine, es gibt etliche Forschungen, die nahelegen, dass zu häufiges Baden ebenso schädlich sein kann«, bemerkt einer der anderen europäischen Herren.

»Aber nicht für diejenigen unter uns, die eine empfindliche Nase haben«, entgegnet der Seidenhändler.

»Man steht normalerweise nicht mit offenem Mund da, Kindchen«, sagt die Gräfin.

Weiwei klappt den Mund zu und löst den Blick von der Wand, wo Elena steht und sich das Lachen verkneift.

Was für eine Macht! Was für Möglichkeiten! Besser als alles, was Weiwei sich je erhofft hat – Augen, die in die verborgenen Bereiche des Zuges schauen, und Ohren, die das Getuschel der Stewards hören können. Geheimnisse, die sie sammeln und horten kann.

Doch Weiwei hat eine Frage, die sie beschäftigt. Sie wartet auf den richtigen Moment, wenn im Zug die abendliche Ruhe eingekehrt ist, sie wieder in ihrem Versteck im Lager sind und Elena das Wasser getrunken hat, das Weiwei von ihrer eigenen Ration aufgehoben hat.

»Es gab da einen Mann«, beginnt sie, »der hat in einem Buch geschrieben, dass er vom Fenster eines Zuges ein Mädchen gesehen hat, und dieses Mädchen hat ihn nie wieder losgelassen. Danach hat er nichts mehr geschrieben. Das alles war vor zwanzig Jahren, kurz nachdem diese Eisenbahnlinie gebaut wurde. Aber könnte es sein« – sie zögert –, »könnte es sein, dass du das warst?« Eigentlich ist es unmöglich, aber der Kartograf hat gesagt, die Zeit funktioniert hier anders, auch wenn er bisher kein Muster erkennen kann.

»Ich erinnere mich an einen Mann«, sagt Elena langsam.

»Unter all den Männern, die ich gesehen habe, war einer, der mich auch gesehen hat. Er hat die Hände an das Fenster gepresst und den Mund geöffnet, als wollte er mit mir sprechen.«

»Aber wieso konnte er dich sehen?« Das ist die Frage, die ihr nicht mehr aus dem Kopf geht, seit sie weiß, was Elena kann. »Wenn du dich so gut verstecken kannst, wieso konnte er dich sehen?«

Elena antwortet nicht sofort. »Ich weiß es nicht«, sagt sie schließlich, und es klingt so verdrossen, dass Weiwei schmunzeln muss. »Vielleicht schauen manche Leute genauer hin. Nicht viele. Leute wie du, die nach etwas suchen. Die nicht zufrieden sind mit dem, was sie haben.«

Weiwei runzelt die Stirn. »Ich suche nichts.« *Alles, was ich brauche, ist in diesem Zug.* Es war ihr immer genug, und es hat sich nichts geändert, ganz gleich, was der Professor sagt.

Nach einer Weile fragt Elena: »Ist sein Buch berühmt?«

»Ja, es ist das berühmteste Buch über das … über den Zug und die Landschaft hier. Er hieß Rostow. Er hat ein Handbuch für alle geschrieben, die mit diesem Zug reisen, damit sie wissen, was sie erwartet. Damit sie … aufmerksam sein können. Aber während der Reise hat er seinen Glauben verloren. Manche sagen, er hat den Verstand verloren.« *Nicht zufrieden mit dem, was er hatte*, denkt sie. *Vielleicht stimmt das.* Sie hat auch seine anderen Bücher gelesen, seine Handbücher über Peking und Moskau und andere Orte, an denen sie nie gewesen ist, und in allen ist auf jeder Seite seine Selbstsicherheit zu spüren. Besichtigen Sie dies, gehen Sie dorthin; dies ist die Geschichte, die Bedeutung, die Wahrheit. Aber das Ödland-Handbuch ist anders; seine Gewissheiten lösen sich auf – je mehr er sieht, desto weniger versteht er. Kein Wunder, dass er danach nie mehr derselbe war.

Dann fragt Elena in einem anderen Tonfall: »Was ist mit ihm passiert?«

»Mit Rostow? Das weiß niemand. Nachdem er sein Buch geschrieben hatte … Nun ja, es heißt, er ist verrückt geworden und verschwunden.«

»Und was denkst du?«

Weiwei überlegt einen Moment. »Mir gefällt die Vorstellung, dass er versucht hat, ein anderes Leben zu führen, die Vorsicht in den Wind zu schlagen. Dass er weiter umhergereist ist.«

»Weiter umhergereist«, wiederholt Elena, obwohl Weiwei sich eingestehen muss, dass es sehr viel wahrscheinlicher ist, dass er in die Newa gefallen oder unerkannt in einer Sankt Petersburger Gosse geendet ist. *Das passiert mit Leuten*, flüstert eine Stimme in ihrem Kopf, *die sich in der Landschaft verlieren. Die nicht zufrieden sind mit dem, was sie haben.*

Der Kartograf

Es ist der zweite Morgen nach den Gezeiten, und Maria verlässt das Frühstück vorzeitig, weil sie das Gemurre der anderen Passagiere noch unappetitlicher findet als das Essen.

»Wollen sie uns mit dem Kaffee vergiften?«, hat die Gräfin vernehmlich gefragt. »Oder uns vielleicht für immer vom Schlafen abhalten?« Man hatte ihnen kleine Tassen mit starkem Kaffee serviert, begleitet von erneuten Versicherungen seitens der Stewards, dass es sich lediglich um eine vorübergehende Maßnahme handele, bis man wieder Wasser aufnehmen könne, was aber sehr bald der Fall sein werde.

Draußen erstreckt sich die Tundra bis zum Horizont, allerdings haben die Stewards ihnen beim Frühstück geraten, nicht zu genau hinzusehen, weil ihnen sonst Übelkeit drohe. *Die Landschaft scheint zu schwanken*, schreibt Rostow, *als wäre sie auf feinste Gaze gemalt und ein anderes, nicht ganz identisches Bild darübergelegt worden, und dann noch eines, und bisweilen meint man, alle zugleich sehen zu können, was eine höchst unglückselige Wirkung auf den Beobachter hat.* Die Warnung verstärkt natürlich nur noch ihren Drang, hinauszublicken, obwohl sie feststellen muss, dass Rostow recht hat.

Sie hat versucht, Grigori Danilowitsch – den Professor – zu besuchen, wurde aber nicht zu ihm gelassen. Sie bemüht sich, ihre Enttäuschung nicht zu zeigen, aber es fällt ihr schwer, denn sie ist sicher, dass er etwas weiß, etwas, das er ihr nicht sagen will.

War es ihre Anspielung auf Artemis, die ihn aus dem Gleichgewicht gebracht hat? Oder die Frage danach, was bei der letzten Durchquerung passiert ist?

Zurück in ihrem Abteil zieht sie die Vorhänge zu und setzt sich an den kleinen Tisch beim Fenster, um in ihr Tagebuch zu schreiben, wobei sie gegen die Versuchung ankämpfen muss, das Wort *unglückselig* zu verwenden. Sie hat es immer als hilfreich empfunden, ihre Gedanken zu ordnen, indem sie sie zu Papier bringt. Sie hält inne und reibt sich die Finger. Seit das Wasser rationiert ist, bekommt sie sie kaum noch sauber, genau wie früher als Kind – wie gründlich sie auch schrubbte, es blieb immer ein kleiner verräterischer Tintenfleck, was ihre Mutter oder ihre Gouvernante stets zu der Frage veranlasste, warum sie sich nicht ihrer Stickerei oder der Musik widme, was wesentlich passendere Beschäftigungen für eine junge Dame seien als das Schreiben.

Sie ist bereits im Verzug, was die Ereignisse der letzten Tage angeht; gerade schreibt sie über Suzukis Vortrag, und ihre Feder wird langsamer, als sie versucht, ihre Gefühle beim Betrachten der Veränderungen in der Landschaft zu beschreiben. Ein Schwindel hatte sie erfasst, und sie hatte gespürt, wie ihre Gewissheiten ins Wanken gerieten. Wie muss es erst dem Kartografen ergehen, der nichts anderes tun kann, als hinzusehen und zu dokumentieren? Sie legt die Feder hin und versucht sich zu erinnern, was er über die Veränderungen und deren wissenschaftliche Interpretation gesagt hat; versucht, seinen Gesichtsausdruck zu deuten, als er zu den Krähen hinübersah. Sie schiebt ihr Tagebuch weg und steht auf. Sie muss noch einmal mit ihm sprechen.

Durch den Wagen des Kartografen führt ein Korridor, und es gibt ein Fenster zu Suzukis Reich, aber die Jalousie ist heruntergelassen. Sie strafft die Schultern und klopft an die Tür. Als niemand antwortet, drückt sie die Klinke hinunter, und zu ihrer Überraschung ist die Tür nicht verschlossen.

»Mr. Suzuki?« Beim Eintreten kommt es ihr so vor, als hätte sich unmittelbar zuvor etwas bewegt, aber jetzt ist alles ruhig, und es hängt nur ein schwacher Geruch nach Feuchtigkeit in der Luft.

Sie blickt sich in dem Raum um, oder im Labor, wie man wohl sagen müsste. Was verrät es ihr über den Mann? Nur das, was sie schon weiß. Auf dem Tisch liegen die Instrumente, von denen er bei seinem Vortrag gesprochen hat: Instrumente zur Aufzeichnung von meteorologischen und magnetischen Informationen, die Temperatur, Feuchtigkeit, Luftdruck und dergleichen messen.

An der hinteren Wand des Wagens befindet sich ein Regal mit lauter Büchern in allen möglichen Sprachen – Japanisch und Chinesisch, aber auch Russisch, Englisch und Französisch. Da sie der Verlockung eines Bücherregals noch nie widerstehen konnte, geht sie hinüber und streicht mit der Hand über die Titel, bis sie einen entdeckt, den sie kennt. Lächelnd zieht sie den vertrauten grauen Band heraus und blättert darin. Er ist offensichtlich häufig gelesen worden, denn die Seiten sind voller Fingerabdrücke, und bei einigen sind die Ecken umgeknickt.

»Sie können sich gerne alles ausleihen, was Sie interessiert. Obwohl Sie von diesem Titel doch sicher selbst ein Exemplar besitzen.«

Vor Schreck lässt sie beinahe das Buch fallen, als der Kartograf die Wendeltreppe herunterkommt.

»Die Tür war nicht abgeschlossen.« Sie hat plötzlich ein schlechtes Gewissen, weil sie in seinen Privatbereich eingedrungen ist, und zugleich verspürt sie eine überraschende Freude, ihn zu sehen.

»Ich müsste eigentlich wissen, dass man niemanden beim Lesen stören sollte«, sagt er, als er unten angekommen ist. »Ich hoffe, eines Tages entdecke ich auch Bücher von Ihnen in solchen Regalen, die mir von neuen Orten erzählen.«

Sie lacht. »Ich fürchte, da werden Sie Geduld haben müssen. Meine Mutter hielt es für unschicklich, auch nur darüber nachzudenken, irgendwelche Orte aufzusuchen, die nicht von den richtigen Leuten gutgeheißen worden waren. Und darüber zu schreiben, wäre vollkommen undenkbar gewesen.«

Genauso wie allein hier einzudringen, denkt sie, in diesen fremden Raum, und so offen mit einem Mann zu sprechen, den sie kaum kennt.

»Obwohl wir an der Schwelle zu einem neuen Jahrhundert stehen?«, fragt er.

»Sie hätte wahrscheinlich versucht, sich so lange wie möglich an das alte zu klammern. Aber ich sollte mich bei Ihnen entschuldigen – ich wollte Sie nicht bei der Arbeit stören.«

»Ganz und gar nicht, Sie sind mir überaus willkommen. Ich habe viel zu lange allein an meinen Karten und Notizen gesessen und freue mich über ein wenig Gesellschaft. Sie hatten doch erwähnt, dass Sie sich dafür interessieren, was wir hier tun. Ich zeige es Ihnen gerne, und bitte unterbrechen Sie mich, wenn es Ihnen zu langweilig wird. Der Erste Steward hat mir mal gedroht, wenn ich noch ein Wort über Magnetismus sagte, würde er sich eine Gabel ins Auge bohren.«

Maria lächelt. Hier in seinem Labor wirkt er entspannter als unter den Passagieren und Crewmitgliedern, und auch sie selbst kann hier freier atmen. Er spricht angeregt über die Fortschritte bei der Beobachtung und Messung und zeigt ihr alle möglichen Instrumente, Karten und Tabellen mit solcher Hingabe, dass sie gar nicht anders kann, als sich von seiner Begeisterung anstecken zu lassen.

»Wie sind Sie hierhergekommen?«, fragt sie nach einer Weile.

»Ich hatte Lust auf ein Abenteuer«, erwidert er ein wenig verlegen. »Aber das verstehen Sie ja vielleicht sogar. Außerdem ist der Posten des Kartografen schon immer an einen Außenstehenden gegangen.«

»Was meinen Sie mit Außenstehendem?«

»Jemanden, der weder dem russischen noch dem chinesischen Reich verpflichtet ist.«

»Ah, ich verstehe.« Die berühmte Neutralität der Kompanie. »Aber ist Japan nicht …« Sie versucht sich zu erinnern, was sie über dieses Land weiß, das so lange für Fremde verschlossen war.

»Wir können die Welt zwar nicht bereisen, aber wir können trotzdem neugierig sein, wie sie beschaffen ist. Ich habe die Kartografie von einem Meister gelernt, der niemals die winzige Insel verlassen hat, auf der er geboren wurde. *Alles, was du brauchst*, hat er oft zu mir gesagt, *ist hier unter deinen Füßen, aber es sind zehn Leben nötig, um es zu verstehen.* Doch ich war ungeduldig, wollte mein Leben mit Neuem, Unerforschtem füllen. Ich dachte, es wäre das Opfer wert.«

Ja, das war es, was sie gelesen hat. Dass, wer einmal das Land verlässt, nicht mehr zurückkehren darf. Dass Japan Ende des vergangenen Jahrhunderts, als die Veränderungen in Sibirien begannen, seine Türen verschlossen hat. Dass das Meer allein nicht für ausreichend befunden wurde, um das Land zu schützen.

Sie fragt ihn nicht, was er zurückgelassen hat. Was sein Opfer war. Sie spürt plötzlich, dass er trotz all seiner Freundlichkeit sehr allein ist; es ist, als trüge er einen unsichtbaren Schutzpanzer.

»Könnte ich mir vielleicht mal den Aussichtsturm ansehen?«, fragt sie, hauptsächlich um den eigentümlich verlorenen Ausdruck auf seinem Gesicht zu verscheuchen.

»Natürlich.« Er fängt sich wieder, und sie folgt ihm die Wendeltreppe hinauf, die in einen runden Raum mit Kuppel führt, vollständig verglast und von einem Eisengitter überzogen. Trotz des Gitters ist der Ausblick fantastisch, als würden sie über die Landschaft fliegen. Auch der Raum selbst ist faszinierend, mit lauter Teleskopen, in die Scheiben eingebauten Vergrößerungsgläsern und einem großen Tisch, der mit säuberlich übereinandergelegten Karten bedeckt ist. Suzuki stellt sich neben sie, als sie einige davon genauer betrachtet – da ist der Verlauf der Gleise, und drumherum ist jeder Fels, jeder Wasserlauf und jede Anhöhe sorgfältig eingezeichnet. Nach einer Weile bemerkt sie, dass die Karten immer wieder dieselben Abschnitte zeigen. *Geisterkarten*, denkt sie. Karten dessen, was sich verändert hat oder verloren gegangen ist, seit das Ödland die Geografie zu einer unzuverlässigen Wissenschaft gemacht hat.

»Es ist wichtig, dass es gesehen und festgehalten wurde«, sagt er. »Selbst wenn es nicht mehr existiert.«

Sie sieht, wie das Verlorene von der ungewissen Gegenwart überlagert wird, als hätte Rostows Beschreibung der Landschaft in den Zeichnungen des Kartografen Form angenommen. »In der Ersten Klasse ist ein Geistlicher, der glaubt, dass die Veränderungen ein Zeichen moralischen Verfalls wären«, sagt sie. »Dass wir sie durch unsere Gottlosigkeit selbst heraufbeschworen hätten.«

Suzuki runzelt die Stirn »Ein weit verbreiteter Glaube. Aber keiner, den ich teile. Wie wäre es mit einem Tee? Ich habe noch ein wenig Wasser.«

Als er ihr die Tasse reicht, bemerkt sie Tintenflecken auf seinen Handrücken, obwohl er die Ärmel hinunterzieht, um sie zu verbergen. Ungewöhnlich für einen Mann, der so ordentlich und sorgfältig ist, und sie fragt sich, warum er sich entschlossen hat, ausgerechnet hier zu arbeiten, inmitten all dieser Veränderung und Ungewissheit. Er ist so selbstgenügsam, so kontrolliert. Alles in diesem Turm befindet sich an seinem mit Bedacht gewählten Platz. Aber vielleicht ist es genau das: Indem er die Veränderungen aufzeichnet, kann er sie festhalten, in eine Ordnung zwingen, auch wenn die schon nicht mehr gilt, bevor die Tinte trocken ist. Das Bedürfnis kann sie nachvollziehen.

Sie trinkt einen Schluck Tee – er ist stark und bitter – und betrachtet die Teleskope, die rundum aufgebaut sind. Eines davon ist mit einem schweren Tuch abgedeckt.

»Was ist das?«, fragt sie.

»Nur ein fehlerhaftes Modell«, erwidert er, und sie sieht, wie seine Hand zuckt, als wollte er sie davon abhalten, unter das Tuch zu schauen. Doch dem Impuls folgend, immer genau das tun oder haben zu wollen, was man ihr untersagt, hat sie es bereits heruntergezogen. Zum Vorschein kommt ein kompaktes Gerät aus Messing mit glänzendem Gehäuse. Sie erinnert sich, dass sie es in der Werkstatt ihres Vaters gesehen hat; in den Jahren vor seinem Tod hatte er immer wieder daran gearbeitet, und es fällt ihr schwer, ihren Gesichtsausdruck neutral zu halten. Er war so stolz darauf gewesen, auf die neuen Techniken, die es ermöglichten, Linsen zu konstruieren, die speziell an die Bewegung und Geschwindigkeit des Zuges angepasst waren, und das mit einem so kleinen Mechanismus, dass man das Teleskop wie einen Koffer tragen konnte. Aber es war nur ein Prototyp, hatte er gesagt. Wenn alles nach Plan lief, würde die Glasmanufaktur Fjodorow künftig auch Linsen herstellen. Es genügte nicht, einfach nur durch Glas hindurchzusehen, hatte er ihr erklärt. »*Wir müssen* mit *dem Glas sehen, es nutzen, um unseren Sichtbereich zu erweitern und den Zug in ein reisendes Observatorium zu verwandeln.*«

»Es hat nie richtig funktioniert, ich muss es überprüfen lassen, wenn wir in Moskau sind«, sagt Suzuki, doch die Beiläufigkeit klingt bemüht, und Maria sieht, dass das Okular mit einem Schloss gesichert ist. Sie versucht, sich ihre Enttäuschung nicht anmerken zu lassen, und wünschte, sie könnte sich diese greifbare Verbindung zu ihrem Vater genauer ansehen. Doch Suzuki zeigt bereits auf ein anderes Teleskop. »Mit dem hier haben Sie einen besseren Blick«, sagt er und erklärt ihr die Funktionsweise. Dieses Gerät ist auf den vorderen Teil des Zuges gerichtet. Als sie das Auge daranlegt, sieht sie etwa ein Dutzend Wagen vor ihnen den Wachturm. Er ist genauso konstruiert wie der Aussichtsturm des Kartografen, aber neben den Teleskopen befinden sich Gewehre, und dort steht ein Mann, der den Himmel beobachtet und jederzeit bereit ist, auf alles zu schießen, was die Weiterfahrt des Zuges bedrohen könnte. Und neben ihm erkennt sie die kleinere, schmalere Gestalt des Captains. Es ist erst das zweite Mal, dass Maria sie sieht, und sie fragt sich, wie viel Zeit die andere Frau wohl da oben verbringt, fernab der Passagiere und des Gewusels und des täglichen Einerlei im Innern des Zuges. Dort wirkt sie stärker, in sich ruhender als bei dem Abendessen. Sie steht da, die Hände auf dem Geländer, und blickt nach vorn, als wollte sie den Zug vorwärtstreiben.

»Wenn Sie an dem Rädchen drehen, können Sie noch weiter sehen.« Er streckt die Hand aus, um es ihr zu zeigen, achtet jedoch sorgfältig darauf, nicht zu nah an sie heranzutreten. Sie dreht an dem Rädchen, und was zuerst wie eine verschwommene blaugrüne Fläche aussieht, als würde man durch ein beschlagenes Fenster blicken, verwandelt sich in einen klaren blauen Himmel mit einem Wald darunter, in dem sie einzelne Äste ausmachen kann, silbrig und dünn und nach oben gerichtet, als wollten sie ihre Blätter näher ans Licht halten.

Auf einmal erscheint ein Vogel mit mächtigen Schwingen, so plötzlich, als hätte sie ihn aus dem Nichts herbeigezaubert.

»Es ist so klar … so nah.« Nah genug, dass sie das rötlich braune Gefieder schimmern sieht, ein kupfernes Aufblitzen, als die Sonne darauf fällt. Es ist ein Raubvogel, und seine ausgebreiteten Flügel müssen mindestens doppelt so lang sein wie ihre Arme. Sie denkt an den zweiköpfigen Adler auf dem kaiserlichen Emblem, der nach Westen und Osten zugleich blickt, ein Augenpaar stets offen und wachsam.

Von hier oben kann sie ein zweites Gleis sehen, das von dem abzweigt, auf dem sie fahren. Sie versucht zu erkennen, wohin es führt, doch es verschwindet zwischen den Bäumen. Sie weiß, dass damals weitere Linien gebaut wurden, als die Kompanie noch große Pläne hatte – Forschungsstationen im Landesinnern, Zugverbindungen kreuz und quer durch das Ödland. Doch sie wurden bald aufgegeben, als sich abzeichnete, dass das Risiko zu groß war.

»Stellen Sie sich manchmal vor, wie es wäre, den anderen Gleisen zu folgen?«, fragt sie, ohne das Auge vom Okular zu nehmen.

»Ich versuche, es zu vermeiden. Die Leute von der Crew nennen sie Geistergleise. Ziemlich theatralisch, finde ich, und die Kompanie ist nicht sehr angetan davon, aber irgendwie hat es sich festgesetzt.«

»Und ich weiß natürlich, was Rostow über die Gefahren der Fantasie schreibt.«

»Ja, dass man am besten so wenig wie möglich nachdenkt. Ein Rat, an den ich mich halte, so gut es geht.«

Und den sie sich ebenfalls ihr Leben lang anhören musste – denk nicht so viel nach, stell nicht so viele Fragen. Hör auf zu *fantasieren*.

In der Ferne breitet sich ein Schatten vor dem Himmel aus. Ein beweglicher, pulsierender Schatten, wie ein Tintenklecks, der in der Luft schwebt und immer wieder seine Form verändert. Suzuki sagt etwas auf Japanisch, das sich wie ein Fluch anhört.

»Es ist wunderschön.« Sie kann nicht anders. Vögel – Hunderte, nein, Tausende von ihnen. Aus dem einzelnen Vogel vor dem leeren Himmel ist eine rauschende, schwirrende Masse geworden, die mal zu einem Schatten wird und dann zu einem schillernden, funkelnden Juwel.

»Ist das normal?«, fragt sie.

Er blickt durch eines der anderen Teleskope. »Solche Schwärme haben wir schon häufiger gesehen, ein relativ verbreitetes Phänomen bei dieser Mutation, aber in dieser Größe …«

Mutation. Aus einem Vogel wird ein anderer Vogel, eine Spezies ändert ihr Verhalten, ihre Farbe, ihre Größe. Wie hat Rostow es genannt? *Rapide und geografisch begrenzte Transformation.* Sie kann kaum den Blick von den Vögeln lösen. »Was macht er da? Ich meine, was machen *sie*?« Aber sie ist sich nicht mehr sicher, ob die Vögel einer oder viele sind.

»Es gibt keinen Grund zur Sorge«, sagt der Kartograf rasch, ohne sich jedoch vom Teleskop abzuwenden. Sie kennt diese absolute Konzentration, sie hat sie bei ihrem Vater gesehen, wenn er in der Werkstatt war, hat seine Erregung gespürt. Plötzlich überkommt sie eine solche Woge von Trauer, dass sie sich am Teleskop festhalten muss. Die pulsierende Wolke aus Vögeln gleitet über den Himmel, zieht sich zusammen, dehnt sich aus, fällt herab wie ein Wassertropfen, fängt sich und breitet sich aus wie die Flügel eines Schmetterlings. *Woher wissen diese Vögel, wie sie sich bewegen müssen? Es ist, als würden sie von einem gemeinsamen Geist geführt.* Sie stellt sich vor, sie wäre mittendrin, würde die Flügel ausbreiten und bei einem Tanz mitmachen, den sie nur halb versteht.

Dann verdunkelt sich der Raum. An allen Scheiben Federn, Augen und spitze Schnäbel. Flügel schlagen gegen das Glas. Sie und der Kartograf sind mitten in dem Schwarm.

»Schauen Sie weg, sofort!«, ruft Suzuki ihr zu, doch seine Stimme scheint von weit her zu kommen, und sie kann nicht wegschauen, da sind leuchtend gelbe Augen, die sie ansehen, unzählige Augen und doch nur eines; wieder dieser führende Geist, so vollkommen fremd und zugleich unwiderstehlich. Sie kann nicht wegschauen, sie will nicht wegschauen, und sie nimmt verschwommen wahr, wie Suzuki auf sie zukommt, die Arme ausgestreckt, als wollte er sie schützen, ohne sie zu berühren, aber sie will nicht geschützt werden, sie will *sehen*. Inmitten des Gewirrs aus Federn und Krallen hört sie ihren Vater sagen: *Sieh genau hin*, und sie flüchtet vor den schützenden Armen des Kartografen und blickt erneut durch das Teleskop.

Ein einzelnes gelbes Auge blickt zurück.

Dann ertönt über ihnen ein lauter Knall, und die Vögel fliegen in einem Wirbel auf, als wäre der Turm ein Spielzeug, das der Schwarm einen Moment festgehalten und dann fallen gelassen hat. Licht flutet wieder in ihre Linse, vom Wachturm steigt Rauch auf, und die dunkle Wolke der Vögel zieht wabernd nach Norden ab. Sie spürt Suzukis Hand auf ihrem Rücken, die sie von dem Teleskop wegführt, und hört seine Stimme, doch sie begreift nicht, was er sagt, begreift nichts außer dem Auge vor der Linse. Ein Geist, der sie beobachtet.

Die Dachklappe

Als die Vögel auftauchen, beschatten Weiwei und Elena die Krähen. Sie haben versucht, dem Captain zu folgen, aber selbst Elena ist es nicht gelungen, in ihre Nähe zu kommen, da sie sich in ihrem Quartier eingeschlossen hat. Die Krähen hingegen eilen von Wagen zu Wagen. Sie lauschen an Türen. Sie kennen die Namen aller Passagiere und beobachten die Crew mit scharfem Blick. Wo Weiwei und Elena auch hingehen, überall hören sie das Klirren der Schnallen und sehen fliegende schwarze Rockschöße.

Elena ist bereits gegen sie eingenommen. »Sie sagen nicht, was sie wirklich denken. Ihre Gesichter passen nicht zu ihren Mündern.« Sie hat gesehen, wie sie sich Wasser genommen haben, weit mehr als die Rationen, die ihnen zustehen, und Weiwei musste sie daran hindern, in ihr Abteil einzudringen und es zurückzustehlen, obwohl sie es am liebsten genauso gemacht hätte.

»Warum nennst du sie so?«, fragt Elena. Sie stehen im Vorraum vom Quartier des Captains und warten wieder einmal vergeblich darauf, einen Blick auf sie zu erhaschen.

»Die Krähen? Weil sie Unglück bringen. Und wegen ihrer Kleidung. Ihre Anzüge sehen aus wie schwarzes Gefieder.« Nun, da sie es laut ausspricht, kommt es ihr albern vor.

»Warum bringen Krähen Unglück?«

»Na ja, weil sie … böse sind.« Weiwei scharrt mit der Ferse über den Boden.

»Krähen sind einfach nur Krähen. Aber diese Männer sind böse.«

Gerade als sie aufgeben wollen, blickt Elena aus dem Fenster. Vögel. Eine wirbelnde Wolke am Himmel, eine Masse aus Federn und Flügeln, aus Dunkelheit und flirrendem Licht. *Man könnte glatt hineinfallen*, denkt Weiwei, *und nie wieder auftauchen.* Doch als sie sich zu Elena umwendet, presst diese die Hände an die Scheibe und starrt gebannt auf die tosende Woge von Vögeln, die immer näher kommt, bis sie den Zug umschließt und die flatternden Flügel alles Licht verschlucken.

Jetzt sitzen Weiwei und Alexei in der Kantine der Crew, um den Passagieren aus dem Weg zu gehen, und essen trockene Kräcker mit Käse. Suppe ist fürs Erste von der Speisekarte gestrichen, teilt ihnen die Köchin mit, und das Trinkwasser ist streng rationiert. Dafür werden kleine Gläser mit widerlichem Alkohol verteilt, obwohl es gerade mal Mittag ist. Weiwei kippt ihres verstohlen in die Vase mit verwelkten Blumen, die auf dem Tisch steht. Die Vogelwolke scheint das labile Gleichgewicht im Zug ins Wanken gebracht zu haben, denn aus dem Rinnsal aus Gemurre und Beschwerden über die Rationierung des Wassers und die Verlangsamung der Fahrt ist ein reißender Fluss geworden, und sowohl in der Dritten wie auch in der Ersten Klasse kann der Anblick einer Dienstuniform eine Sintflut von zornigen, lauten Stimmen auslösen.

»Der Captain muss sich zeigen«, sagt Alexei leise. »Die Passagiere sind ja nicht dumm, die wissen, dass etwas nicht stimmt, und den Krähen trauen sie genauso wenig wie wir.«

Weiwei brummt etwas. Sie ist in Gedanken bei Elena und hört nur mit einem Ohr zu. Seit die Vögel aufgetaucht sind, wirkt ihre neue Freundin unsicher, in sich gekehrt, und nicht einmal die Aussicht auf einen weiteren Ausflug zur Lokomotive kann sie locken. Weiwei wirft einen finsteren Blick auf die Deckenventilatoren. Die Hitze lähmt ihren Verstand. »Könnt ihr nicht dafür sorgen, dass die sich schneller drehen?«

»Wir versuchen es.« Er reibt sich die Augen. »Aber Wunder können wir nicht vollbringen. Sobald wir zur Quelle kommen, wird alles wieder besser.«

Aber bis dahin sind es noch viele Kilometer.

Sie fragt ihn: »Hast du mit Maria Petrowna gesprochen?«

»Der Witwe? Nein, warum sollte ich?«

»Ich weiß nicht, es ist nur … Ich habe gehört, dass sie im Turm war, als die Vögel kamen. Und sie stellt viele Fragen. Das ist den Krähen auch schon aufgefallen.«

»Die Krähen denken, dass jeder hier heimlich für die Ödland-Gesellschaft arbeitet. Wahrscheinlich ist sie einfach einsam und langweilt sich. Dass du dauernd deine Nase in Sachen steckst, die dich nichts angehen, heißt ja nicht, dass andere das auch tun.«

»Ich dachte nur, du weißt vielleicht, was in der Ersten Klasse los ist, wo du doch so gut mit Dr. Grey befreundet bist«, erwidert Weiwei mit Unschuldsmiene.

Alexei verschluckt sich an seinem Kräcker. »Ich bin mit ihm nicht mehr befreundet als du«, sagt er hustend.

»Ich hab gesehen, wie du dich mit ihm unterhalten hast, und da dachte ich —«

»Falsch gedacht.« Er sieht sie unverwandt an. »Wenn du dich so um alle sorgst, warum warst du dann noch nicht beim Professor?«

»Der Arzt lässt niemanden zu ihm.«

»Ach ja? Ich habe gehört, dass Anja ihm heute Morgen Suppe gebracht hat, und der Arzt hatte nichts dagegen.«

Gerade als sie zu einer scharfen Erwiderung ansetzt, kommen ein paar Porter herein.

»Wie schön zu sehen, dass der Erste Ingenieur so fleißig an

unserem Wasserproblem arbeitet.« Mit spöttischem Grinsen lassen sie sich am Nebentisch nieder.

»Lass dich von uns nicht stören, wir wissen ja, dass die Ingenieure Zeit brauchen, um ihr Gehirn auszuruhen.«

Alexei starrt auf die Tischplatte, aber Weiwei sieht, wie fest seine Hände den Becher umklammern.

»Beachte sie einfach gar nicht«, sagt sie.

»Oder ist er zu sehr mit Turteln beschäftigt?«

Sie brechen in schallendes Gelächter aus, und Alexei steht so abrupt auf, dass sein Teller zu Boden fällt. Im Wagen wird es still, als er hinausstürmt.

»Zufrieden?«, sagt Weiwei, aber nur ganz leise, weil ihr die geröteten Gesichter der Porter und ihre Alkoholfahne nicht gefallen. Und die nervöse Anspannung, die in der Luft liegt.

Bis zum Abend ist sie damit beschäftigt, ihre Aufgaben zu erledigen und die zunehmend gereizteren Fragen der Passagiere zu beantworten. Irgendetwas in diesem Abschnitt der Reise macht die Passagiere stets unruhig – vermutlich die Trockenheit, denkt Weiwei, und die dicken Krusten aus Flechten in schwefligem Gelb und grellem Orange. Es ist bereits dunkel, als sie endlich in das Dachversteck zurückkehrt.

Elena verzieht das Gesicht, als sie aus dem kleinen Becher Wasser trinkt, den Weiwei ihr mitgebracht hat. »Schmeckt komisch.«

»Es ist zu oft durch die Leitungen gelaufen«, sagt Weiwei. Sie kennt den Geschmack nur zu gut. Metallisch, abgestanden.

»Da draußen ist etwas.« Elena hebt plötzlich den Kopf. »Spürst du es?« Sie nimmt Weiweis Hand und legt sie an die Wand. »Da …«

Weiwei spürt nur den Rhythmus des Zuges. »Sind es wieder die Vögel?«, fragt sie angespannt, als könnten sie jeden Moment das Flattern von Tausenden Flügeln hören.

»Nein.« Elena sieht verwirrt aus. »Etwas anderes?« Sie neigt den Kopf und lauscht. Dann beginnt sie, mit den Händen an der Decke zu scharren, und Weiwei begreift, dass sie die Klappe sucht.

»Nicht, Elena!« Sie hält ihre Hand fest, die nach dem Öffnungsmechanismus tastet. »Das ist gefährlich, sie werden dich sehen!«

Da ist Kraft in der Hand der blinden Passagierin, in ihrem Körper. *Sie könnte mich wegschleudern*, denkt Weiwei, *und ich könnte nichts dagegen tun. Sie ist viel stärker als ich.*

Doch Elena hält inne und sieht sie an. »Sie wird dir nichts tun«, sagt sie leise.

»Was?«

»Die Luft da draußen. Sie wird dir nichts tun.«

»Das hat sie aber«, entgegnet sie, vorwurfsvoller als beabsichtigt. »Bei der letzten Durchquerung.«

»Aber du bist doch hier. Unverändert.«

Nichts hat sich verändert. »Weißt du, was damals passiert ist? Wenn du alles beobachtet hast, wenn alles zusammenhängt, weißt du dann, warum wir uns nicht erinnern können?«

Elena schürzt die Lippen. Dann legt sie überraschenderweise die Hände um Weiweis Gesicht, als wollte sie sie so genau wie nur möglich betrachten. »Nein, das weiß ich nicht«, sagt sie. »Aber warum willst du es wissen? Warum ist das wichtig?«

Ihre Augen haben nicht nur eine Farbe, denkt Weiwei. *Es ist ein Wirbel aus Blau und Grün und Braun.*

»Warum ist das wichtig?«

Weil *alles* sich verändert hat. Weil sie verstehen will, warum.

»Hat es dich nicht umso neugieriger gemacht?«, fragt Elena. »Ist das nicht der Grund, warum du mir geholfen hast?«

Sie lässt Weiwei los und öffnet die Klappe, und die Luft des Ödlands weht herein.

Der Lärm dröhnt in Weiweis Ohren. Der Wind reißt ihr die

Worte von den Lippen, und sie schnappt erschrocken nach Luft; ihre Lunge brennt, sie schlägt die Hände vors Gesicht, weicht taumelnd zurück und stößt dabei die Lampe um, die neben ihr auf dem Boden steht.

»Die Luft kann dir nichts tun.« Elena ist neben ihr. »Vertraust du mir? Sieh hoch. Sieh hoch.«

Und langsam löst Weiwei die Hände und blickt hoch zu dem viereckigen Stück Himmel, in ein Kaleidoskop aus Sternen. In ihrem Licht wirkt Elenas Haut fast durchscheinend.

»Du hast mir den Zug gezeigt, jetzt zeige ich dir das.« Sie will aufstehen, doch Weiwei hält sie zurück.

»Sei vorsichtig. Womöglich sieht uns jemand aus den Wachtürmen.«

Langsam richten sie sich auf, und Weiwei staunt über die Geschwindigkeit, mit der sie fahren – hier draußen fühlt es sich viel schneller an als im Innern des Zuges. Die Türme sind dunkel, aber sie weiß, dass sie besetzt sind. Sie stellt sich vor, wie Oleg, der Schütze, durch die Zielvorrichtung seines Gewehrs über das Dach des Zuges blickt, eine Bewegung wahrnimmt, die da nichts zu suchen hat, und sie ins Visier nimmt.

Ihr wird ganz schwindelig von dem Wind, der über ihre Haut fährt und an ihrem Haar zieht, von der Mischung aus Angst, Freiheit und Geschwindigkeit. Es verschlägt ihr buchstäblich den Atem, und bei der Vorstellung von Ödlandluft in ihrer Lunge wird ihr ganz eng in der Brust, doch als sie spürt, wie Panik in ihr aufsteigt, legt Elena ihre Hand auf Weiweis.

»Sieh mal.«

Sie folgt Elenas Blick, und wenn ihr der Wind nicht die Stimme entrissen hätte, hätte sie aufgeschrien, denn dort am Horizont sind riesige helle Gestalten, die sich langsam und majestätisch bewegen, die Geweihe in die Luft gereckt. Sie schimmern matt, als wären sie von Mondlicht erfüllt. Es sind acht oder neun, und sie sind größer als die Umrisse der Bäume. Weiwei hat sie noch nie gesehen, hat nicht geahnt, dass es solche Wesen gibt, die ihrem ruhigen, geheimen Leben nachgehen, während der Zug an ihnen vorüberfährt. Über dem Donnern der Räder hört sie einen leisen, melancholischen Klang – *sie singen*. Und ihr wird plötzlich klar, dass sie noch nie darüber nachgedacht hat, wie das Ödland wohl klingt, und selbst wenn sie es getan hätte, wäre sie gewiss nicht auf die Idee gekommen, dass es wie ein Lied klingt.

»Kannst du sie verstehen?«

Elena antwortet nicht, sie lauscht hingerissen. Doch dann sieht Weiwei die winzige Veränderung, das leichte Zusammenziehen der Brauen. »Nein«, sagt Elena nach einer Weile.

Lange betrachten sie die Wesen, bis sie schließlich hinter dem Zug zurückbleiben. Wolken haben sich vor die Sterne geschoben, und die Landschaft verdunkelt sich, aber sie will nicht, dass dieses Gefühl, zu fliegen, endet. Sie legen die Arme auf das Dach und stützen das Kinn darauf, und so könnte sie die ganze Nacht hier oben bleiben, zusammen mit Elena, zwischen Himmel und Erde, schwerelos durch die Luft getragen.

Hier und dort sieht sie kleine blaue Lichter aufflackern, bevor der Wind sie wieder löscht. Doch Elena blickt zum Himmel. Sie hält die Hände hoch und leckt dann an ihren Fingern.

»Etwas verändert sich«, sagt sie.

Weiwei dreht sich zu ihr. »Gibt es Regen? Den könnten wir gut gebrauchen, um die Wassertanks aufzufüllen. Vielleicht zieht ja sogar ein Gewitter auf.«

Elena antwortet nicht, den Blick weiter nach oben gerichtet.

Weiwei spürt ein Kribbeln, von der Kopfhaut bis in die Finger, als wäre die Luft elektrisch aufgeladen. Als warte der Himmel nur darauf, um sie herum zum Leben zu erwachen.

Valentinsfeuer

Der leuchtend blaue Himmel der vergangenen Tage zeigt jetzt ein fahles, aufgewühltes Grau. Kein Vogel ist mehr zu sehen, und er wirkt tiefer, schwerer als zuvor, als würde sich ein dichter Schleier auf die Bäume legen. Wie soll sie danach wieder nach Hause zurückkehren?, fragt sich Maria. Wie soll sie in eleganten Salons sitzen und über die neuesten Aufführungen oder Kleidermoden im Palast plaudern, wenn sie weiß, dass es Landschaften aus Knochen gibt und Vogelschwärme, die am Himmel tanzen? Wie soll sie es ertragen zuzuhören, wie langweilige junge Männer von ihren Reisen durch Europa erzählen, wenn sie diese Kathedralen aus Birken gesehen hat?

Allerdings wird dieses Leben – das ihr ohnehin nie zugesagt hat – bald nicht mehr möglich sein. Sie wird ihren Lebensunterhalt verdienen müssen, und auch das wird ihr nach dieser Reise vielleicht schwerer fallen.

»Aber meine Liebe, das muss ja furchtbar gruselig gewesen sein. Hatten Sie große Angst?« Ein Klaps mit dem Fächer der Gräfin reißt sie aus ihren Gedanken. Seit dem Zwischenfall mit den Vögeln steht Maria im Zentrum der Aufmerksamkeit, von Guillaume und der Gräfin, die, wie sich herausgestellt hat, beide eine Schwäche für Schauerromane haben, zur düsteren Heldin stilisiert. Offenbar ist sie in der Hierarchie der Ersten Klasse aufgestiegen, denn die LaFontaines setzen sich zum Frühstück an den Tisch, den sie mit der Gräfin teilt. Am Nebentisch lauschen die Leskows und der Seidenhändler Wu Jinlu aufmerksam ihrem Gespräch.

»Sie müssen uns alles ganz genau erzählen«, sagt Guillaume. »Sie haben doch bestimmt schreckliche Albträume gehabt.« Die Gräfin trinkt einen Schluck von ihrem Kaffee.

»Nein, ich schlafe sehr gut, vielen Dank.«

»Aber es ist so heiß, ich komme überhaupt nicht zur Ruhe. Vera hat ein paar wunderbare Tinkturen, falls Sie etwas brauchen.«

»Ich könnte nie wieder ein Auge zumachen, wenn ich dabei gewesen wäre«, sagt Galina Iwanowna und bekreuzigt sich. »Sie müssen mit einer stärkeren Konstitution gesegnet sein als ich.«

Das hofft Maria sehr. »Ich versichere Ihnen, das Ganze passierte so schnell, dass ich mich kaum an Einzelheiten erinnern kann.« Das ist natürlich gelogen. Sie wünschte, sie könnte noch einmal durch das Teleskop schauen, noch einmal diese Aufmerksamkeit wahrnehmen. Was hatte Rostow geschrieben? *Eine Welt, die sich nicht fassen lässt. Ich habe es versucht, nur um zu spüren, wie sie mir durch die Finger glitt.*

Geht es dem Kartografen genauso?, fragt sie sich. *Einem Himmel voll unmöglicher Vögel so nah zu sein … Ist er jetzt da oben in seinem Turm und sieht hinaus?*

»Und der Captain? Wo war sie, als dieser Angriff stattfand?« Galina Iwanowna umklammert die Hand ihres Mannes. »Es hieß doch ausdrücklich, dass wir hier vollkommen sicher sind.«

»Der Schütze hat die Vögel rechtzeitig gesehen. Es war sein Schuss, der sie verscheucht hat.« Maria fühlt sich plötzlich erschöpft, gefangen in diesem Gespräch, das sich seit dem vergangenen Abend unentwegt wiederholt.

»Aber was ist, wenn sie sich beim nächsten Mal nicht so leicht verscheuchen lassen?«

»Dann, Madame, können wir nur hoffen, dass wir wie Maria

Petrowna *sang-froid* bewahren.« Guillaume tupft sich diskret mit der Serviette die Lippen ab, und Maria bewundert wieder einmal, wie alle trotz der ungewöhnlichen Situation an den gesellschaftlichen Konventionen festhalten.

Ein Steward bringt ihnen einen Teller mit Aufschnitt und dünnen Scheiben Wachskürbis.

»Gibt es wieder keinen Reisbrei?«, fragt Wu Jinlu verärgert. Der Steward entschuldigt sich in aller Form und bittet noch um ein wenig Geduld.

»Heute Morgen gab es kein Wasser für mein Bad«, sagt Galina Iwanowna. »Ich finde es wirklich bedauerlich, dass dieser Zug so sehr hinter dem versprochenen Standard zurückfällt.«

»Na, aber das macht es doch umso aufregender, nicht wahr, mein Schatz?« Leskow legt seine Hand auf die seiner Frau, und sie schenkt ihm ein nachsichtiges Lächeln. Maria fragt sich unwillkürlich, wie es sich wohl anfühlen würde, wenn Suzuki seine Hand mit diesen langen, schlanken Fingern auf ihre legte. Rasch schiebt sie den Gedanken beiseite.

»Meine Frau schimpft mit mir, weil ich alles Neue und Abenteuerliche gierig in mich aufsauge«, sagt Guillaume. »Aber was sollten wir im Angesicht solcher Wunder denn anderes tun? Wäre es nicht selbstgefällig, ja geradezu *undankbar*, solche Dinge wie etwas Gewöhnliches zu behandeln?«

»Sie müssen meinen Mann entschuldigen«, sagt Sophie. »Wenn er ein aufmerksames Publikum hat, übertreibt er immer ein wenig.«

»Ich will damit nur sagen, dass es keinen Grund gibt, Angst zu haben.« Guillaume macht sich mit einem Enthusiasmus über das Essen her, der Maria nicht ganz gerechtfertigt erscheint. »Haben wir nicht gesehen, wie stark diese Wände und Fenster sind?«

»Ich finde ein bisschen Angst ganz gesund«, erwidert Sophie.

»Das sehe ich genauso«, stimmt Maria ihr zu. Sie bemerkt das leise Lächeln auf Guillaumes Lippen, als er sie und seine Frau betrachtet. *Und für ihn ist alles so, wie es sich gehört,* denkt sie. *Denn die Frauen sollen ängstlich sein und die Männer mutig.*

Als sie gehen will, fängt Henry Grey sie ab und bestürmt sie wie alle anderen mit Fragen nach den Vögeln. Kann sie sie genauer beschreiben? Wie groß war ihrer Meinung nach ihre Flügelspanne? Er hatte den Schwarm in der Ferne entdeckt, und als ihm klar wurde, was da geschah, war er zum Turm des Kartografen gerannt, um sich das Ganze genauer anzusehen, doch zu seiner großen Enttäuschung war er zu spät gekommen. Nun hat er sein kleines Notizbuch gezückt und fixiert sie erwartungsvoll.

Sie sieht, wie die anderen untereinander Blicke wechseln. Wie wenig einnehmend sein Ernst ist; wie amüsant seine unerschütterliche Beharrlichkeit.

»Mr. Suzuki sagt, er hat solche Schwärme schon öfter gesehen, aber noch nie einen so großen, und sie sind noch nie so nah an den Zug herangekommen.«

Grey nickt und schreibt eifrig in sein Notizbuch, dann blickt er wieder auf.

»Sie hatten gelbe Augen, mit großen schwarzen Pupillen.« Und eines davon hat sie direkt angesehen, durch das Teleskop. Als hätte der Vogel dort gehockt und sie stellvertretend für alle beobachtet. »Und ihr Gefieder sah braun aus, aber wenn das Licht darauf fiel, schillerte es in Grün und Gold.«

»Und ihr Verhalten? Waren Greifvögel in der Nähe, die sie veranlasst haben, einen Schwarm zu bilden? Oder haben Sie sonst etwas bemerkt?«

Der ganze Wagen lauscht mittlerweile; das Klirren der Bestecke und die Gespräche sind verstummt.

Ein Gefühl von Absicht. Von einem denkenden Geist.

»Nein«, antwortet sie. »Sonst war nichts am Himmel. Aber

es ging alles so schnell. Ich wünschte, ich könnte Ihnen mehr sagen. Ich bin leider eine sehr schlechte Beobachterin.«

»Nein, nein, das ist unter den Umständen nur allzu verständlich«, widerspricht er, obwohl er offensichtlich derselben Meinung ist.

Sie will noch etwas sagen, doch plötzlich ruft die Gräfin: »Gütiger Himmel, was ist das?«

Alle Blicke wandern zum Fenster. Kleine bläuliche Flammen trudeln flackernd über den Boden wie Herbstlaub, dann wirbeln sie hoch in die Luft und verschwinden.

Mit lautem Scheppern stellt der Steward sein Tablett auf dem Tisch ab.

»Ich habe etwas darüber gelesen. Das ist das sogenannte Valentinsfeuer«, sagt Grey. »Soweit ich weiß, ist es sehr selten und tritt nur bei ganz bestimmten atmosphärischen Bedingungen auf.«

Die Flammen scheinen um den Zug und über das Gleis zu tanzen.

Maria hat auch etwas darüber gelesen, in Rostows Handbuch. Benannt wurde das Phänomen nach dem Zorn eines Bauernjungen, dessen Dorf vom Zaren in Brand gesetzt worden war. Der Junge weinte über den Verlust seines Zuhauses und der Felder, und seine Tränen verwandelten sich in Flammen, als sie zu Boden fielen. Von da an kehrten die Flammen immer dann zurück, wenn der Zar das Land verletzte, als Zeichen von drohendem Unheil.

»Laut Rostow ist es eine Warnung«, sagt sie.

Grey schüttelt herablassend den Kopf. »Es entsteht durch Gase, die aus der Erde austreten, und eine spezifische Konstellation atmosphärischer Bedingungen. Ich versichere Ihnen, dass es nicht das Geringste mit einer Warnung zu tun hat.«

Doch der Steward ist sehr blass geworden, wie ihr auffällt, und seine Hände zittern, als er den Tisch abräumt.

Nach dem Frühstück begleitet sie die Gräfin zum Aussichtswagen. Vera weigert sich, ihn zu betreten, und lässt sich durch nichts davon überzeugen, dass die blauen Flammen ihnen nichts tun werden.

»Juri Petrowitsch, dieser verdammte Narr, hat ihr erzählt, es wären die Feuer der Hölle, die von unten hochlodern«, sagt die Gräfin, als Vera verschwunden ist. »Und sie beharrt darauf, dass sie ihre Seele nicht in Gefahr bringen will, indem sie ihnen zu nahe kommt.«

Anna Michailowna hat offenbar keine Angst um ihre Seele, denkt Maria, während die Gräfin sich von ihrem Sessel darüber auslässt, wie ärgerlich es doch ist, wenn Geistliche der Dienerschaft irgendwelchen Unsinn einreden, bis ihr die Lider schwer werden und sie einnickt. Maria hingegen ist hellwach. Ihr geht zu viel im Kopf herum. Hat sie wirklich dieses große Auge gesehen? Es ist, als versuche sie, die Überreste eines Traums festzuhalten, der sehr intensiv war, sich aber rasch auflöst. Und was muss Suzuki von ihr denken, dass sie ohne Begleitung bei ihm aufgekreuzt ist? *Zu kühn*, rügt sie sich.

»Wissen Sie, meine Liebe, es könnte Fragen geben, was Sie überhaupt allein da oben wollten.« Als hätten Marias Gedanken sie geweckt, fixiert die Gräfin sie mit ihrem durchdringenden Blick. »Und auch wenn ich selbst keine Lust habe, mich trivialen gesellschaftlichen Konventionen zu beugen, möchte ich nicht, dass Sie« – sie überlegt einen Moment – »kompromittiert werden.« Sie schließt die Augen wieder. »Nur so ein Gedanke.«

Maria sitzt ganz still. Die Gräfin hat natürlich recht. Aber wie soll sie dann herausbekommen, was ihr wichtig ist?

»Deine Tochter ist so widerspenstig«, hat ihre Mutter sich oft bei ihrem Vater beschwert. *»Sie tut Dinge, obwohl sie ihr verboten wurden, nur um uns zu provozieren.«* Doch es war ihr nie darum gegangen zu provozieren, sie wollte einfach nur sehen, was passiert, damit

sie es später, wenn sie ungestört war, in ihr Tagebuch schreiben und versuchen konnte, es zu verstehen.

Nein. Mit sittsamer Zurückhaltung bekommt sie nicht die Antworten, die sie braucht.

Sie wartet, bis die Gräfin eingeschlafen ist, dann geht sie nach einem kurzen Abstecher in die Bibliothek, wo sie einen Roman auswählt, mit hoch erhobenem Kopf durch die Dritte Klasse und weiter bis zur Krankenstation.

Als sie an die Tür klopft, öffnet ihr ein kleiner, gepflegter Mann mit einem unangenehmen Lächeln. Er mustert sie mit solcher Intensität, als wollte er sie unter sein Mikroskop legen und ihr Schicht um Schicht die Haut abziehen, voller Neugier, was sich wohl darunter befindet.

»Einen kurzen Besuch kann ich gestatten, aber Sie dürfen meinen Patienten nicht ermüden«, sagt der Arzt. »Und verzeihen Sie, aber Lesen ist nicht die beste Medizin für ihn … Er darf seinen Geist nicht überanstrengen, verstehen Sie.« Er nimmt ihr das Buch weg, das sie mitgebracht hat, legt es auf den Tisch und tätschelt kurz den Einband.

Dann führt er sie zu einer Nebentür, nimmt einen Schlüssel aus der Tasche und schließt sie auf. »Nur zur Vorsicht«, sagt er, als er ihr Stirnrunzeln sieht.

Der Mann – der Professor, wie Weiwei ihn genannt hat – sitzt, durch Kissen gestützt, auf einem schmalen Bett, die Decke bis zum Bauch gezogen, obwohl es in dem Raum sehr warm ist.

»Nur ein paar Minuten«, mahnt der Arzt. »Ich bin gleich nebenan.«

»Ich hoffe, es macht Ihnen nichts aus, dass ich Sie besuche«, sagt Maria und stellt sich vor. Sein forschender Blick verunsichert sie. Sie wünschte, der Arzt hätte ihr nicht den Roman weggenommen; dann hätte sie wenigstens einen Vorwand für ihren Besuch gehabt, und ein Gesprächsthema.

»Natürlich nicht, meine Liebe. Ich freue mich, Sie wieder-zusehen, nachdem unsere letzte Unterhaltung unter so un-glücklichen Umständen unterbrochen wurde. Und es geht mir ziemlich gut, man hat mir versichert, dass ich nicht an … an ir-gendeiner Krankheit leide, die Ihnen gefährlich werden könnte. Auch wenn es nicht so aussieht.« Er deutet auf die gepolsterten Wände. Manche, die an Ödlandweh erkranken, werden gewalt-tätig, wenn man sie nicht nach draußen lässt. Sie kann sich nicht vorstellen, dass dieser Mann ihr etwas antun könnte, aber sie hat gelesen, dass Erkrankte in ihrem Wahn bisweilen ungewöhn-liche Kraft entwickeln.

»Nur zur Vorsicht«, sagt sie, und der Professor nickt. Aber sie spürt, dass er auf der Hut ist. Und das sollte er auch sein, in Anbetracht ihres falschen Namens und der schwarz gefärbten Kleider. Mit einem Mal widert es sie an, was sie tut. Nein – wozu die Kompanie sie *zwingt*.

Schweigen breitet sich zwischen ihnen aus, und weil ihr nichts Besseres einfällt, fragt sie: »Haben Sie genug zu essen? Oder kann ich Ihnen irgendetwas bringen? Wenn ich krank bin, will ich im-mer etwas Vertrautes essen, und ich kann gerne in der Küche fragen –«

»Warum sind Sie wirklich hier?«, unterbricht der Professor sie, und hinter seinem gebrechlichen Äußeren sieht sie etwas Stählernes aufblitzen.

Bevor sie antworten kann, fährt er fort: »Denn falls die Kompanie Sie schickt, verschwenden die nur Ihre Zeit, ich weiß nichts.« Er verschränkt die Arme und sieht sie herausfordernd an.

»Was? Nein, mich hat niemand geschickt, bitte glauben Sie mir.«

»Aber Sie sind nicht nur aus Sorge um meine Gesundheit ge-kommen«, konstatiert er.

Wenn sie ehrlich zu ihm ist, wird er es umgekehrt vielleicht auch sein. Sie holt tief Luft und sagt so leise, dass der Arzt sie hoffentlich nicht hören kann, falls er an der Tür lauscht: »Ich versuche herauszubekommen, was bei der letzten Durchquerung passiert ist.«

Der Professor verzieht keine Miene. »Und weiter?«

»Ich hatte gehofft, ich würde jemanden finden, der sich erinnert. Der vielleicht weiß, ob es wirklich am Glas lag.«

»Das behauptet die Kompanie.«

»Ja.« Sie sieht ihn unverwandt an. »Das behauptet sie. Aber ich glaube, dass der Glasmacher –« Wie ehrlich soll sie sein? »Dass er vorhatte, an Artemis zu schreiben, dass er vielleicht tatsächlich an Artemis geschrieben *hat*, um zu schildern, was er nirgendwo sonst sagen konnte.«

Wieder dieses leise Flackern in seinem Gesicht.

»Der Glasmacher ist in Misskredit geraten –«

»Und doch würde Artemis ihn anhören, oder nicht? Wenn es eine Wahrheit zu enthüllen gäbe. Hat sich die Ödland-Gesellschaft das nicht zur Aufgabe gemacht? Sie *sieht hin*, auch und gerade wenn die Kompanie das nicht will.«

Der Professor schweigt. »*Verum per vitrum videmus*«, sagt er schließlich.

»Durch das Glas sehen wir die Wahrheit«, übersetzt Maria. Das Motto der Glasmachergilde von Sankt Petersburg.

Der Professor nickt, und sie hat das Gefühl, eine Prüfung bestanden zu haben. »Sie haben ihn gekannt«, sagt er.

»Nur dem Namen nach«, erwidert Maria, wie sie es einstudiert hat. »Ich stamme aus Sankt Petersburg, wissen Sie, und meine Familie war im Glashandel tätig.«

Er schiebt seine Brille hoch. »Ich verstehe. Aber es ist nicht immer möglich zu sehen, so sehr wir uns auch bemühen. Und manchmal ist es besser, es nicht zu tun.« Der Blick, mit dem er sie mustert, erinnert sie ein wenig an die Gräfin, als wollte er ihr alle Geheimnisse entlocken. »Wissen Sie, wie mächtig die Kompanie ist?«

»Natürlich. Die ganze Welt weiß das.«

»Aber begreifen Sie es auch? Ich glaube, die meisten Menschen tun das nicht.« Seine Wangen röten sich. »Wissen Sie, wie viele Tonnen Tee auf diesem Gleis transportiert werden? Wie viel Stoff, wie viel Porzellan? Wie viel die Ideen und Informationen wert sind, die es trägt? Und haben Sie eine Vorstellung davon, wie viel die Kompanie während all dieser Monate, als der Zug stillstand, verloren hat? Was für eine Katastrophe das für ein Unternehmen bedeutet, das so eng mit Parlamenten, Ministerien und Höfen verflochten ist? Der Zug muss fahren. Das ist die einzige Wahrheit, die zählt. Nicht, wer dabei auf der Strecke bleibt.«

Die einzige Wahrheit, die zählt.

Er winkt sie näher zu sich heran. »Gehen Sie zu dem Fenster, wo wir uns zum ersten Mal begegnet sind. Und sehen Sie genau hin.«

Sie will ihn noch mehr fragen, doch bevor sie dazu kommt, hören sie, wie der Schlüssel im Schloss gedreht wird. Der Professor lehnt sich zurück und schließt die Augen, und Maria steht von ihrem Stuhl auf, dann wird die Tür geöffnet, und auf der Schwelle stehen die Krähen. Als hätte die Erwähnung der Kompanie sie herbeigelockt.

»Madam.« Sie kommen herein und verneigen sich in einer einzigen gleichförmigen Bewegung vor ihr. Mit einem Mal wirkt das Abteil viel zu klein, der Raum zu beengt.

»Wir sind gekommen, um nach dem Patienten zu sehen, doch wie sich zeigt, hat er bereits Besuch.« Der Russe spricht ein akzentuiertes, perfektes Englisch, viel besser als ihr eigenes. »Vielleicht kannten Sie sich ja bereits?«

»Nein, ich hatte mir nur Sorgen –«

»Wir haben gemeinsame Bekannte in Sankt Petersburg«, unterbricht der Professor sie, ohne sie anzusehen. »Bitte richten Sie herzliche Grüße von mir aus.«

Maria zögert. »Natürlich.« Sie merkt, wie die Krähen sie mustern. »Ich wollte ohnehin gerade gehen, der Professor ist müde.«

»Ihre Sorge ist lobenswert. Wir werden ihn nicht zu lange belästigen.« Die Krähen geleiten sie zur Tür hinaus. Sie versucht, noch einmal zum Professor zu sehen, doch schwarzer Stoff versperrt ihr den Blick.

Langsam geht sie zurück durch das Quartier der Crew, bis sie zu dem Vorraum der Dritten Klasse gelangt, wo sie dem Professor zum ersten Mal begegnet ist. Dort stapeln sich jetzt noch mehr Kisten. Mühsam schiebt sie sie beiseite und betet, dass niemand von der Crew vorbeikommt und fragt, was sie da tut. Schließlich ist die Nische groß genug, um sich hineinzuquetschen, und sie betrachtet das Fenster eingehend, wie der Professor es ihr aufgetragen hat. Zunächst kann sie nichts sehen. Dann entdeckt sie es, ganz unten rechts auf der Scheibe, so schwach, dass es niemandem auffallen würde, der nicht gezielt danach sucht. Man könnte es leicht für einen schlichten Kratzer halten, aber sie erkennt es sofort: eine Wetterfahne in Form eines Schiffs, eines der Wahrzeichen von Sankt Petersburg – und das Markenzeichen der Glasmanufaktur ihres Vaters.

Sie erstarrt, dann streicht sie mit dem Finger über das kleine Schiff. Es ist, als sähe sie seine Unterschrift. Nach allem, was sie behauptet haben, nach all den Vorwürfen und dem Skandal, verwenden sie immer noch das Glas, das angeblich fehlerhaft gewesen ist, das angeblich das Ödland in den Zug gelassen hat.

Hier ist der Beweis, dass die Kompanie gelogen hat, was ihren Vater betraf, oder dass sie zumindest grob fahrlässig gehandelt hat – in jedem Fall wird es ausreichen, um sie zur Rechenschaft zu ziehen und den guten Namen ihres Vaters wiederherzustellen … Doch dann hört sie wieder die Worte des Professors: *»Wissen Sie, wie mächtig die Kompanie ist? Das ist die einzige Wahrheit, die zählt.«*

Sie starrt auf das Schiff. Draußen huschen die blauen Flammen über die Erde und die Felsen. In der Ferne verdunkelt sich der Himmel.

Das Gewitter

Das Wetter im Ödland ist unvorhersehbar: Im Sommer können sich am blauen Himmel Schneewolken auftürmen, Regen kann mitten im Fall in der Luft hängen bleiben, und wenn man genau hinschaut, sieht man unmögliche Muster in den Tropfen. Aus dem Nichts können sich Gewitter zusammenbrauen und über die Ebenen toben, nur um sich dann ebenso rasch zu verziehen, als wäre der Himmel plötzlich reingewaschen. Weiwei ist während eines Gewitters zur Welt gekommen, und der Donner war so laut, dass er die Schreie ihrer Mutter übertönte, hat Anja Kascharina ihr erzählt. »Und es war, als hättest du gehört, wie der Donner dich rief, und wolltest hinaus in die Welt, obwohl deine Mutter sie verließ.« Die Zugleute schütteln traurig den Kopf, wenn sie über ihre Mutter sprechen. In ihren Erzählungen ist sie schön und tapfer, aber niemand hat sie Weiwei auf eine Weise beschrieben, die sie wirklich erscheinen lässt. Sie fragt sich, ob sie auch traurig sein soll, aber es gelingt ihr nicht, die entsprechenden Gefühle zu empfinden.

»Das kommt daher, dass du kein Blut in den Adern hast, sondern Öl«, hat der Professor oft zu ihr gesagt. »Du bist das Kind des Zuges, und der Zug weint und jammert nicht, sondern macht einfach weiter.« Wieder plagt sie das schlechte Gewissen. Sie hat ihn immer noch nicht besucht, aber irgendwie weigern sich ihre Füße, sie zur Krankenstation zu tragen. Sie erträgt den Gedanken nicht, dass er seiner Arbeit den Rücken kehrt und dass dies vielleicht seine letzte Durchquerung ist. Er hat auch Öl in den Adern. Öl und Tinte.

In den frühen Morgenstunden wird sie geweckt, um den Schützen im Wachturm zu unterstützen. Die ganze Nacht verfolgt das Gewitter sie schon, eine brodelnde, von Blitzen durchzuckte schwarze Wolkenmasse.

Im Turm brennt kein Licht, und Oleg ist nur ein zusammengekauerter Schatten in der Dämmerung. Er nickt ihr kurz zu und reicht ihr ein Fernglas. Aus der Nähe betrachtet wirken die Gewitterwolken schwer von Regen. *Sie müssen platzen*, denkt sie, *damit sie die Erde mit ihrem kühlen Wasser durchtränken können.*

Bei dem Gedanken an Wasser merkt sie, wie trocken ihre Kehle ist, wie schmutzig ihr Gesicht. Sie berührt mit den Fingerspitzen ihre Haut. Hat sie Ödlandstaub in ihrer Lunge? Sie horcht in sich hinein, ob sie eine Veränderung spüren kann, so wie sie als Kind mit der Zunge nach einem losen Zahn getastet hat, forscht nach etwas, das sich falsch anfühlt, unvertraut. Ist da etwas? Sie weiß es nicht. Auch nicht, ob sie sich seit der letzten Durchquerung überhaupt wieder normal gefühlt hat. Die verlorenen Erinnerungen sind so verstörend wie ein fehlender Arm oder ein fehlendes Bein.

Sie beobachtet, wie die Wolken anschwellen und sich verformen, in einer seltsamen Imitation der Vögel über dem Turm des Kartografen. Sie drängen vorwärts, bleiben dem Zug auf den Fersen.

»Mit einem Gewehr kann man da nicht viel tun«, sagt Oleg. Wenn man sie doch nur abschießen könnte, damit es regnet.

»War der Captain hier oben?«, fragt sie.

Ein kaum merkliches Zögern. »Kurz. Vor einer Stunde ungefähr. Sie hat gesagt, sie geht nach vorne zum Führerstand.«

»Wie wirkte sie?«

Der Schütze schnaubt. »Wie der Captain eines Zuges, der zu wenig Wasser hat und versucht, einem Gewitter davonzufahren.«

Am Morgen sind die Passagiere gereizt und unausgeschlafen. Die Gewitterwolken kommen näher, und der Himmel scheint in einem bläulichen Licht zu flackern, als wären die Flammen des Valentinsfeuers in die Luft gestiegen. Weiwei meint zu spüren, wie der Wind am Zug rüttelt, als wollte er seine Stärke testen. Wenn es doch nur regnen würde. Wenn es regnet, lässt vielleicht diese unerträgliche Spannung nach. Und dann gibt es Wasser, um den Durst des Zuges zumindest ein wenig zu löschen und die restliche Strecke zu überbrücken, bis sie zur Quelle kommen.

Sie meidet die Erste Klasse, um nicht immer wieder erklären zu müssen, dass sie nichts tun kann, dass die Ventilatoren leider nicht schneller laufen können und dass auch kein gekühltes Wasser zur Verfügung steht. In der Dritten Klasse verlangen die Leute wenigstens nicht, ihren Vorgesetzten zu sprechen, sie murren nur und fluchen vor sich hin. Trotzdem ist ihnen natürlich auch heiß, und sie sind ebenfalls unruhig und angespannt, weil die Vorhänge wegen des unnatürlichen Lichts draußen zugezogen sind. »Es gibt keinen Grund zur Sorge«, sagt sie immer wieder. »Das ist nur das Ödlandwetter, nichts Besonderes.«

Aber sie wissen, dass sie lügt, das merkt sie daran, dass sie sich von ihr abwenden, wütend über ihre eigene Hilflosigkeit.

Ein kleiner Junge kommt auf sie zugelaufen, und ihr wird mulmig. Das Haar klebt ihm am Kopf, und seine Augen sind ganz groß und feucht. »Meiner Mama geht es nicht gut, bitte kommen Sie, bitte!« Er zupft an ihrer Hand, und sie folgt ihm widerstrebend zu seiner Mutter, die auf ihrem unteren Bett sitzt, das gesamte Reisegepäck um sie verstreut.

»Was will es von uns?«, stöhnt sie. »Woher sollen wir das denn *wissen?*« Sie hat den Rücken zum Fenster gewandt und hält sich die Ohren zu. Als der Junge sie zögernd an der Schulter berührt, stößt sie ihn weg, und obwohl er versucht, sich nichts anmerken zu lassen, sieht Weiwei die Angst in seinen Augen.

»Lass sie«, sagt sie zu ihm. »So was passiert manchmal. Wenn das Gewitter vorbeizieht, geht es ihr wieder gut.« Aber sie fürchtet, dass die Frau ein Fall für den Arzt wird, wenn dieser Zustand noch lange anhält.

»Und wenn es nicht vorbeizieht?«

»Keine Sorge, das wird es. Wir sind schneller.« Sie bemüht sich, zuversichtlich zu klingen, aber tatsächlich spürt sie es auch. Eine Absicht, als könnte das Gewitter *denken.* Wieder rüttelt ein wütender Windstoß am Zug, und sie denkt an Elena, die durstig oben im Dachversteck hockt. Gestern Abend hat sie ihr wieder Wasser gebracht, aber es wird immer schwieriger, so knapp, wie die Rationen mittlerweile bemessen sind.

»Die Wände sind stark«, versichert sie ihm. »Der Zug ist stark, stärker als alle anderen Züge, die je gebaut wurden.« Es ist wie ein Mantra. Wenn man es nur oft genug sagt, wird es wahr. Es *ist* wahr.

»Und die Schienen?« Der Junge sieht zu ihr hoch. »Wie stark sind die?«

»Stärker als alle anderen auf der ganzen Welt.« Und dann: »Wie heißt du?«

»Jing Tang«, flüstert er und wischt sich mit dem Ärmel den Rotz von der Nase.

»Was ist mit deinem Vater, ist er hier?«

Der Junge zeigt auf ein paar Männer, die zusammensitzen und Karten spielen, und sie will gerade, wenn auch ohne viel Überzeugung, vorschlagen, dass sein Vater doch auf ihn aufpassen könne, als ihr Blick an etwas Blauem hängen bleibt. Elena.

Sie geht langsam durch den Wagen, die Arme um sich geschlungen, als sei ihr kalt, und blickt abwechselnd aus dem Fenster und zu den Passagieren.

»Ich komme später wieder und sehe nach deiner Mutter.« Weiwei beugt sich zu Jing Tang hinunter, um nicht zu Elena zu sehen. »Keine Angst.« Doch der Junge dreht sich um, blickt durch den Wagen und dann mit gerunzelter Stirn wieder zu Weiwei. Er ist nicht der Einzige. Unter den Passagieren macht sich Unruhe breit, und sie weichen Elena aus. Sie sehen sie nicht an, halten aber Abstand zu ihr. Ihre Tarnung scheint nicht mehr zu funktionieren. Sie wissen, dass sie hier ist.

»Bleib bei deiner Mutter«, sagt Weiwei rasch zu Jing Tang.

Ein lauter Donnerschlag lässt den Zug erbeben, als hätte der Blitz in die Schienen eingeschlagen. Jemand fängt an zu wimmern.

»Das ist meine Schuld«, flüstert Elena, als Weiwei auf sie zugeht.

»Es ist nur ein Gewitter«, erwidert diese und versucht, sie aus dem Wagen zu führen. Elenas Haar hängt strähnig und matt herunter, und die Haut an ihren Armen hat grünlich braune Flecken. »Lass uns zum Lager zurückgehen, da kannst du dich ausruhen.«

»Nein – sieh nur.« Elena zieht einen der schweren Vorhänge ein Stück zur Seite. Der Himmel ist jetzt schwefelgelb, und aus den tief hängenden Wolken zucken grelle Blitze zur Erde. Weiwei beugt sich vor und stützt sich auf den Fensterrahmen, reißt jedoch sofort die Hand zurück, weil sie einen Schlag bekommt.

Elena neben ihr vibriert vor Anspannung. »Nicht zum Himmel, auf die Erde.«

Sie bemerkt einen dunklen Umriss.

»Was ist das?« Andere, die ebenfalls der Versuchung nicht widerstehen konnten, die Vorhänge aufzuziehen, haben es auch gesehen, und im Wagen macht sich Angst breit. Ungläubig kneift sie die Augen zusammen. »Züge?« Ja – Schattenzüge, die aus der Erde herauszuwachsen scheinen und Rauch aus den Öffnungen ihres schimmernden Panzers ausspeien. Sie halten mühelos Schritt mit dem Zug, tauchen bisweilen kurz unter oder weichen Hindernissen mit einem Schlenker aus. Die schlangenartige Geschmeidigkeit, mit der sie sich bewegen, hat etwas Unheimliches. Sie sind falsch, vollkommen falsch.

»Es ist, als würden sie sich über uns lustig machen«, sagt Weiwei. *Alles, was sich mit solcher Zielstrebigkeit bewegt,* denkt sie, *muss einen Verstand, einen Willen haben.*

»Nein«, flüstert Elena. »Sie machen sich über *mich* lustig.«

Noch ein Donnerschlag, wieder erbebt der Zug, und auch die Schattenzüge beben, als wäre die Erde elektrisch aufgeladen. Jemand betet, jemand anders weint.

»Zieh die verdammten Vorhänge zu!«, ruft ein Steward im Vorbeilaufen.

Sie wendet sich zu Elena. »Komm, lass uns –« Doch die blinde Passagierin ist verschwunden.

Donnerkrachen.

Weiwei muss daran denken, wie Elena mit einer Mischung aus Angst und Sehnsucht die Hände auf die Scheibe gepresst hat, als die Vögel kamen. Hatte sie das Gefühl, dass sie sie riefen? Oder dass sie sie fortstießen?

Die Vision

Henry Grey hat das Aufziehen eines Gewitters stets gespürt, als Schwere im Kopf und metallischen Geschmack im Mund. Seine Spanielhündin Emily lief dann immer unruhig durchs Haus und bellte, um hinausgelassen zu werden, hielt aber auf der Schwelle abrupt inne und zog sich winselnd nach drinnen zurück. Er blieb in der offenen Tür stehen und nahm die Erwartung in der Luft wahr. Es gab Tage, da schienen Himmel und Erde näher beieinander, und er spürte ein Ziehen vom Boden. Der Druck in seinem Kopf ließ erst nach, wenn das Gewitter losbrach, wenn die Blitze Erlösung brachten, und dann wallte eine unbändige Freude in ihm auf; er konnte nicht mehr still sitzen und lief durchs Moor, ohne die tränenreichen Warnungen seiner Haushälterin zu beachten, er werde bestimmt vom Blitz getroffen und zu einem Häuflein Asche verbrennen. Im Gegenteil, wenn er in das Gewitter hinausging, wollte etwas in ihm die Naturgewalten sogar herausfordern, es mit ihm aufzunehmen.

Jetzt spürt er dasselbe, während die anderen Passagiere sich in ihren Abteilen verschanzt haben: ein Kribbeln auf seiner Haut, als wäre jeder einzelne Haarfollikel aufgeladen; eine atemlose Erregung, die bei jedem Blitz und jedem Donner durch seine Adern rast.

Durch die Abteilwand hört er das monotone Gemurmel eines ständig wiederholten Gebets. Juri Petrowitsch, vermutlich auf dem Boden kniend. Das Geräusch macht ihn wahnsinnig, ein unablässiger Misston, gerade laut genug, dass man nicht darüber hinweghören kann.

Schließlich hält er es nicht mehr aus. Er muss sich bewegen. Er schnappt sich Bleistift und Notizbuch und stürzt aus seinem Abteil, ohne darüber nachzudenken, wohin er will. Ein Donnerknall, und es fühlt sich an, als würde der Zug von wütenden Händen geschüttelt. *Nein*, denkt er, *nein. Wir sind sicher in Gottes Hand.* Er stützt sich am Fensterrahmen ab, zieht jedoch seine Hände sofort zurück, weil er einen Schlag bekommt. »Lieber Gott«, entfährt es ihm unwillkürlich. »Lieber Gott, erbarme dich unser und beschütze uns. Lieber Gott, steh mir bei.«

Draußen bewegt sich etwas. Wesen mit glatten braunen Panzern tauchen aus der Erde auf. Eine Art Riesentausendfüßer? Nein, sie bewegen sich nicht auf Beinen fort, obwohl diese Außenhülle bestimmt ein Chitinpanzer ist, und daraus tritt etwas aus, das wie Rauch aussieht. Er presst die Hände an die Scheibe, als könnte er dadurch das Glas und das Eisengitter verschwinden lassen. Sie folgen dem Zug, bewegen sich durch die Erde, als wäre es Wasser, auf eine Weise, wie er es noch nie gesehen hat, und er denkt: *Sie ahmen uns nach.* Er muss es festhalten. Zeichnungen, Notizen. Auch wenn jemand sie zuvor schon beobachtet hat, ist nie eine Beschreibung veröffentlicht worden, dessen ist er sich sicher. Während er im Geist die möglichen Klassifizierungen durchgeht, bemüht er sich, die Wesen nicht aus den Augen zu verlieren, aber der Zug legt an Fahrt zu, als versuche er, dem Gewitter zu entkommen, und er erhascht nur noch kurze Blicke auf sie. Wieder ein heftiges Beben, er verliert das Gleichgewicht, und die Beleuchtung flackert. *Los, zähl sie, beobachte, wie sie sich bewegen, konzentriere dich auf die Arbeit. Sind sie vom Gewitter herbeigelockt worden? Oder leiten sie die Blitze auf den Zug? Segmentierte Körper*, murmelt er vor sich hin. *Wirbellose.* Genau in dem

Moment, als er den nächsten Wagen betritt, geht die Beleuchtung ganz aus, aber im grellen Schein eines Blitzes sieht er sie. Eine Gestalt wie ein marmorner Friedhofsengel, ernst und still und reglos. Geisterhaft. *Nur eine Passagierin,* sagt sein Verstand, *die durch das eigentümliche Licht übernatürlich wirkt.* Doch diese Gestalt ist kein Mensch, das kann selbst das Gewitter nicht verbergen, und er verspürt den Drang, die Hand nach ihr auszustrecken und voll Ehrfurcht vor ihr auf die Knie zu sinken.

Dann ertönt in der Ferne ein lauter Knall, als würde sich die Erde auftun und Metall und Holz zermalmen, und ein Ruck geht durch den Zug, sodass er tatsächlich auf den Knien landet. Er spürt das Bremsen des Zuges, als würden seine Knochen zusammengepresst. Sie werden immer langsamer, dieser unerträgliche Druck wird den Zug zermalmen und sie alle mit ihm, und er denkt: *Am Ende wird uns eine Vision zuteil.* Und er ist von Dank erfüllt.

Das Ende des Gleises

Als Weiwei im Speisewagen der Ersten Klasse ankommt, geht die Beleuchtung ganz aus, und sie kann sich nur noch im Schein der Blitze orientieren. Keuchend bleibt sie im Eingang stehen und wartet auf den nächsten Blitz. Als er kommt, erblickt sie Elena in der Mitte des Wagens, hell erleuchtet.

Am anderen Ende geht ebenfalls die Tür auf. Es ist Henry Grey, und er steht wie benommen da und starrt Elena staunend an.

Vor ihnen explodiert das Gleis.

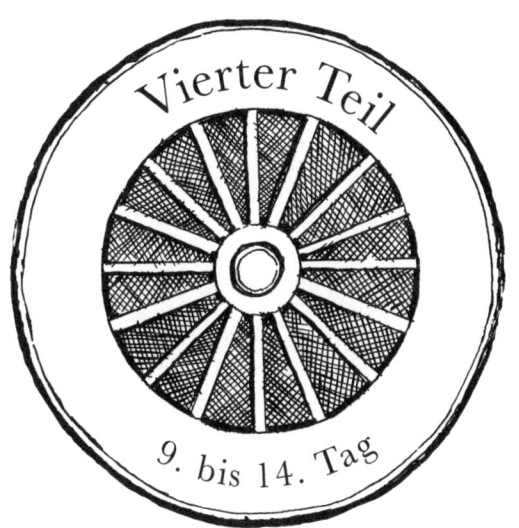

Vierter Teil

9. bis 14. Tag

Manche interpretieren das, was sie sehen, als unverfälschte Irrationalität Großsibiriens, und die chaotische Formenvielfalt entspricht ihren eigenen Vorstellungen von Anarchie, Nihilismus und Freiheit. Doch wir dürfen dies nicht als unbedeutende Schwärmerei der Jugend abtun – es gibt viele Ältere und Weisere, denen ebenso der Kopf verdreht wurde. Tatsächlich könnte der Reisende feststellen, dass seine Gedanken sich immer mehr den ferneren, abseits der Zugverbindung liegenden Landesteilen und der Verlockung des Neuen, Unbekannten zuwenden. Diese geistigen Wanderungen sind gefährlich. Sollte der Drang, sich in der Landschaft zu verlieren, allzu mächtig werden, kann eine starke Ingwertinktur Körper und Geist sehr wirkungsvoll reinigen.

Handbuch für den vorsichtigen Reisenden durch das Ödland, S. 48

Das Geistergleis

Der Zug bewegt sich quälend langsam. Zentimeter um Zentimeter, so vorsichtig wie ein Mann auf einer Seilbrücke hoch oben über einer Schlucht, der nicht weiß, ob das Seil hält und ob sein Gleichgewicht ausreicht, um ihn auf die andere Seite zu bringen. Auf das Nebengleis, das Geistergleis.

Weiwei versucht, nicht an vermodertes Holz oder rostiges Metall zu denken, nicht bei jedem Beben oder Ruckeln oder Holpern zusammenzuzucken. Wenn sie nach hinten schaut, kann sie immer noch das Feuer auf dem Hauptgleis sehen, wo der Blitz eingeschlagen hat, die Flammen, die den Nachthimmel erleuchten.

Was für ein Glück, haben die Passagiere immer wieder gesagt, dass es so nah bei einer Abzweigung zu einem der aufgegebenen Gleise passiert ist. Was für ein Glück, als wären die Bauarbeiter von damals noch da und würden auf sie aufpassen, ihnen einen Rettungsring zuwerfen. Und der Captain hat sie mit ruhiger Hand geführt, sie auf diesen Wechsel vorbereitet und ihnen versichert, dass alles gut würde.

»Bitte bleiben Sie in Ihren Abteilen und auf Ihren Betten, während die Crew sich um alles kümmert.« Durch die Lautsprecher klingt die Stimme des Captains blechern und distanziert, aber es liegt kein Zittern darin, denkt Weiwei, keinerlei Anzeichen, dass dieses erzwungene Ausweichen etwas Ungewöhnliches ist, dabei wissen alle von der Crew, dass sie nur den Captain spielt, nur eine leere Hülle ist. *Wie kann sie es wagen?* Weiwei ist erschrocken über die Heftigkeit ihres Zorns.

Wo ist Elena? Weiwei hat so viel Wasser gesammelt, wie sie konnte, und hat die Flasche in den Dachraum gebracht, aber ihr ist nur allzu bewusst, wie leicht die Flasche ist. Sie kann nur hoffen, dass die blinde Passagierin ein sicheres Versteck gefunden hat.

Sie haben das Gewitter hinter sich gelassen, das ist das Wichtigste für die Passagiere, die zusammengekauert auf ihren Betten liegen oder sich im Salon an ihre Drinks klammern, und die Mitglieder der Crew lassen ihnen ihre Erleichterung – das Einzige, was sie im Moment für sie tun können. Ja, sie haben wirklich Glück gehabt, stimmen sie ihnen zu.

Doch sie wissen es besser. Sie haben ihren sicheren Gang verloren; da ihre Beine das Schwanken der Wagen nicht mehr vorhersehen können, bewegen sie sich wie Betrunkene. Die Passagiere sind ungewöhnlich still, sie ahnen etwas, können aber das wahre Ausmaß nicht abschätzen, verstehen nicht, was das bedeutet. Nur die Crew versteht es: Das Gleis war ihre einzige Sicherheit, und die haben sie verloren.

Das Hauptgleis wird regelmäßig von Spezialzügen und Reparaturcrews gewartet, die sich um alles kümmern, was dem Kartografen und den Ingenieuren auffällt. Die Nebengleise jedoch werden nicht so sorgfältig gepflegt, und die wenigen Karten, die Suzuki von ihnen hat, sind viele Jahre alt. Niemand weiß, ob die Gleise unversehrt sind, ob sie halten werden. Sie sind schon vor so langer Zeit aufgegeben worden, dass sie nichts weiter als Geister sind. Die Mitglieder der Crew gehen so vorsichtig, als hätten sie Angst, ihr Gewicht könnte die Schienen unter ihnen zusammenbrechen lassen.

Früh am Morgen. Der Himmel ist farblos, als hätte er sich bei dem Spektakel der letzten Tage verausgabt. Der Zug schleppt sich mühsam Kilometer um Kilometer durch eine beklemmende Landschaft aus baumlosen Tälern, steilen Felswänden und lauernden Schatten. Weiwei kniet auf der gepolsterten Sitzbank an einem der Fenster im Salon und blickt hinaus. Wenn sie genau hinschaut, kann sie in den Felsen Farben erkennen, aber sie findet keine Worte, um sie zu beschreiben. Sie lässt ihren Blick unscharf werden, sieht, wie sich aus dem Fels Gesichter herausformen. Der menschliche Geist sieht, was er sehen will, sagt der Professor immer. Wir sehen Gesichter in Baumrinden oder Tapetenmustern, weil wir in allem nach uns selbst suchen. Doch die Gesichter, die Weiwei im Fels sieht, sind wulstig und verzerrt; angsterfüllt, gefangen. Sie reißt sich von dem Anblick los.

»Die Frage ist«, sagt Wassili, der für die Bar zuständig ist, »glaubt ihr an himmlische Besucher?«

»Was?« Weiwei fährt zu ihm herum.

Alexei schnaubt nur. Er wirkt nervös, unkonzentriert. Keiner von ihnen hat geschlafen, seit sie vom Hauptgleis abgebogen sind, aber obwohl Weiweis Augen vor Müdigkeit brennen, hat sie, genau wie die anderen, keine Lust, sich in die Einsamkeit ihres Betts zurückzuziehen.

»Was meinst du mit ›himmlische Besucher‹?«, fragt sie Wassili.

»Hast du's noch nicht mitbekommen? Eine engelsgleiche Gestalt, die unmittelbar vor dem Blitzeinschlag erschienen ist, um uns zu warnen. Vermutlich von irgendeiner Gottheit entsandt.«

»Der Herr sollte uns lieber vor überhitzten Fantasien beschützen«, entgegnet Alexei.

»Ich gebe nur weiter, was ich von den Passagieren gehört habe.«

Weiwei versucht, sich ihre Sorge nicht anmerken zu lassen.

»Du solltest sie nicht auch noch ermutigen«, sagt Alexei. »Sie sind ohnehin schon alle mit den Nerven am Ende.«

Wassili richtet sich auf. »Krähen im Anflug.«

Sogar das Gefieder der Krähen ist zerzaust, denkt Weiwei. Ihre sonst so ausdruckslosen Gesichter sehen angespannt aus, und Mr. Petrows Krawatte sitzt schief. Sie haben ihre Symmetrie verloren.

»Wir hoffen, Sie sind wohlauf, trotz der unerwarteten Veränderung der Umstände.« Er gestattet sich ein schmales Lächeln, als hätte er einen Scherz gemacht. Niemand antwortet. Selbst sein Partner verzieht keine Miene. Noch ein Fehler in der Symmetrie.

»Werden wir für diese zusätzlichen Tage bezahlt?«, fragt Alexei, und Wassili schließt die Augen. »Schließlich wird unsere Reise dadurch bedeutend länger.«

Die Krähen wenden sich ihm zu. »Wie Sie wissen«, sagt Mr. Li, »legt die Transsibirien-Kompanie großen Wert darauf, ihre Angestellten angemessen zu entlohnen. Ist das Wasser von der Dritten Klasse abgezogen worden?«

Über Alexeis Gesicht huscht ein gequälter Ausdruck. »Ja, von einem der Wagen.«

»Wir hatten doch darum gebeten, es aus beiden abzuziehen. Haben Sie unsere Anweisung nicht verstanden?«

»Das Wasser ist bereits rationiert, es muss zumindest ein bisschen übrig bleiben, zum Waschen oder –«

»Zum Besten des Zuges müssen Opfer gebracht werden, das dürfte doch allen klar sein«, erwidert Mr. Li zuckersüß. »Die Passagiere der Ersten Klasse können morgens einen Krug Wasser bekommen. In der Dritten Klasse sind viel zu viele, um es dort genauso zu halten. Besser, es bekommt niemand etwas als nur einige wenige. Sie werden es verstehen. Bitte kümmern Sie sich darum.«

Alexeis Gesicht ist bleich. »Ich unterstehe dem Captain.«

»Der Captain ist ganz unserer Meinung. Aber Sie können sie natürlich gerne selbst fragen.«

Schweigen breitet sich aus. *Sie wissen, dass er es nicht tun wird,* denkt Weiwei. *Dass keiner von uns es tun wird.* Es wäre zu schmerzlich, diese Worte aus ihrem Mund zu hören.

»Wir danken Ihnen für Ihre harte Arbeit.« Die Krähen drehen sich um und marschieren mit klirrenden Schnallen hinaus.

Weiwei sieht ihnen nach, dann wendet sie sich zu Alexei.

»Das machst du doch nicht, oder?«

Er stößt einen übertriebenen Seufzer aus, und plötzlich sieht sie wieder den Jungen von damals vor sich, der in einer zu großen Uniform herumstolzierte und sich über das kleine Mädchen ärgerte, das ihn herausforderte, sich an all die Orte zu schleichen, die ihm eigentlich verboten waren. *»Den Ärger kriege ich, nicht du.«*

»Was bleibt mir denn anderes übrig? Außerdem haben sie recht – irgendwo muss Wasser gespart werden.« Seine Stimme klingt dumpf, resigniert.

»Aber die Leute in der Dritten sind schon unruhig. Wenn wir noch strenger rationieren, gehen sie uns an die Gurgel.«

»Nun, sie werden es hinnehmen müssen. Ich brauche mehr Zeit.«

»Aber wir kehren doch wieder auf das Hauptgleis zurück, bevor wir zur Quelle kommen, oder?« Sie spürt, wie Wassili reglos verharrt.

Alexei hält ihrem Blick stand. »Suzuki sagt, die nächste Möglichkeit, auf das Hauptgleis zurückzukehren, ist erst hinter der Quelle.«

»Was bedeutet das? Wird es dann nicht –«

»Verdammt knapp? Ja. Aber uns bleibt nichts anderes übrig. Wenn wir das Wasser noch strenger rationieren, müssten wir es bis zur nächsten Quelle schaffen.«

»Die Passagiere werden durchdrehen. Das gibt einen Aufstand.«

»Wir werden ihnen sagen, es liegt daran, dass wir das Hauptgleis verlassen haben. Mehr brauchen sie nicht zu wissen.«

»Und wenn wir vom Geistergleis runter sind und das Wasser ist immer noch rationiert?«

»Eins nach dem anderen. Darum kümmern wir uns, wenn es so weit ist.«

»Aber gibt es denn nicht –«

»Himmel noch mal, Zhang, wir sind alle in derselben Situation, wir werden alle darunter leiden, aber ich habe die Verantwortung – etwas, das *du* ja nicht verstehst.« Er stockt. »So habe ich das nicht gemeint.«

»Ich weiß, wie du es gemeint hast.« Sie versucht, es leichthin zu sagen, aber es klingt wie ein Vorwurf, und sie sieht, wie Alexei die Lippen zusammenpresst. Er nickt ihr kurz zu und verlässt den Wagen.

»Lass ihn«, sagt Wassili. »Er ist wütend auf die Krähen, nicht auf dich.«

»Ist es nicht seltsam, dass das Gleis in einem so guten Zustand ist?«, sagt sie, um ihn von ihren glühenden Wangen abzulenken, aber auch, weil es sie wirklich beschäftigt. »Ich dachte, es wäre viel rostiger und überwucherter.« Anfangs wurden die Nebengleise weiter instand gehalten, für den Fall, dass sie doch noch mal gebraucht würden, aber das wurde schon vor Jahren eingestellt. Dennoch ist das Gleis blank – hier, wo alles wuchert, wo von einer Durchquerung zur nächsten ganze Felsen von Moos bedeckt werden, wo man zusehen kann, wie Schlingpflanzen an Baumstämmen hochranken. Als hätte es auf sie gewartet.

Wassili lacht spöttisch. »Beschwerst du dich jetzt darüber, dass wir zu viel Glück haben?« Er geht zu der Ikone, die neben dem Flaschenregal an der Wand hängt, berührt erst den eisernen

Rahmen und dann das Gesicht der Heiligen. Unwillkürlich berührt auch Weiwei den eisernen Fensterrahmen. *Nicht zu viel Glück*, denkt sie. *Zu wenig.* Alles ist falsch, nicht nur das Geistergleis, das Gewitter und das mit dem Wasser – alles. Der Professor hatte recht, als er gesagt hat, manche Veränderungen seien zu groß, um sie rückgängig zu machen. Er hatte von Anfang an recht.

Der Weg durch den Zug scheint jetzt länger zu dauern, weil sie so langsam fahren. In den Küchenwagen klappern die Töpfe und Messer. Ihr steigt der Geruch nach Pfeffer und anderen Gewürzen in die Nase, und sie weiß, was sie tun: Sie würzen die Reste vom Vortag kräftig, damit sie sie noch einmal servieren können und so möglichst lange mit den Vorräten auskommen. *Wie lange?* Um wie viele Tage wird das Geistergleis ihre Reise verlängern? Sie versucht, nicht an Elenas Durst zu denken, an die trockene Haut um ihre Lippen, daran, wie sie sich an das Fenster gedrückt hat, um die Gewitterwolken zu betrachten. Daran, wie die Passagiere sich umgedreht haben, weil sie spürten, dass jemand Fremdes unter ihnen war. Als sie bei der Krankenstation ankommt, holt sie tief Luft.

Er liegt auf der Seite, die Augen geschlossen, die Brille neben ihm auf dem Nachttisch. Schlafend wirkt er so zerbrechlich, als könnte er zu Staub zerfallen, wenn sie ihn berührt.

»Professor?«

Er rührt sich nicht.

Sie rückt den Stuhl näher ans Bett und nimmt seine Hand. »Ich bin's«, flüstert sie. »Können Sie mich hören?«

Langsam öffnet der Professor die Augen, versucht, etwas zu erkennen, dann lächelt er. »Sie sind zurückgekommen. Haben Sie es gesehen, auf dem Glas? Ich habe nachgedacht … über das, was Sie gesagt haben. Vielleicht habe ich zu schnell aufgegeben. Vielleicht ist es an der Zeit, wieder zu schreiben.«

»Das freut mich«, sagt Weiwei und drückt seine Hand, obwohl sie fürchtet, dass er nicht bei klarem Verstand ist. »Wenn es Ihnen besser geht, helfe ich Ihnen, so wie früher.«

Seine Stirn legt sich in Falten. »Ich habe ihnen nichts verraten. Sie wollten wissen … Sie fürchten, dass Sie nicht die sind, die Sie vorgeben zu sein …« Er blinzelt. »Weiwei?«

Sie lächelt ihm zu und versucht, sich nicht anmerken zu lassen, wie besorgt sie wegen seiner Erschöpfung und offensichtlichen Verwirrung ist. »Hat noch jemand Sie besucht?«

»Ich weiß ihren Namen nicht mehr … schwarz gekleidet …« Er gähnt, und sie riecht eine Süße in seinem Atem, die sie kennt.

»Maria«, sagt sie. »Eine Passagierin aus der Ersten Klasse – meinen Sie die?«

»Sag ihr, sie soll vorsichtig sein.« Ihm fallen wieder die Augen zu.

Sie wartet, aber seine Atemzüge sind tief und regelmäßig. Vorsichtig schiebt sie seinen rechten Ärmel hoch. Da, in der pergamentenen Haut seines Oberarms, sind mehrere Einstiche zu sehen.

Draußen im Korridor presst sie die Stirn an die Fensterscheibe. Sie hätte den Professor eher besuchen sollen. Ist er wirklich so krank, dass man ihn ruhigstellen muss? Sie weiß, dass es das Beste sein kann, um diejenigen, die an Ödlandweh leiden, daran zu hindern, sich zu verletzen. Oder gibt es noch einen anderen Grund, der mit dem Besuch der Witwe zu tun hat? Weiwei kratzt sich am Hals, wo der feuchte Kragen scheuert. Mit dem ungewohnten Schienenrhythmus fällt ihr das Denken schwer. Maria Petrowna, die immerzu Fragen stellt, immerzu da ist, wo sie nicht hingehört. *Sie fürchten, dass sie nicht die ist, die sie vorgibt zu sein* … Sie könnte direkt zur Ersten Klasse gehen, die Warnung ausrichten und fragen, was sie will. Aber vielleicht sollte sie sich besser noch nicht in die Karten schauen lassen. Was, wenn die Witwe versucht hat, dem Professor Informationen zu entlocken? Kann es sein, dass sie weiß, wer er in Wirklichkeit ist? Weiwei denkt an den verschwommenen Blick des Professors, daran, wie zerbrechlich sich seine Hand angefühlt hat, und sie verspürt den unwiderstehlichen Drang, sich in einer ruhigen Ecke zusammenzurollen und die Augen zu schließen. Sie ist so müde, und sie weiß nicht, was sie tun soll. Ohne den Captain und ohne den Professor ist sie nur – was? Eine Zugratte. Ein Niemand.

Ein leises Geräusch lässt sie aufblicken. Dima kommt den Korridor entlanggelaufen, die Nase am Boden, den Schwanz in die Luft gereckt.

»Dima, Dimoschka …« Sie geht in die Hocke, aber er läuft an ihr vorbei, ohne sie zu beachten. Absurderweise spürt sie, wie ihr Tränen in die Augen steigen. Doch dann riecht sie es – den feuchten, modrigen Geruch, den sie mit Elena verbindet, und jetzt sieht sie auch, wenn sie genau hinschaut, nasse Flecken und feine Algenstreifen auf dem Teppich. Fluchend versucht sie, die Flecken mit dem Fuß zu verreiben, und sammelt die Algen ein, in der Hoffnung, dass niemand sie bemerkt hat. Während des Gewitters haben die Passagiere Elenas Anwesenheit gespürt. Und Henry Grey hat sie gesehen. Werden die anderen ihm glauben? Im Grunde ist es egal – Gerüchte und Angst verbreiten sich wie ein Lauffeuer. Bestimmt halten sie schon alle Ausschau nach Greys Besucherin. *Engel, Geist, Ungeheuer.*

Sie folgt Dima zum Lager, wo er vor der Tür innehält und sich in aller Seelenruhe zu putzen beginnt. »Danke, Dimoschka«, sagt sie und krault ihm den Kopf.

Elena sitzt auf dem Fußboden, inmitten von lauter geöffneten Kisten und ausgepackten Waren.

»Nein! Es darf niemand wissen, dass wir hier waren.« Weiwei beginnt aufzuräumen, doch Elena hält sie am Ärmel fest. Ihre

Haut ist von grünlichen Flecken überzogen, und ihre Lippen sind trocken und schuppig.

»Wir fahren so *langsam*. Wann geht es endlich wieder schneller vorwärts?«

»Uns bleibt nichts anderes übrig, wir wissen nicht, ob das Gleis hält. Es dauert nicht mehr lange.« Weiwei bemüht sich, überzeugend zu klingen.

»Wir müssen spielen! Ich bin dran – nein, du bist dran – du musst nach vorne zur Lok. Und ich verstecke mich hier und –«

»Nein, Elena.« Weiwei nimmt ihre Hände, die sich klamm anfühlen. »Nein. Ein Passagier hat dich gesehen. Du musst im Versteck bleiben. Verstehst du? Du darfst nicht mehr durch den Zug laufen.«

Doch Elena reißt sich los und läuft zur Tür. »Da ist doch niemand! Ich spiele jetzt, und du kannst zuschauen.«

Sie hat etwas Fiebriges, eine rastlose Energie, die Weiwei von denen kennt, die das Ödlandweh gepackt hat. Mit dieser Energie versuchen die Befallenen, die Türen nach draußen aufzubekommen, sie zerren wie besessen daran herum, bis sie zusammenbrechen, entweder vor Erschöpfung oder durch eine Spritze. »Komm zurück«, sagt Weiwei sanft, doch dann sieht sie, wie Elenas Aufmerksamkeit von etwas jenseits des Fensters abgelenkt wird. »Was ist?«

»Nichts, nichts. Komm. Ich verstecke mich, und du musst mich finden.«

»Warte –«

Draußen läuft ein schwarzer Hund neben ihnen her, die gelben Augen auf den Zug gerichtet. *Nein*, denkt sie, *ein Fuchs –* seine Ohren und sein Schwanz sind spitz. Während sie ihn ansieht, taucht ein zweiter auf, wie ein Schatten, der sich von seinem Besitzer befreit, dann noch einer und noch einer; aus einem werden zwei, dann vier, bis ein Meer von Füchsen neben dem Zug herläuft, das Fell von silbernen und rostroten Reflexen durchzogen. *Sie sind wunderschön*, denkt sie. Sie sehen anders aus als die Füchse in der Stadt, sie sind größer, geschmeidiger. Sie scheinen in der Zeit hin- und herschlüpfen zu können – man kann keinem einzelnen Tier folgen, es gelingt den Augen einfach nicht, obwohl sie ihrerseits unablässig den Zug ansehen.

»Du darfst nicht hinschauen«, sagt Elena mit einem eigenartigen Klang in der Stimme und versucht, sie vom Fenster wegzuziehen. »Du musst so tun, als würdest du sie nicht sehen.«

»Sie können uns nichts tun, wir sind hier drinnen sicher.« Die Pupillen der Füchse sind eine dunkle, vertikale Linie, und ihre Lider schließen sich seitwärts, wie bei Echsen. *Sie beobachten mich*, denkt sie. *Nein – sie beobachten Elena.*

»*Bitte.*« Sie zieht so fest, dass Weiwei stürzt und mit dem Kopf gegen die Wand schlägt. Voller Reue hockt Elena sich neben sie. »Entschuldige. Es tut mir leid.«

»Was ist los? Bitte sag's mir.« Weiwei reibt sich den Kopf. »Es ist nicht nur das Wasser, oder?«

»Ich hab's dir doch gesagt«, flüstert Elena. »Ich weiß nicht mehr, was ich bin. Seit ich dem Gleis gefolgt bin, seit ich angefangen habe zu beobachten und zu lernen … Und *sie* wissen auch nicht, was ich bin.«

Halb rechnet Weiwei damit, die Köpfe der Füchse am Fenster zu sehen, ihre Augen, die hineinstarren.

»Ich kann sie nicht mehr hören, nicht mehr spüren«, sagt Elena. »Ich weiß nicht, ob sie mich verspotten oder zurückrufen.«

Geheimnisse

Maria hat sich in die Bibliothek zurückgezogen. In ihrem Abteil hält sie es nicht mehr aus, aber sie hat auch keine Lust auf das nervöse Gerede der anderen Passagiere. Aus der Erleichterung darüber, dass sie dem Gewitter entkommen sind, ist Angst und Ärger über das langsame Vorankommen und die noch strengere Rationierung des Wassers geworden. Die Mitglieder der Crew bemühen sich, Ruhe und Kompetenz auszustrahlen, aber sie bemerkt erste Risse in der Fassade. Der ältere Steward, der für gewöhnlich in der Bibliothek Dienst tut, ist nicht da, vielleicht weil die Deckenventilatoren hier noch träger sind als in den anderen Wagen und die heiße Luft nur hin und her schieben. Sie sinkt in einen Sessel am Fenster. Sie kommt sich vor wie in einem Ofen, aber dafür hat sie ihre Ruhe.

Die Krähen beobachten sie, davon ist sie überzeugt.

Draußen drängen sich die Birken dicht an den Zug, und sie meint, zwischen den Stämmen Füchse mit gelben Augen zu erkennen. Nun, da sie das Hauptgleis und damit Rostows tröstliche Führung hinter sich zurückgelassen haben, ist es, als wäre eine Kette gerissen, eine Sicherheitsleine durchtrennt worden. Sie tippt mit dem Fingernagel an die Scheibe. Sie hat kein weiteres Fenster mit dem Zeichen der Glasmanufaktur ihres Vaters gefunden, aber das eine genügt. Sie wünschte, sie könnte noch einmal mit dem Professor sprechen. Was weiß er sonst noch?

Da ist ganz sicher noch mehr. Und in ihr wächst die Gewissheit, dass sie weiß, wer er wirklich ist. *»Die einzige Wahrheit, die zählt.«* Hatte Artemis nicht genau diese Worte verwendet? Wo könnte er sich besser verstecken als im Zug selbst, in der Rolle des gelehrten Professors, so offensichtlich, dass man es nicht sieht? Aber sie traut sich nicht, noch einmal zu ihm zu gehen. Ihr ist nicht wohl dabei gewesen, dass die Krähen plötzlich aufgetaucht sind und wie die beiden sie und den Professor angesehen haben. Was, wenn sie sie zu Artemis geführt hat? Wenn sie begriffen haben, dass er die ganze Zeit direkt vor ihrer Nase war? Sie darf gar nicht daran denken. Und seit sie sich von ihnen beobachtet fühlt, kann sie den Zug nicht weiter durchsuchen.

Es dauert einen Moment, bis sie merkt, dass jemand sie angesprochen hat, und sie fährt erschrocken herum.

»Entschuldigen Sie«, sagt Suzuki. »Aber Sie haben so konzentriert aus dem Fenster gesehen.«

Sie fasst sich. »Keine Sorge, ich war nicht dabei zu verschwinden. Ich habe einen Schutz dagegen.« Sie öffnet ihre Hand und zeigt ihm die Glasmurmel mit dem blauen Wirbel darin. Die Murmel fühlt sich warm an, als hätte sie sie sehr fest umklammert, dabei ist ihr kaum bewusst gewesen, dass sie sie herausgenommen hatte.

»Ah.« Er betrachtet sie eingehend. »Sie dürfen sich geehrt fühlen – es gibt nicht viele Menschen, denen Weiwei eine davon schenken würde.«

»Wirklich? Ich hatte eher den Eindruck, dass ich ihr lästig gefallen bin.«

Suzuki lacht. »Den Eindruck vermittelt sie gern. Die Murmeln hat sie geschenkt bekommen, als sie ganz klein war. Von unserem Glasmacher. Die Leute von der Crew haben ihn natürlich verflucht, wenn sie in den ungünstigsten Momenten auf dem Fußboden herumlagen.«

Sie schließt die Finger wieder um die Murmel. Ist da etwas, hinter seinen Worten? Sie wagt es nicht, den Blick zu heben – was könnte er in ihrem Gesicht lesen, oder sie in seinem?

»Verzeihen Sie, ich hoffe, ich habe nicht –«

»Nein, nein.« Nun blickt sie auf und lächelt. Und alles, was sie in seinem Gesicht liest, ist Sorge, dass er etwas Falsches gesagt hat. Er sieht ihr in die Augen, und ihr ist, als spanne sich zwischen ihnen ein Band.

»Hier auf diesem alten Gleis gibt es doch bestimmt interessante Dinge zu erforschen«, beginnt sie, im selben Moment, als Suzuki ansetzt: »Ich hatte gehofft, Sie zu treffen –«

Beide verstummen.

»Die Männer von der Kompanie, Petrow und Li, haben Fragen über Sie gestellt«, sagt Suzuki schließlich. »Ich dachte, das sollten Sie wissen.«

»Ich verstehe« ist alles, was ihr dazu einfällt.

»Sie sind seit einigen Monaten sehr damit beschäftigt, den guten Namen der Kompanie zu schützen. Deshalb sind sie vielleicht etwas vorschnell in ihrem Urteil. Allerdings«, fügt er hinzu, »haben sie schon seit jeher eine misstrauische Ader.«

Er tritt einen Schritt näher, und in seinen dunklen Augen liegt Besorgnis. »Ich will damit nur sagen, dass Sie vorsichtig sein sollten. Was auch immer Sie vorhaben, passen Sie gut auf sich auf.« Sie denkt, er wird ihre Hand nehmen, doch er zieht sich wieder zurück.

»Ich –«

Plötzlich fliegt die Tür auf, der ältere Steward kommt hereingeeilt und nimmt seinen Platz am Ende des Wagens ein.

»Ich fürchte, ich vernachlässige meine Pflichten.« Suzukis Haltung versteift sich.

»Natürlich, Sie haben sicher sehr viel zu tun«, erwidert sie rasch.

Er verneigt sich und wendet sich zum Gehen, hält dann jedoch inne.

»Ich habe Mr. Petrow und Mr. Li gebeten, in den Turm zu kommen«, sagt er, ohne sich umzudrehen. »Es erscheint mir richtig, dass die Kompanie sich selbst vom Zustand der Karten überzeugt. Ich nehme an, es wird mindestens eine halbe Stunde dauern, ihnen die Situation umfassend zu erklären.«

Sie betrachtet seinen Rücken, doch der verrät nichts.

»Ich verstehe«, sagt sie erneut.

Maria geht zurück in ihr Abteil, kramt in ihrer Schmuckschatulle und überlegt fieberhaft. Hat sie Suzuki richtig verstanden? Ja, ganz bestimmt. Er gibt ihr Zeit, eine Gelegenheit, unbemerkt zu handeln. Aber warum er das tut, versteht sie nicht.

Doch das ist jetzt nicht wichtig – da ist sie, eine besondere Haarnadel, die Frucht einer Kindheit voller Rebellion gegen die verschlossenen Türen und das Schweigen zu Hause. Sie hat sie behalten, in der Hoffnung, dass sie eines Tages wieder so viel Mut haben wird wie damals. *Jetzt*, sagt sie sich, um das Zittern in ihren Händen zu beruhigen, *jetzt ist der Moment gekommen*.

Sie geht zum Ende des Wagens, zu der Kabine mit der Nummer 12. Sie legt das Ohr an das schimmernde Holz und lauscht. Alles still. Ein letzter Blick in den Korridor, dann nimmt sie die Haarnadel und schiebt sie in das Schloss. Nach wenigen Augenblicken löst sich der Riegel, sie schlüpft in das Abteil und schließt die Tür hinter sich.

Dieses Abteil ist größer als ihres, offenbar eine Suite, denn es gibt zwei weitere Türen an der Seite. In der Mitte des Raums steht ein großer Schreibtisch mit einem Stuhl an jeder Seite, und die Wände sind von Regalen gesäumt. Am liebsten würde sie sich an den aufgeräumten Tisch setzen und dicke schwarze Linien auf alle ihre Papiere malen, um ihnen zu sagen: *Ich war hier.*

»Konzentrier dich«, ermahnt sie sich leise. Schließlich ist nicht klar, wie lange Suzuki die Krähen von hier fernhalten kann. Obwohl sie bei jedem Knarzen zusammenzuckt und erstarrt, als ihre Röcke laut raschelnd den Tisch streifen, verspürt sie auch eine Erregung. Die Heimlichkeit, das Risiko. Sie blättert in den Papieren auf dem Tisch, findet jedoch nichts Belastendes. Aber wie sollte sie es denn überhaupt als solches erkennen? All diese fein säuberlich notierten Namen und Zahlen sagen ihr nichts. Die Beschriftung der Ordner in den Regalen ist ihr ebenso unverständlich, obwohl sie immerhin einige Namen erkennt – der Finanzminister, der Minister für Verkehr und Fernmeldewesen. *Alle von der Kompanie bestochen*, denkt sie.

Sie geht in die Hocke, um ein Schrankfach zu öffnen. Darin stehen mindestens ein halbes Dutzend Flaschen – alle mit Wasser gefüllt. Sie lächelt spöttisch. Die Krähen müssen natürlich keinen Durst leiden – die Kompanie nimmt sich, was sie will.

An der Wand hängt eine gerahmte Landkarte. Durch die Mitte zieht sich, in Gold hervorgehoben, die Linie des Gleises, das die Kontinente verbindet. Und von den Endpunkten gehen zahllose weitere Linien in anderen Farben ab, die die Städte der Welt verbinden. Eisenbahnlinien und Schiffslinien. Hier kann man verfolgen, welche Routen die Güter nehmen, die der Zug transportiert: Porzellan und Tee aus dem Westen Chinas nach Peking, von dort nach Moskau und dann weiter nach Paris, Rom, New York. Wolle von England nach Peking. Linien der Macht und des Reichtums. Kein Wunder, dass die Kompanie so darauf gedrängt hat, dass der Zug wieder fährt.

Sie hat sich bemüht, nicht nach draußen zu sehen, um nicht in diesen gefährlichen Trancezustand zu fallen, doch plötzlich fällt ein Sonnenstrahl herein, und zwischen den Bäumen sieht sie in der Ferne etwas glitzern. Wasser. Sie muss sich beeilen.

Eilig zieht sie einige Ordner aus den Regalen. Überall Listen mit Waren und Zahlen. Sie verzieht das Gesicht – hätte sie Artemis' Kolumnen doch nur genauer gelesen! Er hatte von Korruption geschrieben, von Seide und Keramik, die vor der Ankunft in Moskau verschwanden, von abgezweigten Geldern, aber es gab nie irgendwelche Beweise. Sie sieht auf die Uhr an der Wand. Sie ist schon eine Viertelstunde hier.

Sie öffnet eine Schachtel mit Papieren, die in einer Ecke steht. Seitenweise Berichte, alle bedeutungslos, und dann, ganz unten – die Handschrift ihres Vaters.

Mit zitternden Händen nimmt sie die dünnen Bögen heraus. Sie sind an einen Brief geheftet, der auf sehr viel hochwertigerem Papier geschrieben ist und das Emblem der Transsibirien-Kompanie trägt. Der Brief ist auf Englisch verfasst und an *Messrs. Li und Petrow* adressiert. Er besteht nur aus zwei Zeilen und ist vom Vorstandsvorsitzenden unterzeichnet. *Sehr geehrte Herren,* steht dort, *das Folgende ist uns zur Kenntnis gelangt. Wir vertrauen es Ihrer Erfahrung und Diskretion an.*

Sie blättert um. Sie kann ein Datum erkennen – kurz vor dem Beginn der letzten Durchquerung – und dass der Brief an den Vorstand der Transsibirien-Kompanie adressiert ist, aber die Wörter und Sätze flirren vor ihren Augen: *Die neuen Linsen sowie die fotografischen Aufzeichnungen beweisen zweifelsfrei eine Beschleunigung der Veränderungen, die in direktem Zusammenhang mit der höheren Anzahl von Durchquerungen steht. Es ist nicht länger von der Hand zu weisen, dass der Zug selbst spezifische und lokal begrenzte Veränderungen hervorruft. Wir haben zu einer Reduktion der Durchquerungen geraten, was jedoch nicht umgesetzt wurde.*

Eine Warnung an die Kompanie. Ihr Vater hatte erkannt, dass Gefahr drohte, und zwar schon vor der letzten Durchquerung.

Ein plötzliches Ruckeln bringt sie ins Taumeln. Werden sie etwa noch langsamer? Sie zwingt sich weiterzulesen. *Ich kann nicht guten Gewissens weiter schweigen, wenn die Sicherheit Hunderter Menschen auf dem Spiel steht.*

Nicht nur eine Warnung, sondern eine Drohung.

Sie hört, wie im Korridor an die Abteiltüren geklopft wird, und Schritte, die vorbeieilen. Hastig faltet sie den Brief zusammen, versteckt ihn in ihrem Mieder und stellt die Schachtel zurück an ihren Platz. Dann schlüpft sie aus dem Abteil und verschließt die Tür wieder sorgfältig.

Wir vertrauen es Ihrer Erfahrung und Diskretion an.

Gebete

Hier ist Henry Grey, auf den Knien. Um ihn herum, auf dem Boden seines Abteils, ein Teppich aus Skizzen. Die zugartigen Wesen schlängeln sich zwischen den Papieren hindurch und verschwinden bisweilen unter skelettartigen Bäumen und einer Fülle von Blumen. Und dazwischen taucht immer wieder eine blasse Figur auf. Henry Grey ist andächtig, sein Geist ist klar. Er hat um ein Zeichen gebeten, und er hat es bekommen. Geduld, das ist alles, was er braucht. Eine Antwort wird sich finden, das weiß er jetzt. Mühsam steht er auf; der Schmerz in seinem Magen brennt. Draußen flirrt die Luft in der Hitze. In der Ferne hinter den Bäumen glitzert etwas in der Sonne, als würde das Land sich in Glas verwandeln, die Erde zu Wasser zerschmelzen. Wie in dem Gedicht von John Morland: *des Himmels Abglanz*.

Ein Klopfen an der Tür. »Wer ist da?«, fragt er ungeduldig.

»Lassen Sie mich rein.« Es ist die Stimme von Alexei, dem Ingenieur.

Er öffnet die Tür, und Alexei schließt sie sofort wieder hinter sich. In der einen Hand hält er einen Schlüsselbund, in der anderen ein kleines Pfeilgewehr, wie Grey es in einer verschlossenen Vitrine im Salon gesehen hat.

»Der Zug wird gleich halten«, sagt er ohne jede Einleitung. »Vor uns liegt ein See, und wir müssen seine Tiefe messen. Ich kann Ihnen eine Stunde geben.«

Grey spürt, wie sich ein Licht in ihm ausbreitet. Eine wundersame Gewissheit. Er legt die Hände auf die Schultern des Ingenieurs. »Sie haben die richtige Entscheidung getroffen«, sagt er. »Ihr Anteil wird nicht vergessen werden.« Er fühlt sich dem jungen Mann so brüderlich verbunden, dass ihm die Tränen kommen.

»Nehmen Sie die letzte Tür in diesem Wagen, direkt vor dem Übergang zum Speisewagen«, sagt Alexei knapp. »Ich sorge dafür, dass alle in eine andere Richtung sehen. Vergewissern Sie sich, dass Anzug und Helm dicht sind. Sie kennen die Gefahren.«

»Verstanden.«

Er hält den Schlüsselbund hoch. »Jede der Doppeltüren hat einen eigenen Schlüssel, und zu jedem Schlüssel gehört eine andere Kombination, also passen Sie gut auf. Der silberne Schlüssel ist für die Innentür – zwei Klicks nach links und fünf nach rechts. Der goldene ist für die Außentür – vier Klicks nach rechts und sechs nach links.«

Grey schreibt es sich auf.

»Und das hier« – Alexei reicht ihm das Gewehr – »ist nur zum Betäuben. Wir verwenden es bei schlimmen Fällen von Ödlandweh, wenn Passagiere sich selbst oder dem Zug Schaden zufügen. Geladen wird es so.« Er nimmt eine kleine Spritze heraus und setzt sie ein. »Bei allem, was groß und schnell ist, nützt es nichts, aber es gibt Ihnen zumindest einen gewissen Schutz. Hier sind noch ein paar Spritzen; mehr konnte ich nicht nehmen, ohne dass es aufgefallen wäre.« Er reicht sie Grey, und der legt sie vorsichtig auf den Tisch. »Sie haben eine Stunde Zeit, mehr nicht. Und ich garantiere für nichts, falls die Kompanie Sie erwischt. Aber mein Name bleibt aus dem Spiel, ist das klar?«

»Natürlich, keine Sorge.«

Der Ingenieur gibt ihm die Schlüssel und verschwindet. Seine Haltung und sein Gesichtsausdruck haben nicht mehr viel gemein mit dem unsicheren jungen Mann von ihrer ersten Begegnung.

Grey legt die Hände um die Schlüssel und das Gewehr, als wären es heilige Reliquien, und spricht ein Dankgebet. Der Zug wird langsamer, und er tritt ans Fenster. Weiter vorne sieht er die Sonne, die sich im Wasser spiegelt. *Zeichen und Segen im Überfluss.*

Gestalten

Wasser. Glitzernd zwischen den Bäumen. Weiwei spürt, wie die Crew den Atem anhält, als sie darauf zurollen. Wasser für die Lok, Wasser zur Überbrückung, bis sie wieder auf das Hauptgleis kommen. Doch das Risiko, es zu verwenden, und sei es nur für den Kessel, ist sehr hoch ... Ödlandwasser, ungeprüft, ungetestet. Wer weiß, welche Veränderungen es womöglich auslöst? Wenn sie das Gesicht an die Scheibe drückt, kann sie sehen, dass der Boden weich und feucht ist, dass Gras und Erde glänzen. Vor ihnen scheint ein Birkenwald aus einem flachen See herauszuwachsen. Sie merkt, dass sie den Handlauf so fest umklammert, dass ihre Finger schmerzen.

Zum ersten Mal, soweit jeder von ihnen zurückdenken kann, wird der Zug auf freier Strecke halten. Die Luft in sämtlichen Wagen ist vor Spannung wie aufgeladen. *Der Zug wird halten.*

Als das Wasser zum ersten Mal gesichtet wurde, war ihr erster Gedanke, zu Elena zu laufen und ihr die Neuigkeit zu überbringen – *Es ist fast überstanden, bald geht es dir wieder gut –*, aber dann hat sie es doch nicht getan. Was, wenn es hieß, das Wasser sei zu gefährlich, das Risiko zu hoch? Den Ausdruck auf Elenas Gesicht mochte sie sich gar nicht vorstellen. Und da war noch ein verborgener, selbstsüchtiger Gedanke. *»Ich weiß nicht, ob sie mich verspotten oder zurückrufen«,* hatte Elena gesagt. Wenn sie das Wasser sah, wenn sie seinen Sog spürte … Weiwei versucht, nicht daran zu denken.

»Wer geht raus?«, fragt sie Alexei, als sie ihn in der Kantine sitzen sieht. Jemand wird rausgehen müssen, um die Tiefe des Sees zu schätzen und eine Probe für Suzuki zu nehmen. »Einer von den Mechanikern?«

»Der Captain«, antwortet er mit angespannter Miene.

»Was? Aber sie kann doch nicht –« Laut Vorschrift hat der Captain immer im Zug zu bleiben. Sie ist zu wichtig, um ihr Leben zu riskieren.

»Sie besteht darauf. Ausgerechnet jetzt hat sie beschlossen, sich endlich blicken zu lassen.« Er schüttelt den Kopf.

»Aber …« Ihr ist ganz flau. Der Zug hält, hier auf dem Geistergleis, wo sie sich nicht einmal an Suzukis Karten orientieren können. »Wie kann sie so etwas tun? Sie wird hier gebraucht, die Passagiere sind schon völlig verängstigt.«

»Ist sie nicht längst gegangen? Ist sie überhaupt an Bord?«

Die Gehässigkeit in seiner Stimme erschreckt sie.

Die Passagiere in der Dritten Klasse sind, wie zu erwarten, ängstlich und aufgebracht, aber das Versprechen, dass es bald wieder Wasser gibt, beruhigt sie ein wenig. Weiwei hofft, dass sie das Versprechen halten können. Sie überlässt es dem Steward, sich um die Passagiere zu kümmern, und begibt sich in die Erste Klasse, um Maria zu finden.

Die Passagiere der Ersten Klasse werden im Salon versammelt. Die Gräfin verlangt lautstark zu erfahren, warum sie wie Kinder behandelt werden, und man sieht den Stewards an, dass ihre Geduld arg strapaziert ist.

»Haben Sie Maria Petrowna gesehen?«, fragt Weiwei sie.

»Seit dem Frühstück nicht mehr«, antwortet die Gräfin. »Sie litt unter Kopfweh und hat sich in ihr Abteil zurückgezogen.«

Doch dort hat Weiwei bereits geklopft, und es war niemand da. »Ah«, sagt sie und weicht dem forschenden Blick der Gräfin aus. »Dann schaue ich mal nach ihr.«

Die Stewards nicken ihr zu. Sie schließen die Vorhänge. »Zu Ihrer Sicherheit, Ma'am«, sagen sie, bevor die Gräfin protestieren kann. »Es ist besser, nichts zu sehen.« *Oder gesehen zu werden.*

Weiwei macht sich wieder auf den Weg zum Quartier der Crew und zieht unterwegs überall die Vorhänge zu, obwohl jetzt keine Passagiere mehr in den Korridoren sind. Sie will auch nichts sehen. Überall um sie herum ist Wasser, es tropft von den Blättern und Zweigen, sammelt sich am Boden und fängt die Farben des Himmels und der Bäume ein, aber auch andere, die gar nicht da sind und die ihre Augen nicht verstehen.

Gerade als sie die letzten Vorhänge im Speisewagen der Dritten Klasse schließen will, riecht sie es. »Elena!« Weiwei fährt herum, unentschlossen, ob sie besorgt oder erleichtert sein soll.

»Hast du sie gesehen?« Auf Elenas Haut zeichnet sich ein Netz dunkler Adern ab, das Weiße in ihren Augen schimmert wässrig grün, und ihre Pupillen sind riesig und schwarz.

Sie verwest, denkt Weiwei und muss sich zwingen, nicht zurückzuweichen. »Dir geht es nicht gut«, sagt sie, doch Elena beachtet sie gar nicht.

»Sieh nur.« Sie zeigt nach draußen. »Sie warten.«

Weiwei blickt hinaus. Dort zwischen den Bäumen ist etwas, das zunächst wie eine kleine Staubwolke aussieht, vielleicht vom Zug aufgewirbelt, doch dann nimmt sie den Umriss einer menschlichen Gestalt an, nur angedeutet, als hätten sich Tausende von Staubkörnchen zu der Idee, der Skizze einer Menschengestalt geformt, bis hin zum Haar und den Kleidern, an denen ein unsichtbarer Wind zerrt. Sie sieht den Zug an – und dann hebt sie den Arm. Wie ein Spiegelbild von Elena.

Unwillkürlich weicht Weiwei zurück. Der Zug fährt jetzt so

langsam, dass sie noch mehr von diesen Gestalten erkennen kann, wie Figuren, die aus einem Gemälde heraustreten, aus der Ferne ein fester Körper, doch aus der Nähe nur eine Ansammlung von Punkten und Pinselstrichen.

Es sieht aus, als würden sie sie zu sich winken.

»Du darfst nicht hinschauen, das hast du mir selbst gesagt.« Weiwei fasst Elena an den Schultern, fühlt die Knochen, die trockene, schuppige Haut. »Sie sind nur ein Trick des Ödlands. Wenn du nicht hinsiehst, können sie dir nichts tun.«

Aber Elena sieht hin, voll quälendem Verlangen, und Weiwei muss an ihre Worte denken, als sie die Füchse gesehen haben – *»Ich kann sie nicht mehr hören, nicht mehr spüren«* –, und sie will ihr sagen, dass es nicht wichtig ist, dass sie jetzt hierhin gehört, aber es ist zu spät, Elena verschließt sich, zieht sich in sich selbst zurück.

Plötzlich dreht die blinde Passagierin sich um und rennt davon. »Warte!«, ruft Weiwei ihr nach. »Elena, bleib stehen!« Doch sie ist fort, und Weiwei taumelt gegen den Türrahmen, als der Zug mit einem Ruck und quietschenden Bremsen zum Stehen kommt.

Der Halt

Der große Zug ist stehen geblieben. Mit dem letzten Dampf-stoß scheint sich alle Kraft, die sie zu haben glaubten, in Luft aufzulösen. Die Passagiere rühren sich nicht, als fürchteten sie, jede Bewegung könnte die Aufmerksamkeit all der neugierigen, wachsamen, hungrigen Dinge da draußen auf sie lenken. Die Crew lässt die Vorhänge geschlossen. Lieber nichts sehen und nicht gesehen werden. Lieber nicht daran denken, wie klein sie sind und dass der Zug hier draußen in dieser Weite nicht so groß und stark ist, wie sie sich selbst einreden und den Pas-sagieren gegenüber behaupten. Alle Prahlerei ist hier bedeu-tungslos. Und alle Versprechen warten darauf, gebrochen zu werden.

Maria sitzt am Fenster ihres Abteils, den Brief ihres Vaters in den Händen, und obwohl der Zug sich nicht mehr bewegt, muss sie die Wörter zwingen stillzuhalten. Sie versteht nicht alle De-tails, aber was da steht, genügt, um seinen guten Namen wie-derherzustellen und zu beweisen, dass er verzweifelt versucht hat, der Kompanie die Gefahr begreiflich zu machen, in der der Zug sich befindet – und die er selbst verursacht. Außerdem ist da noch die Fensterscheibe mit seinem Zeichen. Sobald sie in Moskau sind, wird sie tun, was ihr Vater vorhatte, und damit zur Presse gehen. Oder vielleicht kann sie den Professor, wenn er wirklich Artemis ist, dazu überreden, noch einmal zur Feder zu greifen.

Falls sie in Moskau ankommen.

Ihr Vater hatte versucht, weitere Fahrten des Zuges zu verhindern. Er hatte gewusst, dass es nicht sicher war.

Ich kann nicht guten Gewissens weiter schweigen, hatte er geschrieben. *Was ich gesehen habe, lastet mit jedem Tag schwerer auf mir.*

Sie lehnt die Stirn an die Scheibe.

Henry Grey, der sich in dem geliehenen Anzug und Helm kaum bewegen kann, steckt den Schlüssel in die erste Tür. Was, wenn die Kombination, die der Ingenieur ihm genannt hat, gar nicht stimmt? Was, wenn alles umsonst war? Er schließt die Augen. So nah dran zu sein und es dann doch nicht tun zu können …

»Zwei Klicks nach links und fünf nach rechts« – und die Tür geht auf. Er tritt in den engen Zwischenraum und schließt die Tür hinter sich. Jetzt die Außentür. *»Vier Klicks nach rechts und sechs nach links.«* Ein dumpfes, mechanisches Klacken, und es ist geschafft, auch diese Tür geht auf, er steigt die Stufen hinunter, und seine Füße in den dicken Stiefeln berühren unberührten Boden.

Ein Forscher auf dem Weg in den Garten Eden.

Weiwei rennt, so schnell sie kann, zum Lagerwagen, zu der Klappe im Dach, denn sie weiß instinktiv, dass die blinde Passagierin dorthin will. Wie schnell kann Elena laufen? Viel schneller als Weiwei, zumal ihr eine Gruppe von Crewmitgliedern den Weg versperrt, die sich in der Kantine vor einem Fenster drängen.

»Da – da ist sie.«

Sie beobachten eine Gestalt mit Schutzanzug und Helm, die sich langsam vorwärtsbewegt und über ein langes Seil mit dem

Zug verbunden ist. Der Captain, bewaffnet mit mehreren Glasröhrchen und einem Messstab.

»Sie hätte nicht gehen sollen«, murmelt einer der Ingenieure beklommen.

»Sie hat aber darauf bestanden. Sie wollte nicht, dass irgendjemand anders das Risiko auf sich nimmt, hat sie gesagt.«

Niemand spricht es aus: *Was, wenn das Wasser zu tief für den Zug ist? Was, wenn die Tests ergeben, dass das Wasser zu gefährlich ist?* Und so schweigen sie lieber und beten zu den Göttern der Eisenbahn. Weiwei, die sich unbemerkt an ihnen vorbeizuwinden versucht, denkt, *da ist immer noch Stolz in ihren Stimmen.* Sie verehren ihren Captain immer noch, wollen immer noch daran glauben, dass sie alles wieder in Ordnung bringt.

»Miss Zhang.« Sie zuckt zusammen, schließt die Augen, überlegt, einfach weiterzulaufen, aber die Krähen versperren ihr den Weg. »Wohin wollen Sie denn so schnell?«

»Ich muss dringend etwas aus dem Lager holen«, sagt sie. »Für einen Passagier aus der Ersten Klasse.«

Die beiden mustern sie einen Moment länger als nötig, bevor sie ihr den Weg freigeben, doch dann ruft Alexei sie drängend, und sie muss an sich halten, um nicht vor Frustration in Tränen auszubrechen. »Sieh mal, da drüben«, sagt er, doch sie blickt immer noch in die Richtung, in die sie eigentlich will, und so ist sie die Einzige, die sieht, wie eine weitere Gestalt unbeholfen aus dem Zug steigt, beladen mit Glasbehältern, Netzen und Schachteln.

Henry Grey.

Sie zögert. Dann bemerkt sie plötzlich eine Bewegung näher am Zug. Etwas Blaues, strähniges Haar und bleiche Haut, dann ist es verschwunden, und sie weiß, dass sie gescheitert ist. Ihre Beine drohen den Dienst zu versagen. Elena ist durstig und panisch – wenn Grey sie sieht, bevor sie zum Wasser kommt, wird sie sich nicht verstecken können. Er wird sie mit seinem Netz fangen wie eine von seinen Proben und sie hinter Glas setzen.

Maria weiß nicht, wohin sie will, sie weiß nur, dass sie sich in ihrer Kabine nicht verstecken kann. Ihr Vater hatte die Kompanie gewarnt, und man hatte ihn ignoriert – und nicht nur das, sie hatten ihn zum Sündenbock gemacht, ihn ruiniert. Sie werden merken, dass der Brief verschwunden ist. Sie sind ihr gegenüber bereits misstrauisch. Sie muss es ihnen möglichst schwer machen, sie allein zu erwischen.

Ich kann nicht guten Gewissens weiter schweigen, hatte ihr Vater geschrieben.

Und Suzuki, denkt sie. *Suzuki muss es auch gewusst haben, aber er hat nichts gesagt.* Ihr wird ganz eng in der Brust. Warum hat er ihren Vater nicht verteidigt? Und hat er geahnt, dass sie hierherkommen und den Brief finden würde? Weiß er, wer sie wirklich ist?

Ohne es recht zu merken, geht sie in den Salon.

»Da sind Sie ja! Kommen Sie, kommen Sie. Wir haben angefangen zu spielen, was soll man sonst auch tun?« Die Gräfin winkt sie zu sich, und sie setzt sich neben sie, nimmt die Karten, die ausgeteilt werden, und blickt darauf, ohne sie zu sehen.

Als sie sich unbeobachtet fühlt, zieht sie den Brief aus dem Mieder und schiebt ihn so tief wie möglich zwischen Armlehne und Polster ihres Sessels.

Nach einer Weile hebt Sophie LaFontaine den Kopf von ihren Karten und fragt: »Wo ist eigentlich Dr. Grey?«

Weiwei hat mit den Fäusten gegen die Scheibe geschlagen und um Hilfe gerufen, und nun herrscht Chaos.

»Wer ist das?«

»Wie ist er rausgekommen?«

»Woher hat er den Anzug?«

»Das ist Henry Grey«, sagt sie, und ihre Stimme scheint von sehr weit herzukommen. »Der Naturforscher. Ich habe diese Glasbehälter in seinem Abteil gesehen.«

Sie sieht, wie alle Farbe aus Alexeis Gesicht weicht.

»Er riskiert das Leben des Captains.«

»Und sein eigenes …«

Wie viel Zeit ist vergangen? Wie weit kann Elena gekommen sein? Die Wände des Zuges scheinen zu zerrinnen wie Melasse, und innendrin fühlt sie sich ganz hohl. Wann hat sie zuletzt etwas gegessen? Sie kann sich nicht erinnern.

»Lasst mich rausgehen. Ich hole ihn zurück.« Sie wird ihn abfangen und von Elena fernhalten, mehr kann sie im Moment nicht tun. Sie ignoriert die Stimme in ihrem Kopf, die sagt: *Oder du überlässt ihn seinem Schicksal, versuchst stattdessen, Elena zu finden, und bittest sie zurückzukommen.*

Einen Moment herrscht Stille, dann reden alle auf einmal los.

»Red keinen Unsinn, Zhang. Ich gehe.« Alexei sieht aus, als hätte er ein Gespenst gesehen. »Wir haben kein zweites Seil, das ist viel zu gefährlich.«

»Nein. Sie hat recht.« Petrow und Li bringen die Debatten zum Verstummen. »Wir können nicht zulassen, dass unser leitender Ingenieur in einem so kritischen Moment den Zug verlässt, aber Miss Zhang hat bewiesen, dass sie schnell und findig ist. Sie wird Dr. Grey sicher rasch einholen.« Sie mustern sie mit berechnendem Blick, und sie sind so leicht zu durchschauen, dass sie fast lachen muss. Eigentlich sollte es sie ärgern, dass ihre Sicherheit ihnen so offensichtlich egal ist, aber genau das ist ihre einzige Chance, aus dem Zug herauszukommen.

»Wir würden sie selbstverständlich niemals bitten, ein solches Risiko auf sich zu nehmen, sofern sie nicht sicher ist –«

»Natürlich ist sie nicht sicher, sie hat keine Ahnung, wovon sie redet.« Alexeis Stimme wird laut.

»Bitte«, sagt sie. »Wir verschwenden nur Zeit.«

Zu dritt helfen sie ihr in den Anzug. Er ist viel zu groß, furchtbar schwer, und sie hat Mühe, zu atmen. Durch das verschmierte Helmvisier sieht sie Alexei schweigend und unglücklich daneben stehen.

»Du musst das nicht tun«, sagt er schließlich. »Das können sie nicht von dir verlangen, dazu haben sie kein Recht.« Seine Stimme klingt dumpf. Durch den Helm wirkt alles weit weg und unwirklich.

Sie würde gerne etwas Beruhigendes erwidern, aber ihr Herz schlägt so panisch, dass sie keinen klaren Gedanken fassen kann. *Wie viel Zeit ist jetzt vergangen? Hat er sie gesehen? Oder ist sie im Wasser oder im Wald verschwunden?* Die Krähen beobachten sie, die Hände vor dem Bauch gefaltet.

»Wenn der Professor das wüsste …« Alexei ringt sichtlich um Fassung.

»Wir werden es ihm hinterher erzählen«, erwidert sie. »Das ergibt eine gute Geschichte.«

»Behalte immer das Gleis im Blick«, sagt er. »Ohne Seil bist du auf dich gestellt. Der Landschaft kannst du nicht trauen, nur dem Gleis. Hast du verstanden? Und wenn die Sonne bei den Baumwipfeln da drüben ankommt« – er zeigt durch das Fenster auf die höchsten Birken – »und du hast ihn noch nicht gefunden, kehrst du um, ist das klar?«

Sie nickt mühsam, und er tritt einen Schritt auf sie zu, scheint es sich dann aber anders zu überlegen. »Komm zurück, hörst du?«

Die anderen begleiten sie zu der ersten der beiden verschlossenen Türen und öffnen sie ihr mit einer Galanterie, die sie fast zum Lachen bringt. Sie geben ihr den Schlüssel; noch hat sie die Handschuhe nicht übergezogen. Dann wird die Tür hinter ihr mit einem dumpfen Knall geschlossen. Sie steckt den Schlüssel in das Schloss der Außentür, und mit einem Gebet zum Gott der Gleise tritt sie hinaus ins Ödland.

Draußen

Im gleißenden Schein der Sonne läuft Henry Grey schwerfällig durch das Gras. Seine Knie schmerzen. Nach der tagelangen Reglosigkeit ist er steif und unbeweglich, und das Betäubungsgewehr, das an seinem Gürtel befestigt ist, sticht ihn in die Seite. Die Geräuschwelt, die ihn umfängt, ist trotz des Helms geradezu ein körperlicher Schock – die schrillen Rufe und melodischen Gesänge von Vögeln, die er nicht kennt, das Schwirren und Summen der Insekten –, und er möchte alles festhalten, einfangen, um es zu studieren und zu lernen, aber es ist viel zu viel.

Er braucht keine gesprochenen Gebete mehr, denn was ist all dies, wenn nicht ein Akt der Lobpreisung? Das Sonnenlicht, das durch das Laub fällt, als er den Wald betritt, malt tanzende Punkte auf die Erde. Er blickt an den Bäumen hoch – Weißbirken, deren helle Rinde sich ablöst wie zartes Papier. Wie passend, ein Symbol der Reinheit. Doch nein. Was er für die Fissuren der älteren Rinde gehalten hat, ist eine zähflüssige, dunkelrote Flüssigkeit. Es ist Saft, begreift er, roter Saft, als würden die Bäume bluten. Dass eine Landschaft so von Bedeutung durchtränkt sein kann – wie könnte man hier die Symbolik nicht erkennen? Mit vor Erregung zitternden Händen holt er ein Glasröhrchen und eine Pipette aus seinem Rucksack. Doch der rote Saft scheint vor seiner Berührung zurückzuweichen – sobald er sich mit der Pipette nähert, fließt der Saft von ihm weg.

Er blinzelt. Vielleicht ist es nur eine optische Täuschung. Doch ganz gleich, was er versucht, er kann keinen Tropfen von dem Saft einfangen. Eigenartig ... Schützt er sich selbst? Schützt er den Baum? Frustrierend, aber auch faszinierend. Doch die Zeit ist kostbar, er darf sich nicht zu lange aufhalten lassen, wenn es noch so viele andere Wunder zu entdecken gibt.

Er entfernt sich vom Gleis, aber nicht allzu weit. Über seine Rückkehr hat er kaum nachgedacht. Das kommt später. Jetzt holt er erst mal seine Fallen und Netze heraus. Der Rand eines Gewässers ist immer ein vielversprechender Ort, und wenn er ganz ruhig stehen bleibt, ja, genau so, kommen sie, setzen sich auf seinen Arm, erkunden seine Stiefel: Libellen, Käfer, Schwebfliegen – lauter unbekannte Arten, die noch niemand je zuvor gesehen hat. Durchscheinende Flügel flattern an seinem Visier vorbei, zierliche Beine wandern über seine Jacke. Jedes dieser Wesen könnte ihm den Tod bringen, augenblicklich oder langsam und qualvoll. Er ruft sich die Karten ins Gedächtnis, die er zuvor studiert hat. Vor den Veränderungen war dieses Gebiet überwiegend Ackerland mit Wäldern und Seen. In den Sümpfen hätte man sich vielleicht die Malaria holen können, aber davon abgesehen gab es kein Insekt, das einen Menschen töten konnte. Doch jetzt? Wer weiß schon, welches Gift die winzigen Körper dieser Fliegen enthalten, welche krank machenden Stoffe diese zarten Füße auf der Haut hinterlassen?

Er sollte Angst haben. Aber er weiß, wie man stillhält, er kennt sich aus mit Mimikry: Ahme das Aussehen eines Raubtiers nach, um dir Feinde vom Leib zu halten; oder ahme das Aussehen von etwas Harmlosem nach, werde zu einem Stein oder einem Baum, bewege dich so langsam, atme so langsam, dass diese Wesen, die sich schnell bewegen, dich nicht als etwas Lebendes wahrnehmen.

Etwas streift seinen Helm. In einem plötzlichen Anfall von

Panik schlägt er danach. Doch es ist nur eine Ranke. Erst ist er peinlich berührt, dann muss er über die Absurdität der Situation schmunzeln – die Macht der englischen Erziehung. Die glänzenden roten Ranken hängen überall von den Ästen herab. Sie sehen aus wie riesige Spinnennetze, die sich in komplexen Mustern zwischen den Bäumen aufspannen. Nein, *Spinnennetze* trifft es nicht – hier ist keine sorgfältige Symmetrie, keine geduldige Wiederholung zu erkennen, sie sind beängstigend in ihrer Unregelmäßigkeit, ihrer willkürlichen Anordnung. Die Natur folgt einer Logik, einem System. Aber nicht hier.

Ein Rascheln über ihm. Er blickt auf und sieht einen riesigen Vogel, der bleich und geisterhaft zwischen den Baumwipfeln hindurchfliegt, die Flügel mal hierhin, mal dorthin geneigt, um den Ästen auszuweichen. Er wischt über sein Visier, frustriert, weil er sich von allem abgekapselt fühlt. Es hilft nichts, er will die Luft auf seinem Gesicht spüren, alles hören und riechen, und so nimmt er den Helm ab und wird augenblicklich überwältigt von einer Myriade von Gerüchen, einer Kakofonie von Vogelrufen. Erneut blickt er nach oben. Der Schnabel des großen Vogels ist spitz und gebogen und mit etwas Rotem verschmiert, und fasziniert sieht er zu, wie der Vogel eine zähe Flüssigkeit hervorwürgt. Als ein langer Faden davon an seinem Schnabel hängt, landet er auf einem Zweig, taucht den Faden in den roten Saft und fliegt wieder zurück, immer hin und her, bis er ein Netz aus tropfender Seide gesponnen hat. Hastig greift Grey nach seinem Notizbuch. Wenn er doch nur mehr Zeit hätte! Es gibt noch so viel zu entdecken, so viel zu sehen, zu riechen, zu berühren, einzufangen. Doch wie viel Zeit wäre genug? Es bräuchte ein ganzes Leben, um alles zu verstehen.

Etwas rempelt ihn so grob an, dass er stürzt. Der Boden ist voll spitzer Steine und Zweige, und der Schmerz bringt ihn wieder zu sich. Tränen brennen ihm in den Augen. Er blickt auf, die Sicht verschwommen, und fährt zurück. Er befindet sich direkt vor dem Netz des Vogels, obwohl er sich nicht erinnern kann, darauf zugegangen zu sein. Und jetzt hängt etwas darin, das aussieht wie eine Kreuzung aus Insekt und Vogel, aber so groß ist wie ein Pferd, mit schwarz gefiederten Flügeln und einem pelzigen Körper. Allerdings zappelt das Wesen so sehr, dass er kein klares Bild von ihm bekommt. Schon ist es mit dem roten Saft getränkt, schon werden die Bewegungen langsamer, da kommt der bleiche Vogel angeflogen, die Flügel ausgebreitet, die glasigen Augen auf das zappelnde Wesen im Netz gerichtet. Ein kurzer Moment wild schlagender Flügel, zustoßenden roten Schnabels und grausiger Schreie, die durch den Wald hallen und dann plötzlich verstummen. Der bleiche Vogel lässt sich auf dem Netz nieder und macht sich über seine Beute her. Grey wendet den Blick ab. Was auch immer das für ein Wesen war, es hat ihm mit seinem Flug in die Falle das Leben gerettet.

Was tun diese Netze? Ist es eine Art Hypnose? Er hat von Insekten gehört, die ihre Beute auf diese Weise austricksen, aber noch nie von Vögeln. Schon das Weben eines Netzes ist erstaunlich, aber dass es obendrein diese Wirkung hat, und zwar nicht nur auf den tierischen Verstand, sondern auch auf den *menschlichen* ... Wenn er doch nur irgendeinen Beweis mitnehmen könnte. Wenn er ihn bei der Ausstellung zeigen könnte ... Mit zittrigen Beinen steht er auf, ohne den Schmerz zu beachten. Eine vollkommen neue Spezies und ein noch nie zuvor beobachtetes Verhalten. Was könnte es Besseres als Illustration für *Eden – Eine neue Sichtweise* geben?

Vorsichtig nähert er sich dem Netz. Nur ein kleines Stück davon, mehr braucht er nicht ... Er streckt die Hand aus –

– und die Bäume bekommen Flügel und erwachen zum Leben.

Von zahllosen Zweigen fliegen unter misstönendem Geschrei Vögel auf, bis die Luft von bleichen Flügeln und leuchtend roten

Schnäbeln erfüllt ist. Sie fliegen auf und ab und spucken die zähe, klebrige Seide aus, und Henry Grey beginnt zu laufen, doch überall landen glänzende rote Fäden, bleiben in seinem Haar und auf seiner Haut kleben. Obwohl er aus Leibeskräften zieht, bekommt er das Gewehr nicht aus der Halterung, aber was würde ein Betäubungspfeil bei dieser Menge auch nützen? Blindlings rennt er vorwärts, verfolgt von höhnischem Gekreisch, Flügelschlagen, das immer näher kommt, und Schnäbeln, die nach ihm hacken. Plötzlich gibt der Boden unter ihm nach, und er stolpert in eiskaltes Wasser. Die Fäden drücken ihn nieder, und die Vögel zerren an seinen Armen, mit denen er seinen Kopf zu schützen versucht. Er rutscht tiefer. Er hat Wasser schon immer gehasst, die dunklen, trägen Tümpel in den Mooren, die den Himmel in ihre Tiefe zogen. In ihrer Nähe verspürte er immer den Sog des Vergessens. Er ist wieder ein Junge, der verzweifelt im Fluss zappelt, während seine Schulkameraden tauchen und planschen, seine Beine festhalten und versuchen, ihn unter Wasser zu ziehen. Er versinkt, starke Arme haben sich um ihn geschlungen und ziehen ihn in die Tiefe, fort von den Schnäbeln und Krallen der Vögel, auf eine andere Art von Finsternis zu. Er wehrt sich, versucht, sich aus dem Griff zu befreien, doch die Arme lassen ihn nicht los. *Nein. Nicht so, in dem Wissen, dass ich gescheitert bin …* Er öffnet die Augen, doch in dem trüben Wasser kann er kaum etwas erkennen, und am Rand seines Sichtfelds wird es schwarz. Algen treiben an ihm vorüber, wie Haare, ein kurzes Schimmern.

Dann tragen die Arme ihn an die Oberfläche, heben ihn aus dem Wasser und legen ihn auf den Boden. Algen und Wasser nehmen Menschengestalt an. Eine Frauengestalt. Nein, ein Traumbild. Seine Lunge schmerzt. Eine Hand auf seinem Gesicht, seinen Lippen. Er ringt nach Luft, spuckt Wasser aus. Wie ist es möglich, dass er gerettet ist? Er greift nach der Hand, fühlt ein schmales Gelenk, erblickt Haut und Augen. Menschlich, und auch wieder nicht. Vertraut. Er kennt diese Gestalt, er hat sie im Gewitter gesehen. Er hat sie für eine Vision gehalten, doch nun sieht er, dass er sich geirrt hat. Sie ist ein Wesen des Ödlands.

In der Wildnis

Weiwei stolpert ungelenk auf die Bäume zu, behindert durch den schweren Anzug. Sie blickt zurück zum Zug. Noch nie hat sie ihn aus diesem Abstand gesehen, noch nie außerhalb des Bahnhofs. Dort erschien er ihr immer unfassbar riesig im Vergleich zu allem drumherum. Doch hier, unter dem Ödlandhimmel, wirkt er wie geschrumpft. In den Wachtürmen blitzt etwas auf – sie beobachten sie durch die Ferngläser. Passen auf, ob sich in ihrer Nähe etwas bewegt.

Sie dreht sich wieder um und geht weiter, versucht, den Sog des Zuges zu ignorieren, das Gefühl, dass es falsch ist, von ihm wegzugehen. Doch sobald sie außer Sichtweite ist, nimmt sie den Helm ab, stößt einen Seufzer der Erleichterung aus und schreckt zusammen, als die Geräusche und Gerüche über sie hereinbrechen. Sie sollte Angst haben. Sie *hat* Angst. Dennoch ist sie erfüllt von überwältigender Freude. Diese Freiheit, dieser Raum. Und die Farben – leuchtender, als sie durch die Scheiben aussahen, lebendiger, mehr *hier*. Am liebsten würde sie alles mit den Augen aufsaugen: das klare Blau, das extravagante Grün, das schwirrende, sirrende, summende Leben, die fliegenden Wesen, wie zarte Edelsteine, mit Flügeln wie das Glas in den Moskauer Kirchen.

Elena würde direkt zum Wasser gehen. Und Grey? Der würde sicher versuchen, sich von der Stelle fernzuhalten, wo das Gleis

263

auf den See stößt, wo der Captain die Tiefe zu messen versucht und Proben für Suzuki sammelt. Beide würden sich bestimmt vom Gleis entfernen und zwischen den Bäumen verstecken, wo weitere Wasserflächen glitzern. Weiwei blickt sich hilflos um. In der Hitze und dem Lärm lösen sich ihre Klarheit und Zielstrebigkeit auf. Es schien ihr so einfach, als sie durch das Fenster nach draußen sah. Finde Grey. Halte ihn von Elena fern, damit sie Zeit hat, zum Wasser zu gelangen und wieder zu Kräften zu kommen. *Aber das ist nicht alles, oder?* Jetzt, hier draußen, macht sich jener andere, selbstsüchtige Wunsch bemerkbar. *Du willst nur nicht, dass sie dich verlässt.* Plötzlich wird ihr schwindelig, doch als sie sich an einem Baum abstützen will, bemerkt sie den roten Saft und zuckt zurück.

Ihr ist, als würde die Landschaft sie beobachten, ihre Haut berühren, neugierig, *hungrig.* Jeder Grashalm fühlt sich an, als würde er vibrieren.

Sie geht weiter in den Wald hinein, und ihre Stiefel sinken immer tiefer in den Boden, als sie sich einem Teich nähert. Die Äste der Bäume breiten sich wie ein hohes Gewölbe darüber, durch das grüngoldene Lichtflecken fallen, und das Wasser verwandelt alles in Bewegung, lässt es flirren und schwanken.

Schon spürt sie, wie sie das Zeitgefühl verliert. Ihr ganzes Leben ist bestimmt von Glockenschlägen, Uhren und Zeitplänen, aber nicht jetzt, nicht hier draußen. Hier scheint sich die Zeit aufzulösen.

Sie klemmt sich den Helm unter den Arm und mustert den sumpfigen Boden genauer. Was sie für weiße Zweige gehalten hat, die überall unter den Bäumen liegen, sind in Wirklichkeit Knochen. Große Knochen und kleine Knochen und etwas, das nur Zähne sein können. Ihr erster Impuls ist wegzulaufen, doch sie zwingt sich, gleichmäßig zu atmen und zu bleiben, wo sie ist. Insekten schwirren um sie herum und fliegen ihr ins Gesicht.

Ein unangenehm süßlicher Geruch mischt sich unter den ihres Schweißes. Es hat ihr immer gefallen, klein zu sein. Wer klein ist, kann unbemerkt durch die Welt schlüpfen, sich verstecken und in Sicherheit sein. Doch hier zwischen den Bäumen kommt sie sich viel zu klein vor, um in Sicherheit zu sein. Sie ist noch nie allein gewesen, und hier ist sie ganz allein, inmitten von so viel anderem. So vielen Insekten und Knochen und Gesumme, so vielen Bäumen, die viel zu hoch über ihr aufragen, und sie ist zu klein und zu menschlich, zu fehl am Platz.

Schreie, irgendwo ganz in der Nähe. Sie hört es und denkt: *Etwas wird gefressen*. Sofort packt sie der blinde, primitive Drang, zu fliehen, und sie läuft, so schnell sie kann, denn auch wenn Alexei das Gegenteil behauptet, hat sie noch nicht völlig den Verstand verloren. Doch nach einer Weile bleibt sie keuchend stehen. Die Bäume um sie herum haben sich verändert. Sie sind unförmig, merkwürdig gefärbt und von etwas Glänzendem, Tropfendem in Türkis und Gelb und Orange überwuchert. Sie sehen aus wie etwas aus einem Fiebertraum. Vorsichtig geht sie ein wenig näher heran und stellt fest, dass es wuchernde Flechten sind, größer und greller als alles, was sie je gesehen hat. Flechten, die vor ihren Augen zu wachsen, zu pulsieren und sich zu vervielfältigen scheinen. Der Anblick erinnert sie an das Buntglas im Zug, aber viel leuchtender, intensiver, als wäre das Glas plötzlich zum Leben erwacht. Beim Zusehen wird ihr ganz schwindelig. Sie wendet den Blick ab und merkt, dass sie das Gleis aus den Augen verloren hat. Sie versteht nicht, wie das passieren konnte. Es war da, rechts von ihr, aber irgendwie muss sie die Richtung gewechselt haben, und nun ist es verschwunden. Woher waren die Schreie gekommen? Ihre Beine schmerzen, und ihr Atem geht keuchend. Wie konnte sie nur denken, sie könnte einfach so ins Unbekannte marschieren? Welches Recht hatte sie dazu?

Doch dann erblickt sie zwischen den Bäumen vertraute Gestalten, menschliche Gestalten, und obwohl sie weiß, dass sie ihren Augen nicht trauen kann, läuft sie darauf zu. Doch als sie näher kommt und die Gestalten erkennt, hält sie stolpernd inne. Elena beugt sich über Henry Grey, der am Boden liegt. Ihr Haar hängt um sein Gesicht, sodass ihr eigenes nicht zu sehen ist, und ihre Haltung erinnert Weiwei an Raubtier und Beute und an ihre erste Begegnung in der Dunkelheit des Lagerwagens. Da hat sie es gespürt, die Gegenwart von etwas, das wachsam ist, hungrig und stark. Unmenschlich. Sie hat es in der Hand gespürt, die sie in das Badewasser ziehen wollte, hat es gesehen, als das Beinahe-Mädchen sich in der Fensterscheibe spiegelte.

Weiwei weicht einen Schritt zurück. Sie blickt zu Grey, der ganz bleich ist und die Augen geschlossen hat. Um ihn herum wachsen dünne weiße Stängel aus der Erde, die sich auf ihn zubewegen. Elena beugt sich tiefer über ihn, und Weiwei ruft unwillkürlich: »Nicht!«

Ruckartig hebt Elena den Kopf. Ihre Augen sind groß, die Pupillen geweitet. Weiwei weicht noch einen Schritt zurück, öffnet den Mund, um Elenas Namen zu sagen, doch es kommt kein Ton heraus. Elena starrt sie unverwandt an.

Die Vögel sind verstummt. Insekten schweben lautlos in der Luft. Kein Lufthauch bewegt die Zweige der Bäume. Selbst die weißen Stängel rund um Henry Grey scheinen in ihrer Bewegung innegehalten zu haben. Alles wartet.

»Was, nicht?« Elena erhebt sich langsam, ohne den Blick von Weiwei zu lösen.

Und Weiwei kann es in ihrem Gesicht lesen – das Begreifen, die Enttäuschung.

»Ich wollte nicht –«

»Ihm geht es bald wieder gut. Du kannst ihn mit in den Zug zurücknehmen.«

»Elena, bitte –«

»Vögel haben ihn angegriffen«, sagt Elena mit harter Stimme. »Sie haben erkannt, dass er weder Beute noch Raubtier ist, sondern ein Dieb.«

Ein Dieb. Mit seinen Netzen und Glasbehältern.

»Ich hatte Angst, er würde dich sehen und versuchen, dich zu fangen. Deshalb bin ich ihm gefolgt. Ich hatte Angst, er würde dich mit seinen Netzen fangen.« Weiweis Stimme bricht.

Elena lächelt traurig. »Er könnte mich nicht fangen. Die Algen würden ihn festhalten, die Vögel würden ihm die Augen aushacken, und das Wasser würde ihn ertränken.« Sie hält inne und dreht den Kopf zur Seite, wie Weiwei es bei Eulen gesehen hat. Lauscht. In der Ferne ertönt ein unmenschlicher Schrei.

Wo ist der Captain? Bestimmt ist sie längst wieder im Zug, sagt Weiwei sich. *Der Schütze passt auf sie auf, und sie hat sich nicht weit von den Gleisen entfernt. Sie ist in Sicherheit.*

»Du solltest nicht hier sein«, sagt Elena. »Keiner von euch sollte hier sein.«

»Aber …« Nun, da sie vor ihr steht, hat Weiwei vergessen, was sie sagen wollte. Hier ist alles anders, Elena ist ein Teil der Landschaft, sie bewegt sich voll Selbstvertrauen, geht barfuß über den Boden. Sie wollte sie retten, aber sie muss nicht gerettet werden.

»Komm mit mir zurück.« Sie erträgt den Gedanken nicht, sie zu verlieren, aber schon während sie spricht, merkt sie, wie schwach ihre Worte klingen. »Bitte. Du wolltest doch noch so viel sehen.«

»Ich gehöre nicht dorthin«, erwidert Elena. »Du hattest Angst. Du dachtest, ich wollte ihm etwas antun.«

»Nein –«

»Doch.« Dann, sanfter: »Und ich verstehe es. Wirklich.«

»Oder ich könnte hierbleiben.« Der Satz rutscht ihr heraus,

bevor sie Zeit hat, darüber nachzudenken. »Du könntest mir beibringen, wie man hier lebt. Ich könnte es lernen.«

Elena antwortet nicht. Sie hockt sich hin und legt die Hände flach auf das nasse Gras. Dann sagt sie, ohne aufzublicken: »Wir haben ihn getötet, euren Rostow.«

Weiwei hört den Wind in den Zweigen der Bäume, das Summen der Insekten. Das Blut, das ihr in den Ohren rauscht.

»Er kam zurück«, fährt Elena fort. »Als er älter war. Er ist irgendwie an der Mauer und den Wachen vorbeigekommen. Er suchte die Weite, die Erde und das Gras und den Stein. Er konnte nicht schlafen. Er sagte, wir würden ihn in seinen Träumen rufen, ihm keine Ruhe lassen. Er kniete sich ins Gras und weinte.«

»Ich verstehe nicht –«

»Wir haben ihn getötet. Seine Knochen liegen in der Erde. Er gehörte nicht hierhin.«

»Nein, nein, er hat den Verstand verloren, er ist in den Fluss gefallen, er … Niemand kommt an der Mauer vorbei.«

»Es gibt Möglichkeiten, wenn jemand wirklich will. Aber es gibt keine Möglichkeit, zu überleben. Nicht hier.« Nun blickt sie auf. »Deshalb kannst du nicht bleiben.«

»Das glaube ich dir nicht.«

Grey rührt sich. »Komm zurück«, murmelt er hustend und spuckend. »Bitte …«

Elena richtet sich auf und weicht zurück. »Du musst ihm helfen, zum Zug zurückzugehen. Da draußen ist noch etwas anderes.«

»Ja, der Captain, sie prüft, wie tief das Wasser ist.«

»Nein, das meine ich nicht.« Elena steht ganz still. Ihre vertraute Haltung, wach, aufmerksam, bereit. »Es weiß, dass du hier bist.«

Weiwei folgt ihrem Blick. Bewegt sich da nicht etwas zwischen den Bäumen? Liegt nicht ein Geruch nach Verwesung in der

Luft? *Ist es das, was Rostow wahrgenommen hat, als er weinend im Gras kniete? Hat er darauf gewartet, dass die Erde ihn umfängt? Hatte er Angst?*

»Ich werde es von hier wegführen«, sagt Elena. »Du musst ihn zum Zug zurückbringen.« Sie sieht zu Grey. »Er darf nichts mitnehmen. Er hat kein Recht dazu.«

»Warte —«

»Es kommt, Weiwei.« Jetzt liegt Furcht in ihren Augen, und sie beginnt zu laufen. »Beeil dich!«

Weiwei steht wie gelähmt da. Nun, da Elena fort ist, werden die Geräusche um sie herum drängender, aber sie kann sich nicht bewegen. Die Bäume scheinen zu wachsen, ihre Äste werden länger, recken sich, aus dem Boden gluckert Wasser hervor, auf ihrer Stiefelspitze ist ein Ring aus winzigen knochenbleichen Pilzen gesprossen.

Greys Würgen reißt sie aus ihrer Starre.

Mit einem Aufschrei schüttelt sie ihren Fuß und springt aus dem sumpfigen Grund auf festeren Boden.

»Sie war hier …« Er hat sich auf alle viere aufgerichtet und blickt sich suchend um, sackt aber wieder zusammen. Er scheint sich gar nicht darüber zu wundern, dass Weiwei auch hier draußen ist, als hielte er es für selbstverständlich, dass jemand von der Crew bereitsteht, um ihn zu bedienen, selbst nachdem er gegen sämtliche Zugregeln verstoßen hat. »Haben Sie sie gesehen? Sie müssen mir helfen, sie zu finden … Sie ist der Beweis, den ich brauche …«

Eine Woge von Abscheu wallt in ihr auf. Wie kann er es wagen, Elena als *Beweis* zu bezeichnen? Wie kann er es wagen, überhaupt von ihr zu sprechen? Als wäre sie etwas, das er besitzen könnte, als hätte er ein Recht auf sie. Sie stellt sich vor, ihn hier zurückzulassen – »*Er ist ganz allein in den Wald gelaufen, ich konnte nichts tun.*« Sollten die Ödlandwesen doch mit ihm machen, was sie wollten. Es wäre so einfach. Und wenn er verschwand, könnte auch Elena verschwinden. Dann wäre sie in Sicherheit vor all den anderen neugierigen Männern, die womöglich noch kommen würden.

»Bitte«, fleht er, auf dem Boden zusammengekrümmt, Matsch im Gesicht.

Sie packt ihn am Arm und zieht. »Wir müssen gehen. Da war niemand. Sie sind ins Wasser gefallen.«

»Nein, sie hat mich gerettet, ein Wesen wie … eine Art von … Sie war ganz außergewöhnlich.« Mühsam richtet er sich wieder auf.

»Es heißt, das Ödland bringt einen dazu, sich merkwürdige Dinge einzubilden, Sir«, sagt sie. »Es sorgt dafür, dass einem der Verstand Streiche spielt.« Sie blickt sich nach ihrem Helm um und setzt ihn wieder auf.

»Sie verstehen nicht«, erwidert Grey. »Ich wäre fast ertrunken – nein, die Vögel haben mich angegriffen, ich war im Wasser –«

»Sir«, sagt sie und hockt sich neben ihn. »Sie haben einen schlimmen Schock erlitten, aber wir müssen zum Zug zurück, hier sind wir nicht sicher.«

Er beginnt, in der Erde zu scharren, und zieht an den weißen Stängeln.

»Wir müssen gehen«, wiederholt sie lauter, doch er packt sie am Arm.

»Hier gibt es so viele wunderbare Dinge. Wollen Sie denn nicht auch, dass sie bewahrt werden?« Sie versucht, sich von ihm zu lösen, doch er hält sie fest. »Verstehen Sie denn nicht? Wollen Sie sie nicht auch in Ihren Händen halten? Wir haben die Pflicht, sie zu studieren … sie zu begreifen.«

Sie will weg von ihm, von seiner verzweifelten Gier, von der Geistesverwandtschaft, die er ihr gegenüber offenbar empfindet.

»Diese Dinge haben bereits versucht, Sie zu töten«, entgegnet sie. »Alles hier ist hungrig.«

Doch auch er ist hungrig, geradezu ausgehungert. Sie sieht es in seinen Augen, dasselbe Licht wie bei Elena, als sie aus dem Zug auf das Wasser gestarrt hat, und obwohl es ihr widerstrebt, versteht sie es.

Schwankend steht er auf, tastet seine Taschen ab und holt ein paar kleine Stoffbeutel heraus. »Ich werde nichts Großes mitnehmen, nichts, was dem Zug Schaden zufügen könnte.«

»Er darf nichts mitnehmen. Er hat kein Recht dazu.«

Sie zögert. Ihr Blick fällt auf die Flechten an den Bäumen. Da ist ein Stück, das aussieht wie ein Damenfächer, in einer Farbe, die sie an Elena erinnert: ein changierendes Blaugrün, bei dem die Augen nie ganz sicher sind, was sie sehen. So schön, dass man immerzu hinschauen muss. Und plötzlich packt sie das Verlangen, die Überzeugung, wenn sie es nur haben und immer bei sich tragen könnte, hätte sie etwas, um die Leere zu füllen, die Elena hinterlässt.

Grey bricht Stücke von den Flechten ab und packt sie in die Beutel. Dann nimmt er eine Art Schachtel heraus, die offenbar eine Falle ist, denn er legt sie auf den Boden, kauert sich darüber und wartet. Trotz der nassen Sachen und des schlammverschmierten Gesichts, trotz der Gefahren um ihn herum sieht er aus, als hätte er alle Zeit der Welt.

Eigentlich sollte sie ihn davon abhalten, aber sie lässt ihn gewähren. Und während er ihr den Rücken zukehrt, bricht sie das Stück blaugrüne Flechte ab und steckt es sich in die Tasche.

Plötzlich ertönt in der Ferne ein Brüllen. Etwas Riesiges, Unmenschliches lauert zwischen den Bäumen. Sie fährt zu Grey herum, aber er hockt nur da und starrt gen Himmel, und sie begreift, dass er keine Ahnung hat, wie es zum Zug zurückgeht. Sie hat schon lange die Orientierung verloren, und der Boden scheint ihre Fußabdrücke verschlungen zu haben.

»Wohin?« In Greys Stimme liegt Angst.

Sie weiß es nicht. Nichts ist ihr vertraut. Jedes Mal, wenn sie in eine andere Richtung schaut, sieht alles neu aus, als würde sich die Umgebung vor ihren Augen verändern. Wieder ein Schrei, schrill und heiser, und dann hören sie es – das lang gezogene Pfeifen des Zuges, wie eine Antwort.

Sie folgen seinem Ruf, obwohl er sehr weit weg zu sein scheint. Bei jedem Schritt versinken ihre Füße im Matsch, wie in einem Traum, bei dem der Boden einen in die Tiefe saugt, damit man nicht an sein Ziel gelangt.

Schließlich treten sie aus dem Wald hinaus auf festeren Boden, und da ist der Zug, so völlig fehl am Platz, dass sie beide stehen bleiben. Hastig setzen sie ihre Helme wieder auf.

Ein Insekt landet auf Weiweis Visier. Sie schnippt es weg und sieht nur aus dem Augenwinkel einen langen, grünlichen Körper mit zarten Flügeln. Eine Libelle. Noch eine kommt angeflogen, die sie ebenfalls wegschnippt, und dann noch eine und noch eine, und trotz des Helms kann sie ein vielstimmiges Klingen hören, als hätte jemand lauter Gläser angestoßen, die mit unterschiedlich viel Wasser gefüllt sind, bis die ganze Luft vibriert. Sie spürt, wie Grey sich neben ihr zusammenkrümmt und versucht, seinen Kopf mit den Armen zu schützen, und sie sieht, wie sich die Libellen neben dem Zug sammeln – Hunderte, Tausende von ihnen, und das Klingen ist wie ein eigenständiges, unnachgiebiges Wesen.

»Schnell«, ruft sie Grey zu, aber ihre Stimme geht in dem Lärm unter. Sie versuchen, zum Zug zu gelangen, doch da bemerkt sie rote Flecken auf dem Boden unterhalb der Libellen, die abwechselnd nach unten schießen, kurz in dem Rot landen und dann wieder auffliegen. Noch mehr Baumsaft? Nein. Sie sind jetzt in offenem Gelände, abseits des Waldes. Das ist Blut. Und die Libellen scheinen zu flirren und immer wieder kurz zu verschwinden, als würde ihr Flügelschlag sie nicht nur in *dieser*

Luft schweben lassen, sondern auch noch irgendwo anders. *Wessen Blut ist das?* Das Klingen schmerzt in ihrem Kopf, und der Boden ist nie dort, wo sie ihn erwartet; bei jedem Schritt ist er entweder näher als gedacht oder weiter weg, sodass ihre Knochen zusammengestaucht werden.

Wieder ein Brüllen, diesmal viel näher. »Los, Beeilung«, schreit sie, aber Grey wird immer langsamer, stolpert alle paar Schritte, und es wird immer schwerer, ihn mitzuziehen. Gerade als der Wunsch übermächtig wird, ihn einfach zurückzulassen, springt jemand in einem Schutzanzug aus dem Zug, läuft auf sie zu, packt Greys anderen Arm und legt ihn sich um die Schultern. Der Captain. Vor Erleichterung sacken Weiwei fast die Beine weg. Nun geht es schneller voran, und trotz ihres unbeholfenen sechsbeinigen Gangs nähern sie sich dem Zug.

Jetzt kann Weiwei Gesichter an den Fenstern erkennen, Blicke, die zwischen ihnen und der wachsenden Spirale aus Insekten hin und her zucken. Sie sieht Alexei, der ihnen bedeutet, schneller zu laufen, und auch die anderen neben ihm werden immer unruhiger, dann geht die Tür auf, und der Captain drängt sie an Bord, klettert ihrerseits hoch und zieht mit einem Knall die Tür hinter ihnen zu.

Es ist zu viel. Alle reden gleichzeitig, während Weiwei sich von ihrem Helm befreit und den Captain anstarrt – so gefasst und undurchschaubar wie immer, aber wundersamerweise endlich da. Sie legt ihre Hand auf Weiweis Arm und sieht sie fragend an.

»Alles in Ordnung«, sagt Weiwei nur mit brüchiger Stimme, obwohl sie noch so viel mehr sagen möchte. Sie traut sich nicht, den Blick vom Captain zu lösen, aus Angst, sie könnte wieder verschwinden, doch entsetzte Ausrufe lassen sie zum Fenster herumfahren. Zuerst begreift sie nicht, was sie da sieht. Das

Wesen ist zu groß und aus zu vielen nicht zueinanderpassenden Teilen zusammengesetzt, um überhaupt zu existieren. Eine Haut wie eine Echse, eine Zunge, die aus einem Maul mit zu vielen Zähnen schnellt und Hunderte von Libellen auf einmal fängt. Auf dem Rücken leuchten weiße Muscheln, wie die Seepocken, die sie auf den Fischmärkten in Peking gesehen hat. Ihr laufen Tränen über die Wangen. Sie versteht diese körperliche Reaktion nicht, ist wütend auf ihre Schwäche.

Grey drückt das Gesicht an die Scheibe. Henry Grey kennt keine Tränen, nur Staunen, Faszination. Mit einem Mal packt sie heftiger Neid. Sie will es auch, dieses Staunen. Sie will mit derselben Gabe gesegnet sein wie Grey, der sie gar nicht zu schätzen weiß. Aber alles, was sie spürt, ist eine furchtbare, überwältigende Verständnislosigkeit, während das Wesen seinen Blick auf den Zug richtet, sich dann jedoch wieder den Insekten zuwendet, da der Zug offenbar nicht als Nahrung taugt. Sie schlingt die Arme um sich und betastet die scharfen Kanten des Flechtenfächers in ihrer Tasche, seine eigentümlich glatte Oberfläche. Er ist dunkelblau und smaragdgrün – Elenas Farben.

»Es ist einfach aus dem Wald aufgetaucht«, sagt Alexei, und sein Gesicht ist blass und von einem Schweißfilm überzogen. »Gerade als ihr herbeigelaufen kamt.« Der Captain geht zur Sprechanlage, gibt einen Befehl durch, und Sekunden später setzt sich der Zug mit einem Ruck in Bewegung. Die Heizer müssen in Bereitschaft gewesen sein, um den Zug jederzeit aus seinem Schlummer wecken zu können. Das Wesen dreht den Kopf zur Lokomotive, aus der Rauch aufsteigt, und öffnet das Maul, als wolle es den ungewöhnlichen Geschmack in der Luft kosten.

»Schneller«, sagt der Captain in die Sprechanlage, und sie spüren, wie der Zug Fahrt aufnimmt. Das Wesen stößt ein lautes Brüllen aus und bäumt sich auf, als wollte es sich auf sie stürzen.

Wasser spritzt gegen die Fensterscheiben, und die Birken drängen immer näher heran, bis sie nichts mehr sehen können.

»Folgt es uns?«

Alle sind wie gelähmt. Warten auf den Knall, auf den Biss dieses riesigen Kiefers, auf einen vernichtenden Schlag mit dem dicken, stachelbewehrten Schwanz. Doch der Zug rollt ungehindert durch das Wasser, und Weiwei starrt verzweifelt hinaus, auf der Suche nach dunklem Haar und schlammverschmiertem blauen Stoff.

Konsequenzen

»Wie ich gehört habe, bedeutet das das Ende für den Captain«, raunt Guillaume mit hörbarer Freude am Klatsch.

»Nun, sie ist ja schließlich selbst schuld«, erwidert Wu Jinlu. »Da geben sie immer damit an, es wäre der am besten gesicherte Zug der Welt, und trotzdem hat Grey es geschafft rauszukommen. Weit kann es mit der Sicherheit also nicht her sein.«

»Solche Hybris bleibt nicht ungestraft«, murmelt Galina Iwanowna frömmelnd.

Es ist früher Abend. Im Zug herrscht wieder Normalität – das Essen wird auf feinem Porzellan serviert, der Wein von Stewards mit makellos weißen Handschuhen eingeschenkt. Die Stimmung hat sich gehoben, seit bekannt gegeben wurde, dass die Wasserrationierung aufgehoben ist, obwohl Maria auffällt, dass kaum jemand von der Suppe gegessen hat. Als sie den Löffel in ihre Portion taucht, sieht sie an der Oberfläche kurz ein öliges Schimmern in einer Farbe, die sie nicht benennen kann.

Die Gräfin fragt: »Hat jemand unseren abenteuerlustigen Flüchtling gesehen?«

»Unter ärztlicher Beobachtung, habe ich gehört«, sagt Wu. »In Quarantäne. Offenbar hat er den Helm abgenommen und wäre fast in einem Sumpf ertrunken.«

Galina Iwanowna erschauert. »Aber wie wollen sie feststellen, ob er ... nun ja, ob er *infiziert* ist?«

»Ich nehme an, das wird sich bald zeigen, und dann werden entsprechende Maßnahmen getroffen«, erwidert Wu.

»Diese Engländer«, sagt Guillaume. »Er hat sich bestimmt nicht mit irgendwas angesteckt, das passiert denen nie. Ihr scheußliches Klima macht sie immun.«

»Das Mädchen war auch draußen, um ihn zurückzuholen«, bemerkt Wu Jinlu. »Die kleine Zugwaise. Ohne Rücksicht auf ihre eigene Sicherheit, wie ich gehört habe, richtig heldenhaft.«

»Es heißt, Grey hätte eine Art Zusammenbruch erlitten und nicht mehr gewusst, wo er war und was er tat«, sagt die Gräfin genüsslich.

»Der arme Mann. Es heißt ja, dass nicht jeder Verstand dem gewachsen ist.« Guillaume wirkt zufrieden, da er seinen Verstand offenbar für robuster hält.

»Und dieses Wesen«, sagt die Gräfin. »Haben Sie es gesehen? Jedes Mal, wenn ich aus dem Fenster schaue, rechne ich damit, dass es wieder da ist.« Doch plötzlich herrscht unbehagliches Schweigen. *Sie wollen sich nicht erinnern*, denkt Maria. Sie wollen nicht über die scharfen Zähne und das riesige Maul nachdenken. Da ist es doch einfacher, über Henry Grey und seine menschlichen Schwächen zu reden.

»Wenn der Captain für diese Unachtsamkeit bestraft wird, was ist dann mit Dr. Grey?«, fragt Galina Iwanowna. »Kommt er nach seiner Quarantäne einfach wieder zurück? Sollen wir so tun, als wäre nichts geschehen?«

»Ich nehme an, das ist genau das, was die beiden Herren von der Kompanie gerne hätten«, erwidert die Gräfin. »Die Transsibirien-Kompanie scheint großen Wert auf die Tugend der Vergesslichkeit zu legen.«

Die Herren von der Kompanie sind nicht zum Abendessen erschienen. Maria stellt sich vor, wie sie in ihrem Abteil stehen, zunächst verwirrt, dann wütend, als sie feststellen, dass sie Besuch von einem ungebetenen Gast hatten; von einem neugierigen, unvorsichtigen Gast. Sie sieht sie vor sich, wie sie herauszufinden versuchen, was fehlt. Hat sie etwas liegen lassen? Sie hat den Appetit verloren, und der Wein schmeckt bitter.

»Verzeihen Sie mir, aber ich glaube, ich werde mich heute Abend ein wenig eher in mein Abteil zurückziehen«, sagt sie, legt die Serviette hin und steht vom Tisch auf. Sie hält das angespannte Geplauder der Ersten Klasse nicht mehr aus.

Die Herren erheben sich höflich.

»Aber Sie kommen doch später zurück, oder?«, sagt die Gräfin, und es klingt nicht wie eine Frage, sondern wie ein Befehl. »Wir brauchen einen Vierten zum Bridgespielen.«

Während Maria noch nach einer freundlichen, aber unverbindlichen Antwort sucht, geht die Tür des Speisewagens auf, und die Krähen kommen herein, wie immer ganz in Schwarz gekleidet, und wie immer mit ausdrucksloser Miene. »Ja, natürlich«, sagt sie. Die Männer von der Kompanie beobachten sie aufmerksam. »Ich freue mich schon darauf.« Sie wendet sich zum Gehen, doch die Krähen versperren ihr den Weg.

»Wir hoffen, die heutigen Ereignisse haben Sie nicht allzu sehr beunruhigt«, sagt der Russe. »Wie Sie wissen, sind die Sicherheit und das Wohlergehen unserer Passagiere für uns stets von höchster Wichtigkeit.«

Beide lassen den Blick durch den Raum wandern, um sich zu vergewissern, dass alle zuhören. »Und Sie können sich darauf verlassen, dass diese wissenschaftliche Expedition unter strengsten Vorkehrungen durchgeführt wurde und dass Dr. Greys Erkenntnisse dazu genutzt werden, unser Wissen über das Ödland zu erweitern und dadurch die Reise für unsere Passagiere noch sicherer zu machen.«

Maria starrt die beiden ungläubig an. Als sie sich zu ihrem Tisch umwendet, sieht sie, dass die Gräfin die Stirn runzelt.

Guillaume beginnt zu begreifen. »Oh, das Ganze war also geplant? Dann hätten Sie uns doch zumindest vorher informieren können, damit wir uns nicht alle solche Sorgen um ihn machen.«

Maria vermutet, dass sich kaum jemand um Greys Sicherheit gesorgt hat, aber die Krähen bemühen sich, zerknirschte Mienen aufzusetzen.

»Dr. Grey hat darauf bestanden, dass niemand über seine geplante Exkursion informiert wird. Sie wissen ja, was für ein bescheidener Mensch er ist, und er wollte weder Aufmerksamkeit erregen noch Beunruhigung auslösen.«

Die Gräfin hebt die Augenbrauen, und auch andere Passagiere schauen skeptisch drein, aber niemand sagt etwas, bis Galina Iwanowna strahlend verkündet: »Nun, wir haben alle bewundert, mit welcher Hingabe er sich seiner Arbeit widmet.« Ein paar Köpfe nicken zögernd.

Es ist wie ein Bann, denkt Maria. *Sie sagen es, also ist es so.* Selbst eine so unglaubwürdige Geschichte. Kommt denn niemand auf die Idee, zu fragen, warum Weiwei ihn zurückholen musste, wenn alles geplant war? Glauben die beiden das Ganze sogar selbst, überzeugt, dass jede Lüge, die sie von sich geben, die Wahrheit ist? Da zeigt sich die Macht der Kompanie. Wie können sie es wagen? Sie spürt, wie die Worte aus ihrer Kehle herausdrängen. *Lügner!* Sie verstecken sich hinter ihren akkuraten schwarzen Anzügen, hinter ihren glatten, einstudierten Worten. Am liebsten würde sie den Lack abkratzen, um die Fäulnis darunter bloßzulegen. Ihr wird ganz schwindelig, und sie merkt, dass die Gräfin besorgt zu ihr herübersieht, aber es hilft nichts, sie muss sich übergeben, wenn sie nichts sagt –

»Darf ich Sie begleiten? Vielleicht kann ich Ihnen ja das Buch zeigen, nach dem Sie gefragt hatten?«

Maria fährt herum. Neben ihr steht Suzuki, der ihr seinen

Arm bietet, und sie erstarrt. Sie wollte ihm nicht begegnen, wollte ihm nicht all die Fragen stellen, die sie beschäftigen.

»Über die Geschichte des Zuges? Ich habe es in der Bibliothek gefunden und den Steward gebeten, es für Sie beiseitezulegen.« Er führt sie sanft, aber entschlossen zur Tür. »Ich verspreche Ihnen, es ist eine hochinteressante Lektüre.«

Sie sind schon halb durch den Schlafwagen, als sie endlich ihre Sprache wiederfindet. »Es wäre nicht nötig gewesen –«

»In dem Fall bitte ich um Verzeihung für meinen Irrtum, denn ich dachte, Sie waren kurz davor, unseren Freunden von der Kompanie und der gesamten Ersten Klasse zu verraten, wer Sie wirklich sind.«

Langes Schweigen.

»Ich habe doch recht, oder nicht – Maria Antonowna Fjodorowa?«

In ihren Ohren beginnt es zu rauschen. Es ist so lange her, seit sie ihren richtigen Namen gehört hat. Nach ihrer letzten Begegnung war sie sicher gewesen, dass er es wusste, aber sie hatte nicht darüber nachdenken wollen, was das bedeutete. Sie hatte überhaupt nicht an ihn denken wollen. »Wie sind Sie darauf gekommen?«, fragt sie schließlich.

Er sieht sie halb amüsiert, halb ungläubig an. »Die ganzen Fragen, die Sie mir gestellt haben, Ihr sicherer Umgang mit dem Teleskop … Sie haben vielleicht keine hohe Meinung von mir, aber dumm bin ich nicht.« Sie wird rot, doch er spricht weiter. »Und ich dachte, natürlich … Natürlich würde Anton Iwanowitschs Tochter kommen, um die Wahrheit herauszufinden.«

»Die Wahrheit«, sagt sie, bemüht, ihre Stimme nicht zittern zu lassen. »Und was ist das für eine Wahrheit?«

Suzuki dreht sich um und blickt den Korridor hinunter. »Kommen Sie. Es ist besser, wenn wir bei unserer Geschichte bleiben.« Er führt sie in die Bibliothek. Der Steward dort döst vor sich hin, setzt sich jedoch auf, als sie eintreten. Suzuki flüstert dem Mann etwas ins Ohr; der grinst und eilt hinaus, nicht ohne Maria kurz zu mustern.

»Es ist besser, wenn die Crew über uns tratscht, als wenn die Krähen noch misstrauischer werden«, sagt Suzuki, ohne ihr in die Augen zu sehen. Er nimmt einen schweren Band aus einem der Regale, legt ihn aufgeschlagen auf einen Tisch und schaltet die Leselampe darüber ein. »Möchten Sie sich vielleicht setzen?«, fragt er. Sie bemerkt, dass er dunkle Schatten unter den Augen hat, und obwohl sein Gesicht ruhig wirkt, zupft er an seinen Manschetten herum, sodass sie noch weiter über seine Hände rutschen. Seine Befangenheit überträgt sich auf sie. »Danke, aber ich bleibe lieber stehen«, erwidert sie, und mehr will sie ihm nicht helfen; sie wird ihr Herz vor dem Schmerz, den sie in seinen Zügen sieht, verschließen.

»Fragen Sie«, sagt er. »Stellen Sie mir Ihre Fragen, und ich werde Ihnen alle Wahrheiten geben, über die ich verfüge.«

»Wahrheiten, die ich nicht selbst herausfinden müssen sollte«, entgegnet sie, und er zuckt zusammen, als hätte sie ihn geohrfeigt. »Stimmt es, dass das Glas fehlerhaft war?«

»Nein, das ist nicht wahr«, antwortet er und berührt die Scheibe so zart, als wäre es die Ikone eines Heiligen. Die Ehrfurcht, die in dieser Geste liegt, schnürt Maria die Kehle zu. Dann fährt er fort, ohne die Fingerspitzen von der Scheibe zu lösen: »Natürlich hat es Risse bekommen.«

Die Leichtigkeit, die in Maria aufgestiegen war, fällt in sich zusammen. »Aber –«

»Es hat Risse bekommen, und das war die Antwort, die die Kompanie auf die Frage haben wollte: *Was ist schiefgegangen?* Eine einfache Antwort, die ihnen bestimmt einen Seufzer der Erleichterung entlockt hat – ein Fenster in der Dritten Klasse, das

Glas hatte einen Riss, alle konnten es sehen. Das war der Grund für das ganze Drama, die Hysterie, den Gedächtnisverlust. Unwichtig, dass Ihr Vater die Kompanie gewarnt hatte, weil zu viele Durchquerungen gemacht wurden; unwichtig, dass das Glas öfter hätte ausgetauscht werden müssen, wenn der Zug so häufig und mit so hoher Geschwindigkeit fuhr – hier war die Antwort und die Lösung: Der Fehler lag beim Glas und beim Glasmacher, sie haben das Draußen hereingelassen.«

Er ist wütend, merkt sie. Wütend auf die Kompanie, auf sich selbst, und irgendwie hilft ihr das, einen Teil ihres eigenen Zorns zu mildern. »Warum sagen Sie dann, dass das Glas nicht der Grund war?«

Er nimmt die Hand von der Scheibe, als wäre ihm jetzt erst bewusst geworden, was er da tut. »Weil die Veränderungen bereits begonnen hatten.«

Sie starrt ihn an. »Was meinen Sie damit?«

Eine Weile herrscht Schweigen. Sie lauscht auf das Rattern der Räder und das Ticken der Wanduhr.

Dann beginnt Suzuki zu sprechen.

»Ihr Vater und ich hatten ein gemeinsames Interesse: Wir wollten das Ödland kartografieren, wollten jede Veränderung, so gering sie auch sein mochte, beobachten und festhalten. Wir wollten immer genauer hinsehen. Ihr Vater hat Linsen hergestellt, wie sie in der Astronomie verwendet werden, doch anstatt den Nachthimmel zu betrachten, haben wir damit die Welt um uns herum betrachtet.«

»Das weiß ich alles. Das Teleskop in Ihrem Turm, der Prototyp … Mein Vater war besessen von der Vorstellung, er könnte nah genug herankommen, um zu sehen, wie die Blütenblätter einer Blume beschaffen waren – die Bausteine des Lebens, wie er sie nannte. Und das hat Ihre Kompanie ihm weggenommen. Sie alle haben ihm das weggenommen. Wenn er mehr Zeit gehabt hätte, wäre es ihm gelungen. Und er hätte noch so viel mehr tun können.«

Suzuki schüttelt den Kopf. »Aber es *ist* ihm gelungen. Der Prototyp funktioniert.«

Verwirrt versucht sie zu begreifen. »Aber Sie sagten doch, er wäre fehlerhaft …« Da war etwas in seiner Stimme gewesen, oben im Turm. *Angst*, denkt sie.

»Das Teleskop hat besser funktioniert, als wir uns je erhofft hatten, aber auf eine Weise, die wir nicht verstanden. Bis –« Er bricht ab, und sie kann förmlich sehen, wie er seine Gedanken sortiert, ebenso sorgsam, wie er es mit seinen Karten tut. »Als wir die Linsen in Peking getestet haben, konnten wir die unglaublichsten Details sehen. Durch ein Teleskop, das handlich genug war, um es eine Treppe hinaufzutragen, konnten wir die Schindeln auf einem Dach zählen, das anderthalb Kilometer entfernt war. Doch als wir es im Ödland benutzt haben, sahen wir –« Er schüttelt den Kopf. »Wir sahen Adern, die durch jedes Lebewesen liefen und sie alle miteinander verbanden, wie Fäden … Es ist schwer zu erklären, aber es war, als sähen wir einen Wandteppich und gleichzeitig dessen Rückseite – das Muster, und wie das Muster gemacht ist. Ergibt das einen Sinn? Nein, wahrscheinlich nicht …«

Was ich gesehen habe, lastet mit jedem Tag schwerer auf mir, hatte ihr Vater in seinem Brief geschrieben. Und es hatte ihn überzeugt, dass der Zug nicht mehr fahren durfte.

»Erzählen Sie weiter«, sagt Maria.

»Es war ein höchst überraschender Durchbruch. Wir konnten uns kaum von dem Teleskop lösen. Zunächst nahmen wir an, das Phänomen wäre auf diesen Ort beschränkt, eine spezielle regionale Veränderung, die wir bis dahin einfach nicht sehen konnten, doch wir merkten bald, dass diese Fäden oder Adern sich durch das gesamte Ödland zogen und alles miteinander verbanden. Und wir merkten auch, dass wir die Veränderungen beobachten konnten, während sie geschahen – wir konnten sehen, wie eine Spirale im Innern einer Blüte von einem Vogelschwarm in der Luft imitiert wurde, wie die Muster auf einem Insektenflügel sich im Fruchtkörper eines Pilzes abbildeten.«

Sie kann sich die Freude ihres Vaters vorstellen. *»Das sind Fenster, jede einzelne von ihnen«*, hatte er gesagt und ihr die Linsen eines Teleskops gezeigt. Wie stolz er gewesen sein musste.

»Und wir sahen auch den Zug«, fährt Suzuki fort. »Wir sahen den Zug in den Mustern – Blätter nahmen seine Form an, das Gleis lief durch die Rinde der Bäume. In den Flechten auf den Felsen konnten wir Räder erkennen.«

»Diese Wesen«, sagt Maria langsam. »Diese Würmer, oder was auch immer sie waren, sie schienen den Zug nachzuahmen.«

Suzuki nickt. »Während wir beobachten, werden wir unsererseits beobachtet.«

»Das hat meinem Vater Angst gemacht. Ich habe den Brief gefunden, den er an die Kompanie geschrieben hat ... Sie wussten, dass ich ihn finden würde, nicht wahr? Sie wussten, dass er im Abteil der Krähen lag.«

»Sobald wir in Moskau angekommen waren, bestand er darauf, dem Vorstand der Kompanie unsere Entdeckungen zu schildern. Er sagte, wir hätten Beweise, dass das Land lernt, dass das, wovor wir uns immer gefürchtet haben – die Unvorhersehbarkeit der Veränderungen, ihre scheinbar willkürliche Natur –, gar nicht die wahre Gefahr darstellt. Viel gefährlicher ist, dass dahinter ein Muster steht, eine Absicht, und das können wir jetzt mit eigenen Augen sehen.«

»Das Muster, und wie es gemacht ist«, flüstert Maria.

»Ich habe versucht, ihn davon abzubringen«, fährt Suzuki fort. »Zu meiner Schande muss ich gestehen, dass ich mich geweigert habe, seinen Brief zu unterschreiben. Ich wandte ein, wir bräuchten mehr Zeit, um das Ganze zu verstehen, und als von der Kompanie in Moskau keine Antwort kam, war ich erleichtert.« Er schließt kurz die Augen. »Und dann, auf der Rückfahrt nach Peking – jener letzten Durchquerung – sahen wir, sobald wir die Mauer hinter uns gelassen hatten, wieder diese Muster, aber diesmal nicht nur draußen, sondern auch *drinnen*. Im Innern des Zuges. Wir sahen die Umrisse der Farne in der Holzverkleidung, das Kräuseln des Wassers im Stoff der Vorhänge. Wir begannen an unserem Verstand zu zweifeln, trauten unseren Augen nicht mehr. Und dann ...« Er hält inne. »Dann wird alles dunkel. Was auch immer danach geschehen ist, es ist aus unserem Gedächtnis gelöscht. Als wir wieder zu uns kamen, waren wir bei der Pekinger Mauer angekommen, und das Glas hatte Risse. Von alldem, was wir gesehen hatten, war nichts mehr da. Und Ihr Vater ...« Seine Stimme bricht. »Ihr Vater hat sich die Schuld gegeben. Er war nur allzu bereit, die Verantwortung für das gesprungene Glas zu übernehmen, das, was wir gesehen hatten, abzutun und sich dem anzuschließen, was die Kompanie als *die naheliegendste Erklärung* bezeichnete.«

»Aber warum haben Sie dann geschwiegen? Der Verlust seines Rufs und seines Lebensunterhalts hat ihn ruiniert. Es hat ihn getötet.«

Trauer überwältigt ihn, und er hält sich an der Stuhllehne fest, als könne er sich nur mit Mühe aufrecht halten. »Weil ich ein Feigling bin. Weil der Zug alles ist, was ich habe – wenn die Türen zum Ödland sich endgültig schließen, stehe ich mit nichts da. Als ich Japan verließ, wurde ich erst zu einem Staatenlosen und dann zu einem Mann der Kompanie, einem Mann des Zuges. Ohne ihn gehöre ich nirgendwohin. Ich war nicht stark genug ... nicht selbstlos genug, um den Gedanken zu ertragen, dass unsere Entdeckungen die Kompanie vernichten könnten.«

»Sie *sollte* vernichtet werden. Sie hat uns alle in Gefahr gebracht – *Sie* haben uns in Gefahr gebracht.«

Er sieht zutiefst niedergeschlagen aus. »Ich habe versucht, mir einzureden, dass wir uns geirrt haben, dass das, was wir gesehen haben, ein Trick des Ödlands war, dass die Wände des Zuges so stark sind, wie die Kompanie behauptet. Ich habe das neue Teleskop weggeschlossen und mich gezwungen, *nicht* zu sehen, obwohl erst das Sehen, das Beobachten meinem Leben einen Sinn gegeben hat.«

Sie versucht, das Zittern in ihren Beinen zu unterdrücken. Sie weiß nicht, ob es Trauer ist oder Zorn oder etwas anderes, etwas, das zu kompliziert ist, um ihm einen Namen zu geben, zu groß, um es zu begreifen, während sie in diesem trüb beleuchteten Wagen steht, auf diesem fremden Gleis.

»Und jetzt versuchen Sie, es wiedergutzumachen«, sagt sie leise.

Gefangenschaft

Man hat Henry Grey Kleidung und Schuhe abgenommen und sie verbrannt. Man hat ihn abgeschrubbt, bis seine Haut ganz rot geworden ist und kribbelt. Und jetzt ist er in einem Abteil der Krankenstation eingesperrt. Das Bett ist schmal und hart, und die gepolsterten Wände dämpfen alle Geräusche und lassen sein eigenes Atmen unerträglich laut erscheinen, aber was ihn am meisten quält, ist das Fehlen eines Fensters. Er hatte darum gebettelt, in seinem eigenen Abteil bleiben zu dürfen, und versprochen, es unter keinen Umständen zu verlassen, bis die Zeit seiner Quarantäne vorbei ist, aber der Captain und der Arzt hatten sich nicht erweichen lassen.

»Es ist zu Ihrer eigenen Sicherheit«, hatte der Arzt gesagt. »Schließlich waren Sie ohne Ihren Helm der Luft und dem Wasser dort ausgesetzt.«

»Ich versichere Ihnen, es geht mir ausgezeichnet.«

Doch der Arzt hatte ungerührt seine Stirn ausgemessen, ihn zur Ader gelassen und ihm mit einer kleinen Lampe in die Augen geleuchtet. »Nur als Vorsichtsmaßnahme.« Er hatte eine Maske über dem Mund getragen und nach Desinfektionsmittel gerochen.

Später waren die beiden Männer von der Kompanie zu ihm gekommen, allerdings waren sie draußen vor der Tür geblieben und hatten durch die kleine Schiebeluke mit ihm gesprochen.

287

Sie hatten sich in ihrer quälend bürokratischen Ausdrucksweise für alle Unannehmlichkeiten entschuldigt und ihn an die Erklärung erinnert, die er vor dem Antritt der Reise unterschrieben und mit der er die Kompanie von jeglicher Verantwortung für eventuelle Folgen des Kontakts mit der Außenwelt freigesprochen hatte. Und dann hatten sie ihm zahllose Fragen gestellt – wie er es geschafft hatte, den Zug zu verlassen, wer ihm geholfen und was er da draußen gewollt hatte –, und da hatte er sich zu seiner vollen Größe aufgerichtet und erklärt, ein Engländer lasse sich nicht einschüchtern.

Und nun ist er allein. Das Einzige, woran er sich klammern kann, ist, dass das Mädchen so geistesgegenwärtig war, ihm seinen Anzug abzunehmen, nachdem sie sich in den Zug gerettet hatten, während alle das Ungeheuer aus dem Wald anstarrten. Er hatte ihn ihr widerstandslos gegeben, die Taschen gefüllt mit den wenigen kostbaren Proben, die er sammeln konnte, und sie war damit verschwunden und wenig später mit leeren Händen zurückgekommen. Bemerkenswert, dass seine Rettung so unerwartete Formen annimmt: ein mageres Zugmädchen und ein Ödlandwesen.

Er streckt sich auf dem harten Bett aus, und nach einer Weile spürt er wieder das kühle Wasser um sich. Vogelschreie über ihm, suchend. Vielleicht blendet sie das funkelnde Sonnenlicht, das sich im Wasser spiegelt, denn sie scheinen nicht zu wissen, wo er ist. Ihre spitzen Schnäbel hacken blindlings nach ihm, aber er verschwindet, geht unter. Algen schlingen sich um seine Hand- und Fußgelenke und ziehen ihn in die dunklen Tiefen, in die kein Sonnenstrahl gelangt. Und dann packen ihn starke Arme, die Algen verwandeln sich in dunkles Haar, das im Wasser schimmert und sich dann in nassen Ranken um ihn webt, als er wieder an die Luft und auf festeren Boden geworfen wird, zurück ins Leben. In seiner Erinnerung öffnet er die Augen, aber

Sonne und Schatten fragmentieren ihr Gesicht in lauter Einzelteile, die er nicht zusammensetzen kann. Frustriert stöhnt er auf, und Sekunden später hört er ein Klicken, und eine weitere Luke öffnet sich, diesmal in der Wand zum Abteil des Arztes.

»Dr. Grey? Geht es Ihnen gut?«

Er öffnet die Augen und sieht das Gesicht des Arztes, der ihn durch ein Gitter prüfend mustert. »Nur ein schlechter Traum«, sagt er knapp.

»Können Sie den Traum beschreiben, Dr. Grey?« Er hört Papiergeraschel; der Arzt blättert offenbar in einem Notizbuch. »Erinnern Sie sich noch an irgendwelche Einzelheiten?« Der Arzt versucht nicht einmal, seine Neugier zu verbergen. Seine kleinen Augen beobachten ihn so gierig, dass ihm übel wird.

»Nun ja, ich erinnere mich schon an etwas, aber nur sehr verschwommen …«

»Sagen Sie es einfach, Dr. Grey. Bevor Sie es vergessen …«

»Da war eine Frau –«

»Ja?«

»Sie war genauso angezogen wie meine Mutter früher, aber als ich näher kam, verwandelte sie sich in das Ebenbild Ihrer Majestät, der Königin …« Er freut sich, als er die Enttäuschung auf dem Gesicht des Arztes sieht und hört, wie das Notizbuch weggelegt wird. »Könnte es durch das Ödland ausgelöst worden sein? Meine liebe Mutter ruht schon seit über zwanzig Jahren in ihrem Grab.«

»Das ist durchaus möglich«, sagt der Arzt in einem Ton, als lobe er ein nicht allzu aufgewecktes, aber eifrig bemühtes Kind.

»Schön, schön. Nun, ich bin hier, wenn Sie mich brauchen. Zögern Sie nicht zu rufen, falls Sie das Gefühl haben, es geht Ihnen nicht gut.«

Die Luke wird verschlossen, und Grey verschränkt mit boshafter Zufriedenheit die Arme vor der Brust. Doch die Worte des Arztes hallen in ihm nach. Geht es ihm denn wirklich gut? Er ist sich da nicht mehr sicher, weiß nicht so recht, wie er sich fühlen soll. Der Schmerz in seinem Magen ist ein ständiger Begleiter. Aber da ist noch etwas anderes, eine Art Ziehen an seinem Brustkorb, das er seit der Gewitternacht und der Erscheinung immerzu verspürt.

Er setzt sich so abrupt auf, dass ihm schwarz vor Augen wird. Er hat sie wirklich gesehen, sie war da, auch wenn das Zugmädchen ihn davon überzeugen wollte, dass es nur Einbildung war. Sie war im Zug, und sie war im Wasser. Sie ist ihm gefolgt, hat dafür gesorgt, dass ihm nichts zustößt. Er steht vom Bett auf, weil er seine erzwungene Reglosigkeit nicht länger erträgt. Das Ziehen an seinem Brustkorb wird stärker, als hinge er an einem Band, so dünn, dass man es nicht sehen kann, und doch so fest wie ein Tau. Die Energie in seinen Beinen ist so stark, dass es wehtut. Er hat Berichte darüber gelesen – Euphorie als Reaktion auf eine unverhoffte Rettung, die Rückkehr ins Leben. Bisher hat er das immer für schwächliche Sentimentalität gehalten, doch was er jetzt empfindet, ist nicht einfach nur Dankbarkeit oder Freude, sondern ein mächtigeres Brennen. Ein zurückgegebenes Leben ist ein geborgtes Leben, zerbrechlicher und strahlender, als er es sich jemals hätte vorstellen können. Ein Leben, das nicht länger ihm gehört. Er spürt, wie es alle Zweifel, alles Zögern hinwegbrennt. »Ein neuer Garten Eden«, flüstert er. »Ein neuer Garten Eden.«

Er hat seine Proben für die Ausstellung, und er hat Zeit, sie zu studieren und zu überlegen, wie er sie am besten präsentiert. Doch sie werden nur der Anfang sein – das Tor zu dem Wissen, das er vermitteln wird.

Der Arzt bringt ihm das Abendessen und damit weitere Fragen, weitere Tests. Die Antworten – natürlich alle erfunden – gehen ihm mit Leichtigkeit von der Zunge. Interessant genug, um den Arzt von seinem Eifer zu überzeugen, ihm zu helfen, aber wiederum nicht so interessant, dass er länger bliebe als unbedingt nötig. Danach tauchen wieder die beiden Männer von der Kompanie auf, und diesmal entnimmt er ihren Äußerungen, dass sie den anderen gesagt haben, seine Exkursion nach draußen sei geplant und bewilligt gewesen; die Kompanie habe in ihrem Streben nach wissenschaftlichen Informationen sogar selbst die Idee dazu gehabt, und er sei nur das Werkzeug gewesen.

»Und was soll ich … Verzeihung, was sollen *wir* mit diesem Unterfangen erreicht haben? Werden sie nicht die Ergebnisse meiner Mühen sehen wollen? Oder wissen wollen, was ich dort entdeckt habe? Alles, was ich zu bieten habe, ist ein zerrissener Anzug und ein paar Kratzer, und ich kann mich an nichts da draußen erinnern.« *Nur an das Summen der Fliegen und die schillernden Flügeldecken der Käfer; an Spinnennetze aus rotem Baumsaft und weiß gefiederte, riesige Vögel; an den Torfgeruch meiner Retterin und ihr Haar, das meine Haut gestreift hat.*

Die Männer von der Kompanie lächeln schmal und erwidern, ein gelehrter Mann wie er könne doch sicher improvisieren, wenn es nötig sei.

»Und darf ich fragen, was der Grund für diese Täuschung ist?« Er ist sich ziemlich sicher, dass er weiß, warum sie es tun, aber er will es aus ihrem Mund hören. Er kann solche Verschleierungsmanöver nicht leiden, aber gleichzeitig verspürt er eine hämische Freude, denn die Kompanie war in ihrer Habgier stets darauf bedacht, dass kein Wissen nach außen drang, dass niemand von den Reichtümern des Ödlands erfuhr. Nun, die würden sich noch wundern.

»Wir tun, was das Beste für den Zug ist, Dr. Grey«, sagt Petrow.

»Und das Beste ist in diesem Fall, dass unsere Passagiere glauben, alles geschieht aus einem guten Grund«, fügt Li hinzu.

»Sollten sie hingegen etwas Anderslautendes erfahren, steht es uns frei, weitergehende Maßnahmen zu ergreifen, natürlich im gesetzlichen Rahmen.«

Die beiden mustern ihn scharf, und Grey erwidert: »Ja, natürlich.« Aber dabei denkt er: *Ja, vielleicht geschieht tatsächlich alles aus einem guten Grund,* und wieder durchflutet ihn ein Hochgefühl.

Mutationen

Weiwei bemüht sich krampfhaft um eine Unschuldsmiene. Sie will endlich in Ruhe gelassen werden, aber der Arzt belagert sie mit Fragen, wie sie sich fühlt, ob sie irgendwann den Helm abgenommen oder den Schutzanzug ausgezogen hat (was sie natürlich verneint) und ob sie unter Übelkeit oder Kopfschmerzen leidet. Er wirkt ziemlich enttäuscht, als sie ihm versichert, sie fühle sich vollkommen normal, und weist sie an, später noch einmal für eine weitere Untersuchung zu ihm zu kommen. Die Küchenjungen laufen ihr hinterher und wollen wissen, wie es *da draußen* ist. Sie erzählt ihnen gerade so viele haarsträubende Einzelheiten, dass sie zufrieden verschwinden. Dann sucht sie nach Alexei, kann ihn jedoch nirgendwo entdecken.

In dem Durcheinander nach ihrer Rückkehr in den Zug ist sie ins Quartier der Crew gelaufen und hat die Gläser und Beutel unter ihrer Bettdecke versteckt. Sie kann nur hoffen, dass in all der Aufregung niemand auf die Idee gekommen ist, die sonst üblichen stichprobenartigen Kontrollen durchzuführen. Jetzt zieht sie sich dorthin zurück, um den Blicken und Fragen zu entkommen und die Tatsache auszunutzen, dass sie wegen ihrer heldenhaften Rettungsaktion fürs Erste von ihren Aufgaben befreit ist. Sie wünschte, sie könnte diese unerwartete Freiheit genießen, doch stattdessen überkommt sie eine Woge der Einsamkeit. Wie schnell sie sich an Elenas Gegenwart gewöhnt hat;

an ihre gemeinsamen Erkundungstouren; daran, wie sie ihr im Dachversteck aus Rostows Handbuch vorgelesen hat und Elena immer wieder mit Fragen dazwischengegangen ist, von denen sie die meisten nicht beantworten konnte. Sie streicht mit den Fingern über die blau schimmernde Flechte und rechnet halb damit, dass sie sich in Wasser auflöst. Die wird sie Grey nicht geben; sie gehört ihr ganz allein. Sie ist ihre Erinnerung an das Ödland und an Elena.

Doch sie hat ein schlechtes Gewissen. War es das, was Rostow gewollt hatte? Etwas, das er nicht haben konnte? Sie fragt sich, ob das Wesen aus dem Wald merkt, dass etwas fehlt, und ein wütendes Gebrüll ausstößt. Sie fragt sich, ob Elena den Diebstahl spürt, wie eine Wunde.

Das Knistern der Sprechanlage unterbricht ihre Gedanken, und sie will schon den Kopf unter dem Kissen vergraben, als sie ihren Namen hört. »Zhang Weiwei – bitte umgehend beim Captain melden.« Erschrocken setzt sie sich auf, während die Durchsage wiederholt wird. *Der Captain weiß Bescheid*, denkt sie panisch. Sie weiß das mit Elena und das mit den gestohlenen Proben. Welche Strafe könnte dafür ausreichend sein?

»Zhang Weiwei, willst du sie etwa warten lassen?«, ruft ein Steward zu ihr hoch, und als sie aus ihrem Bett hinunterklettert, starren sie ein Dutzend Gesichter mit einer Mischung aus Neugier, Besorgnis und Neid an.

Sie fühlt sich wackelig auf den Beinen. Nun, da der Zug Wasser aufgenommen hat, können sie wieder schneller fahren, obwohl sie auf dem unbekannten Gleis noch immer Vorsicht walten lassen. Doch das Rattern kommt ihr lauter vor als sonst, und der Rhythmus scheint alles zu durchdringen, als löse sich die Grenze zwischen ihrem Körper und dem Gleis auf, als ahmten die Kolben und Zahnräder, all die miteinander verwobenen beweglichen Teile, mit denen Alexei sich so gut auskennt, ihren Herzschlag nach, das Rauschen des Blutes in ihren Adern.

Als sie an die Tür klopft, glaubt sie trotz der Aufforderung nicht so recht daran, dass sie geöffnet wird, doch dann öffnet ihr sogar der Captain selbst. Sie mustert Weiwei von oben bis unten, geht zum Tisch, schenkt etwas aus einer braunen Flasche in ein Glas, gibt es ihr und deutet auf einen Sessel. »Du siehst blass aus – trink das.«

Weiwei setzt sich, probiert vorsichtig einen Schluck von der scharf riechenden Flüssigkeit und fängt an zu husten.

Der Captain zieht die Augenbrauen hoch. »Besser?«

»Ja«, röchelt sie, obwohl das Gefühl der Durchlässigkeit eher noch stärker geworden ist. Ihre Knochen summen. Hat die Luft des Ödlands doch Veränderungen in ihr ausgelöst?

Der Captain schenkt sich selbst nichts davon ein. Sie stellt sich ans Fenster und blickt hinaus, und Weiwei fällt auf, wie selten sie sie hat sitzen sehen, als könne sie es nicht ertragen, so weit lockerzulassen, dass sie sich einem Stuhl anvertraut.

Los. Bringen wir es hinter uns. Es wird eine Erleichterung sein, nach all den Geheimnissen. Und wie auch immer die Strafe aussehen wird, sie hat sie verdient, denn sie ist eine Verräterin und eine Diebin.

Schließlich dreht sich der Captain um, als wäre sie zu einem Entschluss gekommen. »Ich hoffe, du hast dein Abenteuer unbeschadet überstanden?«

Weiwei nickt und zuckt gleichzeitig mit den Achseln, sodass etwas von der Flüssigkeit auf ihre Uniform schwappt.

»Wenn ich dich fragte, wer Grey geholfen hat, den Zug zu verlassen, würdest du sicher behaupten, dass du es nicht weißt, also werde ich deine Loyalität gar nicht erst strapazieren.« *Die Linien auf ihrer Stirn sind während dieser Durchquerung tiefer geworden,* denkt Weiwei. Ihre Wangenknochen treten stärker hervor, und ihre Haut wirkt dünn und wie aus Papier. Dennoch hat Weiwei ihre Kraft gespürt, als sie Grey und sie in den Zug gehievt hat.

Weiwei setzt zu einer Erwiderung an, lässt es dann jedoch bleiben. Es ist unmöglich, die Gedanken des Captains zu lesen, aber sie spürt, dass hinter ihren Worten etwas verborgen ist, eine unterschwellige Bedeutung, die sie verstehen sollte, doch es gelingt ihr nicht. Selbst als sie noch sehr jung war, hat der Captain sie nie wie ein Kind behandelt, obwohl sie es sich manchmal gewünscht hat. Und auch jetzt wünscht sie sich, sie würde ihr sagen, dass alles gut wird.

Der Captain geht erneut zum Tisch und greift nach der braunen Flasche, stellt sie jedoch wieder hin. »Die Kompanie hat mich aufgefordert zurückzutreten.«

Weiwei sitzt ganz still, wagt es nicht, sich zu rühren.

»Ich werde uns natürlich nach Moskau bringen, zu der großen Ausstellung, aber danach wird ein neuer Captain nachrücken. Ich hätte mir ein anderes Ende für meine Zeit in diesem Zug gewünscht, aber … ich habe uns zuletzt nicht gut geführt. Für den Zug ist es so das Beste.«

Ihr rauscht das Blut in den Ohren. »Warum erzählen Sie mir das?«

»Ich werde es auch der restlichen Crew mitteilen, wenn der richtige Moment dafür gekommen ist, aber dir sage ich es jetzt, weil du ein Recht darauf hast, es zu wissen. Weil du auf eine Weise mit diesem Zug verbunden bist …« Sie zögert. »Auf eine Weise, die wohl niemand von uns wirklich versteht.«

»Warum bleiben Sie dann nicht einfach unser Captain?« Weiweis Stimme zittert, aber das kümmert sie nicht mehr. »*Sie* sind auch mit diesem Zug verbunden, aber wo sind Sie die ganze Zeit gewesen? Warum lassen Sie sich von denen hinausdrängen, warum kämpfen Sie nicht?« Am liebsten würde sie mit dem Fuß aufstampfen, wütende Tränen weinen, den Boden in Flammen auflodern lassen wie das Valentinsfeuer.

Der Captain wendet sich wieder zum Fenster. »Das ist alles.«

Wie betäubt verlässt sie das Quartier des Captains und geht durch den Korridor zurück zu ihrem Bett. Ihre Gedanken wirbeln durcheinander. Sie kann sich den Zug nicht ohne den Captain vorstellen, es ergibt einfach keinen Sinn. Sie muss es den anderen erzählen – wenn sie alle zusammenhalten, können sie die Kompanie vielleicht zwingen, ihren Rücktritt nicht anzunehmen. Sie könnten die Arbeit niederlegen, die Zeitungen informieren …

Doch da reißt das Klirren von Schnallen sie aus ihren Überlegungen, und die Krähen steuern auf sie zu, als hätte der Gestank der Illoyalität sie angelockt. Sie bedeuten ihr, sich auf eines der unteren Betten zu setzen, bleiben ihrerseits jedoch stehen und mustern sie hungrig, und obwohl sie weiß, dass es nur an ihrer Erschöpfung und Sorge liegt, scheinen ihre Anzüge lockerer zu sitzen und ihre Schulterblätter schärfer hervorzustehen; keine Krähen mehr, auch keine Männer, sondern eine armselige Kopie von beidem.

»Wir haben erfahren, dass der Captain mit Ihnen gesprochen hat, Miss Zhang. Es ist bedauerlich, dass sie sich zuvor nicht an uns gewandt hat.«

»Wir hätten sie gebeten, Sie nicht unnötig zu beunruhigen.«

Ihre Mienen sind undurchdringlich. Sie hat Mühe, die beiden auseinanderzuhalten, mitzubekommen, wer von ihnen spricht.

»Ich bin nicht beunruhigt«, murmelt sie.

»Sie verstehen sicher, dass alles, was sie Ihnen gesagt hat, unter uns bleiben muss.«

»Ein Geheimnis.«

»Wir möchten die Dinge nicht unnötig komplizieren, indem wir mehr als das absolut Notwendigste bekannt geben. Selbstverständlich schätzen wir Alexei Stepanowitsch und seine Tätigkeit im Zug. Eine unüberlegte Handlung sollte eine Karriere nicht ruinieren, da werden Sie uns sicher zustimmen, aber falls die Entscheidung des Captains bekannt werden sollte –«

»Falls die Crew den Eindruck haben sollte, dass man den Captain ungerecht behandelt –«

»Dann muss die Wahrheit natürlich ans Licht.«

Weiwei bemüht sich, ihre Miene unter Kontrolle zu behalten. *Woher wissen sie, dass es Alexei war?* Aber ja, sein schlechtes Gewissen stand ihm ins Gesicht geschrieben – er war noch nie so gut wie sie darin, andere zu täuschen. Ihr wird übel. Es gibt niemanden, mit dem sie reden, und nichts, was sie tun kann.

Als sie an dem Abend in ihrem Bett liegt, möchte sie nur noch die Augen schließen und in seliges Vergessen sinken. Und wenn sie aufwacht, soll alles Schmerzliche verschwunden sein – niemand spricht mehr vom Weggehen, sie fahren wieder auf dem richtigen Gleis, und alles, was mit dem Geistergleis zusammenhängt, war nur ein böser Traum, ein Ödlandtrick. Irgendwann in der Nacht spürt sie das warme Gewicht von Dima, der sich auf ihrer Matratze reckt, aber selbst er scheint neben ihr keine Ruhe zu finden und springt wieder hinunter.

Sie hat die Proben unter der Decke hervorgeholt und sie auf das schmale Regalbrett an der Wand gestellt. So nennt sie sie inzwischen auch: Proben, wie Dr. Grey. Ihr Flechtenfächer jedoch ist etwas anderes. Keine Probe von irgendetwas, sondern etwas Eigenständiges, das ihr gehört und das nichts und niemand ihr wegnehmen kann. Sie hat ihn ganz vorne hingestellt, sodass sie ihn ansehen kann, wenn sie auf der Seite liegt. Die Insekten hingegen, die er gesammelt hat, hat sie ganz nach hinten gestellt und mit einem Tuch abgedeckt. Sie mag es nicht, wie sie mit ihren Beinen an das Glas klopfen und wie ihre Fühler sich hin und her bewegen, als schmeckten sie die Luft, als schmeckten die Insekten sie. In einem der Stoffbeutel ist ein Stück Moos in einem dunklen, schattigen Grün. Das gefällt ihr. Sie stellt sich vor, wie sie sich darauflegt, in seine erdige Kühle sinkt und einschläft.

Als sie aufwacht, hört sie eigentümliche Geräusche in der Dunkelheit, als würde etwas an die Scheiben klopfen. Als würde etwas wachsen.

Fünfter Teil

15. bis 17. Tag

Einige der Ödland-Phänomene wurden studiert und verstanden, wie die Auswirkungen des Wetters und die optischen Täuschungen, die durch den Atmosphärendruck ausgelöst werden – zum Beispiel das plötzliche Auftauchen eines vermeintlichen Lagers in der Ferne, Flaggen, die von Zeltspitzen wehen –, oder das Spektrallicht des Valentinsfeuers. Andere Sichtungen stellen alles infrage, was wir über die Natur zu wissen meinen. Sie zwingen uns, das Ödland zu lesen wie ein Buch, das in einer fremden Sprache verfasst wurde: eine Reihe von Zeichen, die wir wohl niemals werden entziffern können.

Handbuch für den vorsichtigen Reisenden durch das Ödland, S. 55

Nächtliche Begegnung

Maria träumt von Adern, die aus der Erde wachsen. Sie träumt, dass ihre Haut sich in Birkenrinde verwandelt, dass alles um sie herum sich verändert, Blätter wachsen und sterben und fallen und wachsen erneut. Als sie aufwacht, haben sich die Laken um ihre Arme und Beine geschlungen. Sie fasst sich ins Haar, überzeugt, dass sich vertrocknete Blätter darin verfangen haben, dass unter ihren Fingernägeln Erde ist.

Laut der Wanduhr ist es drei Uhr morgens. Trotz der Warnungen zieht sie die Vorhänge auf und blickt hinaus in einen klaren Nachthimmel. Sie fahren noch immer durch eine Gegend voller Sümpfe und Teiche, die im Mondschein silbrig glänzen. Sie scheinen so nah zu sein, dass sie meint, sie könnte von einem zum nächsten springen, wie sie als Kind draußen vor ihrer Datscha von einer Pfütze zur nächsten gesprungen ist und zugesehen hat, wie der Himmel und die Bäume unter ihren Füßen zersprangen. In Sankt Petersburg hat sie stets ein Erwachsener an der Hand gehalten und sie gezwungen, an seiner Seite zu gehen. Nur auf dem Land konnte sie frei herumlaufen und -hüpfen. Fern von wachsamen Augen.

Sie blickt zu dem Päckchen, das auf dem Tisch liegt, und dann wieder weg. Sie hatte es am Abend in ihrem Abteil vorgefunden, mit einer Nachricht vom Kartografen. *Die gehörten Ihrem Vater,* stand dort nur. Zuerst hatte sie gezögert, aus einer unerklärlichen

Angst vor dem, was sie darin finden würde. Als sie schließlich das braune Packpapier aufgerissen hatte, waren fünf Skizzenbücher zum Vorschein gekommen. Mit zitternder Hand hatte sie das erste aufgeschlagen. Ein Wirbel dunkler Striche, die zu einer Rose verschmelzen. Ranken, die sich um die Äste dürrer Bäume schlingen. Dünne weiße Wurzeln, die sich in der Erde ausbreiten. Schwere purpurrote Früchte an grünen Stängeln. Eine Motte, auf deren ausgebreiteten Flügeln zwei Punkte sitzen, wie die Augen einer Eule. Diese Zeichnungen sind ganz anders als alles, was sie sonst von ihrem Vater kennt. Die Buntglasscheiben im Zug sind schlicht und minimalistisch, die natürlichen Formen auf ihre Essenz reduziert und reglos im Glas festgehalten. Doch in diesen Skizzenbüchern wächst und blüht alles so üppig, so lebendig, dass ihr ganz flau im Magen wird.

So lebendig, dass ihr Vater befürchtet hatte, es könnte zu einer Gefahr werden.

Aus einem plötzlichen Impuls heraus zieht sie sich ihren Morgenmantel über und tritt hinaus in den Korridor. Sie will mehr vom Himmel, als das Abteilfenster ihr geben kann. Alle anderen Abteiltüren sind geschlossen, und der Steward am Ende des Korridors sitzt zusammengesunken da und schläft. Sie geht durch den Salon und die Bibliothek, beide verlassen und nur von einer einzelnen Lampe erleuchtet, dann durch den Wagen mit Suzukis Labor. Die Tür zum Wachturm steht einen Spalt offen, und drinnen brennt Licht; eilig huscht sie daran vorbei.

Im Aussichtswagen ist es dunkel. Nichts außer Glas und Wasser und Mondschein. An der Tür zögert sie, dann zwingt sie sich hineinzugehen; sie kommt sich ein wenig albern vor, wie sie in Nachthemd und Morgenmantel hier steht. Aber die Landschaft ist wunderschön, die Teiche so glatt wie Spiegel, der Horizont, der in der Dunkelheit verschwimmt. Sie geht weiter unter dem gläsernen Himmel hindurch bis zum Ende des Wagens, wo es ihr eher so vorkommt, als befände sie sich auf einem Schiff, und das Gleis ist das Kielwasser, das sie hinter sich zurücklassen. Beinahe kann sie die Nachtluft auf ihrem Gesicht spüren und die feuchte, salzige Luft schmecken. Wolken, die über den Mond hinwegziehen, tauchen die Landschaft immer wieder in Dunkelheit. *Hier ist niemand,* denkt sie. *Kein einziger Mensch zwischen mir und der Mauer, die noch über tausend Kilometer entfernt ist.*

Ein kaum hörbares Geräusch lässt sie herumfahren. Ein feuchter, erdiger Geruch. Ein klammes Gefühl in ihrem Nacken.

Der Wagen ist leer. Nur ein paar niedrige Tische und Sessel, von blassem Mondschein erleuchtet. Doch die hintersten Sitze neben der Tür liegen im Schatten, und mit angstvollem Kribbeln denkt sie: *Da ist jemand.* Mit einem Mal fühlt sie sich ungeschützt, beobachtet. Sie kann sich nicht rühren. »Wer ist da?«, will sie fragen, aber sie bringt keinen Ton heraus. Und wer sollte da auch sein, wer sollte sich mitten in der Nacht dort im Schatten verstecken? Nein, das muss die Krankheit sein, von der alle reden, der Professor und die Passagiere in der Dritten Klasse, obwohl die in der Ersten Klasse sie ignorieren, als könnten ihr Reichtum und die luxuriösen Abteile sie davor schützen.

»Wer ist da?« Diesmal gehorcht ihr die Stimme. Sie geht auf die Tür zu. Bestimmt sind die Schatten in Wirklichkeit nur Kissen, das Geräusch war nur ein Knarzen des Zuges, der Geruch nichts weiter als die Erinnerung an eine alte Datscha und eine Straße auf dem Land. Doch beim Näherkommen ist sie sicher, dass sich da etwas bewegt, dass da jemand ist, der sich versteckt und sie beobachtet.

Maria Antonowna mit ihrem behüteten Leben wäre davongelaufen. Sie hätte sich irgendwo zusammengekauert und darauf gewartet, dass jemand kommt und ihr sagt, dass alles in Ordnung ist, denn so war es immer. Irgendjemand hat sich immer um sie gekümmert – ihre Familie, eine Reihe von Gouvernanten.

Aber Maria Petrowna ist anders. Maria Petrowna lässt sich nicht einschüchtern. Sie hat vor nichts Angst, weil sie gar nicht existiert. Oder existiert sie sogar mehr, als die andere Maria es je getan hat? Sie weiß es nicht. Vielleicht leidet sie wirklich an Ödlandweh. Oder vielleicht hatte ihre Mutter recht – Mondschein ist gefährlich für junge Damen.

»Ich weiß, dass Sie da sind«, sagt sie und tritt noch einen Schritt näher.

Da verdeckt eine Wolke den Mond und taucht den Wagen vorübergehend in eine Dunkelheit, die den Fremden davonträgt. Sie hört Schritte und das Rascheln von Stoff, dann nichts mehr. Als die Wolke den Mond wieder freigibt, ist der Wagen leer. Zur Sicherheit stupst sie die Kissen an, doch sie kommt sich dabei albern vor.

Nur der Geruch hängt noch immer in der Luft.

Sie wartet, bis sich ihr Herzschlag beruhigt hat, dann verlässt sie den Wagen. *Ein abenteuerlustiges Kind aus der Dritten Klasse,* denkt sie, *das seinen Eltern entwischt ist und sich nicht gemuckst hat, um keinen Ärger zu bekommen. Ja, das war alles.* Nun, da sie wieder im beleuchteten Korridor ist, neben sich die Glaswand des Labors mit all seiner wissenschaftlichen Ausstattung, kehrt die Vernunft zurück.

Aber ein Kind würde doch bestimmt kichern oder sonst irgendein Geräusch machen, das es verrät. Plötzlich geben ihre Knie nach, sodass sie sich am Handlauf festhalten muss. Im gleichen Moment öffnet sich die Tür zum Wachturm ein wenig weiter, und sie sieht Suzuki am Fuß der Treppe, der gerade dabei ist, sich das Hemd zuzuknöpfen.

Ihre Blicke treffen sich, und sie spürt, wie ihre Wangen heiß werden. Wie albern, mitten in der Nacht hier im Morgenmantel erwischt zu werden, direkt vor seinem Labor, wie eine unfähige Spionin.

Er öffnet die Tür zum Korridor. »Ist alles in Ordnung? Sie sehen ein wenig –« Er verstummt, als wäre ihm gerade bewusst geworden, welchen Anblick er selbst bietet mit seinen heraushängenden Hemdzipfeln und den offenen Manschetten.

»Ich dachte, ich hätte ein Geräusch gehört«, erwidert sie steif, »aber das muss ich mir wohl eingebildet haben. Ich wollte Sie nicht stören.« Stimmt das? Hat sie nicht gehofft, dass er vielleicht ebenso rastlos ist wie sie, dass ein Teil von ihm, während er das Gleis überwacht, an sie denkt?

»Ihre Hände«, entfährt es ihr. »Diese Linien …« Sie hat erst gedacht, es wären Tintenflecken, aber jetzt meint sie darin ein Muster zu erkennen.

Suzuki tritt einen Schritt zurück und will die Manschetten noch ein Stück tiefer ziehen, doch im gleichen Moment greift sie nach seinem Handgelenk und erstarrt, erschrocken über ihre eigene Kühnheit. »Zeigen Sie sie mir«, flüstert sie.

Er zögert, doch dann schiebt er den Ärmel hoch, und sie sieht die tintenfarbenen Linien, die sich um seinen Arm winden. Tätowierungen? So etwas hat sie bisher nur auf dem Jahrmarkt gesehen, ein tätowierter Mann, dessen Körper von Geschichten überzogen war und der mit seinen Muskeln Tiger laufen und Bäume wachsen lassen konnte. Suzuki rührt sich nicht, er scheint kaum zu atmen, und dennoch bewegen sich die Linien, tatsächlich sind es Flüsse, Höhenlinien, schmale, gewundene Pfade. Und das Gleis, eine schwarze Linie, die wie eine Ader von seinem Handgelenk aufsteigt und ihre Reise auf seiner Haut kartiert.

Sie starrt darauf, ohne zu begreifen, was sie da sieht. »Sie haben sie auch, die Krankheit …«

»Nein, das ist nicht –«

»Noch etwas, das Sie verborgen haben.«

»Bitte, Sie müssen verstehen.« Vom Turm kommt ein Geräusch,

und er blickt über die Schulter. »Ich muss wieder hoch, wir kehren bald auf das Hauptgleis zurück, aber ich würde Ihnen gerne erklären —«

Doch sie weicht zurück. Sie muss fort von ihm, fort von seinem Körper, auf dem sich das hungrige Land da draußen abzeichnet, fort von seiner rastlosen, sich verändernden Haut.

Die Grenze

»Wir sind fast da«, sagt Wassili.

»Ich kann sie sehen!«, ruft Luca, einer der Küchenjungen.

»Lügner, niemand hat so gute Augen.« Einer der Porter versetzt ihm einen Stoß, sodass er vom Tisch fällt.

»Doch, kann ich, sie ist da vorne«, beharrt Luca und richtet sich wieder auf.

Sie befinden sich im Speisewagen der Dritten Klasse, wo alle Tische an die Wand geschoben sind. Seit der Rückkehr auf das Hauptgleis hat sich die Stimmung gebessert, eine fast übermütige Erleichterung ist zu spüren, nun, da sie wieder mit normalem Tempo fahren. Und jetzt ist die Grenze in Sicht.

Weiwei reckt den Hals, und tatsächlich sieht sie den weißen, etwa mannshohen Stein, halb von Gräsern und Kletterpflanzen verdeckt. Ein weiterer steht auf der anderen Seite des Gleises, zwei schmucklose Markierungen, die die Grenze zwischen den Kontinenten anzeigen.

Sie erinnert sich daran, wie der Professor ihr die Geschichte erzählt hat. Damals war sie noch ganz klein, und er hatte sie hochgehoben und an das Fenster gehalten, als sie zwischen den Steinen hindurchfuhren.

Bei der Erbauung des Gleises wollten die Herren von der Kompanie in Peking und Moskau für die Grenzmarkierung schwarze Steine aus Archangelsk, in die Gedichte gemeißelt werden sollten,

Verse zur Lobpreisung ihrer großen Reiche. Die Bauarbeiter hingegen wollten, dass die Steine die Namen derjenigen tragen sollten, die ihr Leben für das Gleis gelassen hatten. Da man sich nicht einigen konnte, wurde schließlich ganz auf eine Inschrift verzichtet. Doch letzten Endes siegten die Bauarbeiter, denn sie bestellten die Steine in Weiß, der Farbe der Trauer, und bis die Herren in ihren Büros davon erfuhren, war es zu spät. So bekamen diejenigen, die beim Bau des Gleises gestorben waren, doch noch ihren Grabstein.

Jedes Mal, wenn der Zug zwischen diesen Markierungen hindurchfährt, überläuft sie ein Schauer, als würden die Schatten jener ersten Bauarbeiter dort stehen, auf ihre Schaufeln gestützt, und mit zusammengekniffenen Augen zusehen, wie der Zug über ihre Gebeine donnert. Die Leute von der Crew nehmen ihre Mütze ab oder berühren etwas aus Eisen. Weiwei blickt zu den Passagieren und sieht Unruhe und Erleichterung, je nachdem, ob der neue Kontinent für sie ein fremder oder vertrauter ist. Der Geigenspieler stimmt ein Lied an, drängend und wehmütig zugleich, eine eingängige Melodie, die erst die Küchenjungen mit ihren Löffeln und Töpfen aufnehmen, dann die übrigen Mitglieder der Crew mit schiefem Pfeifen oder Summen, und schließlich fallen auch die Passagiere ein, zuerst unsicher, dann mit wachsendem Selbstvertrauen, bis das Lied den ganzen Wagen erfüllt.

Sie blickt sich um, sieht den portugiesischen Priester, der die Augen geschlossen hat und im Takt mit dem Kopf nickt; zu den drei Brüdern aus dem Süden, die winzige Schnapsgläser leeren; zu den Paaren und Familien und den Alleinreisenden, die Freundschaften geschlossen haben, denn in der Dritten Klasse bleibt niemand allein, und das Lied des Geigenspielers webt sie noch enger zusammen. Ihr fällt eine Eigentümlichkeit in der Melodie auf, und dann begreift sie, dass der Geigenspieler ein chinesisches Volkslied mit einem russischen verbindet; die Tonarten reiben sich, verschmelzen und reiben sich erneut. Auch er hält die Augen geschlossen, während er spielt, und sie fragt sich, wie es sich wohl anfühlt, so in der Musik zu versinken. Ihre Füße fangen an zu wippen, als die Küchenjungen dem Lied einen rhythmischen Refrain hinzufügen: »Wir kreuzen die Grenze, wir kreuzen die Grenze.« Dann fallen die Porter ein und die Stewards und die Passagiere, alle folgen dem uralten abergläubischen Ritual, nach dem eine Grenze markiert werden muss. Der Wagenboden bebt unter dem kraftvollen Stampfen. »Wir kreuzen die Grenze, wir kreuzen die Grenze.« Denn Grenzen werden bewacht, und den Wächtern muss man zeigen, dass diejenigen, die sie überqueren, keine Angst haben.

Sie holt tief Luft. Auf den Gesichtern der Menschen liegt ein ekstatisches Leuchten. *Deswegen haben wir unsere Rituale*, denkt sie. *Wir brauchen sie, um uns für eine Weile zu verlieren.*

Sie wünschte, sie könnte sich auch verlieren. Und die schmerzliche Leere, die Elena hinterlassen hat; die der Captain und der Professor, ihre einstigen Freunde und Beschützer, hinterlassen haben. Und die Angst vor dem, was durch ihre Mithilfe in den Zug eingedrungen ist.

Diebin. Verräterin. Was würden die schunkelnden, tanzenden Passagiere wohl sagen, wenn sie wüssten, was sie getan hat? Wenn sie wüssten, dass sie das Draußen hereingelassen hat? Sie denkt an die Flechten in den Gläsern, an die Insekten in ihren kleinen Kokons, und sie ist sicher, dass sie sich ebenfalls bewegen, dass sie die Musik hören können. Sie warten. Und sie meint zu spüren, wie sie wachsen.

Bei dem Gedanken wird ihr schwindelig.

»In der Ersten Klasse besaufen sie sich hemmungslos«, sagt Alexei, der neben ihr aufgetaucht ist. Sein Gesicht ist gerötet, und er riecht nach Alkohol. Seit ihrem Ausflug nach draußen hat er kaum noch mit ihr geredet. Vielleicht ist er neidisch, denkt sie, weil sie an seiner Stelle gegangen ist.

»Und es gibt Gerüchte, dass ein Geist durch den Zug geschlichen ist.«

»Was?«

»Ja, zum Badezimmer der Ersten Klasse. Ich hatte ganz vergessen, wie ich diese Grenzüberquerung hasse.«

»He!« Sie hat gerade den Schlafwagen der Ersten Klasse erreicht, als ein kleiner Junge auf sie zugerannt kommt. Es ist Jing Tang. Er versucht, sich an ihr vorbeizuducken, aber sie packt ihn und hält ihn fest. Sie hat dieses Spiel selbst schon zahllose Male gespielt und ist schneller als jeder Pekinger Gossenjunge, außerdem hat sie keine Lust, sich flach an die Wand zu drücken, was das Ziel dieser Rennattacken ist.

»Erzähl mir von dem Geist.«

»Was?« Vor Überraschung hört Jing Tang auf zu zappeln.

»Ich habe gehört, du erzählst Geschichten von Geistern in Badezimmern.« Sie zerrt ihn zu sich heran. »Weißt du nicht, dass es Unglück bringt, über Geister zu sprechen? Wenn sie dich hören, denken sie, sie sind hier willkommen.«

Der Junge versucht, sich ihr zu entwinden. »Aber es stimmt! Ich hab sie da im Spiegel gesehen.« Er zeigt auf eines der Badezimmer der Ersten Klasse. »Aua! Du tust mir weh!«

Sie lockert den Griff um seinen Arm ein wenig. »Da drin?«

Er nickt mit trotziger Miene.

Sie zögert kurz, dann marschiert sie, ohne ihn loszulassen, darauf zu und stößt die Tür auf. Ihr Magen krampft sich zusammen – ist es freudige Erregung? Angst?

Der Wasserhahn tropft, aber sonst herrscht Stille. Kein Dampf hängt in der Luft. Niemand hat um diese Zeit gebadet, auch wenn das jetzt wieder möglich ist. Die Wanne ist leer, kein übergelaufenes Wasser, kein ertrunkenes Mädchen, das plötzlich wiederaufersteht. Die Enttäuschung ist so mächtig, dass sie ihrerseits darin zu ertrinken droht.

»Da ist nichts«, sagt sie ein wenig zu laut. »Kein Geist.«

»Sie war da«, erwidert Jing Tang bockig. »Ich hab sie im Spiegel gesehen.«

»Das war eine Passagierin.«

»Nein. Ein Geist.«

Sie nimmt ihm seine Sturheit nicht übel – dieser Wesenszug hat ihr selbst schon oft gute Dienste geleistet –, sondern strubbelt ihm nur durchs Haar, weil sie weiß, dass ihn das ärgert, und verlässt mit ihm das Bad. »Du weißt, dass du in diesem Teil des Zuges nichts verloren hast. Fragen deine Eltern sich nicht, wo du geblieben bist?«

»Die haben bestimmt gar nicht gemerkt, dass ich weg bin.«

Sie vermutet, dass er recht hat, sagt jedoch nichts weiter dazu.

»Aber die Stewards haben es sicher gemerkt, und die werden dich zwingen, als Zugratte zu arbeiten, wenn du weiter hier herumläufst.«

»Wirklich? Ich könnte im Zug arbeiten? So wie du?«

»Na ja –«

Doch sie sieht dem Jungen an, dass er sich ausmalt, wie er in Uniform durch die Korridore des Zuges geht. Er hält sich schon ein wenig aufrechter.

Zusammen kehren sie zum Speisewagen der Dritten Klasse zurück, wo sie von Musik und Tanz empfangen werden.

»Komm, wir gehen weiter zu eurem Schlafwagen«, sagt sie, doch Jing Tang ruft: »Schau mal!«, und da sieht sie seine Mutter, wieder ganz gesund, und seinen Vater, die mit etlichen anderen um einen Tisch sitzen, an dem munter mit Karten und Würfeln gespielt wird. Sein Vater blickt auf und winkt ihm zu.

»Komm her, Kleiner, vielleicht bringst du uns ja Glück!«, ruft einer der anderen Spieler, und der Junge klettert auf den Schoß seines Vaters, während seine Mutter den Arm um sie beide legt. Weiwei wendet sich ab. Wissen sie denn nicht, dass bald die Wache kommt? Der unentwegte Schlag auf die improvisierten Trommeln fährt ihr bis in die Knochen. Die Luft ist stickig und klebrig. Ein schrilles Lachen, das Splittern von Glas. Sie sieht einen der Stewards, der sich mit einem aufsässigen Bauern streitet, und Alexei mit einem Glas in der Hand. Die Beleuchtung ist in der Dritten Klasse schlechter als in der Ersten, und in dem Dämmerlicht verschwimmt alles vor ihren Augen; die Passagiere werden zu Schatten, der Geigenspieler ist nur noch ein Umriss, wie eine verblichene Zeichnung an einer Tempelwand, ein Ruhepunkt in der wirbelnden, schwankenden Masse. Sie schlüpft hinter den schweren Fenstervorhang, lehnt die Stirn an das vergleichsweise kühle Glas und schließt die Augen. Wie früher, als sie noch klein war, verschwindet die Welt auf der anderen Seite des Vorhangs, und die Geräusche sind nur noch gedämpft zu hören.

Sie öffnet die Augen wieder und blickt hinaus in die Nacht, obwohl die Stewards sie früher oft davor gewarnt haben. *Das ist gefährlich*, haben sie gesagt. *Starr nicht aus dem Fenster, du willst gar nicht wissen, was es da zu sehen gibt.* Aber sie wollte es wissen. Schon immer. Nach einer Weile gewöhnen sich ihre Augen an die Dunkelheit, und aus den verschwommenen Schatten wird eine Landschaft. Da – in der Ferne bewegt sich etwas. Flügel, die sich aus den Bäumen erheben. *Eulen*, denkt sie. *Auf der Jagd.*

Und dann bleibt ihr Blick an etwas hängen, nicht draußen in der Landschaft, sondern viel näher. Außen an der Scheibe bilden sich helle, gewundene Linien aus Schimmel, wie die Ränder, die Salzwasser hinterlässt; sie wachsen vor ihren Augen. Unwillkürlich weicht sie einen Schritt zurück, stößt dabei gegen jemanden und hört einen überraschten Aufschrei.

»Ich hab nur geputzt«, sagt sie und wird von beschwipstem Beifall begrüßt, als hätte sie einen Zaubertrick vollführt – *Das Mädchen hinter dem Vorhang.* »Wer ist denn noch dahinter?«, ruft jemand lachend.

Unauffällig blickt sie hinter die anderen Vorhänge, damit die Passagiere nichts merken, und auch an den übrigen Fenstern bilden sich dieselben Muster. Sie berührt das Glas. Sie sind eindeutig an der Außenseite, und doch ... Sie stellt sich vor, wie die gestohlenen Proben sich vervielfältigen – Flechten an den Wänden, Sporen in der Luft, alles wächst. Durch die Scheibe spürt sie das tiefe Summen sich ausbreitenden Lebens, und hastig zieht sie ihre Hand zurück.

Sie kämpft sich zwischen den Leuten hindurch aus dem Speisewagen, eilt durch die Korridore bis zur Kantine der Crew, wo noch gegessen und gespielt wird, und weiter zum Schlafwagen der Crew.

Hier ist alles dunkel und still. Sie steht in der Tür und genießt die Leere, die Erleichterung, unbeobachtet zu sein. Doch als sie hineingeht, denkt sie: *Nein.* Da ist etwas. Als sie die Wand berührt, spürt sie es erneut, unter dem Vibrieren des Zuges – *etwas wächst.*

Diesmal blickt sie nicht hinter die Vorhänge, sie steuert direkt auf ihr Bett zu, sie braucht kein Licht, um es zu finden, nicht mal um die Leiter hinaufzuklettern, und als sie oben ist, tastet sie nach ihrem Flechtenfächer, aber er ist nicht da –

Sie erstarrt. Als ihre Augen sich an die Dunkelheit gewöhnt haben, sieht sie Muster an der Wand – nicht mehr außen am Fenster, sondern *innen*, die Flechte mäandert in silbrig blauen Linien Richtung Decke. Und am anderen Ende ihres Bettes ist etwas, ein kauernder Schatten –

»Diebin«, zischt Elena.

Eden

»Ein neuer Garten Eden«, sagt Dr. Henry Grey. Er ist gerade
aus der Quarantäne entlassen worden. Sein Kragen ist schweiß-
getränkt, und er sieht aus, als hätte er sich tagelang nicht rasiert.
In seiner Stimme liegt eine Inbrunst, die Maria zuvor nicht an
ihm bemerkt hat und die sie an die Feuer-und-Schwefel-Prediger
auf den Sankt Petersburger Docks erinnert. »Wir werden einen
neuen Garten Eden erschaffen, perfekt und voller Wunder, voller Leben, voller –«

»Voller Schlangen?« Guillaume hebt sein Glas, als amüsiertes
Lachen erklingt, und bedeutet dann dem Steward, ihm nachzu-
schenken. Henry Grey lässt sich von seinem Spott nicht stören.
Er hat schon den ganzen Abend Vorträge gehalten und fängt
immer wieder mit religiösem Eifer von seinem großen Glaspalast an.

Sophie LaFontaine, die neben Maria sitzt, zeichnet.

»Das ist sehr schön.« Maria betrachtet die mit wenigen Stri-
chen skizzierten Birken, die gerade entstehen. »Es ist, als bräuchte
ich bloß die Hand auszustrecken und könnte die Rinde der
Bäume spüren.«

Sophie lächelt ihr zu. »Vielleicht schenke ich es Dr. Grey. Obwohl ich fürchte, dass es nur ein blasser Abklatsch seines Garten
Eden ist.« Sie legt das Papier ein wenig anders hin, und dabei
kommt ein anderes Blatt darunter zum Vorschein. Es zeigt eine

junge Frau, die in einer offenen Tür steht. Obwohl die Zeichnung sehr sparsam ausgeführt ist, hat Sophie der Gestalt Bewegung und Lebendigkeit verliehen. Aus irgendeinem Grund weckt das Bild in Maria Unbehagen. Vielleicht liegt es daran, dass das Gesicht der Frau nicht zu erkennen ist und man trotzdem das Gefühl hat, sie würde einen beobachten.

Hastig verdeckt Sophie die Zeichnung wieder.

»Ist das eine Passagierin?«, fragt Maria.

»Vielleicht aus der Dritten Klasse«, sagt Sophie. Dann fügt sie leise hinzu: »Sie werden mich sicher für töricht halten, und ich weiß, es liegt nur an meinen mangelnden Fähigkeiten, aber obwohl ich sie während unserer Reise mehrmals gesehen habe, gelingt es mir einfach nicht, ihr Gesicht festzuhalten.« Sie blättert in ihrem Skizzenblock, und Maria sieht dieselbe Gestalt, stets in einem Durchgang oder vor einer Wand und stets mit verwischten Gesichtszügen, als wäre sie mitten in der Bewegung fotografiert worden.

»Nein«, sagt Maria, »ich halte Sie keineswegs für töricht, und an Ihren Fähigkeiten besteht kein Zweifel.« Sie denkt an ihren Ausflug in den Aussichtswagen, an das deutliche Gefühl, dass dort jemand war. Und an Henry Greys Engel.

»Während wir beobachten, werden wir unsererseits beobachtet«, hatte Suzuki gesagt. Sie schiebt den Gedanken an ihn und die Veränderungen auf seiner Haut beiseite.

»Na, meine Liebe, du langweilst unsere Freundin doch nicht, oder? Moderne Frauen haben doch sicher Interessanteres zu besprechen als hübsche Bilder.« Guillaume beugt sich zu seiner Frau, nimmt ihr den Skizzenblock weg und wirft ihn achtlos auf einen freien Stuhl.

Maria riecht den Alkohol in seinem Atem. »Wir unterhalten uns ausgezeichnet, besten Dank«, erwidert sie kühl.

»Aber verstehen Sie denn nicht« – Henry Grey hat seine

Stimme erhoben –, »wir *begreifen* den Garten Eden jetzt. Wir sind eine neue Gattung Mensch, *homo scientificus* – wir haben eine neue Gelegenheit bekommen, eine zweite Chance. Wir dürfen sie nicht verschenken, uns nicht ablenken lassen – das werde ich bei der Ausstellung allen zeigen …«

»Ich würde ihm ja mein Mitgefühl zum Ausdruck bringen«, bemerkt die Gräfin, »aber ich fürchte, er würde es als Ermutigung auffassen.«

Maria versucht, etwas zu erwidern, doch es fällt ihr schwer, sich zu konzentrieren. Es ist spät. Jetzt erst hört sie wieder die Glockenschläge der Uhr; zuvor sind sie im allgemeinen Lärm und in den fröhlichen Liedern des Musikers untergegangen, der dennoch so trübsinnig dreinschaut, als spiele er zu einer Beerdigung. Beim Überqueren der Grenze haben sie auf die Rückkehr nach Europa angestoßen, und dann noch einmal und noch einmal, und nun ist es längst Nacht, die Musik ist verstummt, aber niemand will zu Bett gehen.

»Der arme Mann hat ja nichts. Nur ein paar Kästen mit toten Insekten und eine überhöhte Vorstellung von seinem Genie.« Anna Michailowna nippt elegant an ihrem *sirop de cassis*.

Maria denkt an die Linien auf Suzukis Haut, an ihr langsames, unbeirrbares Vorwärtsstreben. Was würde Grey dazu sagen, wenn er sie sähe? Welche Rolle würden sie in seinem sogenannten Garten Eden spielen?

»Ich wünschte, er würde endlich aufhören«, entfährt es ihr plötzlich. »Warum lassen ihn alle die ganze Zeit reden?«

»Oh, dem geht schon irgendwann die Luft aus, das ist bei Männern wie ihm immer so«, sagt die Gräfin mit einer wegwerfenden Handbewegung, aber Maria sieht, dass Juri Petrowitsch, der Priester, immer unruhiger wird, wie ein Vulkan kurz vor der Eruption. Die Gräfin, die neben ihm sitzt, lehnt sich erwartungsvoll zurück wie eine Zuschauerin im Theater.

»Blasphemie!« Er schlägt mit der Faust auf seine Stuhllehne. Die Gräfin reagiert nicht. »Ein neuer Garten Eden? So einen gefährlichen, verblendeten Unsinn habe ich in meinem ganzen Leben noch nicht gehört! Sie glauben, Sie hätten in der Wildnis Gott gefunden? Sie haben den Täuscher gefunden! Sie sind ihm auf den Leim gegangen, wie alle schwachen Dummköpfe!«

Dieser Ausbruch lässt alle verstummen, aber Juri Petrowitschs Moment im Rampenlicht wird gestört durch einen kleinen Jungen, der hereingestürmt kommt, in die Gesichter starrt, die sich ihm zuwenden, und wieder verschwindet.

»Juri Petrowitsch, Sie sind ein Kinderschreck«, ruft Guillaume, doch der Geistliche lässt sich nicht von seinem Zorn ablenken.

»Merken Sie denn nicht, dass alle über Sie lachen? Ihr ständiges Gerede vom Paradies, dabei sind wir in der Hölle. Und diese verwöhnten Reisenden, diese Ausflügler in die Unterwelt halten Sie für einen Trottel!«

»Jetzt machen Sie aber mal halblang«, sagt Guillaume. Sophie und die anderen Passagiere wenden betreten den Blick ab, obwohl nicht klar ist, ob ihre Verlegenheit ihnen selbst gilt oder Juri Petrowitsch oder Henry Grey. Letzterer ist zu sehr in seinem Eifer gefangen, um sich darum zu scheren.

»Zweifler wird es immer geben«, sagt er, halb zu sich selbst. »Und jene, die nicht sehen. Sie schauen hin, aber sie sehen nicht, weil sie selbst zu lange in der Wildnis waren. Sie sind noch nicht vom wahren Verstehen berührt worden. Von diesem Geschenk …« Er hebt die Hände wie zum Gebet, und Maria meint, Tränen auf seinen Wangen glitzern zu sehen.

»Sie wagen es, mich einen Zweifler –« Juri Petrowitsch erhebt sich.

»Meine Herren.« Wu Jinlu reagiert beeindruckend schnell, steht mit einem Mal neben dem Geistlichen, als hätte er sich zufällig gerade dort befunden, und legt die Hand auf seinen Arm.

»Er beleidigt mich«, knurrt Petrowitsch.

»Ich meine mich zu erinnern, dass Sie es waren, der mir Blasphemie vorgeworfen –«

»Sie wagen es, sich einen Mann Gottes zu nennen! Sie alle hier sollten sich schämen, zu trinken und herumzualbern. Sie haben den Versuchungen draußen nachgegeben. Ich werde für Ihre Seelen beten.« Juri Petrowitsch schüttelt Wu Jinlus Hand ab und marschiert hinaus.

»Na, da hat er es uns aber gegeben«, bemerkt die Gräfin, die sich nur mit Mühe ein schadenfrohes Grinsen verkneifen kann.

Doch Grey ist sichtlich erschüttert. »Ich muss ihn überzeugen. Es ist zu wichtig –«

»Vielleicht warten Sie damit besser bis morgen«, sagt Wu Jinlu. »Sie sehen aus, als könnten Sie ein wenig Schlaf gebrauchen.« Und in der Tat schwankt der Engländer. Maria steht auf, um ihn zu stützen, und Wu wirft ihr einen dankbaren Blick zu. »Wir bringen Sie jetzt zu Ihrem Abteil.«

Gemeinsam bugsieren sie ihn aus dem Salon und zum Schlafwagen.

»Ich habe sie gesehen«, murmelt er wie einer von den Betrunkenen, die Maria in Sankt Petersburg oft unten am Flussufer aus den Wirtshäusern taumeln gesehen hat. »Sie hat mir das Leben gerettet.«

»Die Frau draußen im Wald«, erklärt Wu ihr mit hochgezogenen Augenbrauen.

»Nein.« Grey bleibt so abrupt stehen, dass die drei im schmalen Korridor fast übereinanderfallen. »Sie war hier. Ich habe sie vorher schon im Zug gesehen.«

Maria denkt an die Gestalt in Sophies Zeichnungen, die in Türöffnungen steht und beobachtet.

»Das war nur das Gewitter«, sagt Wu Jinlu besänftigend. »Es

hat uns alle durcheinandergebracht. Kommen Sie, hier ist Ihr Abteil.«

Mühsam zwängen sie sich hinein und manövrieren Grey im Dunkeln in einen der Sessel. Als Maria die Lampe auf dem Tisch einschalten will, schnappt sie nach Luft und weicht zurück.

Grey hat die Vorhänge offen gelassen, oder der Steward hat vergessen, sie zuzuziehen, sodass man ungehindert nach draußen sehen kann. Doch es ist nicht die nächtliche Landschaft, die ihre Blicke auf sich zieht, sondern das Muster auf der Scheibe. Das ganze Fenster ist damit bedeckt, als wäre es trotz der sommerlichen Hitze überfroren oder als hätten sich die Geister von Blüten in das Glas geprägt, so hauchzart, wie es nicht einmal ihr Vater hinbekommen hätte.

»Sehen Sie?«, sagt Grey. »Wir sind gesegnet.«

»Schimmel.« Der Seidenhändler tritt einen Schritt zurück. »Aber warum breitet er sich so schnell aus?«

Tatsächlich wächst er vor ihren Augen. »Wir sollten die Vorhänge zuziehen«, sagt Maria. Mit einem Mal packt sie schreckliche Angst.

»Nein, nicht −«, ruft Grey, doch sie schaltet die Lampe ein und schließt die Vorhänge.

Sie und Wu wechseln einen Blick. Seine Gesichtszüge spiegeln ihre Angst. Er wischt sich mit einem Taschentuch über die Stirn.

»Das ist sicher nichts, was dieser Zug nicht schon erlebt hat«, sagt er, aber er scheint sein ruhiges Selbstvertrauen verloren zu haben.

Ein Geräusch hinter ihnen lässt sie herumfahren. In der Tür stehen zwei Schatten. »Guten Abend allerseits. Ist Dr. Grey wieder wohlauf?«

Die Krähen.

»Es ging mir nie besser, aber ich habe zu arbeiten, ich muss das festhalten …« Seine Hand zuckt Richtung Vorhang, und sie versucht, sich ihm unauffällig in den Weg zu stellen.

»Dr. Grey ist nur übermüdet.« *Sie werden ihn einsperren,* denkt sie. *Sie werden sagen, es sei zu seinem eigenen Schutz.* Sie sieht, wie seine Hände zittern, und ist überzeugt, dass er das nicht überleben würde.

»Er muss sich nur mal richtig ausschlafen«, bekräftigt Wu Jinlu.

Die beiden Vertreter der Kompanie nicken und lächeln, aber das Lächeln reicht nicht bis zu ihren Augen. Sie haben ein wenig an Haltung eingebüßt, und auch ihre äußere Erscheinung ist nicht mehr so blank poliert. Die Reise fordert ihren Tribut.

»Natürlich«, sagt Mr. Li. »Wir wollen Dr. Grey nicht von seiner Arbeit abhalten.« Vielleicht hat er ihren Gesichtsausdruck gesehen, denn er fährt fort: »Wir haben ihn eingeladen, bei der Ausstellung an unserem Stand einen Vortrag zu halten. Er wird dem Publikum zeigen, welch großen Beitrag die Kompanie zum wissenschaftlichen Verständnis des Ödlands leistet. Es wird für uns alle eine wunderbare Gelegenheit sein.« Bildet sie es sich nur ein, oder liegt da eine merkwürdige Betonung in seinen Worten?

»Ah, ich verstehe«, erwidert Wu Jinlu, aber er wirkt verwirrt. Maria schweigt. Die Krähen mustern sie abschätzend, und erneut packt sie die Angst. Beinahe muss sie über ihre eigene Naivität lachen. Für Geistliche wie Juri Petrowitsch ist Grey ein Gotteslästerer, für die Kompanie hingegen ein Gottesgeschenk. Warum sollten sie solchen Eifer zum Schweigen bringen? Er ist ihnen nützlich. *Kommen Sie und bestaunen Sie unsere Wunder, sie sind von Gott gesegnet.*

»Und wie geht es Ihnen, Maria Petrowna?« *Sie wissen es,* denkt sie. *Sie wissen, wer ich wirklich bin.* Wie haben sie es herausgefunden? Hat sie sich verraten? Hat Suzuki sie verraten? Nein – das kann nicht sein. Das will sie nicht glauben.

Sie versucht sich zu beruhigen, aber ihre Ohren klingeln, und das Abteil ist viel zu klein, sie bekommt kaum Luft. Sie muss hier raus, aber die Krähen versperren die Tür, und als hätten sie die Flügel ausgebreitet, scheinen sie immer mehr Raum einzunehmen.

»Würden Sie uns bitte begleiten, Madam?«

»Was soll das heißen?«, protestiert Wu Jinlu.

»Bitte, es ist zu Ihrem eigenen Wohl.« Mr. Petrow tritt vor, um sie am Arm zu fassen. Sie weicht zurück und stößt dabei gegen den Tisch. Grey gibt einen Ausruf des Unmuts von sich.

»Maria Petrowna geht es bedauerlicherweise nicht gut. Sie muss mit uns kommen, zu ihrer eigenen Sicherheit und der der anderen.«

Sie sieht, wie Petrow und Wu einen Blick wechseln. Wu tritt zur Seite und starrt zu Boden.

»Ich versichere Ihnen, es geht mir ausgezeichnet.« Sie versucht, ruhig und überzeugend zu klingen, aber sie spürt das Zittern in ihrer Kehle.

»Keine Sorge, es ist nur zur Beobachtung.«

»Mach keine Szene«, hört sie im Geist ihre Mutter sagen. Davor hat ihre Mutter sich immer am meisten gefürchtet: eine Szene zu machen. Aber genau das sollte sie jetzt tun. Sie sollte aus Leibeskräften schreien, bis die anderen Passagiere herbeigelaufen kommen, und ihnen sagen, dass diese Männer Lügner sind, dass *sie* die eigentliche Gefahr sind, dass sie stets sich und die Kompanie schützen werden, und zwar um jeden Preis.

Doch der Ausdruck auf Wu Jinlus Gesicht lässt ihre Entschlossenheit in sich zusammenfallen. Er hat Angst vor ihr, davor, was sie unter dem Einfluss einer Krankheit, die den Geist befällt, tun wird. Wenn sie jetzt mit dem Fuß aufstampft und schreit und immer wieder versichert, dass ihr nichts fehlt, wird es die anderen nur noch mehr überzeugen; sie werden den Kopf schütteln und murmeln, dass es nur zu ihrem Besten ist. Sie kann der Kompanie vorwerfen, was sie will – niemand wird auf sie hören, wenn alle glauben, dass sie unter dem Einfluss der Krankheit steht.

Hinter den Krähen taucht nun auch der kleine Arzt in der Tür auf, die eine Hand in der Tasche, in dem ungeschickten Versuch, die Spritze zu verbergen, die sich darin befindet. Petrow nimmt ihren Arm. Als sie das Abteil verlassen, blickt sie noch einmal über die Schulter. Grey ist über seine Bücher gebeugt und schreibt hektisch; Wu Jinlu hält noch immer den Kopf gesenkt und traut sich nicht, ihr in die Augen zu sehen.

Eine Bresche

Diesmal ist etwas an der blinden Passagierin anders. Weiwei kann nicht genau sagen, was es ist, aber Elena wirkt solider, als würde sie mehr Raum einnehmen. Sie kauern an den entgegengesetzten Enden von Weiweis Bett.

»Diebin.«

Mit ihr wirkt der ohnehin nicht sonderlich große Raum zwischen Bett und Decke noch beengter.

»Ich wusste es nicht«, sagt Weiwei. »Ich wusste nicht, was passieren würde.« *Wirklich nicht?* Die Muster an der Wand bewegen sich, die Flechte wächst vor ihren Augen.

»Warum hast du sie genommen? Sie gehörte dir nicht.«

Weil ich sie haben wollte, würde sie am liebsten antworten. *Ich wollte sie haben und behalten. Ich wollte etwas, das nicht weglaufen und verschwinden kann.* Doch stattdessen sagt sie nur: »Es tut mir leid. Es tut mir so leid.« Der Zug dröhnt in ihrem Kopf, die Schienen rattern in ihrem Körper, und es ist nicht Elenas Schuld, sondern ganz allein ihre eigene. Sie hat das Draußen in den Zug gebracht, die Wache rückt näher, und sie kann nichts tun. Wieder sieht sie die Angst in Alexeis Gesicht, die Schuld, in die er sich gehüllt hat, und ihre eigenen Schuldgefühle werden noch größer. »Warum bist du zurückgekommen?«, fragt sie, strenger, als sie beabsichtigt hat. »Henry Grey sucht nach dir.« *Er wird sie sehen,* denkt sie. Er ist wie Rostow, wie *sie.* Alle auf der Suche, alle unzufrieden mit dem, was sie haben. »Er glaubt, du wärst eine Botin, ein Engel.«

»Kein Ungeheuer?« Elena berührt die Wand, und die Flechten bewegen sich wie Kräuselungen im Wasser, fließen erst nach außen, dann nach innen und lecken neugierig an ihren Fingern.

»Nein, so war das nicht gemeint.«

»Wirklich nicht? Da draußen hast du gedacht, ich hätte ihm etwas angetan. So etwas tun Ungeheuer doch. Und da gehören wir hin.«

»Nein …« Aber sie sieht die Szene wieder vor sich, Henry Grey auf dem Boden liegend, Elena über ihn gebeugt. *»Nicht!«* Elena, die aufblickt. Sich verraten fühlt.

»Das stimmt nicht.« Weiwei streckt die Hand nach ihr aus, aber sie weiß, dass die Worte hohl und falsch sind. Elena wird immer eine blinde Passagierin sein, ein ungeladener Gast; sie wird immer ein Ungeheuer sein, gefürchtet und gejagt.

»Wir werden einen Ort für dich finden, wo du bleiben kannst«, sagt Weiwei. »Bald sind wir in Russland, und dann kannst du die ganze Welt sehen, all die Dinge, die du dir ausgemalt hast –«

Doch Elena entzieht sich ihr und dreht eine Haarsträhne zwischen den Fingern.

»Was ist?«

»Du verstehst nicht. Das ist nicht der Grund, warum ich zurückgekommen bin.«

»Aber ich *möchte* verstehen. Wie soll ich sonst das hier begreifen? All diese Veränderungen …« Sie muss es loswerden. Sie dreht sich zur Wand und versucht, die Flechte zu entfernen, die mittlerweile bis zur Decke gewachsen ist, kratzt mit den Fingernägeln daran –

»Nicht, Weiwei –«

– und es ist, als würde plötzlich Tinte über ihren Geist schwappen, alles wird dunkel und leer, und dann wird die Tinte fortgespült und sie ist –

– an einem Ort, wo sie nicht sein sollte. Im donnernden Inferno des Führerstands, wo die Heizer das hungrige Maul des Zuges füttern, das Spiegelbild der Flammen auf den Gläsern ihrer Schutzbrille, Brandstellen an ihren Handschuhen. Durch die verrußte Scheibe sieht sie, dass sie nicht weit von der russischen Mauer entfernt sind, am Beginn ihrer Durchquerung. *Der letzten Durchquerung.* Eine Erinnerung? Nein, etwas anderes. Leuchtend orangefarbene Funken hängen in der Luft, aber wenn sie auf ihrer Haut landen, verbrennen sie sie nicht – es sind keine Funken, sondern Sporen, die auf den Kessel zuschweben, die Hitze suchen, die den Zug antreibt. Sie sieht andere Sporen aus dem Feuer herauskommen und folgt einer davon bis zu der Stelle an der Wand, wo sie landet. Dort bildet sich ein metallischer Schimmer, irisierendes Grün und Silber, der fast aussieht, als gehöre er zur Metallwand, aber er wächst und pulsiert im Rhythmus der dröhnenden Kolben, der ratternden Schienen –

– und in der Ersten Klasse ist Streit ausgebrochen. Die Passagiere beschweren sich über nächtliche Störungen, sie sagen, wenn sie ihr Spiegelbild in den Fensterscheiben erblicken, ist es nicht ihr eigenes; in der Dritten Klasse haben sie sogar die Spiegel im Bad zerschmettert. Weiwei sieht hinunter auf den wütenden roten Schnitt in ihrer rechten Handfläche, der von einer Glasscherbe stammt. Sie hat sich darin gesehen, verzerrt zu einem hinterhältigen, bösartigen Wesen mit hungrigem Gesichtsausdruck. Sie steht da und tropft Blut auf die schwarzweißen Fliesen des Badezimmers, unfähig, den Blick vom Glas zu lösen.

»Ich musste es tun.« Eine Frau, mit dem Rücken zur Wand, starrt auf die Überreste des Spiegels, und ihre Hände sind ebenfalls blutig. »Er hat gelogen, er hat gelogen.«

Doch Weiwei denkt: *Vielleicht hat er die Wahrheit gesagt* –

– und der Captain wütet gegen die Landschaft. Sie sind im Wachturm, neben ihnen liegt der große See, nahezu weiß in der Spätsommersonne, der am Horizont mit dem ausgeblichenen Himmel verschmilzt. Der Captain brüllt sie an, die Fensterläden zu schließen, das Draußen zu verbergen.

»Soll ich den Arzt holen?«

»Nein.«

»Dann vielleicht ein Glas Wasser …« Weiwei will raus aus dem Turm, fort von dieser fremden Version des Captains. Sie geht zur Tür.

»Wie sollen wir das aushalten?«

Weiwei bleibt stehen.

Der Captain blickt auf, und ihre Haut ist bleich und klamm. »Spürst du es nicht? Als würde es versuchen hereinzukommen … Es ist immer da und wächst, ganz gleich, was wir tun oder wie stark wir sind … Wie hältst du das aus?«

Weiwei starrt sie an, wie festgenagelt durch die Intensität ihres Blicks, und sie sieht sie schutzlos, ohne Maske, voller *Angst*. Vor der Landschaft draußen. Sie hat sich nie vorstellen können, dass der Captain Angst haben könnte. Mit einem Mal erscheint ihr die Außenwand des Zuges nicht mehr ganz so stark, der Boden nicht mehr ganz so fest.

»Es geht Ihnen nicht gut«, flüstert sie. »Ich bringe Sie hinunter zu Ihrem Quartier.«

Doch der Captain winkt ab. »Lass mich.«

»Aber Sie sind nicht –«

»Lass mich!« Ihre Stimme klingt so scharf, dass Weiwei hastig die Treppe hinunter flüchtet, in die Dunkelheit –

– und in den Schlafwagen der Dritten Klasse. Die Stille dort ist erschreckender als alles, was sie bisher gesehen hat. Die Passagiere schlafen, aber so leise und reglos, dass sie nach Lebenszeichen sucht. Ja, da hebt und senkt sich ein Brustkorb, da öffnet sich ein Mund. Im Wagen brennen ein paar Lampen, aber die Vorhänge sind nicht zugezogen und geben den Blick auf die Nacht frei. Ein leises Geräusch, kaum wahrnehmbar. Als würde etwas splittern. Um das Fenster, dem sie am nächsten ist, schimmert der gleiche metallische Glanz, den sie im Führerstand gesehen hat, pulsierend, lebendig. Als sie die Hand auf das Glas legt, spürt sie dasselbe langsame Pulsieren. Unter ihren Fingern erscheinen silbrige Adern, die sich von einem Fenster zum nächsten ausbreiten, und wieder hört sie dieses Splittern, und dann zerbricht die Scheibe –

– »Komm zurück!«

Ruckartig zieht sie die Hand weg und starrt auf die Flechte an der Wand. Elena beugt sich zu ihr. »Wie fühlst du dich? Was hast du gesehen?«

Weiwei versucht, die Worte zu formulieren, aber sie kann immer noch das Glas spüren, *lebendig*, dann fort. Sieht die leuchtenden Sporen vor sich, die Zielstrebigkeit, mit der sie auf den Kessel zuschweben.

Die verlorenen Tage der letzten Durchquerung. Die Veränderung, das *Eindringen*.

»Es lag nicht am Glas«, flüstert sie. »Die Kompanie hat sich geirrt, das Außen war schon vorher in den Zug eingedrungen.«

»Was ist passiert?« Auf Elenas Gesicht liegt derselbe Hunger, mit dem sie die Vögel und die Füchse draußen angesehen hat – all die Dinge, die sie riefen und sie zugleich fernhielten.

»Wir waren ein Teil davon. Alles war verbunden.« Sie berührt die Narbe auf ihrer Handfläche. Sie erinnert sich daran, wie sie die Glasscherbe aus der Haut gezogen hat. Erinnert sich an ihr Gesicht in dem zersprungenen Spiegel, klein und bösartig und hungrig, als hätte sie eine Facette von sich gesehen, die sie bis dahin verborgen gehalten hatte. »Wir bekamen die verschiedenen

Seiten von uns gezeigt. Und dann …« Das Glas zersprang, die Verbindung riss ab. Sie spürt ihr Fehlen wie den Schmerz, der sie erfüllt, wenn der Zug angekommen ist. »Fühlst du dich auch so? So leer?«

»Leer«, wiederholt Elena, als koste sie das Wort. Dann sagt sie: »Draußen, im Gras und zwischen den Bäumen und im Wasser, da habe ich mich wieder stark gefühlt. Ich dachte, ich wäre zu Hause.«

Weiwei wartet.

»Aber ich hatte mein Zuhause verraten. Ich hatte es verlassen, und es wollte mich nicht mehr zurückhaben. Es hat gelernt; es hat sich verändert.«

Von uns, denkt Weiwei. *Es hat von uns gelernt – von unseren besten und schlechtesten Seiten.* Das Blut pocht in ihren Schläfen. »Und was bedeutet das?«

Elena lehnt sich zurück an die Wand. »Es bedeutet, dass sie weitermachen werden. Ganz gleich, wie stark der Zug auch sein mag, es gibt nichts mehr, was sie aufhalten kann.«

Fäden

Die Morgensonne bringt die Muster auf der Fensterscheibe zum Leuchten, erweckt sie zu funkelndem Leben. Henry Grey lockert seine schmerzenden Finger und legt die Hand auf das Glas. Er meint zu spüren, wie die Blüten wachsen, vor ungeduldiger Energie pulsieren, jede Pore seiner Haut zu sich ziehen. Er wünschte, er könnte sie berühren, festhalten, zwischen den Seiten eines Buches pressen wie die Wildblumen in den Alben bei ihm zu Hause im Regal.

Er isst nichts; der Schmerz in seinem Magen macht schon den Gedanken an Essen unerträglich, außerdem ist er zu sehr von Eindrücken und Wissen erfüllt. Er brennt geradezu. Die Notizbücher auf dem Tisch quellen über von Erinnerungen, von allem, was er draußen gesehen hat, von Ideen, die förmlich wuchern. Er muss jedem Gedanken hinterherrennen, damit er ihm nicht entkommt und für immer verloren ist.

Er geht in die Hocke, um das kleine Fach zu öffnen, in dem er seine Proben aufbewahrt. Das Zugmädchen hat sie ihm gebracht. *»Sie verändern sich, Dr. Grey«*, hat sie ängstlich gesagt. In diesem Glas zum Beispiel war ursprünglich ein käferartiges Wesen mit irisierenden Flügeln und kräftigen schwarzen Zangen, mit denen es immer wieder gegen das Glas getippt hatte. Doch jetzt ist darin keine Bewegung mehr, nur ein trockenes, braunes Ding, ein wenig pelzig. Aber es atmet. Sie wachsen in der

Dunkelheit. Seine Mitbringsel aus dem Ödland warten darauf hervorzukommen, auf der Bühne der Ausstellung präsentiert zu werden. Ihn überläuft ein Schauer freudiger Erregung. *Noch nicht, noch ein wenig Geduld.* Er schließt die Tür sorgfältig wieder ab und steckt den Schlüssel in seine Jackentasche. Dabei bemerkt er einen langen weißen Faden. Er runzelt die Stirn und wischt ihn weg. Hat er sich heute Morgen schon umgezogen? Es fällt ihm zunehmend schwerer, sich an solche Dinge zu erinnern. Selbst sein Haus und den Garten kann er kaum noch vor sich sehen. Im Vergleich zu der Intensität des Ödlands verblasst England immer mehr. Aber zurück zu diesem Faden – war jemand in seinem Abteil und hat herumgeschnüffelt? Doch bei genauerem Hinsehen erkennt er, dass es gar kein Faden ist, sondern eine Art hauchdünne Wurzel, die noch in der Luft schwebt. *Eine Hyphe*, denkt er. *Von einem Pilz.* Und da sind ja noch mehr, sie wachsen aus der Wand heraus. Er kniet sich hin und sieht zu, wie ihre feinen Spitzen sich bewegen, als suchten sie neuen Boden. *Eine Wüste wie der Garten des Herrn*, denkt er und kratzt mit den Fingernägeln an der Wand, um an das Herz des Wachstums heranzukommen, an das myzelische Leben. Er bricht ein Stück der Holzverkleidung ab, und darunter kommen noch mehr von den dünnen weißen Hyphen zum Vorschein. »Unglaublich«, sagt er, ohne den Schmerz in seinen blutigen Fingern zu beachten.

Ein Klopfen lässt ihn hochfahren. Er schnappt sich ein paar Kissen vom Bett und lehnt sie gegen die Wand, um den Schaden zu verbergen.

»Wer ist da?« Da niemand antwortet, öffnet er die Tür einen Spalt. »Ich möchte nicht gestört werden –« Doch da schiebt sich Alexei an ihm vorbei und schließt die Tür sofort wieder.

»Sie hatten versprochen, vorsichtig zu sein«, zischt er. Er ist unrasiert, seine Augen sind blutunterlaufen.

»Mein lieber Junge –«

»Sie haben uns alle vergiftet.«

»Ich habe nichts dergleichen getan!« Grey spürt, wie ihm die Hitze in die Wangen steigt.

Der junge Ingenieur wischt sich über die Stirn und blickt sich im Abteil um. »Sie müssen es loswerden ... was immer es ist ... bevor es noch mehr Schaden anrichten kann.«

»Es gibt überhaupt keinen Grund für diese ... diese Überreaktion. Hier, sehen Sie.« Er führt Alexei zum Tisch, wo die Insekten sicher in ihren kleinen Kokons, in ihren Glasbehältern aufbewahrt sind. »Das ist alles, was ich mitgenommen habe. Hier ist nichts, worüber Sie sich Sorgen machen müssten. Nichts, was noch lebt.« Er beobachtet den Ingenieur, sicher – fast sicher –, dass er nicht weiß, was eine Puppe ist.

Alexei starrt auf die Glasbehälter, dann auf die Fensterscheibe, an deren Außenseite der Schimmel wächst und im Licht pulsiert. Seine Schultern sinken herab.

»Kann das wirklich meine Schuld sein?«, fragt Grey in einem Tonfall, als spräche er mit einem kleinen Kind. »Es ist außen auf der Scheibe, also kann es nichts mit uns zu tun haben. Und war es nicht genau das, was wir wollten? Selbst zu entdecken, was diese Veränderungen bedeuten, wie sie zu verstehen sind? Haben wir nicht davon gesprochen, was die Kompanie vor uns verbirgt? Wenn wir zur Ausstellung kommen, werden es *unsere* Namen sein, die genannt werden. Wir werden in die Geschichte eingehen als die Männer, die die Geheimnisse des Ödlands enthüllt haben, die allzu lange von einer Kompanie geheim gehalten wurden, um sich zu bereichern.«

Doch der Ingenieur schüttelt den Kopf und weicht zurück. »Es ist meine Schuld, ich hätte nicht auf Sie hören sollen.«

»Kommen Sie, es ist doch ganz natürlich, sich überwältigt zu fühlen. Jeder Mann, der sich einer bedeutsamen Aufgabe widmet, wird von Zittern und Zagen geplagt. Aber die wahrhaft Großen lassen sich davon nicht abhalten.«

»Aber um diese Aufgabe zu erfüllen, müssen wir erst mal in Moskau ankommen, Dr. Grey. Das ist Ihnen doch klar, oder? Wir müssen die Wache bestehen.« Und damit verschwindet Alexei ebenso plötzlich aus dem Abteil, wie er gekommen ist. *Die Anspannung der Reise macht ihm zu schaffen*, denkt Grey. *Armer Junge.*

Nachdem der Ingenieur gegangen ist, hockt sich Grey wieder vor die Wand, aus der die Hyphen unaufhaltsam hervordrängen. Er hebt den Kopf und lauscht auf Schritte, voller Sorge, dass die Tür erneut aufgestoßen wird. Er versucht, die Fäden wieder in die Wand zurückzustopfen, aber es sind zu viele, und sie wachsen zu schnell. Einen Moment lang überkommt ihn Panik. Es wird unmöglich sein, sie zu verbergen, die anderen davon zu überzeugen, dass es nicht seine Schuld ist. Doch dann setzt er sich auf den Boden und sieht zu, wie sie sich bewegen, sich von der Wand auf den Teppich vortasten, und würde am liebsten lachen vor lauter Staunen und Freude. Überall um ihn herum ist Leben, der neue Garten Eden erobert sogar den Zug.

Verlorene Zeit

Sie sieht Elena an, und das Schweigen zwischen ihnen spannt sich bis zum Zerreißen.

»Zhang!« Ein Ruf vom anderen Ende des Wagens lässt sie zusammenzucken. Hastig klettert Weiwei die Leiter hinunter, bevor die Stimme näher kommen kann.

»In der Ersten Klasse gibt es Unruhe, du wirst gebraucht«, sagt ein Steward.

»Ich komme gleich«, erwidert sie. *Schau nicht hoch*, ermahnt sie sich. *Sonst tut er es auch.*

»Nein, jetzt.«

Stumm folgt sie ihm. Hinter sich meint sie zu spüren, wie die Flechte die Sprosse nach ihr ausstreckt. Immer wieder hört sie Elenas Stimme: *»Es gibt nichts mehr, was sie aufhalten kann.«* Hinter dem Steward tritt sie in den Salon, wo ein weiterer Steward sich erfolglos gegen den Zorn der Gräfin zu wehren versucht.

»Ich verlange, sie augenblicklich zu sehen«, sagt sie gerade.

»Aber, Madam, der Arzt hat gesagt –«

»Was weiß der denn schon? Gestern war sie bei bester Gesundheit, und ich sehe nicht ein, warum sie keinen Besuch empfangen sollte.«

Voll unguter Vorahnung blickt Weiwei sich um, wer fehlt. Maria Petrowna. Sofort plagen sie Schuldgefühle. Der Professor hat sie gewarnt – *»Sag ihr, sie soll vorsichtig sein.«* Aber sie hat nicht auf ihn gehört. Sie hat Maria Petrowna nicht gewarnt, und jetzt hat man sie geholt. Ist sie wirklich krank? Sie hat Angst gehabt, die neugierige junge Witwe könnte Elena entdecken, doch nun vermutet sie, dass sie nach etwas anderem gesucht hat.

Im Salon summt es vor Spekulationen.

»Aber sind wir nicht auch in Gefahr, da wir die ganze Zeit mit ihr zusammen waren?«, fragt jemand. »Können wir wirklich sicher sein, dass es nicht ansteckend ist?«

»Mir geht es gut, bis auf ein leichtes Kopfweh, aber das kommt sicher nur von der Sorge um sie …«

»Also, ich wüsste ja gerne, warum diese Herren es für notwendig hielten, sie einfach so wegzusperren …«

»Wenn sie krank ist, ist es sicher das Beste für sie …«

»Können Sie etwas tun, meine Liebe?« Die Gräfin ignoriert den Steward und wendet sich Weiwei zu. »Sie ist spätabends weggebracht worden, es ist wirklich höchst eigenartig.«

»Das ist bestimmt nur eine Vorsichtsmaßnahme. Der Arzt hat Erfahrung mit der Behandlung der Krankheit«, sagt Weiwei ohne große Überzeugung.

Die Gräfin wirft ihr einen scharfen Blick zu. »Es ist nicht die Krankheit, wegen der ich mich sorge«, sagt sie so leise, dass nur Weiwei es hören kann.

Weiwei eilt durch die Korridore zur Krankenstation, entschlossen, ihre Nachlässigkeit gegenüber Maria wiedergutzumachen, aber auf halbem Weg sieht sie, wie Alexei aus Henry Greys Abteil tritt. Es hat etwas Verstohlenes, doch als sie seinen Gesichtsausdruck sieht, erstarrt sie, zu erschrocken, um sich zu verstecken oder umzukehren und so zu tun, als hätte sie ihn nicht bemerkt. Seine Augen sind gerötet, und er wirkt völlig verzweifelt. Als er sie sieht, fährt er sie zornig an: »Was ist denn?« Seine

Uniform ist zerknittert und unordentlich, und er hat sich offensichtlich nicht rasiert. »Warum starrst du mich so an, Zhang?«

Die Schärfe in seiner Stimme verletzt sie. »Was wolltest du da drinnen?«

»Er –« Er bricht ab, vergräbt das Gesicht in den Händen und lehnt sich an die Wand. »Ich bin schuld.«

»Was meinst du?«

Er lässt die Hände sinken und deutet auf den Schimmel an den Fenstern. »All das ist meine Schuld – ich habe dich in Gefahr gebracht.«

»Das hat doch nichts mit dir zu tun«, sagt sie und berührt ihn am Arm.

Er sieht sie gequält an, dann platzt es aus ihm heraus: »Ich habe Grey die Schlüssel gegeben, damit er hinauskann. Ich bin schuld daran, dass du beinahe gestorben wärst, dass der Captain sich in Lebensgefahr gebracht hat, um euch zurückzuholen, dass alles sich verändert. Ich habe das Ödland hereingelassen.« Er kniet sich hin und kratzt mit den Fingernägeln am Teppich.

»Hör auf! Was machst du denn da? Du wirst dir wehtun.« Sie versucht, ihn wegzuziehen, aber er ist viel stärker als sie.

»*Da!* Siehst du?«

Dort, wo er gekratzt hat, schlängeln sich dünne weiße Fäden aus dem Boden. Sie weicht zurück, als sie sich auf sie zubewegen, nach oben gereckt, als schnupperten sie. Sie wünschte, sie könnte wie früher mit ihm reden, unbekümmert, endlos, wie eine – bisweilen lästige – kleine Schwester. Doch sie kann den Blick nicht von den weißen Fäden lösen, von ihrer zielstrebigen, wellenartigen Bewegung.

»Nichts von dem, was hier passiert, ist deine Schuld«, sagt sie mit Nachdruck.

»Das kannst du nicht wissen.«

Doch, kann ich, denkt sie. *Ich weiß es.*

Sie starren sich schweigend an, und da bricht plötzlich ein Alarm aus.

Der Breschenalarm. Bisher ist er nur bei Übungen ausgelöst worden, aber in schlimmen Nächten ist sie manchmal hochgefahren, überzeugt, sie hätte ihn durch den ganzen Zug schrillen hören. Es ist ein lautes, misstönendes Signal, das der Crew befiehlt, die Passagiere der Ersten Klasse in ihre Abteile zu bringen, die der Dritten Klasse zu ihren Betten und sich dann in der Kantine einzufinden. *Was wird Elena tun? Ob sie sich fürchtet?*

Fast alle sind blass, haben Angst und versuchen, sich nichts anmerken zu lassen, aber Alexei sieht schlimmer aus als alle anderen. Die Leute starren ihn an, und er sinkt förmlich in sich zusammen. Sie würde ihm gerne tröstend die Hand auf den Arm legen, kann sich aber nicht rühren. Sie ist wie gelähmt von all dem Schrecken, der sich über ihr auftürmt, braucht ihre ganze Willenskraft, um einfach nur auf den Beinen zu bleiben.

Der Kartograf schlüpft zur Tür herein. Sie hat ihn auf dieser Durchquerung kaum gesehen, und bei seinem Anblick erschrickt sie. Er wirkt so erschöpft, als hätte er seit Tagen nicht geschlafen.

Der Alarm verstummt, und der Captain tritt in den Raum.

Unter den Mitgliedern der Crew bricht Unruhe aus. Dies ist für einige offenbar das erste Mal seit dem Beginn der Reise, dass sie sie von Angesicht zu Angesicht sehen, begreift Weiwei. Aber der Zorn und die Ratlosigkeit, die früher zu spüren waren, haben sich in etwas anderes verwandelt, denn neben den Gerüchten von Krankheit und Unfähigkeit, die kursierten, haben sich die Geschichten über das, was draußen passiert ist, wie Valentinsfeuer im Zug verbreitet. Bei der Überquerung der Grenze hat Weiwei gehört, wie die Küchenjungen erzählten, der Captain habe Henry Grey mit bloßen Händen aus dem Maul eines riesigen Ödlandungeheuers gerettet. Und so wächst ihr Mythos.

Doch nun steht sie hier, ernst und unnahbar, und die Crew nimmt Haltung an; Kragen werden zugeknöpft, Hemdsärmel heruntergekrempelt. Weiwei versucht, eine neutrale Miene aufzusetzen, doch als der Captain sie ansieht, senkt sie den Blick. Sie spürt, wie Alexei neben ihr unruhig die Fäuste ballt.

Der Captain wartet, bis die letzten Nachzügler da sind. »Bitte setzen Sie sich«, sagt sie. Dann erklärt sie ohne Umschweife, dass im Innern des Zuges fremdartiges Leben unbekannten Ursprungs entdeckt worden ist. Ihre Stimme klingt ruhig. Sie wirkt so stark und regungslos wie immer. Fast könnte man meinen, nichts habe sich verändert, die Ordnung sei endlich wiederhergestellt.

Weiwei erinnert sich, was sie bei der Berührung der Flechte gesehen hat – *die Angst in den Augen des Captains* –, aber sie weiß, die anderen Mitglieder der Crew würden schwören, dass es auf der ganzen Welt nichts gibt, wovor diese Frau, die da vor ihnen steht, sich fürchtet.

Erneut breitet sich Unruhe aus, als die Bedeutung ihrer Worte einsickert, aber der Captain bringt sie mit erhobener Hand zum Schweigen. »Es versteht sich von selbst, dass Sie nichts davon berühren dürfen. Unsere Spezialeinheit ist bereits im Einsatz, aber wir müssen wachsam sein. Alles, was irgendwie anders ist als sonst, muss direkt an mich gemeldet werden. Ab sofort werden Mitglieder der Crew den verschiedenen Wagen zugeteilt und dort Patrouille gehen, damit wir alle Teile des Zuges zu jeder Zeit unter Beobachtung haben. Es gilt der Breschennotstand.«

Diesmal herrscht Schweigen. Breschennotstand bedeutet, dass »außerordentliche Maßnahmen« ergriffen werden dürfen, sprich: alles, was nötig ist, um den Zug zu schützen.

Der Blick des Captains wandert in eine Ecke des Wagens,

und als Weiwei sich umwendet, sieht sie die Krähen dort stehen, halb mit den Schatten verschmolzen. Um sie herum ist ein kleiner, aber erkennbarer Freiraum gelassen worden. *Sie stellen sich auf das Schlimmste ein*, erkennt sie. Auf die Möglichkeit, über die niemand nachdenken will. *Das Versiegeln der Türen, die Verlegung des Zuges in einen speziellen Hof, wo ihn weder die Leute von der Kompanie noch irgendwelche hochrangigen Besucher der Mauer sehen können. Das langsame Herabsinken der Stille.* Die älteren Crewmitglieder sagen, dass der Arzt ein besonderes Medikament in seinem Abteil hat – einen Trank, der das Sterben leichter macht, als würde man im Schnee die Augen schließen. Aber es ist nicht genug für alle da, nur ein paar haben das Glück, ihr Ende zu beschleunigen. Alle anderen müssen warten, bis die Luft immer schlechter wird, bis schließlich keine mehr da ist.

Sie schüttelt den Gedanken aus ihrem Kopf.

Als der Captain sie entlässt, stupst Weiwei Alexei an. »Komm mit«, sagt sie und läuft hinter dem Kartografen her, der bereits den Korridor hinuntergeht. »Maria Petrowna ist ins Krankenzimmer gebracht worden«, ruft sie.

Suzuki fährt herum, und der letzte Rest Farbe verschwindet aus seinen Wangen. »Was?«

»Es heißt, sie hätte Ödlandweh, aber die Gräfin scheint das zu bezweifeln. Ich dachte, Sie würden sie vielleicht gerne –«

»Wann war das?«

»Gestern Nacht. Anscheinend sehr plötzlich.« Er sieht aus, als wollte er direkt zu ihr eilen – *Warum? Was bedeutet sie Ihnen?* –, doch dann bemerkt sie, wie er zögert, und folgt seinem Blick. Die Krähen stehen in der Tür und beobachten sie. Suzuki holt tief Luft.

»Warum ist sie wichtig?«, fragt Weiwei ihn leise. »Sagen Sie es mir, oder ich erzähle den Krähen, dass ich sie für eine Spionin halte. Dass ich sie herumschleichen gesehen habe und dass sie zu viele Fragen stellt.«

Suzuki sieht sie lange an. Dann sagt er: »Kommt mit.«

Sie folgen ihm in den Schlafwagen der Crew. Nachdem er sich vergewissert hat, dass außer ihnen niemand da ist, wendet er sich ihnen zu und zupft an seinen Manschetten. Er trägt sein Hemd korrekt, obwohl fast alle bei der Hitze die Ärmel hochkrempeln, auch wenn es gegen die Vorschriften verstößt. *Selbst jetzt noch, denkt sie, obwohl er aussieht, als würde er gleich zusammenbrechen, hält sich der Kartograf an die Regeln.*

»Ich verstehe nicht.« Alexei blickt fragend zwischen den beiden hin und her. »Was hat diese Passagierin mit euch zu tun?«

»Sie hat mit uns allen zu tun«, erwidert Suzuki.

Weiwei denkt an die junge Witwe, an die Fragen, die sie gestellt hat, an all die Orte, wo sie sie gefunden hat. »Sie wollte wissen, was bei der letzten Durchquerung passiert ist. Sie wollte ...«

Sie verstummt. Plötzlich dämmert es ihr. Maria Petrowna, die sich in der Dritten Klasse herumtreibt, die sich zum Kartografen schleicht, die immerzu Fragen stellt. »Sie hat etwas mit Anton Iwanowitsch zu tun, stimmt's?«

Suzuki lässt die Schultern hängen. Sie sieht, wie er eine Entscheidung trifft, kapituliert. »Sie ist seine Tochter.«

Alexei lehnt sich an die Wand und stößt einen leisen Pfiff aus.

»Der Professor weiß Bescheid, er wollte, dass ich sie warne«, sagt Weiwei. »Aber ich habe es nicht getan ...« Sie war zu selbstsüchtig und zu feige; sie hat weder Maria noch Alexei geholfen. Sie hat die ganze Zeit nur an sich gedacht.

Das Summen in ihrem Kopf, in ihren Knochen wird lauter. Sie meint, das Pulsieren der Flechte in der hinteren Ecke des Wagens spüren zu können. Hatte irgendjemand von ihnen wirklich versucht, den Glasmacher zu verteidigen, als ihm die Schuld zugeschoben wurde? Oder waren sie nur froh gewesen, dass sie verschont geblieben waren?

»Wir sind alle mitschuldig«, sagt Suzuki. »Vor allem ich.

Anton Iwanowitsch hat versucht, uns davor zu schützen.« Er deutet auf die weißen Fäden, die während ihres Gesprächs an der Wand hochgekrochen sind. »Er hatte Sorge, dass wir den Zug zu stark strapaziert haben. Schon vor der letzten Durchquerung. Und er hatte recht.« Dann schildert er ihnen, was sie mithilfe des neuen Teleskops bei der letzten Fahrt entdeckt hatten, und es passt alles zu Elenas Worten: *»Es gibt nichts mehr, was sie aufhalten kann.«* Anton Iwanowitsch hatte es kommen sehen. Und jetzt ist es zu spät.

»Und Maria?«, fragt Alexei.

»Sie kann beweisen, dass ihr Vater versucht hat, die Kompanie zu warnen«, antwortet Suzuki. »Sie haben ihr Abteil durchsucht, aber ich glaube nicht, dass sie etwas gefunden haben.« Damit dreht er sich um und geht durch den Wagen.

»Wohin wollen Sie?«

»Zu Maria Antonowna. Abbitte leisten.«

»Sie wird denken, dass es zu spät ist«, bemerkt Alexei kalt.

Suzuki hält inne. »Und damit hat sie recht.«

Er geht weiter, und Weiwei packt Alexei am Handgelenk. »Komm«, sagt sie, und als sie das Ende des Wagens erreichen, schaut sie hoch zu ihrem Bett und betet zu den Göttern der Eisenbahn, dass Elena sich dort versteckt hat und in Sicherheit ist. Sie kann keine Spur von ihr sehen, aber die Flechte hat sich in der kurzen Zeit weiter über die Wand ausgebreitet. Bald wird sie unübersehbar sein, doch Alexei blickt zur Uhr neben der Tür.

»Sie ist stehen geblieben«, sagt er. »Genau wie die in der Kantine.«

Sie sind aus der Zeit gefallen.

Flügel

Marias Gedanken wandern. Ohne Fenster fühlt sie sich haltlos. Was hatte Rostow über diese Gegend gesagt? Bäume, die sich in Luft auflösen. Purpurrote Blumen auf der Erde. Sie wünschte, sie hätte ein Buch oder eine Zeitung, irgendetwas, das sie ablenkt. Sie muss sich in dem Abteil neben dem befinden, in dem der Professor war. Ob er immer noch dort ist? Durch die gepolsterten Wände hört sie nichts.

Irgendwann bringt ihr ein nervöser Küchenjunge das Frühstück auf einem Silbertablett: dampfender Porridge, warme Brötchen und frischer Kaffee. Aber die Gerüche, bei denen ihr normalerweise das Wasser im Mund zusammenlaufen würde, stoßen sie ab, außerdem ist sie entschlossen, aus Prinzip die Nahrung zu verweigern. Von dem schönen Silbertablett zu essen, würde bedeuten, dass sie ihre Situation akzeptiert; es wäre, als würde sie sagen: *Ich verstehe, warum ich hier bin.* Aber sie akzeptiert sie nicht. Sie hat mit den Fäusten gegen die Wand getrommelt, bis der Arzt gekommen ist, und hat zu wissen verlangt, warum man sie hier einsperrt, aber der Arzt hat nur gestammelt, es sei zu ihrem Besten.

Immer wieder wandern ihre Gedanken zu Suzuki und der Karte auf seiner Haut. Er verändert sich. *Wie mein Vater.* Haut, die sich in Karten verwandelt, Augen, die zu Glas werden. Wie mochte sich das anfühlen? Tat es weh? Sie versucht, das Bild von ihrem Vater wegzuschieben, von seinen leeren Augen. In jenen letzten Monaten war es ihm immer schlechter gegangen, er hatte gelitten, und es gab niemanden, mit dem er sprechen konnte, niemanden, der ihn verstand. Nun hat sie Suzuki weggestoßen, und sie erträgt die Vorstellung nicht, dass es sich wiederholt, dass es diesem Mann, der freundlich und unglücklich und allein ist, so voller Schuldgefühle, genauso ergeht. Sie muss hier raus und ihm sagen, was mit ihrem Vater passiert ist. Damit es nicht noch einmal passiert.

Sie schlägt gegen die Tür und schreit, bis sie heiser ist, doch die einzige Antwort ist ein Alarm. Ein hässliches, unpassendes Geräusch, die Warnung vor einer Gefahr. Sie hört eilige Schritte, aber niemand bleibt stehen, und der Arzt kommt nicht, um sie zu beruhigen. Ihr ist, als würden die Wände immer näher kommen, und sie hat Mühe, zu atmen. Es ist heiß und stickig in dem kleinen Abteil, und sie bekommt keine Luft mehr.

Sie lehnt die Stirn an die Wand und versucht, die aufkeimende Panik zu unterdrücken. Da bemerkt sie in der cremefarbenen Polsterung einen dunkleren Fleck. Sie runzelt die Stirn, und als sie genauer hinschaut, erkennt sie eine Form – unter dem Stoff ist ein Falter gefangen. Sie kann sehen, wie das Insekt mit den Flügeln schlägt. Etwas fliegt gegen ihren Kopf, und sie verscheucht es mit der Hand. Noch ein Falter. Wie kommen die hier herein? Sie konnte ihr sinnloses, zielloses Flattern noch nie ertragen, erst recht nicht, wenn sie sich in ihrem Haar verfingen. Es werden immer mehr, die ganzen Wände sind in Bewegung, und bei dem Gedanken, dass sie mit all diesem Geflatter gefangen ist, bricht ihr der kalte Schweiß aus.

Eines der Insekten landet auf ihrer Hand, und gerade als sie es abschütteln will, breitet es die Flügel aus, und darauf kommen zwei runde Flecken zum Vorschein, wie die Augen einer Eule, ein tiefschwarzer Punkt mit einem Ring aus Gold. Sie hebt die Hand, und der Falter bleibt reglos darauf sitzen, nur seine Fühler bewegen sich, als prüfe er die Luft. Er sieht genauso aus wie die, die ihr Vater gezeichnet hat; Ideen für ein Schmuckglas, die nie Wirklichkeit geworden sind. Und mit einem Mal legt sich ihre Angst.

Der Alarm verstummt. Aus dem Abteil des Arztes hört sie Geräusche, etwas kracht zu Boden. Der Arzt weint, aber das kümmert sie nicht. Der Falter ist so zart und so vollkommen; sie versteht, warum ihr Vater ihn in Glas verewigen wollte. Sie stellt sich in die Mitte des Abteils und breitet die Arme aus, und die Falter flattern und schwirren um sie herum, ihre Flügel schlagen zart gegen ihre Haut, Hunderte von Eulenaugen, die sich öffnen und schließen.

Sie sammeln sich auf der Tür zum Korridor und scharren leise daran, als wollten sie sich hindurchgraben.

Und dann öffnet sich die Tür, und eine junge Frau in einem schmutzigen blauen Kleid schaut neugierig herein. »Hallo«, sagt sie auf Russisch. Einige der Falter setzen sich auf ihr Haar und ihre Schultern wie ein weicher grauer Umhang. Sie hat große dunkle Augen, wie die Muster auf den Flügeln der Falter, und die Haut ihrer Arme ist ein wenig fleckig.

Maria starrt sie an. Sie hat sie schon mehrmals gesehen – eine Gestalt, immer kurz vor dem Verschwinden. Ist sie es? Henry Greys Engel, Sophies Mädchen ohne Gesicht?

»Ich habe die Falter gehört«, sagt sie auf Marias unausgesprochene Frage. »Und da wollte ich zu ihnen.«

Das klingt wie eine vernünftige Erklärung, denkt Maria. »Im Abteil nebenan ist jemand«, sagt sie, bemüht, ruhig zu bleiben. »Könnten Sie auch ihm die Tür öffnen?«

»Gewiss doch«, erwidert das Mädchen mit einer Förmlichkeit, die Maria unter anderen Umständen amüsant gefunden hätte. Das Mädchen streckt die geöffnete Hand aus, und ein

Dutzend Falter landen darauf und krabbeln über ihre Finger und übereinander. Dann pustet sie sie sanft zu der anderen Tür; sie landen rund um die Klinke und flattern, bis sie sich öffnet. Das Mädchen sieht Maria an wie ein Kind, das für seine Findigkeit gelobt werden will, und Maria staunt gehorsam mit offenem Mund.

Der Professor kommt heraus, die Augen weit aufgerissen, Haare und Bart zerzaust. *Er sieht genauso wild aus wie dieses Mädchen*, denkt Maria. *Als käme er gerade aus der Wildnis. Als wäre er gerade aus einem Traum in einen anderen geraten.* Sie nimmt seinen Arm. »Ich glaube, Artemis hat sich gerade zu uns gesellt«, sagt sie.

Er lächelt. »Ich dachte, den Namen hätte ich hinter mir gelassen. Aber jetzt … Jetzt überlege ich es mir noch mal.«

Das Mädchen mustert ihn aufmerksam. »Ich kenne Sie«, sagt sie, den Kopf zur Seite geneigt, als stünde sie vor einem Gemälde. »Sie haben am Fenster gesessen und hinausgeschaut. Viele Jahre lang.«

Der Professor verneigt sich tief. »Grigori Danilowitsch. Auch bekannt« – er nickt Maria zu – »unter dem Namen Artemis. Es ist mir ein Vergnügen, junge Dame. Aber ich fürchte, ich bin Ihnen gegenüber im Nachteil …«

Das Mädchen sieht erst ihn an, dann Maria.

»Er fragt, ob wir Ihren Namen erfahren dürfen«, sagt Maria.

Zur Quelle

Eine Wildnis wie im Garten Eden. Er verfolgt die hauchfeinen Hyphen durch die Korridore; mal verliert er sie aus dem Blick, dann findet er sie wieder, wie sie aus einem Fensterrahmen hervorsprießen oder sich wie Geisterfäden durch den Teppich weben. Ein Alarm geht los, aber er ignoriert ihn, so gut es geht. Er ist überzeugt, dass das Wesen – seine Eva – und die Fäden etwas miteinander zu tun haben. Er hat sie im Zug gesehen, bei dem Gewitter, dann noch einmal draußen, und jetzt tauchen hier all diese Lebenszeichen auf … Sie war die Botin, die allen, die bereit waren hinzuschauen, die Wahrheit gezeigt hat.

»Sir, Sie müssen in Ihr Abteil zurückkehren.« Ein junger Steward hat die Frechheit, ihn am Arm zu packen, und er schüttelt ihn ab.

»Sehen Sie nicht, dass ich arbeite? Ich hatte darum gebeten, nicht gestört zu werden!«, brüllt er, und der Steward fährt zurück und stolpert in seiner Hast, von hier wegzukommen, fast über seine eigenen Füße.

Grey reibt sich übers Gesicht. Wo war er? Ach ja, er verfolgt die Hyphen, um ihre Quelle zu finden. So etwas hat er schon viele Male zuvor getan, er ist durch die Moore gestreift, den Blick auf den Boden gerichtet, auf der Suche nach den Zeichen, die ihn zum Ursprungsort führen. *Zu ihr.* Er ist bereit. Er tastet über sein Jackett, spürt das Gewicht des Betäubungsgewehrs, die längliche Form der Spritzen. Beides hat er geschickt in seinem Abteil verborgen. Zweimal ist sie entkommen, noch einmal wird ihm das nicht passieren.

Der Speisewagen ist leer. Ihm ist, als müsste es Zeit für das Mittagessen sein, aber die Uhr an der Wand ist stehen geblieben, und er kann sich nicht erinnern, wann er zuletzt etwas gegessen hat. Ihm ist schwindelig, und er muss sich einen Moment am Tisch festhalten, bis das Flimmern vor seinen Augen aufhört.

Dritte Klasse. Hier herrschen Chaos und Lärm. An den Türen stehen Stewards, aber sie versuchen, die Leute davon abzuhalten, in die Erste Klasse zu laufen, nicht umgekehrt, und so schlüpft er unbemerkt hindurch.

Immer weiter läuft er, bis zu dem Teil, zu dem die Passagiere keinen Zutritt haben. Plötzlich kommt ihm ein Gedanke: *Verstecken sie sie hier? Haben sie es die ganze Zeit gewusst? Nein, unmöglich.* Er schiebt den Gedanken beiseite, doch es fällt ihm schwer sich zu konzentrieren. *Denk an den großen Glaspalast,* ermahnt er sich. *Denk an die Ausstellungsobjekte, sicher und sorgfältig etikettiert in ihren Glasbehältern. Denk an den Namen Henry Grey in den Geschichtsbüchern.*

Der Wagen des Captains. Er ist sicher, dass er schon einmal hier war, aber es kommt ihm so vor, als wäre es lange her. Hier, wo kein dicker Teppich und keine Wandverkleidung sie verbergen, sind die Hyphen besser zu sehen. Einige von den Angestellten sind dabei, sie herauszureißen, und er brüllt sie an, sie sollen das lassen, aber sie starren ihn nur verständnislos an, und als er den Captain zu sprechen verlangt, versuchen sie, ihn aus dem Wagen zu schaffen. So eine Unhöflichkeit hat er noch nie erlebt! Weiter vorne erblickt er das Zugmädchen, zusammen mit dem Ingenieur (den er natürlich ignoriert – wie kann er es wagen, ihn als Lügner zu bezeichnen, seine Integrität infrage zu stellen?) und dem Kartografen. »Meine Liebe!«, ruft er ihr zu. Wie jung sie ist. Kann sie überhaupt begreifen, wie wichtig seine Mission ist? Außerdem ist sie Chinesin, was weiß sie schon vom Garten Eden? Aber will er nicht genau das erreichen: allen Menschen die Botschaft übermitteln?

»Dr. Grey?« Sie sagt etwas zu ihm, aber er hört ihr nicht zu, denn in dem Moment erblickt er *sie* am anderen Ende im Türrahmen. Hinter ihr stehen seltsamerweise die junge Witwe und ein alter Mann, den er nicht kennt. Ihr Kleid ist zerrissen und ihr Haar zerzaust, aber sie ist es – die Gestalt aus dem Ödland. Die weißen Fäden haben ihn zu ihr geführt, genau wie er vermutet hatte.

Etwas bewegt sich in ihrem Haar, als hätte sie Ödlandwind mitgebracht, dann erkennt er, dass es Insekten sind – Falter. Von der Art, die das Gesicht eines Fressfeindes imitiert: zwei große, runde Augen auf den Flügeln, schwarz mit goldenem Ring.

Und dann merkt er, dass es nicht nur die Falter sind – auch *sie* imitiert: Er sieht nicht mehr ein zerlumptes Mädchen mit Faltern im Haar, sondern eine junge Frau, den Kopf mit einem Spitzenschal bedeckt, wie die frommen Frauen in der Kirche seines Dorfes. Dann sieht er gar nichts mehr; sie ist verschwunden, mit dem Hintergrund verschmolzen wie ein Raubtier am See, das auf seine Chance wartet, Beute zu machen. *Sie ist immer noch da*, sagt er sich. Er muss nur *hinsehen*, so wie sie es tut. Er ist keine leichte Beute. Er sieht hinter die Fassade. Ja, da …

Leute schreien, der Ingenieur versucht, ihn festzuhalten, die Stewards packen die Witwe und den alten Mann und ziehen sie weg, als müssten sie Angst vor ihr haben, als wäre sie ansteckend, und da ist sie – sie ist vollkommen, sie tritt ins Licht …

Er hebt das Gewehr.

Türen und Netze

Ohne nachzudenken, stürzt Weiwei auf Grey und das silbrig glänzende Gewehr in seinen Händen zu. Sie weiß, was in der Spritze ist: ein starkes Medikament aus Mohnsamen. *»Harmlos«*, behauptet der Arzt, aber sie hat gesehen, welche Wirkung es hat, und weiß, dass das nicht stimmt. Sie kann nicht zulassen, dass so ein Gift in Elenas Adern eindringt. Alexei ruft ihren Namen, aber sie hat nur Augen für das Gewehr, stößt es weg von Elena, hin zu der Flechte, die in silbrig blauen Wellen über die Decke kriecht.

Der Pfeil schießt heraus und bohrt sich in die Flechte –

– und ein Schmerz überflutet sie, als würde jemand ihre Sehnen zerreißen. Sie versinkt in Dunkelheit.

– Als sie, wohl nur Sekunden später, die Augen öffnet, sieht sie Suzuki auf dem Boden kauern und Maria, die zu ihm läuft; sie sieht die Flechte an der Decke und die bleichen Fäden am Boden; sie spürt den Zug und die Erde, die Erde und den Zug, miteinander verwoben, und sie ist Teil davon; sie spürt die Pfeilspitze, die in der Flechte steckt und aus der das Betäubungsmittel herausrinnt.

»Bist du verletzt?« Alexei beugt sich über sie und betastet ihre Schultern, als würde er erwarten, dort eine Wunde zu finden. Weiwei versucht, *Ja* zu sagen, aber sie versteht nicht, wo und wie sie verletzt ist, da ist nur dieser dumpfe, pulsierende Schmerz in ihren Armen und Beinen; sie weiß nicht, wie sie die Worte dafür finden und wie sie die verschiedenen Teile der Szenerie vor sich auseinanderhalten soll.

Da ist Elena. Sie rührt sich nicht, sieht Weiwei so gebannt an, dass sie nichts um sie herum wahrzunehmen scheint.

Da ist Henry Grey, der hektisch und ungeschickt an dem Betäubungsgewehr herumfingert. Sie könnte es ihm entreißen, wenn ihre Beine nur gehorchen würden, aber er scheint sich immer weiter zu entfernen, je näher sie ihm kommt. Sie versucht, Elena zuzurufen: *Lauf weg!*, aber ihr Mund ist ganz trocken.

Hinter sich hört sie Schritte, schnell und leicht und entschlossen. Der Captain. *Breschennotstand*, denkt Weiwei. Der Captain könnte nicht nur den Einsatz eines Betäubungspfeils befehlen, sondern alles, was sie für notwendig hält, sie könnte den Bordschützen vom Wachturm herunterrufen und ihm befehlen, auf Elena zu zielen. Wieder versucht sie, ihr zuzurufen, dass sie weglaufen soll, aber es kommt kein Ton heraus. Der Professor geht mit ausgestreckten Armen auf Elena zu, als wollte er ein Kind trösten. Doch sie beachtet ihn gar nicht, sondern blickt hoch zu dem Pfeil, aus dessen Spitze jetzt dunklere Adern wachsen, als hätte die Flechte sein Gift getrunken, und Weiwei spürt, wie die Droge durch ihre eigenen Adern wandert, ihren Geist betäubt und ihre Gedanken zäh und wirr macht. Warum schüttelt Alexei sie? Sie kann seinen Gesichtsausdruck nicht deuten – ist er wütend? Weiwei macht ihre Arbeit nicht, sie sollte irgendwo sein, sie darf nicht faulenzen –

Ein lautes Poltern jagt erneut eine Woge von Schmerz durch ihren Körper. Grey hat das Gewehr fallen gelassen; er geht auf Elena zu, die Hände wie zum Gebet gefaltet – nein, er hält etwas fest, eine silberne Nadel blitzt auf. Es ist eine von den Spritzen für das Gewehr; sie ist für ihn nur eine weitere Probe, etwas, das er fangen und in einem Glas einsperren will.

Elena springt auf. Es ist eine Bewegung, die kein menschliches Wesen machen könnte. Grey stürzt vor und rammt seine Spritze in den leeren Raum, während sie an der Wand hängt wie eine Spinne. Von da springt sie weiter zur Decke, packt die Spritze und zieht sie aus der Flechte.

Weiwei spürt die Erleichterung, sieht Wellen von dunklerem Blau durch die Flechte strömen, wie Wasser, das ein Fieber kühlt.

Aber sie spürt auch, wie der Captain neben ihr sich anspannt, sieht, wie Alexei mit einem Ausdruck von Entsetzen erstarrt. *Ein Ödlandwesen, hier im Zug.* Jetzt lässt sich nicht länger verbergen, was Elena ist. Sie kauert sprungbereit an der Decke und blickt auf sie alle herunter.

Weiwei sieht, wie Alexei sich nach dem Betäubungsgewehr bückt.

»Nein –« Sie bringt nur ein Flüstern hervor, doch als er sich zu ihr umwendet, springt Elena erneut und landet auf allen vieren, den Blick auf Weiwei gerichtet. *Los, lauf weg!*, will sie rufen. *Versteck dich und bleib da – sie werden dich mit ihren Gewehren und Spritzen verfolgen – du bist hier nicht willkommen.* Und Elena scheint es zu verstehen, denn sie dreht sich um und verschwindet im nächsten Wagen.

Henry Grey folgt ihr mit einem unartikulierten Schrei und stößt den Professor grob zur Seite.

Weiwei versucht aufzustehen. Sie muss ihn aufhalten, muss Elena warnen, dass dieser Mann gefährlich ist, dass er zwar linkisch und töricht erscheint, aber ein fanatisches Funkeln in den Augen hat, doch ihre Beine tragen sie nicht, und dann sind Alexei und der Captain an ihrer Seite und stützen sie.

»Schön langsam«, sagt der Captain, und Weiwei schießt durch den Kopf, dass sie hier bei ihr geblieben ist, statt Elena zu verfolgen, und das ist ein Gedanke, mit dem sie sich eingehender befassen muss, aber Alexei sagt etwas, und in seiner Stimme liegt mühsam beherrschter Zorn.

»Du wusstest, dass es hier ist«, sagt er.

»*Sie*«, sagt Weiwei. Ihr Mund ist immer noch trocken, aber die Worte kehren zurück. »Sie heißt Elena, und sie wird uns nichts tun, sie –«

»Nichts tun?«, unterbricht Alexei sie. »Allein ihre Gegenwart ist gefährlich für uns. Hast du nicht daran gedacht, welche Folgen das haben kann? Hast du nicht an die Wache gedacht, daran, was mit uns allen passieren wird?«

»Du hast es grad nötig!«, entgegnet sie wütend, und sofort ist es wieder wie bei ihren Kabbeleien früher, als jeder dem anderen die Schuld an den eigenen Missetaten zugeschoben oder sich über vermeintliche Beleidigungen oder Ungerechtigkeiten aufgeregt hat.

»Schluss jetzt!«, befiehlt der Captain.

Weiwei hört, wie Suzuki weiter hinten im Wagen Maria und dem Professor versichert, dass es ihm gut geht. Über ihnen kriecht die Flechte über die Decke.

»Nein«, sagt Weiwei. »Lassen Sie mich ausreden. Sie wird uns nichts tun. Das, was hier passiert, ist nicht ihre Schuld. Und deine auch nicht.« Sie sieht Alexei eindringlich an, um ihn zu überzeugen. Er steht vollkommen reglos da, scheint kaum zu atmen. Der Gesichtsausdruck des Captains wirkt unverändert, aber Weiwei kennt sie gut genug, um das winzige Zusammenpressen der Lippen, das Zucken eines Muskels unter dem Auge zu bemerken. Sie ist überzeugt, dass alles ihre Schuld ist, und das quält sie.

Weiwei denkt – und es ist ein grausamer, selbstsüchtiger Gedanke: *Soll sie sich ruhig noch ein bisschen länger schuldig fühlen.*

»Ich muss Elena finden«, sagt sie zum Captain. »Grey versteht sie nicht, er wird versuchen, sie zu fangen, und das kann nicht gut enden. Bitte, lassen Sie mich gehen.« Aber Grey ist nicht der Einzige, der nicht versteht – dasselbe gilt für Elena.

Sie beobachtet und ahmt nach und glaubt zu wissen, wie Menschen funktionieren, aber es gibt Grausamkeiten, die sie nicht begreift, zum Beispiel den Drang, etwas zu fangen und auszustellen, es zu besitzen um des Besitzens willen.

Der Captain schweigt. Sie wägt die Möglichkeiten gegeneinander ab, wie sie es immer getan hat. *Das ist immer noch ihr Zug*, denkt Weiwei mit einem Anflug von Hoffnung. Sie ist immer noch ihr Captain.

»Geh«, sagt sie schließlich. »Ich kümmere mich um alles andere.«

»Aber wie soll sie ihnen folgen?« Alexei blickt zur Tür, die von zahllosen weißen Fäden durchzogen ist, und als Weiwei näher herangeht, sieht sie, dass sie zu einem Netz verwoben sind, das immer dichter wird und den Weg zu Elena und Henry Grey versperrt.

»Nicht anfassen«, sagt der Captain, und obwohl Weiwei die Angst in ihrer Stimme hört, gehorcht sie nicht, sondern streckt die Hand aus – und die Fäden weichen zurück und bilden eine Öffnung, als wollten sie sie hindurchlassen.

»Grey hat immer noch zwei Spritzen«, warnt Alexei sie. »Sei vorsichtig.«

Der Captain nickt ihr knapp zu.

Weiwei blickt aus dem Fenster, zwischen den Blüten aus Schimmel hindurch. In der Ferne taucht eine dunkle Linie auf. Die russische Mauer.

Sie schiebt die Fäden beiseite und tritt durch die Tür.

Sechster Teil

18. bis 20. Tag

Die Wache gibt uns die Gelegenheit, etwas zu tun, das auf der langen Reise unseres Lebens oft unmöglich ist: innezuhalten und Bilanz zu ziehen; nicht nur darüber nachzusinnen, wo wir gewesen sind und wohin wir gehen, sondern auch darüber, wo wir sind. In der Nacht der Wache träumte ich, dass der Fluss anstieg und das Wasser uns alle verschlang. Durch das Fenster meines Abteils sah ich Wasserwesen, die ihr Gesicht an die Scheibe drückten. Ich hörte das Donnern der einstürzenden Mauer, die den Fluten nicht standhalten konnte, und ich fiel auf die Knie und betete zu einem abwesenden Gott.

Handbuch für den vorsichtigen Reisenden durch das Ödland, S. 210

Veränderungen

Der Zug verändert sich. In der Krankenstation sammeln sich Falter um die Lampen, und die dünnen weißen Fäden winden sich um die Türen der Krankenabteile. Eigentümliche Geräusche ertönen; wenn sie das Ohr an die Wand legt, kann sie ein Ticken und Scharren hören, als würde das Holz wachsen. Plötzlich muss sie trotz der Enge des Zuges an das Gefühl von Freiheit denken, das sie draußen verspürt hat, von Grenzen, die sich auflösen. Selbst der typische Geruch der Krankenstation, eine Mischung aus Desinfektionsmittel und Öl, wird überlagert von einem erdigen, aromatischen Duft.

Sie folgt den weißen Fäden, die sich immer mehr umeinanderschlingen und in denen jetzt Farben aufscheinen, Gelb und Grün und hier und da auch ein wenig Rot, wie Münder, die sich öffnen und schließen. Einige von ihnen kriechen die Wände hoch, andere graben sich wie Wurzeln in den Boden. Sie kann den Blick nicht von ihnen lösen, erfüllt von einer Mischung aus Widerwillen und Faszination. Hatte Rostow dasselbe empfunden, als es ihn ins Ödland zurückzog? War er auch bei jedem Schritt unsicher gewesen, ob der Boden unter seinen Füßen standhalten würde?

Knackend erwacht der Lautsprecher neben ihr zum Leben. Die Stimme des Captains. *»Wir nähern uns der russischen Mauer ...«* Knistern und Rauschen. *»... Bitte bleiben Sie ruhig ...«*

Die Mauer

»Sie ist hässlich«, sagt Maria. Grauer Stein, der auch den letzten Rest Licht aus dem trüben Himmel zu saugen scheint und selbst den Fluss davor tot wirken lässt.

»Sie wurde nicht wegen der Schönheit gebaut, sondern wegen der Stärke«, erwidert Suzuki.

Das unerbittliche Gesicht des russischen Reiches, das grimmig sein Territorium verteidigt und die Schrecken fernhält. Für diejenigen, die in das Ödland reisen, eine letzte eindringliche Warnung, dass man die starke, väterliche Umarmung des Zaren verlässt, dass von hier an alle Ordnung und Sicherheit verloren ist. Und für diejenigen, die sich von der anderen Seite nähern, eine Herausforderung: *Ihr seid hier nicht willkommen.*

Jetzt sind wir die Schrecken, denkt sie.

Sie sind im Turm des Kartografen, sie und Suzuki und der Professor. Suzuki ist immer noch blass, und auf seiner Stirn glänzt Schweiß, aber er wehrt ihre Versuche ab, ihn zu seinem Stuhl zu führen.

»Ich kippe schon nicht um«, sagt er.

»Genau das haben Sie aber gerade getan«, entgegnet sie wütender als beabsichtigt. Der Professor summt leise vor sich hin und betrachtet eingehend eines der Teleskope.

»Es hat Sie verletzt«, fährt sie fort. »Als der Pfeil die Flechte durchbohrte, hatten Sie und Weiwei beide große Schmerzen.«

»Es geht mir gut, ich bin nicht krank –«

»Aber es belastet Sie, begreifen Sie denn nicht? Sie müssen zur Krankenstation gehen, bevor die Wache beginnt, bevor es Sie noch stärker verletzt.« Sie sieht ihren Vater vor sich, sieht Sand und Wasser aus seinen leeren Augen rinnen, und sie kann den Gedanken nicht ertragen, das noch einmal mit ansehen zu müssen.

»Es gibt nichts, was ein Arzt tun könnte.«

Er hat recht. Ein Arzt wäre dagegen machtlos. Ihr Vater konnte sich nicht retten, aber Suzuki kann es.

»Lassen Sie mich durch das Teleskop schauen.« Sie sieht den Kartografen eindringlich an. »Durch den Prototyp. Wenn das, was Sie sagen, stimmt, ist es für mich die letzte Gelegenheit, mich selbst davon zu überzeugen, bevor wir die Mauer erreichen. Schließen Sie es auf und lassen Sie mich hindurchsehen.«

Der Professor blickt verwirrt von ihr zu Suzuki.

Suzuki schüttelt den Kopf. »Nein. Nein, das geht nicht.«

»Warum nicht? Ist es kaputt? Sie haben gesagt, Sie wollen es nicht mehr benutzen, aber ich will. Ich will sehen, was das Geschick meines Vaters enthüllt hat. Diese Fäden, diese Adern. Das ist das Mindeste, was Sie für mich tun können.« Sie geht zu dem Teleskop und zieht die Abdeckung herunter. »Lassen Sie mich hindurchsehen, oder erklären Sie mir, warum es nicht geht.«

Er schweigt eine Weile, dann sagt er leise: »Ich glaube, das wissen Sie.«

Sie weiß es. Die ganze Zeit über hat sie nur an das Ende ihres Vaters gedacht, aber jetzt erinnert sie sich an seine letzten Wochen, daran, wie er sich immer wieder abgewandt und die Tür hinter sich geschlossen hat. Und sie begreift, was er so gründlich versteckt hat. »Als ich meinen Vater gefunden habe …« Die Worte drohen in ihrem Mund zu verdorren, doch sie zwingt sich weiterzusprechen. »Als ich ihn an dem Morgen gefunden habe … war Wasser auf dem Schreibtisch und Sand auf seinen Wangen. Seine Augen waren offen und ohne jede Farbe. Als hätten sie sich in Glas verwandelt und das Glas wäre wieder zu Wasser und Sand geworden. Als hätte er alles ausgeweint, was von seiner Arbeit übrig war.« Sie hatte befürchtet, wenn sie darüber spräche, würden sich diese zerbrechlichen Erinnerungen in Luft auflösen und ihren Vater mitnehmen. Doch als sie Suzuki und dem Professor schildert, wie sie das Wasser und den Sand entfernt und die Augen ihres Vaters geschlossen hatte, damit niemand sah, was sie gesehen hatte, ist es, als würde sie von einer Last befreit. »Ich dachte, es käme vom Ödlandweh.«

»Und jetzt?«, fragt Suzuki. »Was denken Sie jetzt?«

Sie geht auf ihn zu. »Ich denke, der Blick durch diese neuen Linsen hat Sie nicht nur die Muster und Veränderungen sehen lassen. Er hat Sie beide ebenfalls verändert.« Langsam schiebt sie seinen Ärmel hoch, sorgsam darauf bedacht, seine Haut nicht zu berühren. Er rührt sich nicht, und sie hört, wie der Professor nach Luft schnappt, als die Linien auf Suzukis Arm sichtbar werden. »Ich habe recht, nicht wahr?«, sagt sie und tritt einen Schritt zurück.

Er hält ihrem Blick stand. »Es war bei der zweiten Durchquerung, bei der wir das neue Teleskop benutzten«, sagt er. »Wir bemerkten, dass wir uns beide veränderten, als würde sich die Landschaft in unseren Körper einprägen. Anfangs versuchte ich noch, es zu verbergen, doch dann kam Ihr Vater zu mir und sagte, er würde plötzlich anders sehen – *prismatisch* hat er es genannt. Er sagte, er könne viel zu viel sehen, selbst ohne das Teleskop; es sei wunderbar und zugleich unerträglich.« Er schweigt einen Moment. »Ihr Vater hielt es für eine Warnung«, fährt er dann fort. »Für ein Zeichen unserer Hybris – wir hätten uns zu weit vorgewagt. Es stehe uns nicht zu, so genau hinzusehen, meinte er. Noch ein Zeichen, dass wir aufhören und die

Eisenbahnstrecke endgültig schließen sollten. Wir stritten uns. Die letzten Worte, die ich zu ihm gesagt habe, waren Worte des Zorns.«

In seinen Zügen liegt so viel Trauer, dass sie ihre ganze Willenskraft braucht, auf das Teleskop zu zeigen und zu sagen: »Ich will hindurchsehen. Ich will sehen, was Sie beide gesehen haben.«

»Nein, das ist zu gefährlich. Wie können Sie dieses Risiko eingehen, nach allem –«

»Und wie können *Sie* so blind sein?« Ihre Stimme wird lauter. »Hat es Ihnen nicht wehgetan, als die Nadel sich in die Flechte bohrte? Haben Sie nicht das Gift in *Ihren* Adern gespürt? Was, wenn mein Vater sich geirrt hat? Was, wenn diese Veränderungen in Ihnen beiden keine Warnung waren, keine Krankheit, sondern eine *Verbindung*? Es hat ihn geschmerzt, das Ödland für immer zu verlassen. Wir dachten, es wäre der Verlust seiner Reputation und seines Lebensunterhalts, der ihn getötet hat, aber es war mehr als das, es war der Verlust von alldem hier.« Sie deutet mit einer ausholenden Armbewegung auf den Turm, die Fenster, den Schimmel, der von den Rändern der Scheibe nach innen kriecht, die Muster aus türkisfarbener Flechte, die auf dem Boden erscheinen. »Sie dürfen nicht versuchen, es zu stoppen, die Verbindung zu unterbrechen – Sie müssen hinsehen.«

Suzuki schweigt, aber sie spürt, wie die Anspannung aus seiner Haltung weicht.

»Sie sind kein Mann der Kompanie«, sagt sie leise. »Sie sind ein Mann des Zuges. Und des Ödlands.«

Er weiß es. Genau wie sie gewusst hat, was mit ihrem Vater geschehen war, auch wenn sie es sich nicht eingestehen wollte. »Ich will sehen, was mein Vater gesehen hat«, wiederholt sie. »Was kann es jetzt noch schaden?«

Wortlos nimmt Suzuki einen Schlüssel aus einer Schublade

und schließt die Abdeckung auf dem Okular des Teleskops auf. Maria legt das Auge daran und stellt die Schärfe ein. Sie braucht einen Moment, um zu verstehen, was sie sieht – über das Grasland erstrecken sich zahllose glänzende Fäden, wie Spinnweben im Sonnenlicht. Sie versteht jetzt, was Suzuki gemeint hat: Es ist, als sähe sie einen Wandteppich und gleichzeitig dessen Rückseite. Das Muster, und wie das Muster gemacht ist.

Sie tritt zur Seite, um den Professor hindurchblicken zu lassen, und als er sich wieder aufrichtet, sieht sie, wie er sich Tränen aus den Augen wischt.

»All die Jahre des Beobachtens«, sagt er. »Und nun sehe ich so etwas.« Aber seine Stimme klingt kräftiger, und er strahlt eine neue Energie aus.

»Vielleicht gibt es doch noch Arbeit für Artemis«, sagt sie.

Eine Weile später verkündet der wiederauferstandene Artemis, er werde in seinen Wagen zurückkehren und sich an die Arbeit machen. »Ich überlasse Sie Ihren« – er macht eine vage Handbewegung – »Gesprächen.«

»Und da rühme ich mich meiner Beobachtungsgabe«, sagt Suzuki, nachdem er gegangen ist. »Ich bin versucht, alle meine Qualifikationen zurückzugeben.«

»Er hat sich gut getarnt«, erwidert Maria. »Nur Weiwei wusste es.«

»Weiwei! Natürlich.«

»Und was machen wir jetzt?«, fragt sie. »Lassen Sie mich Ihnen wenigstens ein Glas Wasser holen.«

Doch Suzukis Blick ist zu ihrem Haar gewandert. »Sie haben einen Passagier«, sagt er, und als sie den Arm hebt, ertastet sie die Flügel eines Falters, der dort hängen geblieben ist. Sie befreit ihn vorsichtig, und er bleibt auf ihrer Hand sitzen.

»Ist er nicht schön?«, sagt sie, doch er sieht nur sie an. Er nimmt ihre freie Hand, umschließt ihre Finger mit seinen. Als sie hinunterblickt, sieht sie, wie die Linien von seiner Haut auf ihre übergehen und an ihrem Arm hinaufwandern. Erschrocken zieht sie ihre Hand zurück, und die Linien verschwinden. Dennoch hat sie es in diesen wenigen Sekunden gespürt – die Ausdehnung, die unendliche Weite. Die Möglichkeiten. All diese Linien, die sich ausbreiten, all die Pfade und Wege. Und alle warten.

Suzuki lässt den Arm sinken. »Ich wollte nicht –«

Sie holt tief Luft, um ihr flatterndes Herz zu beruhigen. Dann ergreift sie seine Hand. Das Gleis und der Fluss und die Mauer, eingezeichnet in seine und ihre Haut.

Der Zug wird langsamer. Sie nähern sich der Brücke, und der Rhythmus verändert sich, als sie den festen Boden verlassen. Scheinbar endlos erstrecken sich der Fluss und die Mauer zu beiden Seiten, und angesichts der Höhen und Tiefen wird ihr ein wenig schwindelig.

Ein Schatten unter der Wasseroberfläche. Irgendein großes Tier, das seinem Weg durch den Fluss folgt, ohne sich um den Zug über ihm zu scheren. Jetzt ragt die Mauer vor ihnen auf, unvorstellbar hoch, und vor ihnen liegt ein schweres eisernes Tor, vor dem selbst der Zug nachgeben muss.

Suzuki streicht mit dem Daumen über ihre Fingerknöchel und legt seine Stirn an ihre. Sie spürt den Zug der Bremsen, hört, wie der Zug ächzend zum Halten kommt. Dampf verschleiert den Ausblick aus dem Fenster.

Die Linien auf seiner und ihrer Haut hören auf, sich zu bewegen.

Der Wald

Die plötzliche Reglosigkeit des Zuges bringt Grey ins Straucheln. Ihm ist heiß und kalt zugleich, die Kleider liegen schwer auf seiner Haut, und er meint, ein leises Summen zu hören. Ranken kriechen von den Fenstern herab, dünne Zweige sprengen die Türrahmen und entfalten ihre Blätter. »*Jasminum polyanthum*«, murmelt er und berührt die rosafarbenen, sternförmigen Blüten. Ein paar von den Pflanzen kennt er, andere sind ihm fremd. Er sieht scharf gezähnte Kapseln, die zuschnappen, und dornenbewehrte Blüten, geisterhaft weiße Orchideen und Blätter, die sich unter seinem Atem bebend öffnen und schließen. Insekten schwirren durch die heiße Luft, ihre Deckflügel klicken in seinen Ohren, und er muss gegen den Drang ankämpfen, alles zu sammeln, sich auf den Boden zu knien und das neue Leben unter seinen Fingern zu spüren. Doch dafür ist keine Zeit – vielleicht sind sie direkt hinter ihm, der Captain oder die Männer von der Kompanie, aber bei ihnen ist sie nicht sicher, sie werden sie nicht verstehen, so, wie er es tut. Er dreht sich um, rechnet halb damit, das Schwarz eines Anzugs zu sehen. Wie nennen die Angestellten sie noch? *Krähen.* Ja, das passt, obwohl die Krähe zu Unrecht schlechtgemacht wird – ein Tier kann nicht gut oder böse sein, nicht so wie der Mensch, der zwar gut und rein geboren wird, das Böse jedoch lernen kann. Aber der Name ist sicher kein Zufall. Er hat Gier in ihren Augen gesehen. Was, wenn sie

sie auch haben wollen? Sie werden sie mit ihren Krallen fangen und für sich behalten.

Er zwingt sich weiterzugehen. Wie wundervoll die Ausstellung sein wird – gemeinsam werden sie den großen Glaspalast in einen Wald verwandeln. Keine Vitrinen und Samttabletts – nein, die Besucher werden sich durch das Unterholz kämpfen, und an jeder Ecke wird es neue Entdeckungen geben; die moderne Welt wird ihren Einfallsreichtum unter Beweis stellen. Doch nichts wird so staunenswert sein wie Henry Greys neuer Garten Eden – oder seine neue Eva. Noch nie hat er sich dem Göttlichen so nah gefühlt.

Er stolpert über eine Wurzel, fällt gegen ein Fenster und beobachtet fasziniert die üppig wachsenden Blüten auf der Scheibe. Als er mit dem Gesicht noch näher herangeht, kann er zwischen den Blüten hindurch Drahtzäune und hohe Türme sehen und Männer, reglos wie Statuen, mit Gewehren über der Schulter. Und eine riesige Mauer, die vor ihnen aufragt und alles in Schatten taucht. Er runzelt die Stirn, ratlos, was das zu bedeuten hat, doch als er sich aufrichtet, sind die Männer und die Zäune und die Mauer verschwunden. Dann sieht er vor sich etwas Blaues aufblitzen, und er vergisst alles andere.

»Warte!«, ruft er, aber sie ist schon wieder fort. Der Korridor wird schmaler. Da ist sie, sie winkt ihm zu. Oder ist sie gerade in entgegengesetzter Richtung an ihm vorbeigehuscht? Hat sie sich in einen leichtflügeligen Falter verwandelt, um sich seinem Griff zu entziehen?

Plötzlich jagt ein messerscharfer Schmerz durch seinen Magen, und er krümmt sich vornüber. Da – in ihm wächst es auch; er spürt, wie aus seinem Geschwür Blätter und Ranken hervorbrechen, mit spitzen Dornen besetzt.

Das Spiel, zum Zweiten

Weiwei zwingt sich vorwärtszugehen, bis zum Lager, obwohl sich alles um sie herum verändert – die Blüten aus Schimmel auf den Fenstern sind hereingekommen, ziehen ihre Muster über die Wände und über die Zweige, die vor ihren Augen wachsen. »Elena!«, ruft sie, doch sie hört nur das Rascheln der Blätter. Nun, da der Zug angehalten hat, ist dort, wo sein Herzschlag war, nur noch ein leerer, hallender Raum. Jeder Schritt ist mühsam, und die Korridore scheinen immer länger zu werden, je weiter das Grün sich ausbreitet. Eine furchtbare Müdigkeit lastet auf ihr, und ihre Zuversicht schwindet. Sie versucht, nicht an die Wasseruhr im Wachhof zu denken, deren Minuten bereits dahintropfen.

Doch dann taumelt plötzlich eine Gestalt auf sie zu. Es ist Henry Grey, mit Blättern im Haar und Flecken auf dem Jackett, als wäre er buchstäblich aus der Erde gewachsen. Eine Woge heißen Zorns wallt in ihr auf. Wie kann er es wagen, auch nur daran zu denken, Elena zu fangen und mitzunehmen? Wie kann er es wagen, den Zug zu verletzen, *ihren* Zug? Am liebsten würde sie es ihm heimzahlen, ihm das alberne Gewehr entreißen, ihn auf den Boden werfen und ihn dort festhalten, und sie ist überzeugt, dass sie die Kraft dazu hätte.

Doch er krümmt sich zusammen, schlingt die Arme um den Bauch. Als er den Kopf hebt, sieht sie, dass sein Gesicht schweißnass und bleich ist, und sie packt ihn, nicht um ihn zu Fall zu bringen, sondern um ihn zu stützen. Er ist krank und schwach und kann niemandem mehr etwas Böses tun.

»Sehen Sie sie nicht?«, stößt er keuchend aus. »Da – da vorne. Sie winkt mir.«

Weiwei dreht sich um, sieht aber nur den immer enger werdenden Tunnel aus Grün. Grey drückt ihren Arm. »Danke«, sagt er, die roten, wässrigen Augen auf den nächsten Wagen gerichtet. »Vielen Dank.« Dann schwankt er davon, wobei er sich immer wieder an den herabhängenden Ästen festhält.

»Wir sollten ihm folgen«, sagt eine Stimme an ihrem Ohr.

Weiwei schließt die Augen. Sie spürt Elenas Atem an ihrer Wange. »Was ist mit ihm?«, fragt sie.

Elena tritt in das grünliche Licht. »Er stirbt«, sagt sie, mit einer Trauer, die Weiwei überrascht. »In seinem Innern ist eine Wunde, die man nicht heilen kann.«

»Elena«, flüstert Weiwei, »du musst gehen. Der Zug wird die Wache nicht bestehen, nicht nach allem, was passiert ist. Sie werden ihn versiegeln. Verstehst du? Du bist die Einzige, die durch die Dachluke verschwinden kann, ohne gesehen zu werden. Wir haben keine Zeit, Grey zu folgen, und wir können ohnehin nichts für ihn tun. Du musst gehen, sofort.«

Die Augen der blinden Passagierin schimmern im trüben Licht, als wäre sie unter Wasser. »Noch nicht«, erwidert sie. »Nur noch ein bisschen.« Sie nimmt Weiwei an der Hand und zieht sie mit sich.

»Nein«, sagt Weiwei.

»Aber der Zug wird uns helfen.«

Die Ranken um sie herum recken und winden sich.

»Wir werden Henry Grey suchen«, sagt Elena. »Wir werden unser Spiel spielen.«

Die Spielregeln sind jetzt andere. Es geht um Geschwindigkeit und Beobachtung. Sie schlängeln sich zwischen Farnen und herabhängenden Ästen hindurch, kriechen durch die Öffnung im Fadennetz in die Krankenstation. Die Veränderungen haben sich in allen Wagen ausgebreitet. In der Dunkelheit erahnt man Schatten, die nicht menschlich zu sein scheinen: Frauen mit Flügeln und Männer mit Geweih auf dem Kopf. Eine Gestalt mit einer Krone aus Zweigen und Blättern streckt Weiwei die Hand entgegen, in der kleine weiße Pilze liegen, saftig und prall.

»Die würde ich nicht essen.« Alexei steht plötzlich neben ihr, mit riesigen Pupillen. »Nicht, wenn du mit den Füßen auf dem Boden bleiben willst.«

»Ein Punkt Abzug für dich«, sagt Elena aus dem Unterholz vor ihnen. »Zwei Punkte.«

»Habt ihr Grey gefunden?«, fragt Alexei, der ihnen einen Weg durch das Dickicht bahnt und sie durch die Schlafwagen der Dritten Klasse begleitet, vorbei an einem Geistlichen, der glänzende Beeren durch seine Finger gleiten lässt, als wäre es ein Rosenkranz, und an dem jungen Jing Tang, der von Bett zu Bett hüpft.

»Nein, noch nicht«, antwortet Weiwei. Ohne weitere Fragen schließt Alexei sich ihnen an.

Die Reisenden haben sich kreuz und quer im Zug verteilt, sie sieht Stewards und Porter und Passagiere aus der Ersten Klasse; alle Unterschiede lösen sich auf. Dima läuft neben ihnen her, ein grauer Schatten, die Augen wie Laternen. »Vielleicht erinnert er sich an seine Vorfahren.« Elena bückt sich und streicht über sein Fell. »Vielleicht geht er durch ihre Träume.«

In der Ferne sehen sie eine taumelnde Gestalt, verlieren sie jedoch wieder aus dem Blick. Sie stürzen sich tiefer in das raschelnde Grün.

Unheilsvögel

Maria sucht die Krähen. Sie geht durch den Zug und streicht dabei über nachtblühende Blumen und zart gefiederte Farnwedel. Durch die Lichter von draußen sieht es so aus, als würde der Mond hereinscheinen. Sie sieht den Professor inmitten der Menge im Speisewagen der Dritten Klasse; er schreibt etwas auf ein Stück Papier, auf das bereits Erde gerieselt ist. Er ist nicht länger der zerbrechliche alte Mann, den sie in der Krankenstation besucht hat – es ist, als wäre das Gewicht der Jahre von ihm abgefallen. Ihrer beider Situation ähnelt sich auf seltsame Weise. Indem er in die Rolle von Artemis geschlüpft ist, ist er mehr er selbst geworden, derjenige, der er im Grunde immer schon war. Sie hingegen hat ihre geborgte Haut abgelegt und wieder ihr altes Ich angenommen. *Nein*, denkt sie, *das stimmt nicht.* Die alte Maria hat sie unterwegs verloren, und hier, in dieser Zeit außerhalb der Zeit, ist sie jemand vollkommen Neues.

»Ah, meine Liebe«, sagt der Professor, »meine Jahre sind lang gewesen, aber Ihre ...«

Was hätte sie mit all den Jahren, die ihr noch zugestanden hätten, getan? Zugesehen, wie die Sonne über der Newa auf- und untergeht; das Fenster geöffnet, um den Duft des Meeres hereinzulassen; endlose Spaziergänge durch den Birkenwald gemacht, die Finger ihrer Hand verschlungen mit denen einer anderen – ja, das hätte ein Leben für sie sein können. Für sie und einen staatenlosen Mann. Der Verlust überwältigt sie.

»Hier«, fährt der Professor fort. »Artemis' Testament. Sollte der Zug eines Tages entsiegelt werden, wird man es lesen. Man wird Ihren Namen kennen und den Ihres Vaters. Man wird uns alle kennen.«

Und wann wird das sein?, denkt sie. Erst wenn ihre Überreste längst zu Staub zerfallen sind. Doch stattdessen sagt sie: *»Durch das Glas sehen wir die Wahrheit«*, und blickt auf die Ranken, die sich um die Wasserrohre schlingen, auf die leuchtend gelben Blumen, die in Büscheln aus dem Boden unter dem Tisch sprießen.

»Die Wahrheit!« Er schlägt mit der Faust auf den Tisch, woraufhin eine Wolke aus Staub und Pollen aufwirbelt. Jemand stößt einen Beifallsruf aus, und sie denkt: *Wissen sie Bescheid? Begreifen sie, was geschieht, oder versuchen sie, nicht hinzusehen? Die Wahrheit zu leugnen, die so schmerzlich ist?*

»Danke«, sagt sie und gibt dem Professor die Hand. Aber in der kurzen Zeit, die ihr bleibt, hat diese neue Maria noch etwas zu erledigen.

In der flüsternden, wuchernden Wildnis löst die alte Ordnung sich auf; die Trennlinien zwischen Erster und Dritter Klasse, Passagieren und Crew verschwimmen. Da vorne – zwei dunkle Schatten. *Die Unheilsvögel*, denkt sie. Sie bewegen sich mit einer Zielstrebigkeit, die allen anderen abgeht, und sie fragt sich, wohin sie wollen. Sie könnte fast schwören, dass sie unter ihren Gehröcken schwarze Federn schimmern sieht. Durch die Schlafwagen der Dritten Klasse und weiter zum Quartier der Crew, heimlich und verstohlen. Als sie über die Schulter blicken, drückt Maria sich an die Wand. Sie ist auch verstohlen geworden. Sie hat gelernt, Geheimnisse für sich zu behalten.

Sie folgt ihnen, und die Wagen sind kaum noch voneinander zu unterscheiden. In der Kantine sind die Schimmelblüten und die weißen Fadennetze so dicht, dass kaum noch Licht von draußen hereindringt. In der Stille ist nur das Rascheln und Seufzen der Blätter zu hören. Sie schlüpft aus ihren Schuhen und steckt sie hinter die Stämme zweier miteinander verwobener junger Bäume. Nach kurzem Überlegen zieht sie auch die Strümpfe aus. Unter ihren Füßen ist kühles Moos, und ab und zu platscht sie durch einen kleinen Bach.

Erst als sie den beiden bis zum Servicewagen gefolgt ist und sieht, wie sie vor einer der Türen stehen bleiben, die nach draußen führen, begreift sie, was die Krähen vorhaben.

Sie wollen den Zug verlassen.

Sie duckt sich zwischen die Farne und beobachtet sie. *Sie scheinen auf irgendein Zeichen zu warten.* Sie haben die erste der beiden Türen geöffnet und blicken angespannt durch das Fenster. Einer von beiden zieht seine Taschenuhr hervor, klopft dagegen und runzelt die Stirn. Natürlich – sie haben jemanden bestochen, um verschwinden zu können. Sie haben so viel wie nur möglich aus dem Zug herausgeholt, und jetzt wollen sie sich verdrücken. *»Los«,* befiehlt sie sich, doch sie bringt es nicht fertig, ihr Versteck zu verlassen. Wird es wirklich so enden? Die beiden, noch immer geschützt durch ihr Geld und ihre Macht?

Ohne es recht zu merken, hat sie ihre Finger in das wohltuend kühle Wasser getaucht, das wie eine Quelle aus dem Boden hervorsprudelt. Auf einmal spürt sie etwas Festes in der Hand, schmal, scharf und spitz, als hätte das Wasser sich in Glas verwandelt. Sie hält es ins Licht, und es ist wunderschön, glänzend und klar.

Sie tritt aus ihrem Versteck und geht auf die Krähen zu, die Klinge fest in der Hand.

Die beiden Männer fahren herum.

»Wohin wollen Sie denn?«, fragt sie freundlich.

Die beiden blicken hinter sie, und als sie sehen, dass sie allein ist, sagt Petrow, um Autorität bemüht: »Als Vertreter der Kompanie haben wir eine Sondererlaubnis, den Zug vorübergehend zu verlassen. Wir werden natürlich auf das Ende der Wache warten, aber um Ihrer Gesundheit willen müssen wir Sie bitten, zur Krankenstation zurückzukehren, Madam.« Er versucht, sich zu seiner vollen Größe aufzurichten, doch er ist krummer und kleiner, als sie ihn in Erinnerung hat.

»Sie werden *warten*?«, erwidert sie. »Sie müssen eine bemerkenswerte Geduld haben, wenn Sie auf einen Zug warten wollen, der versiegelt wird.«

»Es wird genug Zeit sein –«

»Nein, es bleibt keine Zeit mehr, das wusste mein Vater. Anton Iwanowitsch Fjodorow hat Sie gewarnt. Er hat Sie gewarnt, dass genau das passieren würde, aber Sie haben nichts unternommen.«

Zum ersten Mal bemerken sie die gläserne Klinge in ihrer Hand, und sie sieht, wie sie zurückweichen.

Sie tritt auf sie zu.

»Madam, wir müssen Sie bitten zurückzubleiben –«

Die gläserne Klinge scheint förmlich unter ihrer Berührung zu singen. Wie einfach es sein wird. Wie stark sie sich fühlt. Sie ist ein Instrument der Gerechtigkeit. Doch dann zögert sie. Trotz der Ranken und Farne, trotz der wuchernden Wildnis hat sie immer noch die Freiheit, zu entscheiden.

Sie öffnet die Hand und sieht zu, wie die Klinge sich wieder in Wasser verwandelt und zu Boden tropft.

Neben ihr sagt eine Stimme: »Ich glaube, es wird Sie freuen zu wissen, dass sie Angst gehabt haben.«

Elena trägt nicht mehr ihren Schleier aus Faltern, aber ihre Schultern sind mit goldgelbem Pollen bestäubt, und aus ihren

Haarspitzen rinnt Wasser. *Sie sieht aus, als würde sie leuchten,* denkt Maria. Hinter ihr bemerkt sie Weiwei und den jungen Ingenieur.

»Das wusste ich schon«, sagt sie, und als sie nach unten blickt, sieht sie feine weiße Fäden aus dem Boden wachsen, die sich auf sie zubewegen, kurz innehalten, als schnüffelten sie, und sich dann weiterschlängeln. *Hyphen,* denkt Maria. So hat Suzuki sie genannt. Sie verbinden alles.

Die Krähen wollen noch etwas sagen, bekommen jedoch keinen Ton heraus. Sie können die Hyphen nicht sehen, weil sie den Kopf in den Nacken geworfen haben und ihren Hals umklammern, aber die weißen Fäden haben ihre Füße erreicht, sie winden sich an ihren Beinen hoch, und die Geräusche, die die beiden Männer von sich geben, klingen vogelartig, unmenschlich; ihre Finger knacken, verformen sich, und aus den Spitzen brechen Zweige hervor. Entsetzt und gleichzeitig gebannt sieht Maria zu, wie sich ihre Kehle verkrampft, unter der Haut zeichnet sich die glatte Rundung von Eiern ab, die aus ihrem Mund hervorquellen, bläulich grün und hohl, und zwischen ihren Zähnen zerplatzen. Sie sieht zu, wie die beiden sich Stück für Stück auflösen, und rührt sich nicht, bis nichts mehr von ihnen übrig ist außer einem Häufchen aus Federn und Knochen, glänzenden Münzen und schwarzen Steinen – Überreste, wie man sie in einem seit Langem verlassenen Nest finden kann.

Sie starrt lange darauf. Dann dreht sie sich zu Elena um. »Das warst du.«

Elena zuckt mit den Achseln, auf genau dieselbe Weise, wie Maria es von Weiwei kennt, und sie sieht das Zugmädchen dort hinten stehen, den Blick auf die Überreste der Krähen geheftet.

»Ich habe nichts getan, Maria Antonowna«, sagt Elena. »Das brauchte ich gar nicht.« Sie schweigt kurz. »Und Sie auch nicht.«

Ein Geräusch von draußen lässt sie herumfahren. Das letzte

Mal ist so lange her, dass es einen Moment dauert, bis Maria begreift, was sie da hört. Regen.

Elena sieht mit einem merkwürdigen Ausdruck nach draußen, und Maria denkt: *Da ist jetzt keine Mimikry.* Dies ist ihr wahres Gesicht – glücklich und traurig zugleich. Das Mädchen drückt sich an die Scheibe, als könnte sie den Regen durch das Glas hindurch spüren, als könnte sie ihn trinken.

»Glas ist gebändigt«, hatte Marias Vater gesagt. *»Es ist erstarrte Zeit.«* Doch sie stellt sich vor, wie alles zu Wasser wird – unaufhaltsam. Sie stellt sich vor, wie die Mauer in sich zusammenfällt und das Ödland hinausströmt. Und es erfüllt sie mit unvorstellbarer Freude.

Henry Greys Ende

Er beobachtet alles aus der Deckung, sieht, wie die Männer von der Kompanie sich verwandeln. Eine gerechte Strafe, findet er. Sie ist gut und gerecht, diese neue Eva. Wie hat er nur denken können, sie sei ätherisch? Sie gehört zum Wasser und zur Erde.

Draußen hat es angefangen zu regnen, und er sieht, wie sie die Hände danach ausstreckt, den Blick zum Himmel gerichtet.

»So offenbaren Luft und Wasser IHN«, murmelt er. *»Das Fenster SEINES Aug's, des Himmels Abglanz sind darin.«*

Er muss sich an einen Baumstamm lehnen, so heftig strahlt der Schmerz von seinem Magen aus. In ihm wachsen Dornen. Sein Herz schlägt so schnell, als würde es gleich aus seiner Brust springen, rot und feucht, eine weitere Blüte im Dunkel des Waldes, der ihn umgibt. Seine Beine geben nach, und er lässt sich auf das weiche grüne Moos am Boden sinken. Genau das hat er immer gewollt: das Leben unter seinen Händen spüren, den pulsierenden Herzschlag der Erde. Eine Linie bis zu ihrer Quelle verfolgen, die Karten der Schöpfung studieren. Hier ist er, am Anfang und am Ende.

»Dr. Grey …« Er öffnet die Augen. Es ist die junge Witwe, sie kniet neben ihm, und dahinter das Zugmädchen.

»Das ist Elena«, sagt sie.

Und da ist sie, sie blickt auf ihn herunter. Sie leuchtet.

»Elena …« Namen sind wichtig. Es war ihm immer wichtig

zu wissen, zu klassifizieren, aufzuschreiben. Es ist ein Glaubensakt, Gottes Schöpfung zu entziffern. »Sie haben mich gerettet«, sagt er. »Da draußen im Wasser. Warum?«

»Es gab einmal einen anderen Mann«, antwortet das Mädchen – *Elena*. »Er war ein wenig wie Sie. Er wollte das wahre Wesen der Dinge kennen. Er wollte verstehen. Er suchte nach ... Verbundenheit.«

»Ja ... Ja. Ich habe stets danach gestrebt ... Mein Lebenswerk ... Haben Sie ihn auch gerettet?« Er versucht, die Augen offen zu halten, sie weiter anzusehen, aber es fällt ihm schwer. Er ist so müde.

»Nein, er wurde nicht gerettet. Und das tut mir leid.«

Henry Grey nickt. »Ich verstehe, was Sie sind«, flüstert er. »Sie sind das, wonach ich all die Jahre gesucht habe.« Das Ende der Linie, die er verfolgt hat. *Ein neuer Garten Eden.* Nun, da er ihn gefunden hat, gibt es nichts mehr zu tun, als sich auszuruhen. »Eine vollkommenere Form«, sagt er, oder vielleicht denkt er es auch nur. In allen Dingen das Streben nach einer vollkommeneren Form.

»Wenn Sie müde sind«, hört er sie sagen, »können Sie schlafen.« Der Schmerz, der ihn so lange begleitet hat, ist verschwunden und hat in seinem Innern einen Raum hinterlassen, so weit und hell wie die Hallen eines Glaspalastes.

Er schließt die Augen. Nun braucht er nichts mehr.

Entscheidungen, Risiken

Er sieht aus, als würde er schlafen, denkt Weiwei, *auf einem Bett aus Moos und Blättern.*

»Er war krank«, sagt Maria Antonowna. »Wir hätten nichts für ihn tun können.« Sie nimmt Henry Greys Hände und faltet sie über seiner Brust. Elena blinzelt rasch, und ihre Stirn ist gekraust. Weiwei und Alexei stehen da wie Trauernde an einem offenen Grab.

»Ich hätte etwas tun sollen«, sagt Alexei. »Schon in Peking ging es ihm nicht gut, er hatte Probleme mit dem Magen. Die Ärzte hatten ihm geraten, sich zu schonen.«

»Ich glaube nicht, dass er auf sie gehört hat«, erwidert Maria. *Nein,* denkt Weiwei. *So ein Mensch war er nicht.* Zu überzeugt von seinen Ansichten, seinem Platz in der komplexen Maschinerie der Welt.

Mit dem Fuß stupst sie gegen die Überreste von Mr. Petrow und Mr. Li. In dem Häufchen aus Federn, Zweigen und Steinen klirren blanke Schuhschnallen. Zugjustiz. *Aber genügt das Maria Antonowna?,* fragt sie sich. Die Tochter des Glasmachers hat den benommenen, verwirrten Gesichtsausdruck von jemandem, der einen Unfall hatte und unerwarteterweise überlebt hat. Während Weiwei noch überlegt, was sie sagen soll, kommt Suzuki herein und nimmt zu ihrem Erstaunen Maria Antonowna in die Arme.

»Ich weiß, ich habe gesagt, ich würde Ihnen nicht folgen«, beginnt er, doch Maria schüttelt nur den Kopf und lächelt. Die beiden sehen sich auf eine Weise an, die Weiwei nicht versteht, die ihr aber sehr intim erscheint, und so wendet sie sich ab. Elena hingegen hat offenbar keine solchen Bedenken und beobachtet sie voller Neugier.

»Komm«, sagt Weiwei und zieht sie fort. Ihnen bleibt nur noch so wenig Zeit.

Sie verlassen Grey, der bereits von Wurzeln und Ranken bedeckt und in die Erde gezogen wird, und betreten die Kantine, wo der Musiker auf einem Stuhl steht und einen Walzer in Moll spielt, der zugleich fröhlich und unendlich traurig klingt. Wassili schenkt Getränke in funkelnde Gläser, und die Passagiere tanzen, Erste und Dritte Klasse gemischt, in feiner Seide und grobem Stoff; alles Trennende ist in dieser Zeit außerhalb der Zeit aufgehoben. Weiwei sieht Sophie LaFontaine, die allein und mit geschlossenen Augen tanzt. Sie sieht die Wissenschaftler und die Händler zusammen tanzen, die Arme umeinandergelegt. Sie sieht die Brüder aus dem Süden die Gläser heben und in einem Zug leeren. Sie sieht Efeuranken, die sich um die Lampen winden, und ein Muster aus silbernen und leuchtend blauen Flechten an der Decke.

Elena versteckt sich nicht mehr. Sie ist Teil der Veränderungen, und die Passagiere scheinen keine Angst vor ihr zu haben. Sie fordert die Gräfin auf, die übermütig lacht. »Dafür bin ich zu alt, junge Frau, aber Vera tanzt sicher gern mit Ihnen.« Das Mädchen schaut unsicher, als Elena sie in den Walzer zieht, doch dann wechselt die Musik zu einem schnellen, fröhlichen Gig, und Vera beginnt zu strahlen. Elena wandert von einem Passagier zum nächsten, bis sie bei Weiwei ankommt, die an das Mädchen aus dem Wasser denken muss, das wieder zum Leben erwacht ist.

»Auf das Ende unserer Reise!«, ruft jemand, und die Gläser werden erhoben; jemand weint, und Juri Petrowitsch, der Geistliche, hebt zu einem Gebet an, wird jedoch vom Geigenspieler übertönt, der noch schneller und lauter spielt, und Weiwei lässt sich lachend von Elena herumwirbeln, bis ihr ganz schwindelig ist, und es ist fast wie in der Nacht, als sie in der offenen Dachluke gesessen haben, ein Gefühl herrlicher Befreiung.

»Seht mal!«

An der Geige reißt eine Saite. Die Musik endet mit einem plötzlichen Misston, und die Tänzer lösen sich voneinander.

»Was machen die da?« Alexei hat eines der Fenster vom Wildwuchs befreit und zeigt hinaus auf Wachmänner, die vom Zug weglaufen, das Gewehr über der Schulter, und andere, die sich unter den Laternen versammelt haben. Der Regen lässt ihre Silhouetten verschwimmen und verwandelt den Wachhof in eine Schlammwüste.

»Die zwölf Stunden können doch noch nicht vorbei sein«, sagt Weiwei atemlos. »Es ist ja noch nicht mal hell …«

Alexei sieht zur Wasseruhr hoch, und sein Rücken versteift sich.

»Was ist?« Sie folgt seinem Blick. »Das kann doch nicht —«

»Sie haben die Uhr vorgestellt«, sagt er. »Sie haben die Stunden auslaufen lassen. Die Wache ist vorbei.«

Gleich wird der Zug versiegelt.

Alexei schlägt mit den flachen Händen gegen die Scheibe. Im Wagen herrscht Aufruhr. Weiwei wird es eng in der Brust, als wäre die Luft schon knapp.

»Du musst gehen, Elena, sofort!«, ruft sie über den Lärm hinweg. Sie nimmt die Hand der blinden Passagierin, wenn es sein muss, schleift sie sie bis zur Dachluke. Sie wird nicht zulassen, dass sie hier mit ihnen lebendig begraben wird. Vor lauter

Dringlichkeit verspürt sie ein Summen unter ihrer Haut und in ihren Knochen, als wäre der Zug wieder zum Leben erwacht, als hätte sein Herz wieder zu schlagen begonnen.

»Weiwei«, sagt Elena, und es ist das erste Mal, dass sie sie mit ihrem Namen anspricht. Doch sie entzieht sich ihrem Griff, rührt sich nicht von der Stelle. »Hör doch.«

»Du musst dich beeilen –«

»Hör doch!«

Elenas Stimme lässt alle verstummen. Und Weiwei fühlt es. Den Hunger des Kessels nach Kohle und Feuer, den Hunger der Räder nach der Strecke, die noch verbleibt, nach den Schienen, die vor ihnen liegen. Sie fühlt, wie der Zug aufwacht.

Der Kartograf und Maria kommen dazu.

»Irgendetwas ist im Gange.« Suzuki schiebt die Ärmel hoch und streckt seine Arme aus, und Weiwei sieht, dass darauf Zeichen sind, fast wie die Tätowierungen, die die Ingenieure sich nach jeder Durchquerung stechen lassen. Aber diese sind anders – dünne Linien und Markierungen, wie auf einer Landkarte. Auch Alexei starrt überrascht darauf.

»Er *zieht*«, sagt Suzuki, und in der Tat scheinen die Linien auf seiner Haut sich ein klein wenig zu bewegen, wie auf einer unscharfen Fotografie. »Kannst du es auch spüren?«, fragt er Weiwei, und sie kann es tatsächlich. Sie spürt den Zug und die Erde und die Verbindung zwischen allem, und sie spürt, wie das Summen in ihren Knochen zu einem Gebrüll wird.

»Er will fahren«, sagt sie. »Er will vorwärts.« Sie dreht sich zu den anderen um. »Und was sollte uns daran hindern? Sind wir nicht stärker als alles da draußen?« Sie deutet auf die Wachen und den Hof. »Wir rühmen uns, wir hätten den größten und stärksten Zug, der jemals gebaut wurde. Was kann uns aufhalten, wenn wir fahren wollen?«

»Das Tor«, erwidert Alexei. »Wenn wir mit voller Geschwindigkeit darauf zufahren würden, könnten wir vielleicht hindurchbrechen, aber so ist es unmöglich.«

Elena tippt an die Fensterscheibe. »Und wenn das Tor offen wäre?«

Sie finden den Captain dort, wo Weiwei sie vermutet hat – im Führerhaus der Lokomotive, deren Wände in irisierendem Grün und Blau schimmern, durchzogen von orangefarbenen Adern, in denen die Hitze zu pulsieren scheint. Der Kessel selbst ist von trockenen, scharfkantigen Fingern aus blasser Flechte umgeben. Der Captain sitzt auf einem Hocker der Heizer und starrt auf die Kohlen. Weiwei hat sie bei früheren Durchquerungen in ruhigen Nächten öfter so hier sitzen sehen, als suche sie in den Flammen nach Antworten. Doch jetzt sind die Kohlen still und fast erloschen, und der Captain lässt geschlagen die Schultern hängen. Sie hebt nicht einmal den Kopf, als das kleine Grüppchen hereinkommt.

»Captain?« Weiwei überkommen plötzlich Zweifel, doch dann sieht sie, wie Elena sich begeistert im Führerhaus umsieht, und sie sieht die schimmernden Wände und die schwache Glut im Dunkel des Kessels. Sie nimmt Haltung an und schildert dem Captain ihren Plan. Als sie zum Ende kommt, hebt der Captain den Kopf, blickt sich um und steht auf, als erwache sie aus einem Traum. »Wenn ich dich richtig verstanden habe, schlägst du vor, dass wir …« Sie schüttelt den Kopf. »Selbst wenn es uns gelänge – wir würden damit alles verändern. Es kann nicht unsere Entscheidung sein.«

»Wessen sollte es dann sein?« Marias Stimme klingt anders, denkt Weiwei, seit sie sich nicht mehr verstellt. Sie sieht zu Elena. »Was meinen Sie?«

»Ich kann euch helfen«, sagt Elena. »Ich kann das Tor öffnen, ich weiß, wie das geht. Ich war der Garnisonsgeist, ich habe zugesehen und gelernt. Dadurch gewinnt ihr Zeit.« Ihr Blick ist wach und klar, und Weiwei erkennt, dass Maria nicht die Einzige ist, die sich verändert hat. Elena wirkt selbstsicherer, präsenter. Als wäre eine Last von ihr genommen, eine Entscheidung getroffen. »Ich verstecke mich hinter dem Zug, so können sie mich nicht sehen.« Sie wendet sich zu Weiwei. »Du weißt, was ich kann. Bitte lasst mich helfen.«

Alle sehen zum Captain – Alexei, Suzuki, Maria, Weiwei und Elena – und warten auf ihr Urteil. So viel Macht hat sie immer noch.

Die Linien auf ihrem Gesicht vertiefen sich. Sie lehnt sich an die Wand, als bäte sie den Zug, sie noch eine kleine Weile zu stützen. *Sie hat aufgehört, dem Ödland zu trotzen*, begreift Weiwei.

»Wollen Sie dieses Risiko wirklich für uns auf sich nehmen?«, fragt der Captain Elena.

»Ja«, antwortet Elena. Sie sieht zu Weiwei. »Ja«, sagt sie noch einmal.

Erwachen

Und so erwacht der große Zug. Die Kohlen beginnen von Neuem zu glühen, im Kessel lodern die Flammen. Regentropfen verdampfen zischend auf dem heißen Metall. Die Heizer sind an ihren Posten zurückgekehrt, die Lokführer ebenso. Die Stewards knöpfen ihren Uniformkragen zu und wischen den Staub von ihren Aufschlägen. Die Porter sichern das Gepäck auf den Ablagen. Das Uhrwerk des Zuges läuft wieder, und auch die Passagiere spielen ihre Rollen. Die Gräfin präsidiert über den Salon. Sie hat ihre Schals abgeworfen und ist von einem Kranz aus Birkenblättern gekrönt. Der Professor beruhigt die Ängstlichen. Die Frommen beten zu ihren jeweiligen Göttern. Die Unfrommen beten zu den Göttern der Eisenbahn – dem Kessel und den Kolben und der Antriebskraft. *Macht, dass das Tor aufgeht, dass die Gewehre der Wachen dem Zug nichts anhaben können und dass die Welt uns für das, was wir tun, vergibt.*

»Wenn du fertig bist, lauf zur hintersten Tür des Zuges«, sagt Weiwei. »Ich sorge dafür, dass sie für dich offen ist. Sobald es geht, musst du schneller laufen als je zuvor in deinem Leben.«

»Ich werde schneller laufen als je zuvor in meinem Leben«, sagt Elena, und gerade durch die Wiederholung der Worte erkennt Weiwei, was so anders an ihr ist – sie imitiert nicht mehr. Ihre Worte und Gesten gehören ganz ihr selbst.

Sie tritt einen Schritt zurück und hält Elena auf Armeslänge vor sich, wie manche Passagiere es früher mit ihr getan haben, als sie noch klein war, voll Staunen über ihren Diensteifer und ihre winzige Uniform. Sie will sie nicht gehen lassen. »Was ist anders?«, fragt sie. »Warum hast du dich verändert? Liegt es am Regen?« Sie kämpft mit den Tränen. *Es wird klappen.*

Elena lächelt. »Hast du dich nicht auch verändert?«

Weiwei stößt eine Mischung aus Lachen und Schluchzen aus. »Ich weiß nicht mehr, was ich bin.«

Nun hält Elena sie ihrerseits auf Armeslänge vor sich und mustert sie. »Du bist nicht nur eins«, sagt sie mit einem Nicken. »Du bist vieles.« Dann, nach kurzem Zögern, wirft sie die Arme um Weiwei und drückt sie an sich. Sie riecht nicht mehr nach Feuchtigkeit und Moder, sondern nach grünem, wachsendem Leben, nach regensatter Erde. Weiwei möchte sie am liebsten festhalten und ihr sagen, sie muss das Risiko nicht auf sich nehmen. Sie wünschte, die Zeit würde sich umkehren, das Wasser in der Uhr würde nach oben laufen, die Räder des Zuges würden rückwärts rollen und ein Zugkind und ein Ödlandmädchen würden sich in der Dunkelheit verstecken, einander Geschichten erzählen, die Gesichter zum Himmel heben. Sie möchte genau hier bleiben.

»Es wird klappen«, flüstert Elena. »Wir werden uns wiedersehen.«

Und dann ist sie fort, sie verschwindet im Dachraum des Lagers, und Weiwei läuft in den Korridor und drückt das Gesicht an die nächste Fensterscheibe, aber sie sieht nur die Dampfwolken, die vom Fahrgestell aufsteigen und die Wachen verschlucken.

Im Wachturm steht Oleg, der Schütze, mit dem Gewehr im Anschlag, während der Captain das Tor beobachtet, die Hand an der Sprechanlage. *»Noch nicht«*, sagt sie zu den Fahrern im

Führerhaus. Der Zug drängt gegen die Reglosigkeit an. Weiwei spürt, wie die komplexe Maschinerie sich bereit macht.

»Noch nicht.«

Sie blickt nach hinten zum zweiten Turm, wo Suzuki und Maria durch ihre Teleskope schauen. Doch im Wachhof rührt sich nichts.

»Ich kann sie nicht sehen«, sagt Weiwei, die ebenfalls durch ein Teleskop blickt. Ihr Magen krampft sich zusammen. »Ich kann sie nirgends sehen.«

»Dann können die es auch nicht«, erwidert der Captain.

Oleg hat sein Gewehr auf den Hof gerichtet. »Da«, sagt er, und Weiwei bemerkt eine winzige Unregelmäßigkeit im Regen. Elena ist am Tor.

»Bereithalten«, sagt der Captain.

Das große Eisentor beginnt sich zu öffnen.

Die Wachen stürzen los, und Oleg feuert in den Hof, um sie vom Tor fernzuhalten. Sie erwidern das Feuer, aber genauso gut könnten sie Kieselsteine gegen den Zug werfen.

»Bereithalten.«

Das Tor ist jetzt so weit offen, dass man das Gleis dahinter sehen kann, aber es ist ein langsamer, mühsamer Prozess, und immer mehr Männer kommen aus den Wachtürmen.

Weiwei hält nach Elena Ausschau, aber es laufen zu viele Gestalten herum, und der Dampf der Lok und der Rauch der Gewehre lässt alles verschwimmen. Der Zug steht in den Startlöchern, alles in ihm drängt nach vorne, aber das Tor bewegt sich nicht mehr.

»Was ist da los?« Sie drückt das Auge so fest an das Okular, dass es wehtut, aber sie kann dort unten nichts erkennen. »Könnt ihr sie sehen?«

»Noch nicht.« Die Stimme des Captains klingt angespannt. Weiwei überkommt eine Woge der Verzweiflung.

»Captain –«

Das Zögern des Bordschützen lässt Weiwei aufhorchen. Sie folgt seinem Blick zum Boden in der Nähe des Hauptgebäudes, aber zuerst versteht sie nicht, was er meint. Dann sieht sie es auch – aus dem Matsch wachsen schmale grüne Schösslinge. Sie verschwinden unter einer Gewehrsalve, aber sofort wachsen neue nach, struppig und entschlossen. Sie winden sich um Fußgelenke und halten die Wachen fest.

»Seht mal, da.« Weiwei zeigt auf die Mauer, an der Rinnsale aus Schlamm hochkriechen, wie lange Finger, die einen Weg hindurch suchen. Der Boden wird immer nasser, und die Schösslinge wachsen schneller, als sie zerschossen werden können.

»Der Fluss!«, ruft Oleg.

Weiwei läuft zu einem der Teleskope, die nach hinten gerichtet sind, dorthin, woher sie gekommen sind, und der Anblick verschlägt ihr den Atem. Der Fluss ist über die Ufer getreten, und das Wasser steigt unglaublich schnell. »Wie in Rostows Traum …« Jene letzte, berühmte Vision der Apokalypse. Als Kind hatte dieser Teil sie fasziniert. Jedes Mal, wenn der Zug den Fluss überquerte, hatte sie das Wasser angefeuert zu steigen. Und jetzt kommt das Wasser, um sie zu holen.

»Wir sind erledigt«, sagt der Schütze verzweifelt. »Und das nach all dem …«

»Nein, sie helfen ihr. Die Erde, der Fluss …« *»Es gibt nichts mehr, was sie aufhalten kann.«*

Das Eisentor öffnet sich weiter.

»Jetzt.« Auf den Befehl des Captains folgt ein Ruck, und die Szenerie draußen verschwindet hinter einer grauen Wolke, als der Zug sich in Bewegung setzt. Weiwei stürzt bereits zur Treppe. Sie schiebt sich durch den Wald im Innern des Zuges, von Wagen zu Wagen, während sie durch das Tor rollen, läuft gegen die Fahrtrichtung, und unter ihren Füßen beginnt wieder

der vertraute Rhythmus der Schienen, obwohl das Wasser weiter steigt. Es hat bereits die hintere Mauer durchbrochen und drängt in Wellen vorwärts. Alexei steht an der hintersten Tür bereit, vom Regen durchnässt.

»Kannst du sie sehen?«, ruft sie.

»Vorsicht!« Er zieht sie beiseite, als eine Woge schlammiges Wasser über ihre Füße spritzt, und einen Moment lang hat sie das Gefühl, sie wären auf einem Schiff und würden durch das Tor segeln, getragen von der Flut.

»Wo ist sie?« Sie hält sich am Türrahmen fest und lehnt sich hinaus. »Wir müssen auf sie warten, wir müssen dem Captain sagen, dass sie anhalten soll.« Sie ist sicher, dass Elena aus dem Wasser auftauchen wird, gleich wird sie mit ausgestreckten Armen auf den Zug zugelaufen kommen.

Obwohl der Regen und das Flusswasser eisig sind, lehnt sie sich noch weiter hinaus. Sie nehmen Fahrt auf, werden schneller als die Flut.

»Weiwei, wir können nicht anhalten!« Er muss brüllen, so laut ist das Wasser.

»Aber ohne sie wären wir gar nicht durchgekommen! Sie hat uns geholfen ...« Ihre Stimme bricht. »Wir können sie doch nicht zurücklassen.«

Sie spürt den Rhythmus der Schienen. Unaufhörlich, vertraut. Sie spürt die Kraft, als der Zug schneller wird, und jetzt gibt es kein Halten mehr, kein Warten auf das, was sie zurückgelassen haben. Sie blickt an der Mauer hoch, in der Risse zu sehen sind; Wasser und Unkraut drängen zwischen den Steinen hindurch, als würde das Ödland ausbrechen, als würde die Mauer weinen.

Siebter Teil

21. bis 23. Tag

Es kommt vor, dass der Reisende ein eigentümliches Phänomen erlebt: die Furcht vor dem Ankommen. Diese kann sich in gefährlicher Lethargie äußern; der Reisende sitzt am Fenster, den Blick unentwegt nach draußen gerichtet. Der Anblick des herannahenden Bahnhofs erfüllt ihn mit Angst, und er unternimmt nichts, um seine Sachen zu packen. Nach all den Tagen und Nächten an Bord fürchtet er sich vor der Reglosigkeit.

Handbuch für den vorsichtigen Reisenden durch das Ödland, S. 240

Vorwärts

Sie verschlingen die Kilometer zwischen der Mauer und den ersten Ortschaften des russischen Reiches, begleitet vom Glockenschlag hölzerner Kirchtürme und blassen, verängstigten Gesichtern hinter den Fenstern der Wachtürme. Sie donnern durch die Barrikaden, die auf dem Gleis errichtet wurden, durch Eisenstangen und Stacheldraht und die Gewehrsalven der Soldaten. Nichts kann sie aufhalten.

Wie geht es weiter? Sie wissen es nicht. Sie haben Rostow und sein Handbuch hinter sich gelassen, befinden sich außerhalb der Karten, halten Abstand zu den Städten, wo die Macht der russischen Armee und der Kompanie ihnen gefährlich werden kann. Hier sind Orte, die sie nicht kennen. Kleine Bahnhöfe mit verblichenen Schildern, auf den Bahnsteigen Geistliche, die Kruzifixe hochhalten, und schwarz gekleidete Frauen, die Hände zum Gebet gefaltet. Andere hingegen treten gefährlich nah an den Bahnsteigrand und strecken die Hände nach dem vorbeifahrenden Zug aus, ziehen an den herabhängenden Ranken, als wollten sie ihre Fremdheit in Besitz nehmen.

Wohin fahren wir? Sie wissen es nicht. Nur vorwärts, vorwärts. Weiwei merkt, dass alle sie ansehen, die Passagiere wie die Mitglieder der Crew, als hätte sie die Antworten. Sogar der Captain zögert, bevor sie einen Befehl gibt, und wartet auf ihr Urteil. »Aber ich weiß gar nichts«, sagt sie zu ihnen. »Ich weiß nicht, was wir tun sollen.« Nicht ohne Elena, nicht wenn der Abstand zu ihr von Minute zu Minute, von Stunde zu Stunde größer wird. *Stopp*, würde sie am liebsten sagen. *Kehrt um.* Sie beobachtet das Gleis vom Aussichtswagen, fährt bei jedem Aufblitzen von Blau im Zug herum, als könnte Elena aus dem Wildwuchs hervortreten und sich verneigen – *»Mein neuester Trick …«* War sie nicht immer sehr geschickt darin, zu verschwinden und wiederaufzutauchen? Doch nirgends ist eine Spur von dem Beinahe-Mädchen.

Die Passagiere vermischen sich. Sie schlafen, wo sie wollen, auf dem moosbedeckten Boden oder in Betten, vor denen Weidenzweige einen Vorhang bilden. Der Professor und Maria sammeln ihre Geschichten, schreiben sie auf, um daraus eine neue Kolumne zu machen. Ein letzter Auftritt für den alten Artemis. Oder der erste für den neuen. Sie wissen es nicht mehr. Sie wissen nur, dass sie weiterfahren müssen.

Weiwei steht im Schein des Abendlichts im Wachturm. Und sie spürt, wie der Zug vorwärtsdrängt. Sie weiß jetzt, wohin er sie bringen will.

Der Glaspalast

Der Palast der Großen Ausstellung. Scheinbar zwischen Himmel und Erde schwebend, die zweitausend Glasscheiben so hell und klar, als bestünde er aus Luft.

Genug Glas, um dreimal die Newa zu überbrücken, hatte Marias Vater gesagt. Glas, das in ihrer Sankt Petersburger Manufaktur hergestellt und mit Booten nach Moskau transportiert worden war, wo die ganze Welt hinkommen würde, um den Palast zu bestaunen und den Namen Fjodorow zu feiern. Sie hat nie um ihren Vater geweint. Erst jetzt, als sie das Gebäude sieht – dieses prächtige, geniale, nutzlose Gebäude –, verspürt sie den Drang, um das zu weinen, was sie verloren hat. Sie nimmt seinen Brief an die Kompanie heraus, den sie aus dem Versteck im Salon geholt hat; er ist zerknittert, aber unbeschädigt. Der Beweis für das, was er versucht hat, Beweis genug, um seinen guten Ruf wiederherzustellen, selbst wenn niemand sonst ihn jemals liest. Beweis genug für sie.

Sie fahren langsamer. Zum ersten Mal seit der Mauer, seit dem Wettrennen mit der Flut fahren sie langsamer.

»Bestimmt warten sie schon auf uns«, sagt Maria zu Suzuki. »Die Kompanie, das Militär.« All die Macht eines Reiches, das Angst vor dem hat, was jenseits seiner Mauern liegt, wird mit Gewehren und Kanonen bereitstehen. »Bestimmt lassen sie uns nicht ...« Sie verstummt.

Sie fahren auf dem neuen Gleis, das extra für die Ausstellung gebaut worden ist. Zu beiden Seiten stehen elegant Gekleidete und Arme, Junge und Alte; Kinder toben übermütig herum und zeigen abwechselnd auf den Zug und den Palast, doch ihre Mütter und Kindermädchen packen sie an der Hand und ziehen sie zurück. Einige stehen reglos da und starren. Andere machen kehrt und laufen davon. *Sie haben Angst vor uns*, denkt sie. *Sie denken, wir bringen giftige Ödlandluft mit. Die Kompanie hat ihnen beigebracht, sich zu fürchten.*

Nun muss der Zug doch bald anhalten. Der Palast ragt vor ihnen auf, und für einen Moment sieht sie entsetzt vor sich, wie der Zug in das Glas hineindonnert, hört das Klirren von tausend zerberstenden Scheiben, die um sie herabstürzen. Doch dann merkt sie, dass sie nicht einfach nur bis zum Palast fahren, sondern *hinein*, durch einen hohen rundbogenförmigen Eingang, und mit quietschenden Bremsen und zischenden Dampfwolken kommen sie mitten in diesem Wunderwerk aus Glas und Schmiedeeisen und Luft zum Halten.

Durch den Dampf sieht Maria das Scharlachrot der Soldatenuniformen, das Grau von Gewehren. Doch davor steht eine Menschenmenge, die klatscht, staunt, zeigt, zurückweicht – denn der veränderte Zug ist zu einem Ausstellungsobjekt geworden, ein Denkmal zum Ruhm der Transsibirien-Kompanie. Wie ihr Vater es gehasst hätte.

Weiter hinten in der großen Halle sieht sie andere Maschinen, Instrumente der Industrie, der Wissenschaft und der militärischen Macht, die metallenen Arme gereckt, als wollten sie das kommende neue Jahrhundert begrüßen, stolz, zufrieden und selbstsicher.

»So fühlt es sich also an, ein Wunder der modernen Welt zu sein.« Der Professor hat sich zu ihnen gesellt, die neuesten Seiten seines Werks in der Hand.

Alexei drückt das Gesicht an die Scheibe.

»Ich glaube, Dr. Grey würde sich freuen, dass wir hier sind«, sagt Maria und legt die Hand auf seinen Arm.

»Seht mal«, sagt Suzuki.

Vor den Vitrinen mit Maschinenteilen und Modellen des Zuges stehen, unverkennbar mit ihren dunklen Anzügen und den grimmigen Mienen, die Vertreter der Transsibirien-Kompanie.

Das Zugkind

Als Weiwei auf den Bahnsteig tritt, verstummen plötzlich alle. Es gab keine Diskussion – der Captain hat ihr einfach nur zugenickt, und die Passagiere und die Crewmitglieder, die an den Fenstern standen, haben Platz gemacht, um sie durchzulassen. Sie kommt sich sehr klein vor, und die erwartungsvolle Stille der Menge lässt die Ausstellungshalle unendlich groß erscheinen, viel größer als alle anderen Gebäude, in denen sie je gewesen ist. Galerien ziehen sich über mehrere Stockwerke. Mechanische Gebilde, so groß wie Bäume, ragen auf ihren Sockeln in die Luft. Eine überlebensgroße Statue des russischen Zaren auf seinem Pferd scheint in den Krieg zu galoppieren; und überall reihen sich Vitrinen aneinander, so weit sie sehen kann. In manchen befinden sich leblose Wesen mit erloschenen Augen, in anderen krabbelt oder flattert es, stoßen pelzige Körper gegen das Glas. *Seht, was wir erschaffen, wie weit wir es gebracht haben*, sagt die Ausstellung. *Und dann seht, was wir nicht sind.*

Sie streckt die Hand aus, legt sie auf die warme, überwucherte Seite des Zuges; sie spürt seine Kraft, ein gleichmäßiges Pulsieren, als wäre er ebenso lebendig wie die hinter Glas gefangenen Wesen. *Die Zuschauer können es auch spüren*, denkt sie, als sich ein Gemurmel erhebt; eine angespannte, misstrauische Aufmerksamkeit macht sich breit, und Tausende Augenpaare starren sie an.

Doch da kommen die Vertreter der Kompanie auf den Bahnsteig geeilt, die Hände zu Fäusten geballt. Männer in dunklen Anzügen, wie die Krähen, ebenso formlos und namenlos, von der Kompanie nach ihrem eigenen Bild geprägt. Hinter ihnen folgen Soldaten, das Emblem der Kompanie auf ihrer Uniform und das Gewehr in der Hand – zahllose Soldaten, als ergösse sich das Militär einer ganzen Nation in die Ausstellungshalle, und unter ihren Stiefeln erbebt der Boden. Sie stellen sich zwischen die Zuschauer und den Zug und legen an. Und Weiwei sieht vor ihrem inneren Auge eine mögliche Zukunft: der Zug, gezähmt von Gewehren, Regeln und Zeitplänen; die Ordnung ist wiederhergestellt, die Transsibirien-Kompanie hat gesiegt, das alte Jahrhundert geht nahtlos ins neue über. Sie sieht die Männer vor ihr, unerschütterlich in ihrem Glauben an sich selbst.

»Wo ist der Captain?« Es ist der Vorstandsvorsitzende der Transsibirien-Kompanie, groß und graubärtig und bebend vor selbstgerechtem Zorn, obwohl er durch die Soldaten hinter ihm kleiner, unbedeutender wirkt, als Weiwei ihn in Erinnerung hat. »Wir müssen augenblicklich mit ihr sprechen. Und wo sind unsere Berater?«

Fort, würde sie am liebsten erwidern. *Nur noch ein Häufchen Steine und Zweige und Knochen, und ihr könnt nichts daran ändern.* Doch bevor sie etwas sagen kann, bemerkt sie aus dem Augenwinkel etwas Blaues, und sie hockt sich hin, ohne das Scharren der Stiefel, das Gemurmel der Menge und Alexeis erschrockenen Ausruf zu beachten. Obwohl sie weiß, dass schussbereite Gewehre auf sie gerichtet sind, kann sie den Blick nicht von dem kleinen Fleck am Boden wenden, wo eine leuchtend blaue, von silbrigen Adern durchzogene Flechte wächst. Als sie sie vorsichtig mit der Fingerspitze berührt, spürt sie –

– *Hier.* Eine Präsenz. Ein schlagendes Herz. *Hier, und hier, und hier.* Ein Faden, der bis zurück ins Ödland reicht, bis zu Elena – *hier* – und zu etwas Neuem drängt. Die Erde kribbelt vor Erwartung, vor Veränderung. Es fühlt sich an, als würde sie Funken sprühen.

»Miss Zhang, wir haben Sie etwas gefragt«, herrscht der Vorstandsvorsitzende sie an. Zwei der Soldaten treten näher, so nah, dass sie den Metallgeruch der Gewehre und die Schuhwichse ihrer schweren Stiefel riechen kann, doch dann ist der Professor an ihrer Seite, zieht sie sanft hoch und kehrt den Soldaten und dem Vorsitzenden den Rücken zu. »Du scheinst diese Herren zu beunruhigen«, sagt er leise. »Aber ich glaube, hier ist etwas, das du dir ansehen solltest.« Mit einem eigentümlichen Gesichtsausdruck gibt er ihr ein Blatt Papier.

Ein letztes Mal legt Artemis Zeugnis ab, liest sie, doch dann beginnen die Worte sich vor ihren Augen zu bewegen, wie die dünnen Fäden, die sich durch den Zug geschlängelt haben.

»Ein interessantes Phänomen, nicht wahr?« Der Professor späht über den Rand seiner Brille darauf, und Weiwei sieht fasziniert zu, wie die Spiralen der kyrillischen Buchstaben sich entringeln und auf den Rand des Papiers zustreben, sich dann auf den Boden fallen lassen, auf die Flechte, und sie in ein dunkleres, tintiges Blau verwandeln.

»Hören Sie mir überhaupt zu? Ist Ihnen klar –« Doch die Worte des Vorsitzenden gehen in dem immer lauter werdenden Gemurmel der Menge unter. Die Leute zeigen mit offenem Mund nach oben, und als Weiwei ihren Blicken folgt, sieht sie, wie das Glas sich verändert. Es kräuselt sich wie silbrig blaues Wasser, wie Tinte – und es bilden sich Worte darin, die über die Wände und die Decke des Palastes wandern, und die Worte lösen eine Woge von Verwirrung und Angst aus. Einige der Zuschauer drehen sich um und fliehen, stoßen jeden, der ihnen im Weg ist, beiseite, um zum Ausgang zu gelangen. Ein Gedränge entsteht, und sie fürchtet schon, dass eine Panik ausbricht und die Absperrungen, die sie zurückhalten sollen, umstürzen. Doch sie halten stand, obwohl einige in der Menge weinen, schreien oder in Ohnmacht fallen.

Andere stehen einfach da und lesen.

Ich, Artemis, schreibe diese Worte nieder, für den, der sie finden möge ... Auch wenn meine Stimme gegen die Macht der Transsibirien-Kompanie wenig auszurichten vermag, hoffe ich, dass sie eines Tages gehört wird und dass Sie, meine treuen Leser, von der Habgier, der unendlichen Arroganz und den Lügen erfahren, die die Kompanie Ihnen erzählt hat.

»Verleumdung!«, schreit der Vorsitzende, und die anderen Mitglieder der Kompanie stimmen ein, das sei Sabotage, nur ein übler Trick. Mit zornrotem Gesicht schnappt der Vorsitzende Weiwei das Papier aus den Händen, reißt es in winzige Fetzen und trampelt darauf herum.

»Zu spät«, sagt sie ruhig. »Die Wörter sind bereits entwischt, sie sind da oben, wo alle sie sehen können.«

Der Glasmacher Anton Iwanowitsch Fjodorow hat seinen Ruf und seinen Lebensunterhalt riskiert ... Er hat Beweise dafür gefunden, dass die Kompanie in ihrer Entschlossenheit, die Anzahl der Durchquerungen und damit ihre Einnahmen zu erhöhen, die Veränderungen ignoriert hat, die der Zug selbst im Ödland auslöst, und die Gefahr, die dies ...

Sie wendet sich von den wütenden Vertretern der Kompanie ab und sieht, wie Maria Antonowna zusammen mit Suzuki aus dem Zug steigt. Sie lächelt, Tränen in den Augen. Der Professor verneigt sich vor ihr. »Es ist kaum genug Gerechtigkeit«, sagt er.

»Im Gegenteil«, erwidert Maria. »Es ist eine Menge.«

Es ist die Gier der Kompanie, die den Zug und auch die Landschaft beschädigt hat. Dies ist die Wahrheit. Ich maße mir nicht an zu behaupten, ich würde die Bedeutung des Ödlands verstehen oder auch nur wissen, ob es überhaupt eine Bedeutung hat ...

Die Menge ist wieder still geworden. Die Passagiere haben den Zug verlassen. Alle blicken hoch zu den Worten im Glas.

Alle warten. Wie das Glas und das Eisen, wie die Ranken und die Blumen und die Rinde. Alle beobachten und warten.

... aber die Ödland-Gesellschaft hat lange genug theoretisiert und argumentiert. Die Türen sind offen. Das Ende der Kompanie ist gekommen. Es ist an der Zeit, nachzusehen, was vor uns verborgen wurde.

Weiwei spürt das Summen in ihren Knochen. Sie spürt den Zug und die Flechte und das Glas. Und die Veränderung, die durch die Ausstellungshalle wogt. Rost sprießt auf dem Metall von Webstühlen, Waffen und Pressen, geisterhafte Flechten erblühen und verschwinden wieder, bleiche Fäden schlängeln sich in Maschinen und Uhrwerke und setzen sie in Bewegung. Vitrinen zerbersten zu Wassertropfen und bilden Fontänen, aus denen die befreiten Vögel und Insekten trinken. Das Pferd des Zaren bäumt sich auf und galoppiert aus dem Palast, während der Zar in Scherben auf dem Boden liegen bleibt.

Der Vorstandsvorsitzende brüllt die Soldaten an, sie sollen schießen, doch die haben bereits ihre Gewehre gesenkt. Sie treten zurück und überlassen die Vertreter der Kompanie dem wachsenden Unmut der Menge, die im Blitzlicht der herbeigeeilten Journalisten von den Galerien mit Essen und Abfällen wirft.

Nun tritt auch der Captain auf den Bahnsteig, und Weiwei wendet sich zu ihr um. »Das Wasser und die Erde haben nicht nur Elena geholfen, sondern auch uns. Sie wollen, dass wir weitermachen.«

Der Captain zögert. Dann nickt sie knapp.

Weiwei blickt zu den Passagieren, dann zu den Zuschauern, die verstummt sind und sie ansehen, als wäre sie eine Priesterin, die auf geweihtem Grund ein Ritual vollzieht.

Die Soldaten haben die Ausstellungshalle verlassen, die Vertreter der Kompanie sind in der Menge verschwunden.

Sie dreht sich zum Zug um, sieht ihn zum ersten Mal richtig:

wild und überwuchert, eine Mischung aus Wald, Berg und Ma-
schine. Voll absolvierter Durchquerungen. Voll noch kommen-
der Durchquerungen.

Und sie hört, wie die Lok schnaufend zum Leben erwacht.

Epilog

Aus: *Das Ende des vorsichtigen Reisenden*

von Maria Fjodorowa
Mirski Verlag, Moskau 1901, Vorwort, S. 1–4

Sie kennen uns natürlich. Der Zug reist durch Mythen, durch Geschichten, die sich so rasch verbreitet haben wie die Sämlinge, die zwischen den Pflastersteinen der Städte hervorgesprossen sind. Sie werden uns auf Fotografien gesehen haben, in Zeitungen oder im flackernden Licht einer Leinwand. Sie werden unsere Reisen über die Kontinente verfolgt haben, werden stehen geblieben sein, wenn sie des Nachts das Schnaufen einer Lokomotive gehört haben, werden allerlei Legenden über uns gehört haben, ohne zu wissen, was davon wahr ist.

Es ist an der Zeit, unsere eigene Geschichte zu erzählen.

In meiner Erinnerung waren jene ersten Monate ein einziger Wirbel aus Staunen, Furcht und Ungläubigkeit. Ich war überzeugt, dass man uns aufhalten würde, und ebenso überzeugt, dass nichts uns aufhalten konnte. Voller Angst vor dem, was wir ausgelöst hatten. Was sollten wir tun, fragten wir uns, wenn das Gleis zu Ende war? Doch so weit kam es nie, dafür sorgte die Erde unter uns, und der neue Captain führte uns immer weiter, quer durch Europa, in die berühmten, glitzernden Städte und durch Felder aus Lavendel und goldenem Weizen. Und wenn wir das Ende des Landes erreichten, bogen wir ab und fuhren eine neue Route, folgten dem Gleis, das vor uns erschien und sich einen Weg durch den Kontinent bahnte.

Ich gebe nicht vor zu verstehen, was wir tun; die Erforschung der vielen Wunder überlasse ich den Wissenschaftlern, die sie durch die Linsen ihrer Mikroskope studieren, und Suzuki Kenji, der die Veränderungen, die wir bringen, kartografiert. Doch selbst die Gelehrten scheitern am Geheimnis der Gleise, unter anderem weil sie nicht von Dauer sind, sondern hinter uns zerfallen wie Knochen und in der Erde versinken, um dann anderswo wiederaufzuerstehen. Die Veränderungen jedoch bleiben. Dort, wo wir entlangfahren, hinterlassen wir neues Leben: junge Ranken, die sich um alte Häuser winden, neue Schösslinge, die aus der Erde sprießen, Flora und Fauna, die in keiner der bisher veröffentlichten Naturgeschichten vorkommen. Wir überlassen es Ihnen, wie Sie damit umgehen, welche Wahl Sie treffen – ob Sie die Veränderungen ablehnen, bekämpfen, vor ihnen fliehen, oder ob Sie sie willkommen heißen.

Es ist Teil unserer Legende geworden, dass alle, die bei der letzten Durchquerung dabei waren, an Bord geblieben sind, doch das stimmt nicht ganz – einige entschlossen sich auszusteigen, weil ihre Bindung an die Familie, das Land oder ihre Pflichten zu stark war. Andere waren nicht willens oder fähig, sich dem Zug zu überlassen. Und dann gab es jene, die es schier zerriss: die Frau, die an der Tür zögerte, die, als ihr Mann ihr hinunter auf den Bahnsteig helfen wollte, den Kopf schüttelte und sagte, ihr Platz sei hier bei uns; und als ihr Mann wütend wurde und sie packen wollte, hielten die Zweige und Ranken ihn zurück, und der Zug ließ ihn nicht wieder einsteigen. Und der frühere

Captain, die ihr Leben lang den Zug geführt und das Ödland herausgefordert hatte, blieb noch eine Weile bei uns und ließ sich dann, nachdem die Mauern niedergerissen waren, in Großsibirien nieder, um die Heimat wiederzufinden, die ihre Vorfahren verloren hatten.

Doch tatsächlich sind viele an Bord geblieben, und jedes Jahr kommen Neue dazu. Einige fahren ein paar Tage oder Wochen mit. Andere steigen nie wieder aus. Wir wachsen und verändern uns, wie es für alles unumgänglich ist.

Natürlich gibt es auch solche, die uns fürchten. Die der Kompanie noch immer die Treue halten, obwohl sie zusammengebrochen ist und in Gerichten und Banken um die Ruinen gestritten wird. Solche, die uns die Schuld an den Albträumen geben, die wir losgelassen haben, an den Flügeln und Klauen und Zähnen, die eine neue Form der Koexistenz fordern. Der Geistliche Juri Petrowitsch folgt uns wie ein böser Schatten. Wir sehen sein Bild in den Zeitungen, sehen, wie er auf Marktplätzen und an einsamen Bahnsteigen Feuer und Schwefel predigt. Er ist unermüdlich, und in gewisser Weise bewundere ich ihn sogar dafür. Seine Anhänger halten ihn für einen Propheten, sie scharen sich um ihn, erfüllt von Furcht und Eifer, weil sie darauf hoffen, dass er ihnen die Welt erklärt, die sich vor ihren Augen verändert. Er ist gottlos, dieser Zug, sagt er. Er ist ein Gräuel, er muss gestoppt werden. Die Veränderungen müssen rückgängig gemacht, die fremden Wesen gejagt werden. Und sie hören ihm zu. Junge Männer mit Masken vor dem Gesicht werfen brennende Flaschen gegen den Zug, wenn wir über Grenzen fahren; Leuchtfeuer werden entzündet, wenn wir vorbeirollen, um die Gläubigen dazu aufzurufen, ihre Fallen aufzustellen, und es gibt viele, die dem Ruf folgen. Diese Petrowiter, wie sie mittlerweile genannt werden, haben alles versucht –

Blockaden und Dynamit und Gewehrkugeln –, aber der Zug fährt immer noch. Und die Wesen, die sie jagen, gedeihen und vermehren sich.

Ich sollte über unseren Captain sprechen. Einst war sie das Zugkind, und in gewisser Weise ist sie es immer noch. Diejenigen von uns, die sie damals schon kannten, sehen in ihr immer noch das junge Mädchen – aufgeweckt, geschickt, immer in Bewegung. Auch sie hat sich verändert.

Monatelang war sie auf der Suche. Überall, wo wir hinfuhren, hielt sie Ausschau nach einer Spur von Elena, dem Mädchen aus dem Ödland, das sie zurücklassen musste. Diesen Teil der Geschichte werden Sie nicht kennen: dass eine blinde Passagierin der Grund für all diese Ereignisse war. Dass all die Veränderungen auf einer Freundschaft beruhen.

Als wir das erste Mal wieder durch Sibirien fuhren, schlief sie kaum, sondern verbrachte fast die ganze Zeit an den Fenstern des Wachtturms, überzeugt, dass Elena den Ruf des Zuges hören würde, genau wie damals. Wir reisten an Orte, die kein Mensch mehr gesehen hatte, seit die Veränderungen begonnen hatten; Orte, wo Birkenstämme Augen besaßen und Schatten durch Gerippe von toten Tieren huschten, die so hoch waren wie Kirchtürme. Wir kamen durch Gegenden, wo das Land unter Wasser lag und das Gleis uns über glasartige Oberflächen trug, unter denen wir in einem bestimmten Licht ihre Gestalt zu sehen meinten.

Zu jener Zeit war der Captain von Sehnsucht und Verzweiflung erfüllt. Doch als die Monate vergingen und wir in das neue Jahrhundert reisten, bemerkten wir, wie sie sich veränderte. Sie verlor den hungrigen Gesichtsausdruck, der uns so vertraut geworden war, wirkte aufrechter, mehr mit sich im Reinen. Sie lernte, das Land vor uns zu lesen, wusste, wohin sie uns führen

411

musste, wo die süßesten Früchte wuchsen und wo klares, sauberes Wasser aus der Erde sprudelte. Manchmal sahen wir, wie sie die Arme aus dem Fenster streckte, als wollte sie jemanden in der Luft begrüßen. Da begannen wir zu verstehen, dass sie doch noch gefunden hatte, wonach sie suchte; dass das Ödlandmädchen, das wir gekannt hatten, ebenso ein Teil der Landschaft ist wie der Captain ein Teil des Zuges. Wir wissen jetzt, dass sie niemals getrennt werden.

Ich schreibe dies an meinem Schreibtisch im Turm des Kartografen; meine Hand ist schon lange daran gewöhnt, die Feder im Rhythmus der Schienen zu bewegen. Es ist Morgen, und der Zug ist voller Leben. In Nanking haben wir neue Passagiere an Bord genommen, und nun fahren wir nach Süden. Die Gräfin und Vera bereiten im Gartenwagen den Boden für die neuen Samen vor, die wir sicher finden werden. Der Professor ist an seiner Druckerpresse. Alexei erklärt den Kindern, wie der Antrieb und die Bremsen funktionieren. Und Suzuki ist mit seinen Linsen und Karten beschäftigt, wechselt leise von einem Teleskop zum anderen und streicht im Vorbeigehen über meine Schulter oder stellt mir eine Tasse Tee hin.

Neben mir liegt Valentin Rostows berühmtes Handbuch. Ich habe es auf der Seite mit seinem Porträt aufgeschlagen, damit er die Welt, die er einst beschrieben hat, jetzt von ihren Fesseln befreit sehen kann. Es erscheint mir nur richtig, dass er mit uns reist, und ich glaube, er hat verstanden, dass wir nicht länger vorsichtige Reisende sein können, wohl aber neugierige. Und ich glaube, er wäre stolz auf uns.

Den ganzen Sommer über lassen wir die Fenster offen und atmen die verwandelte Luft ein. Nicht nur die Landschaft hat sich verändert, auch unsere Körper wandeln sich. Ich sehe zu, wie die silbrigen Flechten auf meiner Haut im Sonnenlicht funkeln.

Ich lecke Salz von meinen Lippen. Ich schreibe dieses Buch, um mich daran zu erinnern, was wir waren, und um einen Weg durch diese neue Welt zu finden, zu dem, was wir sein werden.

Wohin wird der große Zug uns bringen? Wir stehen am offenen Fenster und sehen dem Horizont entgegen.

Danksagung

Folgenden Menschen und Institutionen schulde ich großen Dank:

Meiner unglaublichen Agentin Nelle Andrew, dafür, dass sie bereits in einem sehr frühen Stadium an diesen Roman geglaubt hat, und für ihre Geduld und Begeisterung; außerdem dem ganzen Team der Rachel Mills Literary Agency: Rachel Mills, Alexandra Cliff und Charlotte Bowerman.

Meinen Lektor*innen, für ihre Erfahrung, Freundlichkeit und unermüdliche Unterstützung – bei Weidenfeld & Nicolson: Federico Andornino, der das Manuskript eingekauft hat, und Alexa von Hirschberg, die es redigiert hat; sowie Caroline Bleeke bei Flatiron Books. Ich schätze mich sehr glücklich, dass ich drei so großartige Kämpfer*innen für diese Geschichte hatte.

Dem ganzen Team bei Weidenfeld & Nicolson und Orion: Alice Graham, Javerya Iqbal, Lindsay Terrell, Aoife Datta, Esther Waters, Ellen Turner, Jake Alderson und Lucinda McNeile; außerdem Sydney Jeong bei Flatiron sowie Simon Fox und Holly Kyte.

Emily Faccini für ihre bezaubernde Karte des Zuges und Steve Marking für sein wunderbares Coverdesign.

Dem Lucy Cavendish Fiction Prize, der eine so wichtige Rolle im Leben des Buchs gespielt hat, und insbesondere Gillian Stern, die mich auf dem ganzen Weg so treu unterstützt hat.

New Writing North für den Northern Debut Award 2021, der mich enorm motiviert hat, ebenso wie Harminder Kaur, Rob Schofield und Gareth Hewitt.

Dem Leeds Writers' Circle, der nicht nur (vermutlich) der dienstälteste Schreibkreis Englands ist, sondern auch eine unerschöpfliche Quelle von Wissen, Rat und Freundschaft. (Ja, ich habe den ersten Absatz gestrichen.) Und ganz besonders Suzanne McArdle, die mir in einem entscheidenden Moment Selbstvertrauen und Inspiration gegeben hat.

Der Northern Short Story Academy und SJ Bradley sowie Fiona Gell für ihren unglaublichen Einsatz für Schriftsteller*innen in Leeds.

Meiner großartigen Klasse bei Clarion West 2012 und den Organisator*innen und Tutor*innen. Ohne euch gäbe es diese Geschichte nicht, und eure handgeschriebenen Kommentare von damals haben sie die ganze Zeit über begleitet. Und Laura und Greg Friis-West für den fortwährenden Austausch über Bücher, Schreiben und das Leben.

Interzone Magazine und seinem Herausgeber Andy Cox, dafür, dass er die Kurzgeschichte veröffentlicht hat, aus der dieser Roman entstanden ist.

Allen Freund*innen und Kolleg*innen in Leeds und an der Universität dort, insbesondere Frances Weightman und Zhang Jianan.

Mr. Walker, Mrs. Houghton, Miss Yeadon und Mr. Birch in St. Annes, die mich, ohne es zu ahnen, von einer kleinen Stadt am Meer zu Abenteuern am anderen Ende der Welt geschickt haben.

Und zu guter Letzt meiner Familie, für die Bücher und alles andere: meinen Eltern Chris und Linda, meinem Bruder Michael, Jerry und Celia, Dan und Annette sowie Willow. Und Calum, für seinen unerschütterlichen Glauben und viele, viele Tassen Tee.

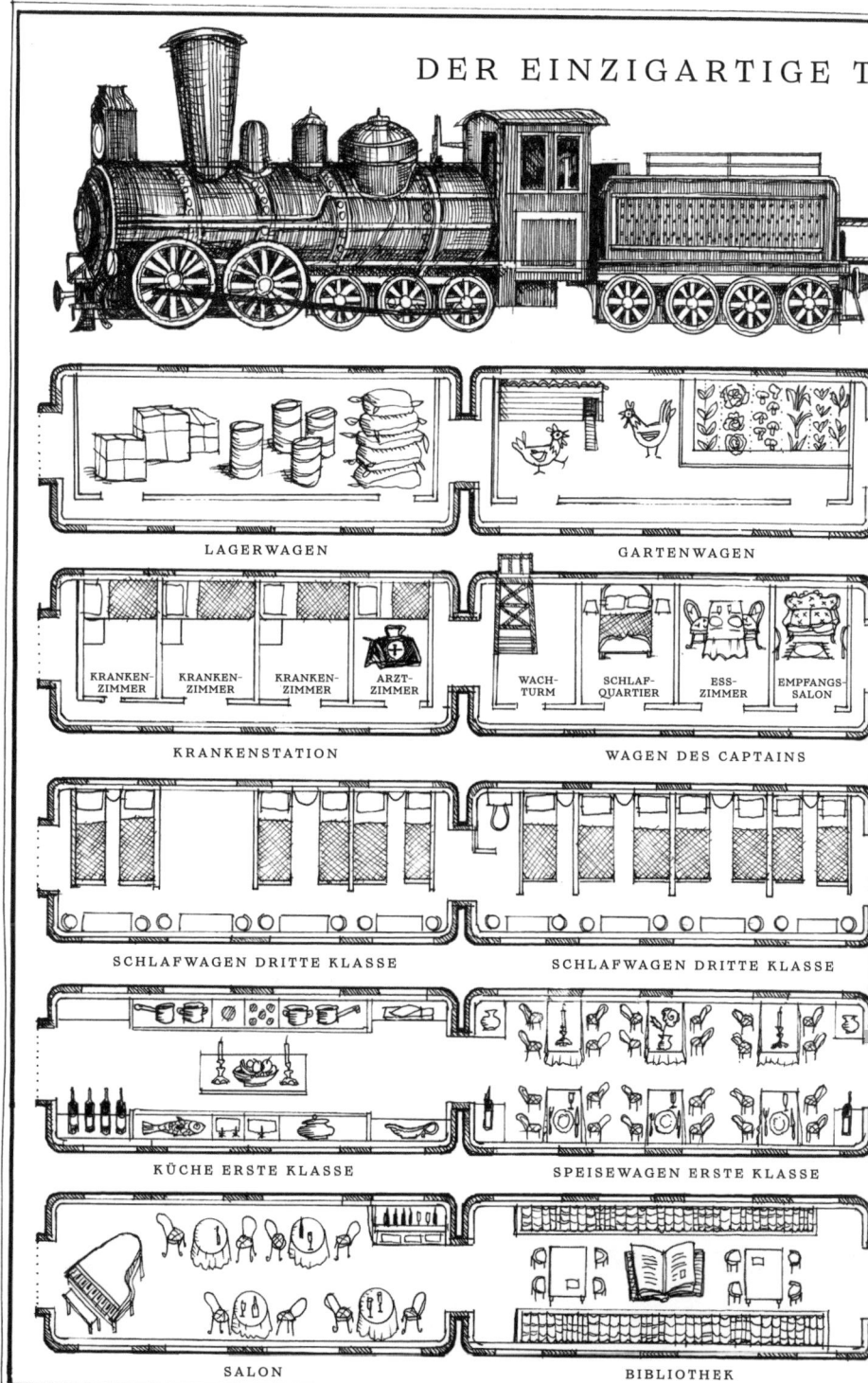

DER EINZIGARTIGE T

LAGERWAGEN

GARTENWAGEN

KRANKEN-ZIMMER | KRANKEN-ZIMMER | KRANKEN-ZIMMER | ARZT-ZIMMER

KRANKENSTATION

WACH-TURM | SCHLAF-QUARTIER | ESS-ZIMMER | EMPFANGS-SALON

WAGEN DES CAPTAINS

SCHLAFWAGEN DRITTE KLASSE

SCHLAFWAGEN DRITTE KLASSE

KÜCHE ERSTE KLASSE

SPEISEWAGEN ERSTE KLASSE

SALON

BIBLIOTHEK